EMMA BEHRENS

Das Haus der Libellen

EMMA BEHRENS

Das Haus der Libellen

Roman

Inhalt

Prolog 9

TEIL I

KAPITEL 1
Libellen sind Jäger, die ihre Beutetiere im Flug fangen 17

KAPITEL 2
Die Blaugrüne Mosaikjungfer 33

KAPITEL 3
Libellen nutzen Sonnenwärme zur Aufheizung ihrer Flügel 53

KAPITEL 4
Von der Larve zur Libelle 73

KAPITEL 5
Die Jagdflüge von Libellen
sind nicht auf Gewässer beschränkt 89

KAPITEL 6
Im letzten Larvenstadium
verlässt das Tier das Wasser 111

KAPITEL 7
Die Beute der Libellen
besteht hauptsächlich aus anderen Insekten 129

KAPITEL 8
Einige Libellenarten
sind ausgesprochene Dämmerungsjäger 155

KAPITEL 9
Das Weibchen legt seine Eier in Gewässern ab 169

TEIL II

KAPITEL 10
Die Imagines und Larven ernähren sich räuberisch 183

KAPITEL 11
Die erwachsene Großlibelle
lebt nur wenige Wochen 205

KAPITEL 12
Es gibt unter den Großlibellen auch Wanderarten 213

KAPITEL 13
Überwinternde Libellen haben im Frühjahr
leuchtend tiefblaue Augen 225

KAPITEL 14
Manche Männchen besitzen
auffallend blau schimmernde Flügel 239

KAPITEL 15
Wasserjungfern und Flussjungfern 255

KAPITEL 16
Falkenlibellen sind meist metallisch-grün gefärbt 271

TEIL III

KAPITEL 17
Die geschicktesten und ausdauerndsten Jäger
sind die Großlibellen 281

KAPITEL 18
Die Augen der Smaragdlibellen färben sich erst
nach dem Schlüpfen leuchtend grün 293

KAPITEL 19
Libellen sind bis zur Paarungszeit
Einzelgänger 305

KAPITEL 20
Die Winterlibelle 319

KAPITEL 21
Falkenlibellen können im Flug
die Richtung wechseln 333

KAPITEL 22
Die Zweigestreifte Quelljungfer gilt als gefährdet 347

KAPITEL 23
Die Verbreitung der Blauflügel-Prachtlibellen
reicht bis ans arktische Eismeer 363

KAPITEL 24
Die Augen der Kleinlibellen sind knopfförmig
und berühren einander nie 371

KAPITEL 25
Die meisten Libellenarten sterben im Winter 385

KAPITEL 26
Libellen können ihre Flügelpaare getrennt bewegen 389

KAPITEL 27
Die ausgewachsene Libelle
schlüpft in der Nähe von Gewässern 403

KAPITEL 28
Im Zentrum eines Libellenflügels
treffen alle Adern zusammen 415

Prolog

Ich weiß noch genau, in welchem Moment ich mich in ihn verliebte, fünfzehn Jahre, bevor er mir das Herz brechen sollte. Es war am Ende eines heißen Sommers, der von einem regnerischen Herbst abgelöst wurde. Den ganzen Tag schon hatte ich die Umzugswagen und die Männer beobachtet, die die Kisten und Möbel in das Haus nebenan getragen hatten. Der Himmel war grau, das Laub der Bäume bereits von feurigrot und sonnengelb zu braun verwelkt und auf dem weitläufigen Rasen des Nachbargrundstücks verteilt. Die großen dunkelgrünen Blätter der Rhododendren am Gartenzaun waren noch mit der Feuchtigkeit des letzten Regenschauers überzogen, sodass sie matt glänzten. Die Villa neben unserem kleinen Einfamilienhaus hatte lange leer gestanden. Die weiten Stufen, die zur von zwei weißen Säulen flankierten Haustür führten, waren mit Laub bedeckt gewesen. Bis vor einem Monat die Renovierungen begonnen hatten, die Männer in den Blaumännern kamen und hämmerten und sägten und klopften, bis tief in meine Träume hinein. Ich war gerade in die zweite Klasse gekommen, die ganzen Sommerferien über hatte ich im Garten gelegen, gelesen und den Arbeiten nebenan zugeschaut und gelauscht. Mein Vater war in dieser Zeit mit seiner braunen Aktentasche in der Hand besonders abgekämpft von der Arbeit gekommen, an den Abenden hörte ich ihn und meine Mutter in der Küche leise streiten.

An diesem Oktobernachmittag lag ich mit einem Buch aus der Bücherei unter unserem einzigen Baum auf einer Decke, obwohl es dafür eigentlich zu kühl war. Die neuen Nachbarn kamen in dem Moment, in dem der Wind auffrischte und zwei der Umzugshelfer gerade die Scheibe eines Glastisches über die lange Auffahrt unter den windgepeitschten Bäumen hindurch die Treppe hinauftrugen. Ein schwarzer Mercedes mit abgedunkelten Scheiben rollte über den Kiesweg die Einfahrt zum Haus hinauf. Der Wagen hielt, ich streckte mich, um durch ein Loch in der Hecke aus Buchsbäumen und Rhododendren unsere neuen Nachbarn ankommen zu sehen. Die Autotüren öffneten sich, auf der Beifahrerseite kam ein langes Bein im schwarzen Strumpf und mit einem sehr spitzen und hohen Schuh zum Vorschein. Dann folgte die zugehörige Person, eine Frau in einem schwarz-weißen Kostüm, die mit einer behandschuhten Hand ihren violetten Hut im Wind festhielt, während auf der Fahrerseite ein Mann im dunklen Anzug ausstieg. Die Arbeiter drehten sich zu den Ankommenden um. Plötzlich gab es einen Windstoß, einer der Männer verlor die Scheibe aus dem Griff. Er rief noch etwas, dann fiel das Glas zu Boden und zersprang mit einem gewaltigen Klirren auf den Eingangsstufen.

Die Frau, Natalia von Gutenbach, deren blondes, schulterlanges Haar vom Wind zerzaust wurde, und der Mann blieben einen Moment regungslos stehen. Ich starrte die beiden an, die Arbeiter starrten die beiden an, und die beiden schauten wortlos zurück. Mit durchgedrückten Rücken, die Kleidung makellos nach der langen Autofahrt, standen sie da, während ihnen die Reste ihres Couchtisches klirrend die Stufen hinab entgegensprangen. Es war ein Geräusch wie eine sich am Strand brechende Welle, als die zersprungenen Glasstücke die letzten Stufen herunterrieselten. Eine Scherbe sprang die Auffahrt hinunter und blieb direkt neben Natalia von Gutenbachs Zehn-Zentimeter-Absatzschuh liegen, ohne ihn zu berühren. Dann herrschte Stille, der Wind flaute ab, Natalia ließ die Hand von ihrem Hut sinken. Ich hielt den Atem an.

Schließlich drehte sie sich um, zertrat mit einem gezielten Schritt ihres Absatzes die Scherbe vor ihr und öffnete immer noch wortlos die hintere Autotür. Ein Junge und ein Mädchen, etwa in meinem Alter, stiegen nacheinander aus. Ich sah die beiden zuerst nur von hinten, das schlanke, hellblonde Mädchen mit den Zöpfen und den Jungen mit sandfarbenem Haar. Das Mädchen trug einen Rock und eine Jacke, genauso geschnitten wie die ihrer Mutter, als wäre sie eine kleinere Version von ihr. Der Junge trug Hose und Weste aus demselben Stoff wie seine Schwester, darunter ein weißes Hemd. Noch nie hatte ich, von der Konfirmation meiner Cousine einmal abgesehen, jemanden in meinem Alter so gekleidet gesehen. Es war, als wären die vier direkt aus einer anderen Zeit hier gelandet, das Auto eine verirrte Zeitmaschine und die Familie im falschen Jahrhundert ausgestiegen. Die Mutter streckte die Hand aus. Der Junge, sein Blondschopf leicht verwuschelt, als hätte er im Auto geschlafen, nahm ihre Hand und streckte seinerseits wortlos seine zweite Hand nach der seiner Schwester aus. Zu dritt gingen sie die Auffahrt hinauf und grußlos zwischen den Arbeitern hindurch die scherbenbedeckte Treppe nach oben, das Knirschen unter ihren Füßen war das einzige Geräusch, das zu hören war. Oben am Absatz der Treppe angekommen, schienen die Geschwister meinen Blick im Nacken zu spüren. Gleichzeitig drehten sich die beiden auf der Türschwelle zu mir um.

Bei ihr konnte man schon damals erahnen, dass sie einmal eine ätherische Schönheit besitzen würde, ihr Kindergesicht war mit einer leichten Verschiebung der Maße ausgestattet, die sich erst in der jungen Frau als das erweisen würde, was sie war: Perfektion. Er war ein Junge mit hohen Wangenknochen, die ihm etwas Trotziges gaben, mit unlesbaren Augen und einem verschmitzten Lächeln. Ich schaute von einem zum anderen, sie musterte mich mit einem Blick, den ich nicht so recht zu deuten wusste, er schaute ausdruckslos zurück.

Das war er nicht, der Moment, in dem er mein Herz stahl. Es war der danach, als er die Hand seiner Mutter losließ und einen Finger auf seine Lippen legte, als teilten wir in diesem Augenblick ein Geheimnis, das nur uns beide verband.

Das war der Augenblick, als mein törichtes Herz unwiederbringlich an Noah von Gutenbach verloren war. Unmöglich, es vor einem Jungen zu retten, der die verschlungenen Wege meiner heimlichen Gedanken zu kennen schien.

TEIL I

»Wo gehn wir denn hin?«
»Immer nach Hause.«

Novalis

KAPITEL 1

Libellen sind Jäger,
die ihre Beutetiere im Flug fangen

Es war ein bisschen so, als würde ich nach Hause kommen oder zumindest dahin, wo ich die letzten Jahre in meinen Träumen zu Hause gewesen war. Es war ein weiterer regnerischer Herbst, zwanzig Jahre später als jener, in dem die von Gutenbachs in unsere Nachbarschaft gekommen waren und mein Leben durcheinandergebracht hatten. Nun öffnete ich mit meinen durch die Handschuhe ungeschickten Fingern das schwarze schmiedeeiserne Tor zu Auffahrt, das sich quietschend aufschieben ließ. Der Wind zog an meinem roten Mantel, die Sonne versteckte sich hinter grauen Wolkenbergen, und ich fröstelte in meiner Strumpfhose, die für wärmere Tage gedacht war. Vor mir erstecken sich der Kiesweg und der ausgedehnte Vorgarten des Anwesens. Das Haus hatte bessere Tage gesehen. Als ich vor fünf Jahren von hier Abschied genommen hatte, waren die Fensterläden noch nicht so verwittert gewesen, die weißen Säulen am Eingang noch nicht von Grünspan überzogen, das Efeu hatte noch nicht die halbe Fassade bedeckt und auch noch keine Fenster zugewuchert. Ich schloss das Tor hinter mir und ließ meinen Blick über die Villa gleiten. Ich versuchte, sie so anzusehen, als sähe ich sie zum ersten Mal. Aber alles daran – die beiden Türmchen rechts und links mit ihren Erkerfenstern, der Balkon, die Marmortreppe und die Backsteinfassade – war mir so vertraut wie meine eigene Haut. Inzwischen, nach dem Kunst- und Architekturstudium, der Doktorarbeit und meiner Arbeit im Denkmalamt, konnte ich die Villa immerhin als das sehen, was sie war: der aus allen möglichen Stilen zusammengewürfelte Traum eines romantischen Geistes, der nichts von Architektur verstand.

Ich ging durch das gefallene Laub unter den Rotbuchen entlang auf das Gebäude zu. Aus der Nähe hatte es nichts von seiner geheimnisvollen Aura verloren, die mich als Kind dazu gebracht hatte, in einem seiner zahlreichen Zimmer einen magischen Wandschrank zu vermuten. Etwas an der Architektur des Gebäudes war verschoben oder inkongruent, sodass die Backsteinerker sich bedrohlich über den näher kommenden Besucher zu lehnen schienen. Auch im Inneren der Villa beschlich einen dieses Gefühl, als würde das Haus einen beobachten. Durch die seltsame Anordnung der Räume darin schien es, als würde das Gebäude es seinen Bewohnern extra schwer machen, von einem Ort zum anderen zu gelangen. Es gab einen Keller, einen ersten und zweiten Stock mit zahlreichen Zimmern, die nur durch einen anderen Raum und nicht durch den Korridor zu erreichen waren. Als Kindern war es uns verboten gewesen, manche dieser Räume zu betreten. Es gab drei verschiedene Treppen, die nicht miteinander verbunden waren, und einen Raum, der keine Fenster hatte. Außerdem war das Haus völlig eklektisch eingerichtet, kein Raum glich in der Gestaltung dem anderen. Trotzdem war das Haus gleichzeitig der heimeligste Ort, den ich kannte, mit seinen drei Bibliotheken voll alter und neuer Bücher in deckenhohen Eichenholzregalen, dem gemütlichen Kaminzimmer mit der geschnitzten Wandvertäfelung und dem schweren Teppich, auf dem Emilia, Noah und ich als Kinder gelegen und uns gegenseitig *Ronja Räubertochter* vorgelesen hatten. Mit der warmen, großen Küche voller Kräuter, Schalen mit rotwangigen Äpfeln und allerlei Gemüse und dem ständigen Duft nach frisch gebackenen Keksen (die natürlich die Haushälterin und nicht Natalia buk). Mit den vielen Zimmern im oberen Stockwerk, die teilweise eine so altmodische Einrichtung besaßen, dass wir Kinder uns wie in einer fernen Märchenwelt vorkamen, wenn wir dort Verstecken spielten. Mit den Schränken und Kommoden, üppig verziert mit Holzschnitzereien von Tieren und Blumen, den unzähligen Sofas, Fauteuils und Sesseln, auf die wir kletterten, um Piraten zu spielen (der Fußboden war das stürmische Meer, in das wir nicht fallen durften). Mit der großen alten Standuhr im Wohnzimmer, die die Planetenbewegungen, aber nie die richtige Uhrzeit anzeigte und zu seltsamen Momenten die Stunde schlug. Das alles machte dieses Haus besonders, aber vor allem waren es die Menschen, die hier lebten, die diesen Ort so bedeutsam für mich machten. Ich seufzte und verdrängte das unheilschwangere Gefühl, das beim Anblick der Villa in mir hochstieg. Vielleicht lag es auch einfach am Anlass, der mich hierherführte. Emilias Brief war ganz unten in meiner Handtasche verstaut, und sein Inhalt lastete mir schwer auf dem Herzen, seit ich ihn am Montag bekommen und nach einigem Zögern schließlich aufgerissen hatte. Die Worte darin hatten alte Wunden aufgerissen, von denen ich eigentlich nichts mehr wissen wollte. Sie hatten mich in einen Zustand der Unruhe versetzt und gleichzeitig eine leise Hoffnung in mir geweckt, die nicht nur unpassend war, sondern die ich auch sofort im Keim zu ersticken versucht hatte. Als ich jetzt, zwei Tage später, die Stufen zum Haus erklomm, kam es mir unwirklich vor, dass ich noch am selben Tag zu meiner Chefin gegangen war und um eine Auszeit gebeten hatte, dass ich wie scheintot an meinem Schreibtisch gesessen und die Uhr beobachtet hatte, bis meine Arbeitszeit zu Ende war. Obwohl Letzteres sich strenggenommen nicht von den meisten anderen Arbeitstagen im Denkmalamt unterschied, in dem meine Kollegen und ich darauf warteten, dass uns der Blitz eines gnädigen Gottes traf, um unser Leiden zu beenden oder uns wenigstens aus unserer Lethargie zu reißen. Aber die Tatsache, dass ich meine Zimmerpflanzen zu meinem Ex gebracht und meinen Freunden eine Nachricht geschrieben hatte, ich sei für ein paar Tage nicht in der Stadt, zeigte einen ungeahnten Aktionismus meinerseits. Dass ich in den Zug gestiegen und in meine alte Heimat gefahren war, ohne mit der Wimper zu zucken, mein Leben zurückgelassen hatte, weil Emilia nach mir gerufen hatte und weil Noah mich vielleicht brauchte. Weil ich vielleicht Antworten auf die vielen Fragen finden würde, denen ich mich zu stellen fünf Jahre lang nicht getraut hatte. Emilias Brief war wie ein Weckruf gewesen, eine zweite Chance, endlich etwas zu Ende zu bringen. Endlich Noah wiederzusehen. Mit seinem Namen stieg eine Sehnsucht in mir auf, und ich starrte die große braune Holztür mit den schmiedeeisernen Ornamenten vor mir an, als könne sie mir eine Antwort auf die Frage geben, wie es sein konnte, dass er mir immer noch fehlte. Ich wollte lieber gar nicht wissen, was das über mich aussagte.

Ich fuhr mit den Fingern über das schwarze Metallschild unter der Klingel, in dem der Name von Gutenbach eingraviert und inzwischen halb unter Spinnweben verborgen war. Die Gravur fühlte sich durch den Stoff meiner Handschuhe scharfkantig an. Ich fragte mich, was ich hier eigentlich tat und in welchem Zustand mir Emilia entgegentreten würde, wenn sie die Tür öffnete. Ich konnte mir ihr schönes, anmutiges Gesicht, das mit jeder Regung Überlegenheit ausstrahlte, nicht in Trauer vorstellen. Um ehrlich zu sein, konnte ich mir Emilia nicht einmal traurig vorstellen. Sie schien immer über den Dingen zu schweben, mit einer gelangweilten Eleganz, die Menschen wie sie als einzigen Anker mit der Realität zu verbinden schien.

Ich verdrängte den Gedanken und drückte den Klingelknopf. Im Inneren des Hauses erklang wie in weiter Ferne ein schepperndes Geräusch, das wenig mit dem einer Klingel gemein zu haben schien. Leicht fröstelnd wartete ich auf den Stufen vor der großen Tür und versuchte dann durch eines der Butzenfenster zu spähen. Ich beschattete das Fenster mit einer Hand, um hindurchzusehen, konnte drinnen jedoch nichts erkennen. Von einem Fuß auf den anderen tretend, klingelte ich erneut, hielt die Klingel diesmal länger gedrückt. Nichts.

Ich trat ein paar Schritte zurück, konnte aber hinter keinem der Fenster im ersten oder zweiten Stock eine Bewegung oder Licht ausmachen. Typisch Emilia, dass sie einen vom anderen Ende der Welt (also Freiburg) einbestellte und dann nicht zu Hause war. Sollte ich ums Haus gehen und nachsehen, ob die Terrassentür offen war? Ich entschied mich vorerst dagegen, da ich den Besuch des weitläufigen Gartens, der eigentlich ein Park war, noch etwas hinauszögern wollte. Seufzend griff ich in meine Handtasche und kramte darin herum, bis ich den Schlüssel fand, den ich heute Morgen aus meiner untersten Schreibtischschublade gekramt hatte. Dort hatte er in der hintersten Ecke gelegen, genau wie in der hintersten Ecke meiner Erinnerung, und darauf gewartet, dass ich die diffusen Schuldgefühle beiseitedrängte und ihn hervorholte. Ich stieg die Stufen zwischen den zwei Säulen wieder hinauf und steckte den Schlüssel ins Schloss. Er passte. In meinem Magen machte sich eine Mischung aus Aufregung, Vorahnung und Unwohlsein breit. Sie hatten das Schloss in all den Jahren nicht ausgetauscht, warum auch? Noah hatte sicher vergessen, dass er mir den Schlüssel einmal geschenkt hatte, als ich noch fast jeden Tag hier gewesen war, so wie er und seine Familie scheinbar vergessen hatten, dass es mich gab, obwohl ich einmal ein fester Bestandteil ihres Lebens gewesen war. Zögernd schob ich die schwere Tür auf.

Drinnen empfing mich die kühle Dunkelheit der Eingangshalle und ein Geruch, der mich sofort in meine Kindheit zurückversetzte. Zwar roch es jetzt nach Staub, aber darunter lag der Geruch des Hauses, eine Melange aus altem Holz, Polituren und etwas wie eine Gewürzmischung, die ich mir nie hatte erklären können. Die Nase kann man nicht austricksen, Gerüche, die man kennt, wecken Erinnerungen und Gefühle, ohne den Umweg über das Bewusstsein zu nehmen. Ich sah mich wieder hier stehen, als Kind an der Hand meiner Mutter, die den neuen Nachbarn einen Höflichkeitsbesuch abstatten und sich dafür entschuldigen wollte, dass ich durch die Rhododendren in ihren Garten geklettert war – wobei mich ihr Gärtner erwischt hatte. Es war das erste Mal, dass ich in einem so herrschaftlichen Gebäude stand, und ich war dementsprechend eingeschüchtert. Natalia von Gutenbach, in einem schwarz-roten Kleid, mit passendem Hut und Sonnenbrille, hatte mit einer Hand auf dem Geländer der Treppe gestanden und uns unverhohlen gemustert. Dann hatte sie die Brille hochgeschoben und mich angelächelt. Das war vielleicht der bis dahin erschreckendste Moment in meinem jungen Leben gewesen, denn wenn Natalia lächelte, sah sie aus wie ein schönes, aber unheilvolles Wesen, bereit, einen in den Untergang zu stürzen. Dann hatte sie die Hand nach mir ausgestreckt und vorgeschlagen, mich ihren Kindern zum Spielen vorzustellen.

Nun stand ich also wieder hier, in der Eingangshalle. Es war ein Raum mit Marmorboden und einer imposanten zweiläufig doppelten Wendeltreppe aus dunklem Eichenholz mit wunderschönen, von zahlreichen darüberstreichenden Händen glänzenden Geländern, die nach oben in die Galerie führten. Eine Treppe wie aus einem Märchenfilm, auf der in jedem Moment Aschenputtel im Ballkleid erscheinen und sie hinunterschweben zu können schien – mit dem Unterschied, dass Aschenputtel dann in einem Roman der Brontë-Schwestern gelandet sein müsste. Wie hätte ich als hoffnungslose Romantikerin dieses Haus und seine nachtschillernden Bewohner nicht lieben können.

Ich schloss die Tür hinter mir, und ihr Klicken hatte etwas Endgültiges, das ich zu ignorieren versuchte. Meine Schuhe verursachten kaum ein Geräusch auf dem Marmorboden, als ich zur Treppe trat. Langsam gewöhnten sich meine Augen an die relative Dunkelheit, und ich erschrak, als ich mich noch einmal umdrehte und die zwei Figuren sah, die in den Ecken neben den seitlich aus dem Raum führenden Türen hockten. Erst auf den zweiten Blick erkannte ich, dass es Sessel waren, mit weißen Stofflaken abgedeckt – was auch sonst. Es brauchte mehrere Atemzüge, um mein plötzlich schnell schlagendes Herz zu beruhigen. Kurz kam mir der Gedanke, Noah oder Emilia könnten mir wie früher immer einen Streich gespielt haben, aber natürlich hatten sie gerade ganz andere Sorgen, dachte ich mit einem Anflug schlechten Gewissens.

Ich zog meine Handschuhe aus und steckte sie in die kleine Reisetasche, die über meiner Schulter hing. Einen Moment blieb ich einfach stehen. Ich musste mich sammeln, bevor ich mich auf die Suche nach Emilia machte. Der Gedanke an das, was mir bevorstand, sorgte dafür, dass mein Herz seinen schnellen Schritt beibehielt. Ich legte meine Finger auf das kalte, dunkle Holz des Treppengeländers, etwas, das ich schon unzählige Male gemacht hatte. Es muss daran gelegen haben, dass ich so auf meine Begegnung mit Emilia konzentriert war, denn erst, als ich langsam die Treppe hochstieg, fielen mir die vielen kleinen Bilderrahmen auf, die die Wand entlang der Treppe fast komplett bedeckten.

Nein, keine Bilderrahmen, es waren kleine quadratische Kästen mit hölzernen Rahmen und einer Glasscheibe, aber sie enthielten keine Bilder. Kreuz und quer hingen sie, unter- und übereinander, ohne erkennbares Muster an der Wand verteilt. Ich blieb stehen. Es waren Schaukästen, in denen etwas ausgestellt war. Das war neu, früher hatten hier schwere vergoldete Bilderrahmen mit den Porträts einer langen Reihe von Vorfahren der von Gutenbachs und Senftenbergs gehangen. Ich hörte meinen eigenen Atem stocken, als ich im Halbdunkel der Treppe näher herantrat und durch das Glas eines der Kästen spähte. Es war eine Libelle darin. Unter dem Glas konnte ich die zwei grazilen Flügelpaare erkennen und den schillernden blaugrünen Körper, die großen, dunklen Facettenaugen. Eine dünne Nadel pinnte das Insekt an die Rückseite des Schaukastens. Das Blut rauschte mir in den Ohren, das hier war eine Ausstellung unzähliger aufgespießter toter Insekten. Ich sah in den nächsten Kasten, der schräg über dem mit der blaugrünen Libelle hing. Auch hier war ein Insekt zu finden, diesmal eine viel kleinere rotgoldene Libelle mit zwei rot geäderten Flügelpaaren. Langsam ging ich die Treppe weiter nach oben und erspähte in jedem Schaukasten eine andere Libelle, große und kleine, rote, gelbe, grüne und blaue, auch braune, schwarze und gemusterte waren dabei. Jemand in diesem Haus hatte sich in einen Jäger und Sammler verwandelt.

Ich erreichte die Galerie und atmete auf. Die erste Tür hier oben führte in die blaue Bibliothek, einen Raum, den nie jemand außer mir genutzt hatte, weil es noch eine andere Bibliothek weiter innen im Gebäude gab, in der die Bücher standen, die man wirklich lesen wollte. Ich ging also an der Bibliothek vorbei zu der Tür, die links von der Galerie weiter ins Innere des Gebäudes führte. Das ganze Leben im Haus hier hatte sich immer nach eigenen Regeln und Ritualen abgespielt. Zum Beispiel verabscheuten die Bewohner alle Räume mit Fenstern zum Vorgarten hin, sie hielten sich eigentlich immer nur in den Zimmern zum hinteren Garten hin auf. Auch verweilten Robert von Gutenbach, seine Frau Natalia und seine zwei Kinder fast nie länger als einen kurzen Augenblick im selben Raum, soweit ich mich erinnern konnte. Noah und Emilia schon, sie waren immer in der Nähe des anderen, aber die beiden Eltern schienen durch das Haus zu geistern auf eine Weise, die sich ihre Wege selten überkreuzen ließ. Wenn Natalia in der Küche Cocktails mixte, saß Robert auf der Terrasse, wenn sie mit einem Glas in der Hand herauskam, nahm er gerade einen wichtigen Anruf entgegen und holte sein Getränk in der Küche ab. Während sie im Kaminzimmer einen alten Film anschaute und Noah und Emilia mit mir im nächtlichen Garten Verstecken spielten, trank er in der Bibliothek ein Glas Whiskey und las ein dickes ledergebundenes Buch, vielleicht Machiavelli – oder so stellte ich ihn mir zumindest vor, wenn ich zurückdachte an die Momente, in denen er die Tür hinter sich geschlossen hatte. Als Kind hatte ich mir keine Gedanken darüber gemacht, zu neu und faszinierend war alles gewesen, als dass ich mir dazu noch etwas hätte ausdenken können. Eigentlich hatte ich die Familie in meiner ganzen Zeit hier nur zu den Mahlzeiten im selben Zimmer gesehen. Insofern war es ein Wunder, dass Natalia und Robert es irgendwann geschafft hatten, ihre zwei Kinder zu zeugen, immerhin waren ihre beiden Schlafzimmer auch auf den entferntesten Seiten des oberen Korridors gelegen. Das Leben in der Villa war mir vom ersten Moment an ein Rätsel gewesen, das ich nie hatte lösen können. Als Kind war ich zu schüchtern, um nach den Regeln des Spiels aus Formalitäten und Gewohnheiten zu fragen. Stattdessen beobachtete ich die Bewohner des Hauses, passte mich an, so gut es ging, nahm die darin geltende seltsame Normalität an und zog sie mir über wie ein neues, funkelndes Kleid.

Hier im hinteren Teil des Gebäudes war es noch dunkler als in der Eingangshalle und auf der Treppe. Aber der Weg war mir so vertraut, dass ich ihn auch hätte im Schlaf finden können. Ich ging durch den angrenzenden Gang, durch das Kaminzimmer und über die kleinere Treppe in den ersten Stock. Auch hier hingen die Schaukästen mit den Libellen, die Treppe entlang und im oberen Flur, alle etwa auf Augenhöhe. Ich brauchte nicht mehr richtig hineinzuschauen, um die schlanken, dunklen Körper darin zu erkennen. Im oberen Stockweck gab es eine schwere ornamentverzierte Tapete, auf deren Muster die kleinen Kästen wie Fenster in eine fremde Welt wirkten. Im ersten Stock lagen die alten Kinderzimmer, wo ich zuerst nach Emilia suchen wollte. Keine Lampe brannte im Gang, sodass ich mühelos den einzigen Raum ausmachen konnte, unter dessen Tür ein Lichtschein hindurchfiel und auf die Anwesenheit einer Person schließen ließ. Es war das kleine hintere Bad neben Emilias Zimmer. Ich ging an den anderen Türen vorbei und blieb vor der Holztür stehen. Hier war ich mit meinem Latein am Ende.

Ich war von Freiburg hergekommen, hatte alles stehen und liegen gelassen, und jetzt wusste ich nicht weiter. Ich hatte nicht bis hierhin überlegt, hatte mir nicht vorgestellt, was ich machen würde, sobald ich angekommen war. Hatte nur instinktiv gewusst, dass ich herkommen musste. Nun stand ich vor einer verschlossenen Tür, hinter der ich Emilia wie ein verwundetes Tier vermutete, angeschossen, aber nicht tödlich getroffen. Ich legte meine Fingerspitzen auf das gemaserte Holz und holte tief Luft.

»Emilia? Ich bin da«, sagte ich.

Hinter der Tür war nichts zu hören. Ich kam mit dem Kopf ganz nah heran und versuchte etwas dahinter auszumachen. Stille. Dann ein leises Rascheln wie von Bewegung, da war jemand auf der anderen Seite.

»Emilia?«

Schweigen.

»Es tut mir sehr leid, dass deine Eltern gestorben sind«, sagte ich.

Ich lehnte mich mit meinem Körper gegen die Tür.

»Ich habe keine Worte, um zu sagen, wie unfassbar leid mir das tut. Ich bin so schnell gekommen, wie ich konnte. Was ist geschehen?«, fragte ich leise.

»Ein Autounfall«, sagte sie auf der anderen Seite. Ich hielt die Luft an. Die ganze Zeit über hatte ich geglaubt, nein gehofft, es wäre vielleicht ein makabrer Scherz Emilias gewesen, ihr kurzer Brief hatte keinerlei Schlüsse auf ihren Gemütszustand zugelassen. Nun war ihre Stimme der gewohnte weiche, samtene Singsang. Ich drückte meine flache Hand gegen das Holz und wünschte mir, ich könnte ihre schmalen Schultern umarmen. Durch den Raum und die Zeit so vieler Jahre getrennt, kam sie mir in diesem Moment vertrauter vor als jemals zuvor.

»Du hast meinen Brief also bekommen«, sagte Emilia.

»Ja. Woher hattest du eigentlich meine Adresse?«

Ein kurzes Auflachen hinter der Tür. »Du weißt, es gibt auch in diesem Spukschloss so etwas wie das Internet.«

Das brachte mich einen Moment zum Schweigen. Daran hatte ich tatsächlich nicht gedacht, mein Ex-Freund hatte uns vor zwei Jahren in den Gelben Seiten eingetragen, und ich hatte den Eintrag nie entfernen lassen, als ich allein in der gemeinsamen Wohnung zurückblieb. Automatisch hatte ich angenommen, Emilia wäre über irgendwelche verschlungenen, geheimen Wege an meine Adresse gekommen. Das schien besser zu ihr zu passen als das schlichte Benutzen eines Laptops.

»Sophie, hast du mitgebracht, worum ich dich gebeten habe?«

»Ja, soll ich dir jetzt …?«

»Nein, lass uns das später machen.«

Wir schwiegen wieder eine Weile. Meine Fragen und Sätze waren aufgebraucht. Seit fast fünf Jahren hatte ich nicht mit Emilia gesprochen, wusste nicht mehr, wer sie war und was ich ihr sagen könnte in dieser Situation. Ich hörte ein weiteres Rascheln, und der Spalt unter der Tür verdunkelte sich.

»Sophie, bist du noch da?«

»Ja«, sagte ich.

»Ich habe Angst, dass ich die Tür öffne und das Haus leer ist.«

»Emilia, ich bin da. Willst du mir nicht aufmachen?«

»Nein«, sagte sie.

Schweigen. Sie war nie gut darin gewesen, ihren Schmerz vor anderen zu zeigen.

Ich ließ mich langsam an der Tür nach unten gleiten und setzte mich auf den Boden, zog die Beine unter dem Körper zusammen.

»Ich bin da«, wiederholte ich.

»Das ist gut«, sagte sie, und dann schwiegen wir wieder. Ich stellte mir vor, wie sie auf der anderen Seite auf den kalten Fliesen im Türrahmen hockte, ihr Körper von meinem nur durch das Holz getrennt. Ich erinnerte mich nicht daran, ihr je so nah gewesen zu sein, ohne sie erreichen zu können.

Eine ganze Weile saßen wir so da, ich in der Dunkelheit auf dem Teppich des Flurs, sie im hellen Licht der Badlampen auf den Fliesen, und keine von uns sagte ein weiteres Wort. Irgendwann hörte ich sie aufstehen, hörte, wie sich der Schlüssel im Schloss drehte, und rappelte mich ebenfalls hoch.

Sie öffnete die Tür, und ich sah zuerst ihren schlanken Körper in einem weiten, kurzen Kleid, ihr blondes Haar von hinten erleuchtet wie ein Heiligenschein. Sie hatte ein Lächeln auf ihre Lippen und ihre so perfekten Züge gelegt, das ich kaum von einem echten Lächeln unterscheiden, ihr aber nicht glauben konnte.

Ich wusste nicht, ob ich sie umarmen sollte, ob das nach all den Jahren, in denen ich mich nicht gemeldet hatte, vielleicht komisch war.

»Komm, ich zeige dir dein Zimmer. Ich habe schon alles fertig gemacht.« Die Aufregung war ihrer Stimme anzuhören. Sie klang, als wäre ich zu einer Pyjamaparty hier. Sie griff nach meiner Hand und zog mich, die ich völlig überrumpelt war, den Flur entlang zum Gästezimmer neben ihrem Raum.

Im Vorbeigehen schaltete sie das Licht an, und ich blinzelte in die plötzliche Helligkeit. Die Schatten zogen sich zurück, und der dunkle Korridor verwandelte sich in den heimeligen Flur mit weichem Teppich, dunkelroter Tapete und Holzvertäfelung, den ich so gut kannte. Nur die Libellen in ihren Kästen stachen aus dem vertrauten Bild heraus.

»Ich habe neue Bettwäsche gekauft, sie wird dir gefallen«, sagte Emilia und zog mich in das Gästezimmer, in dem sie ebenfalls das Licht anmachte. Sie drehte sich einmal im Kreis mit ausgestreckten Armen, als würde sie mir ein Kunstwerk präsentieren. Erst jetzt hatte ich Gelegenheit, sie genauer zu mustern. Emilia war immer noch so schlank und elfenhaft, wie ich sie in Erinnerung hatte. Ihr langes blondes Haar fiel ihr gerade über die schmalen Schultern. Unter ihrem weißen Kleid zeichnete sich ihre Form ab. Mein Blick rutschte an ihren perfekten Beinen hinunter auf ihre nackten Füße. Ich sah wieder auf, als sie sich zu mir zurückdrehte. Sie bewegte ihren Körper mit einer selbstverständlichen Anmut, die jedes Model vor Neid hätte erblassen lassen. Ihre helle Haut schien keinerlei Makel zu besitzen, und ihre großen Augen und die vollen Lippen gaben ihr etwas sehr Sinnliches. Emilia war so perfekt, dass jede andere Frau sich neben ihr vorkommen musste wie eine traurige, verrutschte Kopie dieser Perfektion. Sie bemerkte, wie ich sie musterte, und hob eine

Augenbraue. Schnell wandte ich den Blick ab und betrachtete den Raum.

»Und? Wie gefällt es dir?«

Dieses Zimmer hatte ich früher selten betreten, daher konnte ich nicht ausmachen, ob sich darin etwas verändert hatte. Es sah eher so aus, als sei dieser Raum von jeher genau so gewesen. Mit seiner bronzeroten Tapete mit stilisierten Lilien, dem riesigen Bett mit Baldachin in der Mitte des Zimmers und den schweren, dunklen Eichenschränken mit ihren Holzschnitzereien schien er direkt aus einem Bestellkatalog für Burgfräulein entnommen.

»Sehr … äh … klassisch«, brachte ich hervor.

»Perfekt, nicht wahr?« Sie klatschte in die Hände, eine Geste, die bei jedem anderen aufgesetzt gewirkt hätte, bei ihr aber einfach nach kindlicher Begeisterung aussah. Der Raum wirkte auf mich wie eine Abstellkammer für alte Jungfern, die niemand mehr haben wollte. Ich nickte langsam.

»Kann ich nicht lieber in mein altes Zimmer hier?«, fragte ich.

»Das geht nicht, darin hat meine Mutter ihren Fitnessraum – oder hatte …«, fügte Emilia nach einer kleinen Pause hinzu, und ich fühlte mich sofort schlecht, sie darauf gebracht zu haben. Aber Emilia sprach auch schon weiter: »Das ist übrigens ein Bild meiner Ur-Ur-Großmama, das dir Gesellschaft leistet. Schön, oder?«

Emilia deutete auf ein Gemälde über dem Bett. Es zeigte eine finster dreinblickende, korpulente ältliche Dame mit einer Hakennase in einem Barockkleid mit Nackenkrause. Das Bild war fürchterlich.

»Welche ist es denn?«, fragte ich.

»Großmutter Victoria Wilhelmine von Senftenberg. Die dritte in einer langen Reihe von Vorfahrinnen, die in diesem Haus hier wahnsinnig geworden sind. Sie hat versucht, sich und diesen Raum hier anzuzünden, glaube ich.«

»Äh – muss sie hier hängen?«

»Natürlich, das ist ihr Platz. Ich lasse dich jetzt erst mal ankommen und auspacken, wir sehen uns ja später noch«, sagte sie.

Irritiert folgte ich ihr fast, als sie den Raum verließ. Die Türklinke in der Hand blieb sie noch einmal stehen und sah mich ernst an.

»Ich hoffe, du hast einen Schlafanzug dabei und musst diesmal nicht wieder splitterfasernackt durchs Haus laufen. Es ist inzwischen ganz schön kühl hier, weißt du.«

Ich spürte, wie ich sofort knallrot anlief, während Emilia die Tür hinter sich schloss. Vor über sechs Jahren hatte sie mich einmal dabei erwischt, wie ich nackt aus Noahs Zimmer ins Bad geschlichen war. Natürlich musste sie mich gleich bei unserem ersten Wiedersehen darauf hinweisen. Die Erinnerung weckte die alte Sehnsucht in mir, aber ich war so geübt darin, sie zu unterdrücken, dass es mir auch hier gelang, obwohl mich alles in diesem Haus an ihn denken ließ.

Ich drehte mich um zu dem Monstrum von Bett und musterte meine Umgebung erneut. Es gab zwei Fenster links und rechts davon in den inzwischen dunklen Garten hinaus, an denen schwere rote Vorhänge hingen. Auch ein Schreibtisch und ein Stuhl fanden ihren Platz an der rechten Wand, links standen ein Sessel und eine Leselampe. Victorias Augen schienen mir aus dem Porträt durch den Raum zu folgen, als ich den Schrank inspizierte. Ich seufzte und ließ meine kleine Reisetasche von meiner Schulter auf den Schreibtischstuhl gleiten, dann warf ich mich aufs Bett.

Ich musste Emilia auf Noah ansprechen. Gleich morgen. Aber dieser Frau Informationen zu entlocken war in etwa so einfach, wie einer Katze Kunststücke beizubringen. Selbst hartgesottene Geheimagenten hätten sich die Zähne an ihr ausgebissen, davon war ich überzeugt. Emilia verwendete die Wahrheit und die Lüge gleichermaßen als Bestandteile ihrer Geschichten, deren einziges Kriterium ihre Interessantheit war. Zu lügen war für sie keine unangenehme Notlösung oder eine schamvolle Angelegenheit, es war für sie nur eine weitere Option unter anderen. Daher musste ich es vorsichtig angehen, wenn ich etwas aus ihr herausbekommen wollte. Sobald man sie drängte, kam man zu nichts. Ich faltete die Hände hinter dem Kopf und starrte auf den Baldachin über mir.

Emilia war so schillernd und flatterhaft wie eine der Kreaturen in den Schaukästen. Ein Wesen, das mit seiner Schönheit über seine Raubtiernatur hinwegtrog. Die Ähnlichkeit war mir noch nie aufgefallen, jetzt aber schien sie offensichtlich. Die Frage war nur, wie ich dieses Wissen für mich nutzen konnte, um sie festzunageln. Denn davon hing ab, ob ich zu Noah zurückfinden würde oder nicht.

KAPITEL 2

Die Blaugrüne Mosaikjungfer

»Hey«, rief ich und lief barfuß über das taufrische Gras des Gartens. »Was machen Sie in den Büschen? Kommen Sie sofort da raus!«

Nachdem ich gestern Abend komplett angezogen auf dem Bett eingeschlafen und im Morgengrauen aus unruhigen Träumen erwacht war, konnte ich mich beim Anblick des Baldachins einen Moment lang nicht erinnern, wo ich mich befand. Ich tapste verschlafen ins Bad, wo mir neue dunkle Augenringe und meine unbezähmbaren Locken aus dem Spiegel entgegensprangen. Nach einer heißen Dusche zog ich unter dem indignierten Blick der Ur-Ur-Großmutter dann doch noch meinen Schlafanzug an und schlief weitere zwei Stunden. Als ich am Morgen erwachte, fühlte ich mich trotzdem gerädert. Ich machte mich auf die Suche nach Emilia, die nirgendwo im Haus zu finden war. Ihre Zimmertür war geschlossen, aber als sie nach mehrmaligem Klopfen nicht antwortete, spähte ich hinein. Es war das Turmzimmer, das viel moderner als meines, mit hellen Farben eingerichtet war. Es gab ein riesiges weißes Bett mit geschwungenem Kopfteil, vor dem eine Chaiselongue stand, mehrere Schaffelle lagen auf dem Parkettboden, Zeichnunueng von Tieren und Pflanzen hingen an den

Wänden. Überall waren Kleidungsstücke verteilt, die Schranktür ihres begehbaren Wandschranks stand offen, ein kurzes Paillettenkleid hing auf einem Kleiderbügel an der Tür. Von Emilia keine Spur. Im Pyjama ging ich durch das morgenstille Haus nach unten, aber weder im Kaminzimmer noch in der Bibliothek oder Küche war sie zu finden. Schließlich kochte ich mir einen Kaffee und versuchte meine Irritation über Emilias Abwesenheit zu unterdrücken. Ich setzte mich mit der dampfenden Tasse in der Hand auf die Terrasse in einen der Gartenstühle. Die Morgenluft war kühl und frisch und feucht, ich sog sie tief in meine Lungen. Das Licht lag noch ganz weich auf den Baumkronen, den dunkelgrünen, gelben und braunen Blättern und dem tiefgrünen Rasen. Der riesige Garten sah erstaunlich gepflegt aus, das Gras vor Kurzem geschnitten, die Bäume gestutzt, das gefallene Laub weggeharkt. Der Swimmingpool in der Mitte des Rasens war bereits für den Winter fertig gemacht und mit einer hellblauen Plastikplane bedeckt. Der Pfad aus großen flachen Steinen, der zum Pool führte, leuchtete hell und moosbefreit in der Morgensonne. Funkelnder Tau lag auf den Büschen und Gräsern, und weiter hinten konnte ich den glitzernden Fluss hinter den Trauerweiden ausmachen, der das Gelände auf dieser Seite begrenzte.

Gerade hatte ich die ersten paar Schlucke des starken, bitteren Kaffees getrunken, als ich eine Bewegung im Garten wahrnahm. Da machte sich jemand an den Rhododendren zu schaffen. War das Emilia? Nein, der Schemen war deutlich größer als ihre schlanke Form. Die Verunsicherung und Sorge, die meine Ankunft hier gestern Abend in mir hinterlassen hatten, bahnten sich in einem plötzlich aufkommenden Ärger ihren Weg. Was hatte diese Person hier zu suchen, musste das jetzt noch zu den unzähligen Baustellen und Problemen hinzukommen, die ich zu bearbeiten hatte?

Ich knallte meine Tasse auf den Tisch, stand auf und lief verärgert mit nackten Füßen in den Garten hinaus, auf der Suche nach dem Eindringling, der mein Morgenritual störte.

»Hallo, Sie! Hören Sie sofort auf, sich in den Büschen zu verstecken!«, sagte ich laut, während ich mit einer wirschen Handbewegung die Äste und Blätter des riesigen Rhododendrons beiseiteschob, wobei ein Schauer aus kleinen Tautropfen auf mich herabrieselte. Auf der anderen Seite des Strauchs, zwischen den Blaubeeren, dem Ginster und einer verblühten Hortensie, kam eine gebückte Person zum Vorschein, die sich nun aufrichtete. Es war ein hochgewachsener, gut gebauter Mann, der sich jetzt mit einer großen Gartenschere in der Hand zu mir umdrehte. Erschrocken machte ich einen Schritt zurück, die Äste schnellten mir ins Gesicht.

»Oh«, sagte ich wenig geistreich.

Er wand sich in einer geschickten Bewegung aus den Büschen heraus und kam neben mir hervor. Ein amüsiertes Lächeln lag auf seinem braungebrannten Gesicht, Lachfältchen kräuselten sich um die kastanienbraunen Augen. Einen Moment konnte ich mich nicht von ihnen lösen. Dann glitt sein Blick an mir herunter, und mir wurde plötzlich bewusst, dass ich in meinem ausgeleierten Schlafanzug mit rotbraunem Karomuster vor dem Fremden stand.

»Äh…«, stotterte ich. »Sind Sie ein Einbrecher? Darauf bin ich nämlich jetzt nicht vorbereitet.«

Er lachte und warf dabei den Kopf in den Nacken. Überrascht beobachtete ich, wie kleine Grübchen um seinen Mund entstanden und seine kurzen braunen Locken mit der Bewegung mitschwangen. Irgendwie kam mir diese Geste vertraut vor, ich konnte aber nicht den Finger darauf legen, woher.

»Keine Sorge, von mir hast du nichts zu befürchten, ich bin hier nur der Gärtner, Sophie«, sagte er. Seine dunkle Stimme hatte ein warmes Timbre, das wie Honig meinen Rücken herunterlief. Das Lächeln blieb auf seinem Gesicht, während er mir wieder in die Augen sah. Aber jetzt war es an mir, ihn zu mustern, und tatsächlich, auf den zweiten Blick sah er mit seinen Stiefeln, der Arbeitshose und den Handschuhen weniger wie ein Einbrecher als wie der Gärtner aus. Er trug trotz der Morgenkühle nur ein Hemd, unter dem sich seine breite Brust abzeichnete. Schnell sah ich wieder nach oben in sein Gesicht. Irgendetwas darin kam mir vertraut vor.

Moment. Hatte er mich gerade bei meinem Namen genannt? »Äh, also …«

»Woher ich deinen Namen kenne?« Er lachte abermals, sein Adamsapfel sprang auf und ab, während mein Herz einen Hüpfer aussetzte. »Erinnerst du dich nicht? Ich war damals eine Klasse über dir.«

Aber natürlich! Jetzt setzte sich das Bild eines stillen, trotzigen Jungen mit wilden Locken, der sich von allen anderen fernhielt, mit dem dieses erwachsenen Mannes mit den breiten Schultern und der ruhigen Ausstrahlung zusammen. Auch wenn sie verschiedener nicht hätten sein können. Wenn ich mich recht erinnerte, war er kurz vor dem Abitur von der Schule abgegangen, aber ich wusste nicht, ob er eine Ausbildung oder an einem anderen Gymnasium das Abitur gemacht hatte. Nie hätte ich gedacht, dass aus dem aufsässigen Jugendlichen, der in den Pausen rauchte und lieber mit seiner Band in der Garage probte, als zur Schule zu gehen, dieser Mann hier werden würde. Seine eckigen Gesichtszüge, die an dem Jugendlichen noch etwas zu fragil und inkongruent gewirkt hatten, fügten sich nun in ein attraktives Gesicht mit ausdrucksstarken Zügen. Nur die Augen waren noch dieselben, ernst, und ein bisschen traurig sahen sie aus.

»Manuel?«, fragte ich erstaunt.

Das Strahlen in seinen Augen und das breite Lächeln waren Antwort genug.

»Du erinnerst dich also.« Etwas, das ich nicht deuten konnte, schwang in seiner Stimme mit.

»Sophie?«

»Ja?«

»Möchtest du dir nicht vielleicht Schuhe anziehen?«

Ich sah hinunter auf meine nackten Zehen, die vom Rasen und vom Tau feucht und kalt geworden waren. Ich biss mir auf die Unterlippe.

»Fünf Minuten, okay? Dann komme ich angezogen und mit einer zweiten Kaffeetasse auf die Terrasse, und wir fangen noch mal von vorne an?«

»Okay.«

Es dauerte eher zehn Minuten, bis ich mir hastig die Füße gewaschen, die Haare mit einem Zopfgummi gebändigt und Jeans und ein T-Shirt angezogen und eine Wolljacke übergeworfen hatte. Zuletzt schlüpfte ich in meine Sneakers, lief nach unten und griff die Kaffeekanne und eine weitere Tasse von der Anrichte. Als ich zurück auf die Terrasse kam, saß Manuel bereits in einem der zwei gusseisernen Stühle und sah in den Morgen hinaus, in dem die kräftiger werdende Sonne den Tau langsam in kleinen dampfenden Nebelstreifen aufsteigen ließ, die sich als Dunst über den Garten legten.

Als ich ihm Kaffee einschenkte und die Tasse reichte, lächelte er mich an, und ich musste wegschauen. Es irritierte mich, dass er so ein attraktiver Mann geworden war, dessen Ausstrahlung in jeder Hinsicht reif und erwachsen wirkte, wenn auch vielleicht ein bisschen melancholisch. Wir saßen eine Weile schweigend nebeneinander und tranken Kaffee, sahen in den Garten hinaus, er mit einer ruhigen Zufriedenheit, ich mit dem Gefühl, dass alles von früher sich scheinbar verändert hatte, alles außer mir selbst. Dieser Mann hier hatte in den letzten fünf, zehn Jahren sicher etwas aus seinem Leben gemacht, hatte eine hübsche Frau und zwei bezaubernde Kinder, ein schönes kleines Haus und konnte nun zufrieden auf die Arbeit seiner Hände hinabschauen. Nur ich war zwei Studienabschlüsse und eine Doktorarbeit, zwei verschlissene Ex-Freunde und ein halbes Jahr Arbeit im Denkmalamt später im Kern immer noch das Mädchen, das heimlich Noah vermisste. Ich war einfach nie gut in Angelegenheiten des Herzens gewesen.

Um mich von diesen Gedanken abzulenken, brachte ich ein Gespräch in Gang.

»Ich hätte nicht erwartet, dich hier anzutreffen«, sagte ich.

»Ich hätte dich auch nicht hier erwartet«, erwiderte er mit einem halben Lächeln in meine Richtung, und unsere Blicke kreuzten sich erneut, bis ich wegsah. Ich suchte nach einem unverfänglicheren Thema, denn meine Anwesenheit in der Villa wusste ich selbst nicht so recht zu erklären.

»Seit wann arbeitest du denn bei den von Gutenbachs?«, fragte ich.

Sein Gesicht verdüsterte sich. »Schon den ganzen Sommer lang, Robert von Gutenbach hat mich im Frühling eingestellt. Das war nur wenige Monate vor dem furchtbaren Unfall ... Hast du davon gehört?«

»Ja, deshalb bin ich hier«, sagte ich, erleichtert, dass sich eine einfache Erklärung angeboten hatte.

»Weißt du genauer, was passiert ist?«, fragte ich vorsichtig.

Er musterte mich einen Moment lang, diesmal hielt ich seinem Blick stand, dann sah er wieder in den Garten hinunter, in dem nun Vogelgezwitscher und das Summen von Bienen zu hören waren.

»Nicht so richtig. Die beiden älteren von Gutenbachs waren

den Sommer über kaum hier, ich weiß auch nicht genau, was sie vor einem Monat hierher zurückgeführt hat. Eigentlich waren in der Zeit, die ich hier arbeite, nur Noah und Emilia ab und an zu sehen, aber es ist nicht gerade so, als würden sie sich öfter mit dem Gärtner unterhalten.«

Ich horchte auf, als Noahs Name fiel.

»Herr und Frau von Gutenbach müssen eines der Autos genommen haben, die länger in der Garage standen. Die Bremsen sollen versagt haben, es hat sie aus der Kurve geschleudert. Beide waren sofort tot, hieß es in der Zeitung.«

Ich schluckte. Es war nicht so, dass ich eine wirklich enge Beziehung zu Robert oder Natalia von Gutenbach gehabt hatte, nicht so wie mit ihren Kindern, natürlich nicht so wie mit Noah. Aber vom plötzlichen Unfalltod dieser Menschen zu hören, die ich jahrelang gekannt hatte, machte mich so traurig, dass ich einen Moment lang nichts sagen konnte. Erst langsam setzte das endgültige Begreifen ein, dass ich sie wirklich nie wiedersehen würde, dass sie fort waren, für immer. Ich blinzelte ein paar Tränen weg, Manuel sah taktvoll zur Seite, bis ich mich gefasst hatte.

»Wie konnte das passieren?«, fragte ich heiser.

Manuel schüttelte den Kopf. »Ich weiß es nicht. Jetzt, einen Monat nach dem Unfall, ist nur noch Emilia da, und sie hat sich in ihr Turmzimmer zurückgezogen oder geistert durchs Haus wie ein Schatten. Sie hat alle anderen Angestellten entlassen, nur ich bin noch da.«

»Weißt du, wo Noah ist?«

Manuel warf mir einen Seitenblick zu, bevor er den Kopf schüttelte. Mein Herz sank.

»Seit dem Unfall habe ich ihn nicht mehr hier gesehen. Emilia hat mir nichts darüber gesagt, aber warum sollte sie auch? Am besten, du fragst sie selbst.«

Ich klammerte mich an meiner Kaffeetasse fest. Es wäre auch zu schön, wenn es so einfach gewesen wäre. In ihrem kurzen Brief hatte Emilia lediglich geschrieben, dass Noah verschwunden war und dass sie meine Hilfe brauchte, um ihn wiederzufinden. Wie genau meine Hilfe aussehen sollte, das hatte sie nicht gesagt, und ich vermutete, dass ich diese Informationen auch nicht so leicht aus ihr herausbekommen würde. Es war einfach nicht ihre Art, die Dinge offen auszusprechen, wenn ein Rätsel doch so viel interessanter war.

»Es ist gut, dass du jetzt hier bist, Sophie«, sagte Manuel, und ich schaute überrascht von meiner Kaffeetasse auf.

»Ist es?«, fragte ich.

Er lächelte wieder, diesmal schlich sich aber ein melancholischer Schatten in seine Züge. »Auch, wenn Emilia nicht gerade wirkt, als könne sie irgendetwas aus der Bahn werfen, hat sie gerade ihre Eltern verloren, ihr Bruder ist einfach abgehauen, und sie hat niemanden mehr, mit dem sie ihre Trauer teilen kann. Es ist gut, dass du als ihre Freundin gekommen bist, um dich um sie zu kümmern.«

Ich schluckte trocken. Freundinnen hatte man mich und Emilia streng genommen in den letzten fünf Jahren nicht mehr nennen können, auch wenn wir es mal gewesen waren. Mehr noch, fast Schwestern. Aber es gab immer schon Momente, in denen wir uns sehr nah waren und solche, in denen ich nicht wusste, ob sie nicht eher eine Feindin als eine Freundin war. Ich erinnerte mich an den ersten Tag nach den Herbstferien, in denen die von Gutenbachs hierhergezogen waren, als Emilia und Noah in meiner Schule aufgetaucht waren. Ich saß ganz vorne und beobachtete das blasse Geschwisterpaar, das in Kleidung steckte, die, im Nachhinein betrachtet, wohl wie die Imitation einer britischen Schuluniform wirken sollte. Emilia trug einen grün karierten Rock, hohe weiße Strümpfe, Lackschuhe und eine Bluse mit langen Ärmeln; ihre Haare waren zu zwei Zöpfen geflochten. Noah war in eine Art Anzughose und eine Weste aus grünem, dickem Stoff über einem ebenfalls weißen Hemd gekleidet. Beide trugen diese selbst in unserer Privatschule ungewöhnliche Kleidung mit einer solchen Selbstverständlichkeit, dass niemand lachte. Klein sahen sie aus neben der Lehrerin, mit durchgedrückten Rücken, den fein geschnittenen Gesichtern und hellen Haaren, die ihnen etwas Engelsgleiches gaben. Ich hatte die beiden ja schon am Tag ihres Einzugs in ähnlicher Kleidung gesehen, und auch in den gesamten Herbstferien, die ich mit ihnen verbrachte, hatten sie nie etwas anderes als teure, förmlich anmutende Kleidung getragen. Trotzdem wirkten sie in der Schule zwischen all den lauten und fröhlichen Kindern noch viel abgehobener und mehr aus der Zeit gefallen als in ihrem Backsteinanwesen mit dem parkähnlichen Garten drumherum. Die beiden standen an ihrem ersten Schultag vorne vor der Tafel, während unsere Lehrerin Frau Schumacher sie uns vorstellte. Emilia, die mich seit zwei Wochen kannte, ließ ihren Blick über unsere Klasse und mich hinwegschweifen, als würde sie mich nicht wiedererkennen. Frau Schuhmacher wies Emilia den noch freien Platz neben mir zu.

»Lieber nicht«, sagte diese mit einer Entschiedenheit, die keine Widerrede duldete. »Neben ihr möchte ich nicht sitzen. Noah und ich können die hintere Bank nehmen.« Emilia warf mir einen gelangweilten Blick zu, während sie das in einem Tonfall sagte, der klarmachte, dass ich eine Art Aussätzige sein musste, von der man sich eine schlimme Krankheit einfangen konnte. Ich versuchte, in meinen Heften zu verschwinden, als die anderen Schülerinnen und Schüler leise zu tuscheln begannen und Emilia, ohne mich eines weiteren Blickes zu würdigen, anmutig in die letzte Reihe schritt. Noah aber blieb vorne stehen, er sah mich an.

»Ich würde gern neben Sophie sitzen, Frau Schumacher«, sagte er, »also, wenn sie nichts dagegen hat?« Ein Lächeln breitete sich auf seinem Gesicht aus, eines, das ich automatisch erwiderte, während das tiefe Grün seiner Augen mich auffing. Wenn er so lächelte, war alles gut. Emilia drehte sich um und musterte ihren Bruder, als habe er etwas sehr Dummes getan. Dann setzte sie sich allein nach hinten, während Noah für die Dauer der Stunde mein Sitznachbar wurde. Auch später war es in vielen Situationen ein Auf und Ab zwischen Emilia und mir. Emilia, Noah und ich waren wie Geschwister, wenn wir hier im Haus und im Garten spielten, sobald wir aber in der Schule waren, geriet ich mit ihr aneinander, manchmal ignorierte sie mich auch einfach. Ich gewöhnte mich daran, verbrachte trotzdem jede Pause mit den Geschwistern. Erst als Noah und ich später ein Paar wurden, schien Emilias Verhalten mir gegenüber seine Berechtigung zu haben, denn plötzlich waren Noah und ich uns näher als die beiden, und ich vermutete, dass sie eifersüchtig war. Ich war jedoch nie ganz schlau daraus geworden, wie sie mich wirklich sah. Freundinnen hätte man uns daher nur nennen können, wenn das Konzept von Freundschaft das eines Spagats zwischen Nähe und Feindschaft war. Ich seufzte.

»Eigentlich bin ich wegen Noah hier«, gestand ich.

Manuel nickte, und sein Blick verhärtete sich. Vielleicht mochte er Noah immer noch nicht, in der Schule hatten sie sich nicht besonders gut verstanden. Ich wusste nicht, wie es dazu gekommen war, dass er wieder für die von Gutenbachs arbeitete, so wie er es in den Schulferien früher manchmal gemacht hatte. Ich hatte bisher nicht daran gedacht, dass es ihm schwerfallen könnte, Geld von seinem früheren Mitschüler und Rivalen anzunehmen, dass er vielleicht froh sein könnte, Noah nicht jeden Tag sehen zu müssen. Andererseits waren diese Dinge nun schon so lange her – nur, wenn ich ehrlich war, waren sie auch für mich noch keineswegs vergangen und vergessen.

Manuel richtete sich auf und stellte seine Tasse auf dem Gartentisch ab.

»Ich muss jetzt wieder weitermachen. Danke für den Kaffee. Es ist schön, dich wiederzusehen, Sophie«, sagte er und ging zurück in Richtung der Rhododendren, wo er wohl die Gartenschere zurückgelassen hatte. Ich schaute ihm nach. Die Begegnung mit ihm hatte ich nicht erwartet. Ich hätte gern mehr über sein Leben erfahren, ihn gefragt, was ihm in den letzten Jahren widerfahren war, wo diese Ruhe und der traurige Zug in der Haltung seiner Schultern herkamen. Aber das waren einfach nicht die Fragen, die man einem ehemaligen Schulkameraden beim ersten Treffen nach so vielen Jahren stellen konnte.

~

Emilia sah ich nicht wieder bis zum späten Nachmittag. Inzwischen hatte ich die warme, mit braunen Fliesen und Holzschränken ausgestattete Küche nach etwas Essbaren abgesucht. Die große Eckküche mit den Holzarbeitsflächen und den zwei hellen Fenstern zur Seite des Gartens hin sah ein wenig vernachlässigt aus. Die Schränke enthielten nichts als Geschirr. Auch der große Kühlschrank war fast leer, bis auf eine Ketchup- und eine Tabascoflasche in der rechten unteren Ecke und eine verschrumpelte Zitrone. Die sauer gewordene Milch warf ich mit angewidert verzogenem Gesicht in den Müll, nachdem ich daran geschnuppert hatte. Die Kräuter auf der Fensterbank waren verwelkt, das Basilikum ließ seine wenigen Blätter traurig hängen, und der Rosmarin trug nur noch ein paar vertrocknete Zweige. Schließlich fand ich eine halb leere Cornflakespackung in einem der Holzschränke und setzte mich damit an die freistehende Arbeitsfläche und Durchreiche aus Holz, an der zwei Barhocker standen.

Ich aß zwei Handvoll Cornflakes direkt aus der Packung und dachte über meine nächsten Schritte nach. Ich musste ein paar E-Mails schreiben, meine Chefin hatte darauf bestanden, dass ich meinen letzten Auftrag noch zu Ende bearbeitete. Es ging, wie so oft, um das Zuordnen und Benennen von Fotodateien, die, wie so oft, völlig chaotisch bei mir angekommen waren. Mit diesen Bildern sollte ich einen Antrag auf Denkmalschutz für ein grauenhaft aussehendes kastenartiges Gebäude aus den 50er-Jahren stellen, dessen Nachbarn und wahrscheinlich auch Bewohner sicher eher für den Abriss wären. Als Objekt seiner Zeit und Epoche qualifizierte es sich aber ungerechtfertigter Weise dafür, unter Schutz gestellt zu werden, sämtlichen ästhetischen Kriterien zum Trotz. Das war es, was meinen Job oft so langweilig und haarsträubend machte: Ich durfte die Gebäude nicht einmal selbst aufsuchen und begutachten, nein, ich musste nur auf Basis von Fotos und kryptischen Gutachten der Außendienstlerinnen sterbenslangweile Formulare und Anträge ausfüllen. Dafür hatte ich nun wirklich keinen Doktor in Kunstgeschichte gemacht – aber in unserer Branche musste man heilfroh um jeden festen Job sein, den man finden konnte, und in diesem Sinne war das Denkmalamt der Jackpot, auch wenn ich den Eindruck hatte, dass es langsam, aber sicher alle meine Gehirnzellen abtötete.

Von meiner übrig gebliebenen Arbeit einmal abgesehen, musste ich mir überlegen, wie ich bei meiner Suche nach Noah vorgehen sollte. Mein Herz machte beim Gedanken an ihn einen ungeduldigen Hüpfer, und ich wusste, dass ich mich nicht auf meine Arbeit für das Amt würde konzentrieren können, wenn er mir im Kopf herumspukte. Ein Grund mehr, ihn so schnell wie möglich zu finden und diese Sache *ad acta* zu legen. Es gab so vieles, was ich mit ihm besprechen wollte, und es machte mein Herz so schwer zu denken, dass er irgendwo einsam und allein um seine Eltern trauerte. Wenn selbst Emilia nicht wusste, wo er zu finden war, dann musste es wirklich schlimm um ihn stehen. Emilia und Noah waren auf gewisse Weise immer symbiotisch gewesen, der eine wusste, was die andere machte und dachte, die andere konnte jederzeit das Gefühl benennen, das der eine empfand. Es waren immer Noah und Emilia gegen ihre Eltern und alle anderen gewesen, bis es dann schließlich Noah und ich gegen den Rest der Welt geworden waren – aber daran wollte ich jetzt nicht denken, denn diese Zeit war unwiederbringlich zu Ende gegangen, und die Erinnerung daran erfüllte mich mit derartig widersprüchlichen Gefühlen, dass es überwältigend war.

So vertrödelte ich den Nachmittag auf dem dunkelgrünen Sofa mit den wuchtigen Löwenfüßen aus Holz im großen Wohnzimmer, von wo aus ich durch die Schiebetüren auf Terrasse und Garten blicken konnte. Eigentlich sollte ich die Zeit nutzen, in der Emilia nicht da war, um in Noahs Zimmer nach Hinweisen zu stöbern, aber ich konnte mich nicht dazu bringen, alleine hineinzugehen. In dem gemütlichen Zimmer, in dem ich stattdessen saß, mit den dunklen Holzschränken voller Bücher und dem weichen orientalischen Teppich auf dem Parkett, gab es einen Kamin, der so aussah, als hätte ihn schon lange niemand mehr benutzt. Ich balancierte meinen Laptop auf den Knien, versuchte ein bisschen zu arbeiten, während ich zwischendurch meinen Freunden Nachrichten schrieb, um ihnen zu versichern, dass alles in Ordnung und ich nicht entführt worden war. Ich hatte ihnen nie von Noah erzählt. Noch nicht einmal Laura, meine beste Freundin, wusste von ihm und von dem Durcheinander, das er in meinem Leben hinterlassen hatte. Das lag daran, dass ich mir sicher war, Laura würde mich auf ihre pragmatisch-feministische Weise darauf hinweisen, dass ich diesem Typen keine Träne nachweinen sollte, nach allem, was passiert war. So einfach war es jedoch nicht. Aber wie sollte man das jemandem erklären, der Noah von Gutenbach und seine seltsam komplizierte Familie nicht kannte?

Langsam machte es mich wirklich unruhig, dass Emilia nicht auftauchte. Sie hatte mir bisher noch gar nicht erklärt, was eigentlich genau geschehen war nach dem Autounfall ihrer Eltern und wann Noah eigentlich verschwunden war. Es war mal wieder typisch für sie, dass sie mich zu sich rief und dann einfach warten ließ, weil sie irgendetwas Wichtigeres zu erledigen hatte.

Ich schreckte schließlich aus meinen Überlegungen hoch, als ich die schwere Haustür ins Schloss fallen hörte. Einen winzigen Moment lang hoffte ich, Noah würde gleich ins Wohnzimmer treten, aber dann trat Emilia in einer engen schwarzen Hose, hohen Stiefeln, einer fast durchsichtigen Bluse und einer großen Sonnenbrille in den angrenzenden Raum, den gelben Salon, den ich von meinem Platz auf dem Sofa aus einsehen konnte. Sie war mit zahlreichen Einkaufstüten bepackt, die sie jetzt auf eine Kommode hievte. Ihre Handtasche warf sie achtlos auf einen Louis-XIV-Sessel, als sie zu mir ins Wohnzimmer trat. Sie schob ihre Sonnenbrille hoch und musterte mich mit ihren unergründlichen grünen Augen.

»Bist du hungrig, Sophie?«, fragte sie, ohne Begrüßung und ohne ihre vorige Abwesenheit irgendwie zu begründen. »Ich habe für *Risotto ai Funghi Porcini* eingekauft.«

Das erklärte natürlich nicht die zwei Tüten der namhaften Modeläden und die unscheinbare Papiertüte, die ganz zu Oberst lag, aber ich wollte mich nicht beschweren. Etwas zu essen war keine schlechte Idee.

Emilia drehte sich um, ohne meine Antwort abzuwarten.

»Ich mache einen Weißwein auf, du kannst schon mal die Steinpilze schneiden«, fügte sie hinzu.

Sie verschwand mit ein paar der Tüten nach oben, während ich ihre weiteren Einkäufe in die Küche trug, auspackte und einräumte. Zum Glück hatte sie nicht nur fürs Abendessen, sondern auch fürs Frühstück und ein paar weitere Mahlzeiten eingekauft. Im Kühlschrank fand ich einen Weißwein, der schon kalt gestellt worden war. Ich suchte nach einem Korkenzieher, als ich in einer der Schubladen einen alten Weinverschluss mit einem kleinen blauen Glaselefanten entdeckte. Ich hielt den Atem an, während ich den Gegenstand in die Hand nahm. Das eine Ohr des Elefanten war abgeschlagen, aber ansonsten war er intakt. Es war ein Souvenir gewesen, das ich Noah in der elften Klasse aus Venedig mitgebracht hatte, von einer Reise, bei der er nicht dabei gewesen war. Mein Herz führte einen merkwürdigen Tanz auf. Er war noch hier, als wären nicht all die Jahre vergangen.

»Hast du den Wein schon offen?«, fragte Emilia plötzlich hinter mir, und ich ließ den kleinen Glaselefanten erschrocken in die Schublade zurückfallen. Als ich mich zu ihr umdrehte, stand ein Ausdruck in ihrem Gesicht, den ich nicht deuten konnte.

»Äh ... Nein ...«, stotterte ich. »Ich habe den Korkenzieher nicht gefunden.«

Der Rest des Kochens und Essens verlief ohne weitere Zwischenfälle. Emilia und ich schafften es sogar, eine etwas stockende Unterhaltung am Laufen zu halten, in der wir alle relevanten oder schmerzhaften Themen weiträumig umgingen.

Nach dem Essen saßen wir am großen ovalen Eichentisch vor unseren leeren Tellern. Ganz selbstverständlich hatte ich den Tisch in der Küche gedeckt und nicht den im gelben Salon, in dem die Familie nur aß, wenn Robert und Natalia da waren. Aber nun würden die beiden nie wiederkommen und Geschichten von ihrer Löwenjagd in Simbabwe oder vom Eisfischen in Moskau zum Besten geben, alles Dinge, die sie mit ihren Geschäftspartnern machten. Der Gedanke versetzte mir einen Stich.

Emilia schenkte uns schließlich den letzten Rest des Weißweins in die bauchigen Gläser ein.

»Emilia, was ist eigentlich nach dem Unfall geschehen? Das konnte ich aus deinem Brief nicht herauslesen«, fragte ich.

Sie schwieg einen Moment, drehte den Stil ihres Weinglases zwischen ihren Fingern. Ich war mir nicht sicher, ob sie überhaupt antworten würde, aber dann sagte sie, ihren Blick auf das Glas gerichtet: »Wusstest du, dass Libellen Kannibalen sind?« Sie sah auf und fixierte mich mit ihren hellen Augen. »Hauptsächlich ernähren sie sich von anderen Insekten, aber vor allem zur Paarungszeit greifen sie auch Vertreter ihrer eigenen Art an, um sie zu fressen. Ist das nicht erstaunlich?«

Das war selbst für Emilia ein seltsamer Sprung in der Gesprächsfolge. »Was soll das heißen?«

Sie zuckte mit den schlanken Schultern und schaute wieder auf das Glas in ihren Händen. »Nichts. Ich habe mich in den letzten Jahren viel mit Libellen beschäftigt. Ich habe sogar meine eigene Larven-Aufzucht im Keller. Soll ich sie dir zeigen?«

Mir schauderte beim Gedanken daran. »Nein. Nein, danke.«

»Schade.«

Wir schwiegen wieder einen Moment, langsam wurden mir diese ganzen Gesprächspausen zu viel.

»Weißt du, es ist nicht besonders höflich, dass du mich mehr als 750 Kilometer hierher beorderst und dann nichts zu deinen Gründen sagst.«

Emilia sah mich wieder an, echtes Erstaunen lag auf ihren Zügen.

»Dich hierher beordert? So etwas würde ich nie tun.«

Ich stöhnte frustriert auf und beschloss, die Taktik zu ändern. »Emilia, wo ist Noah?«

Diesmal zog sie fast unmerklich ihre Schultern hoch und schaute wieder auf ihre Hände. In all den Jahren, die ich mit den Geschwistern von Gutenbach verbracht hatte, war ich zu so etwas wie einer Expertin in der Beobachtung der beiden geworden. Da sie kaum jemals über ihre Gefühle sprachen, musste man sie aus den winzigen Gesten und aus vermeintlich harmlosen Aussagen der beiden herauslesen. Darin war ich wirklich gut, wie eine Forscherin in einem fernen Dschungel, die aus den Fährten der Tiere ihr Verhalten ablesen konnte. Und in dem winzigen Moment, bevor Emilia ihren Blick gesenkt hatte, hatte ich etwas gesehen. Ich hatte sie durcheinandergebracht, ich hatte sie an einer Stelle erwischt, die noch ganz roh und verletzlich war. Da war echter Schmerz gewesen.

»Emilia«, sagte ich so sanft wie möglich, »ich kann dir nicht helfen, Noah zu finden, wenn du mir nichts über sein Verschwinden erzählst.«

Plötzlich sah sie wieder auf, und ein verschmitztes Grinsen stand in ihrem Gesicht. »Du sollst mir gar nicht helfen, ihn zu finden. Du sollst ihm helfen zurückzufinden.«

»Wie meinst du das? Weißt du denn, wo er ist?«

Sie schüttelte leicht den Kopf. »Nein, natürlich nicht.«

Es war zum Verrücktwerden mit ihr. Ich versuchte, meine Ungeduld zu zügeln. »Dann erzähl mir einfach, wann du ihn zuletzt gesehen hast und was davor geschehen ist.«

Emilia leerte ihr Glas in einem Zug und stand auf. »Ich muss nach meinen Larven sehen«, sagte sie. »Du kannst mich gerne begleiten, wenn du willst.«

Damit ließ sie mich am Tisch zurück und ging zur Anrichte, wo sie ihr Geschirr in die Spüle stellte. Noah und Emilia hatten die Angewohnheit, ihre Dinge einfach irgendwo stehen und liegen zu lassen. Früher war das kein Problem gewesen, da die Hausangestellte und Nanny, Mathilda, alles hinter ihnen aufgeräumt hatte. Ich hatte mich nie daran gewöhnen können, dass andere Leute meinen Dreck wegmachten, und hatte Mathilda nie mein Geschirr auf dem Küchentisch oder meine schmutzige Wäsche auf dem Sofa hinterlassen. Als ich das erste Mal nach der Schule zum Essen bei den von Gutenbachs geblieben war, hatte ich Mathilda in einer leicht verschämten Stille beim Einräumen der Spülmaschine geholfen. Sie hatte versucht mich zu verscheuchen, und Natalia hatte zu mir gesagt: »Du weißt, die Angestellten sind für so etwas da, oder?« Sie hatten mich aber nicht davon abbringen können, mein Geschirr selbst in die Maschine zu räumen, auch nicht in den folgenden Jahren. Mathilda, die wunderbare, herzliche, rundliche Mathilda mit ihrer resoluten Stimme und ihrem trockenen Humor war zu einer Vertrauten für mich geworden, als ich praktisch in diesem Haus aufgewachsen war. Sie war die einzige normale Person hier, so wie ich, hatte ich damals gedacht. Und auch, wenn ich nie viel über sie erfahren hatte, hatten wir einander Blicke zugeworfen, wenn die von Gutenbachs wieder einmal ihre Exzentrik pflegten. Oder wenn Natalia auf eine ihrer seltsam weltfremden Ideen kam, die für Mathilda nur zusätzliche Arbeit bedeuteten wie zum Beispiel, dass sie zu jedem Essen eine farblich passende Tischdecke finden oder in jedem Zimmer ein Grammophon unterbringen sollte. Mathilda lächelte dann und nickte, machte aber danach einfach alles so, wie sie es gewohnt war, da Natalia ihre Idee ohnehin wieder vergaß, sobald sie sie ausgesprochen hatte. Mathilda hatte mich behandelt, als wäre ich eines der Kinder der von Gutenbachs, wenn auch vielleicht ihr persönliches Lieblingskind, dem sie manchmal frisch gebackene Kekse zusteckte. Was wohl aus ihr geworden war? Danach musste ich Emilia unbedingt fragen. Ich hatte ein schlechtes Gewissen, dass ich schon so lange nicht mehr an sie gedacht hatte, dass ich sie schon so lange nicht besucht oder angerufen hatte. Ich musste herausfinden, wo sie wohnte. Nur ein weiterer Punkt auf der langen Liste von Dingen, die ich in Erfahrung bringen musste.

Ich stand auf und trug die restlichen Dinge vom Tisch zur Spüle. Wenn ich genau darüber nachdachte, war es erstaunlich, dass das Haus nicht im Chaos versunken war, seit Emilia alle Angestellten außer dem Gärtner vor einem Monat entlassen hatte. Sicher, es war staubig, aber in der Spüle stapelten sich keine Teller mit angeschimmelten Essensresten, und auch Emilias Kleidungsstücke waren größtenteils in ihrem Zimmer verteilt. Wie war es zu dieser relativen Ordnung gekommen? Hatte Emilia gelernt, hinter sich aufzuräumen, oder schlicht einen Monat lang nichts gegessen? Letzteres würde ich ihr eher zutrauen. Ich stellte meinen Teller, mein Glas und den Kochtopf in die Spülmaschine und räumte Emilias benutztes Geschirr mit dazu.

Danach folgte ich ihr die alte Holztreppe hinunter. Die Stufen knarrten unter meinen Füßen. Im Keller mit seiner dunklen Holzvertäfelung war es erstaunlich warm und ein wenig feucht. Neben dem Weinkeller mit seiner schier unendlichen Anzahl an teuren und verstaubten Flaschen gab es mehrere große Zimmer, einen alten Fitnessraum für Natalia, eine Art Archiv für Robert, in dem die Akten lagerten, die er nicht in seinem Büro brauchte. Nun stand ich vor einem Raum, der komplett vollgestellt war mit Möbeln, die Natalia gekauft, für die sie dann aber keine Verwendung gefunden, oder die sie aus dem Haus hier herunter verbannt hatte, weil sie einen besseren Ersatz dafür gefunden hatte. Nur das Licht aus dem Flur beleuchtete schwach die mit weißen Tüchern abgehängten Silhouetten der Schränke, Kommoden, Stühle, Tische und Sessel, die hier lagerten und auf ihre Wiederentdeckung warteten, die wahrscheinlich nie kommen würde. Meine Hand lag auf dem Lichtschalter, aber ich zögerte. Es machte mich traurig, die verstaubten Möbel zu sehen, sie erinnerten mich zu sehr an Natalia und an Robert, die nicht wiederkommen würden, um weitere Einrichtungsgegenstände und Akten hier abzustellen und zu vergessen. Es erinnerte mich zu sehr daran, wie Natalia und Robert so oft auch ihre Kinder wie ausrangierte Möbel bei einer Nanny abgestellt und vergessen hatten, um auf eine ihrer zahlreichen Reisen zu verschwinden. Ich zog die Tür wieder zu.

Langsam ging ich den Kellerflur weiter hinunter zum einzigen Raum, in dem Licht brannte. Aus der offen stehenden Tür drangen ein leises Brummen und eine überwältigende Wärme hervor. Als ich näher kam, erkannte ich, dass die Türöffnung mit dicken, halb durchsichtigen Plastikbahnen verhangen war. Innerlich versuchte ich mich gegen das zu wappnen, was mich in dem Raum erwartete. Ich holte tief Luft, schob die Planen zur Seite und trat ein. Aber auf das, was Emilia inzwischen aus diesem Ort gemacht hatte, war ich einfach nicht vorbereitet.

KAPITEL 3

Libellen nutzen Sonnenwärme zur Aufheizung ihrer Flügel

16 Jahre zuvor

Es war ein eisiger Wintertag, ich trug zwei Strumpfhosen übereinander und dicke Wollsocken und bekam trotzdem kalte, nasse Füße auf dem Weg zur Schule. Ich hatte lange auf den Bus warten müssen, der sich durch die Schneemassen kämpfte und verspätete. Die angesehene Privatschule, auf die mich meine Eltern geschickt hatten, war eigentlich viel zu teuer, aber mein Vater hatte darauf bestanden. Ein Überbleibsel seiner konservativen Aufsteigermentalität, nehme ich an, bei der ein normales Gymnasium dem sozialen Abstieg gleichkam. Die Schule lag nicht weit von uns entfernt, aber im Winter waren die Gehsteige so hoch mit aufgetürmtem Schnee von der Straße bedeckt, dass ich nicht zu Fuß gehen konnte. Im Sommer gingen Emilia, Noah und ich zusammen, jetzt fuhren die Geschwister mit dem Wagen des Vaters zur Schule. Sie hatten mir schon oft gesagt, dass ich einfach mitfahren sollte, aber aus einem wohl tief in mir vergrabenen Klassengefühl heraus empfand ich es als unangemessen, mit dem Gutenbach'schen Mercedes vorzufahren. Also nahm ich den Bus und sah Noah und Emilia erst im Unterricht wieder.

Das Schulgebäude war ein ehemaliges Dominikanerkloster aus rotem Backstein, mit weiß gestrichenen Fensterkreuzen, schwarzem Schieferdach und einem sechseckigen Backsteinturm, dessen glockenförmiges Kupferdach mit der typischen hellgrünen Patina überzogen war. Auf zwei gegenüberliegenden Turmseiten befand sich jeweils eine Uhr, sodass eine von außen und eine vom Atrium aus zu sehen war. Das gesamte Gebäude bildete ein Rechteck um den wunderschönen Innenhof, in dem große, alte Ahornbäume standen. Ich beeilte mich und lief mit meinen rutschigen Schuhen so schnell ich konnte durch das Tor in den Hof, da ich schon von Weitem an der Turmuhr ablesen konnte, dass ich zu spät zum Unterricht kommen würde. Mein Atem bildete kleine weiße Wölkchen in der kristallklaren Luft. Ich war allein auf dem Weg, die Schulglocke hatte schon geläutet. Die Bäume reckten ihre kahlen, schneebedeckten Zweige in einen taubengrauen Himmel, aus dem unentwegt dichte Flocken fielen. Meine knirschenden Schritte auf dem frischen Schnee und mein keuchender Atem waren die einzigen Geräusche in der Stille des Morgens.

Dann hörte ich plötzlich einen dumpfen Aufprall. Ich sah erschrocken hoch. Ein Vogel musste gegen eines der oberen Fenster geflogen sein, er segelte nun rückwärts mit ausgebreiteten Schwingen dem Boden entgegen und verschwand in einer Schneesenke.

Rasch lief ich zu der Stelle, um nachzusehen, wie es dem Tier ging. Der kleine braun-schwarze Vogel, mit grauer Brust und schwarzer Kehle, war mit gespreizten Flügeln in den Schnee eingesunken, seine Augen waren geschlossen, der gelbe Schnabel einen Spaltbreit geöffnet. Ein Stein legte sich auf mein Herz, war der Vogel tot? Ich beugte mich näher heran, um zu sehen, ob er verletzt war und noch lebte. Vorsichtig streckte ich meine behandschuhten Hände aus, um den Schnee zur Seite zu schieben. Der

Vogel öffnete seine Augen und blinzelte verwirrt und ängstlich. Er begann schwach mit den Flügeln zu schlagen und sich dabei weiter einzugraben.

»Schhh, keine Sorge«, versuchte ich ihn zu beruhigen, so würde er sich selbst begraben und in der Kälte erfrieren. »Ist ja gut, ich tu dir nichts«, murmelte ich leise. Das Tier musste panische Angst haben. Ich wusste, dass man Wildtiere nicht anfassen sollte, dass es sie noch panischer machte. Die Kraft schien den Vogel zu verlassen, es hörte auf, mit den Flügeln zu schlagen, und seine Augen schlossen und öffneten sich langsamer, wie benommen.

Ich biss mir auf die Unterlippe. Ich musste zum Unterricht, sonst würde ich Riesenärger bekommen, aber ich konnte den kleinen Vogel nicht einfach seinem kalten Schicksal überlassen. Vorsichtig, ganz vorsichtig grub ich meine Hände in den Schnee und hob ihn von unten auf. Das Tier trat schwach mit seinen Beinen in die Luft, hörte dann aber auf, sich zu wehren, und schloss die Augen.

Ich hielt den Atem an. Dann pustete ich den Schnee von meinen Handschuhen und von dem reglosen Vöglein ab und hielt es ganz vorsichtig in meinen zur Schale geformten Händen. Sogar durch die Handschuhe konnte ich den rasenden Herzschlag des kleinen Tieres fühlen. Es lebte also noch, stellte ich erleichtert fest.

Ich richtete mich auf, als plötzlich Gelächter und knirschende Schritte hinter mir ertönten. Langsam drehte ich mich um, und mein Herz rutschte mir in die Hose.

Arne und seine zwei Freunde Peter und Julian kamen grinsend auf mich zu. Arne hatte es auf mich abgesehen, ich hatte keine Ahnung, warum. Seit Beginn der fünften Klasse hatte er Witze über mich gemacht, mich an den Haaren gezogen oder geschubst, wenn keiner hinsah. Er und seine zwei Freunde waren das Letzte, was ich gebrauchen konnte. Wenn sie mich in den Schnee schubsten, würde ich womöglich auf den kleinen Vogel fallen und ihn unter mir begraben. Und jetzt war es zu spät, um wegzulaufen oder das Tier außer Reichweite zu bringen. Schützend hüllte ich meine Hände um ihn.

Arne blieb feixend ein paar Schritte vor mir stehen, die beiden anderen Jungs direkt neben ihm.

»Was hast du da?«, fragte er und zeigte auf meine vor mir ausgestreckten Hände.

Vielleicht würde Ehrlichkeit helfen, und sie würden mich dieses eine Mal in Ruhe lassen. »Einen Vogel«, sagte ich leise. »Er ist gegen ein Fenster geflogen und abgestürzt.«

Arne kam näher, er schien tatsächlich interessiert an dem, was ich in meinen Händen hielt. Ich öffnete sie einen Spalt und zeigte ihm das kleine Tier. Er nickte, trat einen Schritt zurück. Plötzlich holte er aus und schlug mit seiner Hand nach mir.

Fast hätte er mich erwischt, ich schaffte es gerade noch, mich und den Vogel mit einem Satz nach hinten in Sicherheit zu bringen. Ich stieß einen erschrockenen Laut aus und hielt das Tier schützend an meine Brust. Schwach spürte ich seine hektischen Bewegungen, sicher hatte der Vogel Angst, zerquetscht zu werden, aber ich wusste nicht, wie ich ihn anders beschützen konnte.

»Na, Hoffmann, willst du dir Flöhe holen von dem dreckigen Spatz?« Arne lachte laut, und natürlich fielen die anderen Jungs mit ein, als wären sie eine Art Rudel, das immer gleich reagierte. Ich kniff die Augen zusammen. Arne hielt es für witzig, mich nur bei meinem Nachnamen zu rufen, genau so, wie er es für witzig hielt, dem rundlichen Oskar sein Pausenbrot in den Mund zu stopfen oder der kurzsichtigen Yasemin die Brille vom Gesicht zu schlagen – das alles fand er furchtbar lustig. Er musste ein sehr unglücklicher Junge gewesen sein, aber das wusste ich damals nicht. Damals hatte ich Angst, so panische Angst wie der kleine Vogel in meinen Händen, dass er dem Tier etwas antun könnte. Normalerweise ließen er und seine Kompagnons mich in Ruhe, wenn ich mit Noah und Emilia zusammen war, denn niemand legte sich mit den Geschwistern von Gutenbach an. Einmal hatte ein Mädchen einen Scherz über Emilia gemacht. Am nächsten Tag hatte sie in ihrem Schulranzen plötzlich eine ganze Handvoll Regenwürmer gefunden. Ihr Kreischen war bis in die anderen Klassenräume zu hören gewesen. Emilia hatte auf eine Art und Weise in engelsgleicher, kalter Unschuld gelächelt, die klarmachte, dass man sich nicht mit ihr und ihrem Bruder anlegen durfte, und diese Regel weitete sich auf mich aus, wenn ich in ihrer Nähe war.

Nur war ich jetzt allein.

Und das war Arne auch klar. Er konnte mit mir machen, was er wollte, und ich konnte mich nicht wehren, weil ich den Vogel beschützen musste. Er setzte ein wölfisches Lächeln auf, und er und seine Freunde kamen langsam auf mich zu. Schritt für Schritt wich ich zurück, aber ich wusste, dass die Gebäudewand ganz nah hinter mir war und es kein Entkommen geben würde. Mein Herz pochte so laut und schnell wie das des kleinen Geschöpfs an meiner Brust. Panik stieg in mir hoch. Wie sollte ich mich und den Vogel nur gegen die drei Jungs verteidigen, wenn ich meine Hände nicht benutzen konnte? Wenn ich das Tier zur Seite legte, würde er von den Jungs sicher zertrampelt werden, falls ich versuchte, mich gegen sie zur Wehr zu setzten und eine Rangelei ausbrach.

»Was wollt ihr von mir?«, fragte ich, meine Stimme schrill und ängstlich. »Ihr könnt mich später ärgern, aber lasst mich erst mal den Vogel ins Warme bringen.« Mein flehender Tonfall ließ Arnes Grinsen nur noch breiter werden.

»Keine Zeit, Hoffmann. Jetzt ist es doch gerade so günstig. Und wir wollten dich schon seit Langem im Schnee waschen, wo deine Haut doch so schmutzig ist. Haben deine Eltern dich eigentlich im Müll gefunden?«

Arne warf den Kopf in den Nacken und heulte vor Lachen. Ich spürte, wie ich mit dem Rücken an die Wand des Schulgebäudes stieß und musste schlucken.

»Mal sehen, ob wir dich sauber kriegen«, sagte Arne und streckte seine Hände nach mir aus. Ich schrie auf, versuchte mich zur Seite zu drehen und gleichzeitig den Vogel vor meiner Brust mit meinem Körper zu schützen. Vor Angst kniff ich die Augen zusammen. Raue Hände packen mich am Kragen, an meinen Armen, meiner Jacke und schleiften mich nach vorne, während das Gelächter der Jungs in meinen Ohren widerhallte.

»Genug!«, sagte plötzlich eine scharfe Stimme. Eine vertraute Stimme. »Lasst sie sofort los.«

Es war keine Bitte, sondern ein Befehl.

Die Hände ließen von mir ab, und ich wagte es wieder, die Augen zu öffnen. Vor mir stand Noah. Er hatte seine schlanken Hände zu Fäusten geballt, seine Lippen waren zu dünnen Strichen zusammengekniffen. Seine grünen Augen blitzten, die blonden Haare, in denen einige verirrte Schneeflocken saßen, schienen in der Energie seiner Wut aufgeladen und umgaben ihn wie eine helle Wolke.

Mir entfuhr ein Seufzer. Er war gerade zur rechten Zeit gekommen, jetzt würde alles gut werden.

Aber ich hatte nicht mit Arnes Jagdinstinkt gerechnet und dass er, hatte er sich einmal in ein Opfer verbissen, nicht mehr loslassen konnte.

Er und seine Begleiter drehten sich zu Noah um, das Grinsen auf Arnes Gesicht nahm eine weitere unheilvolle Dimension an.

»Weißt du«, sagte er zu Noah, »hier ist keine Lehrerin, nach der du schreien kannst, um deine kleine, dreckige Freundin zu verteidigen, und du willst dich sicher nicht allein mit uns dreien anlegen, oder? Das könnte nämlich ziemlich hässlich werden.« Er machte einen drohenden Schritt auf Noah zu.

Noah blieb, wo er war. Er war einen ganzen Kopf kleiner als Arne, der die fünfte Klasse hatte wiederholen müssen, aber er sah nicht unterlegen aus. Mit der Haltung seiner Schultern, seinem festen Blick, seinem breitbeinigen Stand – mit jeder Faser seines Seins drückte Noah aus, dass er vor Arne keinen Deut zurückweichen würde.

Er machte nun ebenfalls einen Schritt auf Arne zu und ließ seine rechte Hand in seine Hosentasche gleiten. Erst jetzt fiel mir auf, dass Noah gar keinen Mantel trug, aber keine Gänsehaut bildete sich auf der hellen Haut seiner nackten Arme.

»Du und deine Sandkastenbande, ihr lasst besser die Finger von Sophie«, zischte er, während seine grünen Augen Blitze abzuschießen schienen.

»Oder was?«, sagte Arne hämisch.

Dann holte er plötzlich blitzschnell aus und schlug Noah mit der geballten Faust ins Gesicht. Ich schrie auf. Noah taumelte einen Schritt zurück. Blut schoss ihm aus der Nase, lief an seinem Kinn entlang und tropfte rot in den Schnee. Meine Hände krampften sich fast um den Vogel, dessen Krallen schwach gegen meine Handschuhe kratzen, und ich machte automatisch einen Schritt nach vorn. Julian streckte einen Arm vor mich, sodass ich nicht weiterkonnte.

Aber Noah hatte sich inzwischen gefangen, er richtete sich wieder auf, straffte die Schultern. Seine Augen waren einen Moment vor Schmerz zusammengekniffen gewesen, aber jetzt war sein Gesicht unbewegt, als beträfe es ihn nicht, dass Blut sein

Gesicht herunterrann. Er machte wieder einen Schritt auf Arne zu, als sei nichts geschehen. Kurz sah er zu mir, lächelte mich an, als wolle er mir sagen, dass alles gut werden würde, dass er mich nicht verlassen würde.

Oh Noah, mein Noah, dachte ich.

Dann sah er wieder zu den drei Jungs, musterte sie schweigend. Noah schien unantastbar, wie er dort im Schnee stand und das Blut über seine Lippen lief. Selbst Arne schien irritiert davon. Er war es nicht gewohnt, dass jemand auf seine Schläge nicht mit Angst reagierte.

Noah trat einen weiteren Schritt auf Arne zu, und plötzlich hörten wir ein klickendes Geräusch.

Klick, klick, klick.

Auf Noahs Gesicht breitete sich ein Lächeln aus, und es war das Schönste, Wildeste, Triumphierendste, was ich je gesehen hatte.

Klick, klick, klick.

»Weißt du, was, Arne«, sagte Noah leise.

Klick, klick, klick.

»Langsam habe ich wirklich die Nase voll von dir und deinem Blödsinn.« Noahs Stimme war völlig ruhig. Wie er dastand, als sei nichts gewesen, als spürte er keine Schmerzen, als sei dies alles ein großes Missverständnis, das sich leicht lösen ließe und ihm keine weiteren Umstände bereitete, wenn er es einfach beiseitewischte.

Klick, klick, klick.

»Was hast du da?«, fragte Arne unsicher mit Blick auf Noahs Hosentasche, aus der das Geräusch kam.

Klick, klick, klick.

Noah machte noch einen weiteren Schritt auf Arne zu. »Willst du das wirklich herausfinden«, sagte er leichthin in einem Plauderton. Noah und Arne standen einander gegenüber, und man hätte meinen können, sie seien gleich groß in diesem Augenblick. Noahs Augen bohrten sich in Arnes, und was auch immer Arne dort lesen konnte, es konnte nichts Gutes sein.

Er wurde bleich. Noahs Lächeln wurde breiter.

Plötzlich tauchte hinter Noah eine weitere Gestalt mit zwei hellblonden Zöpfen auf und stellte sich neben ihn.

»Was haben wir denn hier?«, sagte Emilia zuckersüß. »Wollen die Jungs etwa mit uns spielen?«

Ein kalter Schauer lief mir den Rücken hinab, während sich Emilias Mundwinkel zu einem Lächeln verzogen. Arne machte einen weiteren Schritt nach hinten und zur Seite. Selbst wenn er vielleicht noch versucht hätte, es mit Noah aufzunehmen, schienen ihm die Chancen drei gegen drei nicht zu gefallen – auch wenn zwei von uns Mädchen waren, wie er sonst gerne abfällig betonte.

»Kommt«, brummte er und wandte sich ab, aber nicht ohne Noah vorher noch einen Blick zuzuwerfen, der Ärger zu verheißen schien. Dann gingen er und die beiden anderen Jungen Richtung Schultor davon. Erst als die drei hinter der Wand aus immer dichter werdenden fallenden Schnees verschwunden waren, wagte ich es, aufzuatmen.

Mit zwei Schritten war Noah neben mir. »Sophie«, sagte er, »ist alles in Ordnung mit dir?« Die Besorgnis in seiner Stimme und in seinen Augen ließ mein Herz ganz weich werden. Er streckte die Hand aus und berührte mich am Arm. Seine Finger waren warm, trotz der Kälte und der wenigen Kleidung, die er trug. Seine grünen Augen sogen mich auf.

»J… ja«, stotterte ich und versuchte ein schwaches Lächeln, ohne den Blick von seinen Augen abwenden zu können. »Es ist alles okay.«

»Haben sie dir wehgetan?«, fragte Emilia scharf. »Dann muss ich mir nämlich etwas für sie einfallen lassen, damit sie uns ein für alle Mal in Ruhe lassen.«

»Nein, nein«, sagte ich schnell, immer noch, ohne die Augen von Noah abwenden zu können. Das Blut, das seine Nase hinuntertropfte, schien er vergessen zu haben. »Noah ist gerade rechtzeitig gekommen.«.

Seine Augen hellten sich auf, es war, als hätte sich ein Sommergewitter vom Himmel verzogen.

»Du blutest«, sagte ich leise zu ihm.

Mit einer nachlässigen Kopfbewegung wischte er die Nase an seiner Hemdschulter ab.

»Ich bin froh, dass es dir gutgeht«, sagte er, ohne weiter darauf einzugehen. »Aber warum hast du dich nicht gewehrt?«

Erst jetzt erinnerte ich mich mit Schrecken an den Vogel, den ich eigentlich hatte beschützen wollen. Vorsichtig nahm ich die Hände von der Brust und sah mit klopfendem Herzen auf das kleine Federbündel darin. Der Vogel blinzelte in die plötzliche Helligkeit. Seine Flügel lagen immer noch ausgebreitet und unbewegt in meinen Händen, aber sie schienen nicht verknickt oder gebrochen zu sein trotz des Gerangels.

Ein Seufzer der Erleichterung entfuhr mir. Ich hielt meine zur Schale geformten Hände Noah und Emilia hin. Die beiden beugten sich über das benommene Tier.

»Ich konnte nicht, ich musste auf ihn aufpassen«, sagte ich leise.

In Emilias Gesicht wurden die Züge sofort weicher, sie trat einen Schritt näher heran, streckte einen Finger nach dem kleinen Vogel aus und zog ihn dann wieder zurück, ohne das Tier berührt zu haben.

»Der Arme. Was ist ihm denn passiert?«, fragte sie. »Wenn die

Jungs ihm etwas angetan haben …« Emilia hatte Tiere schon immer geliebt.

»Nein, nein, er ist gegen eine Scheibe geflogen. Wir müssen ihn ins Warme bringen, damit er hier draußen nicht erfriert«, antwortete ich.

Noah nickte. Er und Emilia standen um mich herum und schauten auf das zerzauste Federbündel, das in meinen Händen so klein und verletzlich wirkte. Ich hatte Angst, dass er sterben könnte, so schwach blinzelte er mit seinen dunklen Augen. Es war uns allen dreien sofort klar, dass wir das Vöglein nicht zurücklassen konnten.

»In die Schule geht nicht«, sagte Noah. »Sie werden uns nicht mit dem Vogel in den Unterricht lassen. Wir müssen ihn zu uns nach Hause bringen.«

Emilia nickte, sie schien eine Entscheidung zu treffen. »Ihr zwei bringt ihn nach Hause«, sagte sie, »und ich gehe wieder rein und lasse mir eine Erklärung einfallen, warum ihr nicht zum Unterricht kommt, in Ordnung?«

Noah und ich nickten, es schien uns ein guter Plan.

Die Strecke zum Haus der von Gutenbachs war nicht weit, aber durch den Schneefall und mit dem Vogel in der einen Hand, während ich die andere schützend über ihn hielt, kam mir der Weg unendlich lang vor. Noah ging neben mir, immer noch ohne Mantel. Er war dafür nicht mehr zurück in die Schule gegangen, da wir fürchteten, dass man ihn abfangen würde.

Noah hatte seine Hände in die Hosentaschen gesteckt, mit seinen nackten Armen musste er schrecklich frieren, aber er hatte immer noch keine Gänsehaut. Ich machte mir Sorgen, dass er sich erkälten könnte. Wir gingen schnell und schweigend. Der Schnee legte sich auf Noahs sandfarbenes Haar, er hatte nicht mal eine Mütze. Ich wollte ihm meine anbieten, aber ich wusste, dass er sie nicht nehmen würde. Wenn er einen meiner besorgten Seitenblicke bemerkte, lächelte er, und ich schaute schnell weg.

Es war anstrengend, über die von den Schneepflügen aufgetürmten Schneemassen auf dem Bürgersteig zu klettern, oft blieb uns nichts anderes übrig, weil der ganze Gehweg bedeckt war. Noah griff dann nach meinem Arm und stützte mich, damit ich nicht rutschte und fiel.

Immer wieder öffnete ich meine Hände einen Spalt, um nach dem Vogel zu schauen. Er schien weiterhin kaum bei Bewusstsein, desorientiert, aber ich spürte den schnellen Herzschlag.

Als wir endlich vor der Villa der von Gutenbachs ankamen, schob Noah das große schmiedeeiserne Tor mit seinen nackten Händen und aller Kraft beiseite. Normalerweise machte das ihr Fahrer.

Wir gingen unter den kahlen Bäumen die Auffahrt entlang, in der die Reifenspuren des Morgens schon unter Neuschnee verschwunden waren. Der Schnee, der die Zweige, die Dächer der Villa und die Einfahrt bedeckte, gab dem Anwesen etwas Verzaubertes, Friedliches, es wirkte fast wie das Märchenschloss einer ewig schlafenden Prinzessin. Der Schnee hüllte alles um uns in Stille, die Luft schien durch die Kälte klar wie Glas. Ein Vibrieren lag darin, eine Intensität wie ein blauer Klang, der sich über die Welt legte, über das Haus und den Garten und in meinem Kopf widerhallte. Nur die Krähen, die in den Bäumen hockten und ihre heiseren Winterrufe ausstießen, durchbrachen das Klingen der Stille in meinen Ohren.

Noah und ich schlichen um das Haus herum, unter den schneebedeckten Rhododendren hindurch, deren Zweige ihre schwere Last auf uns fallen ließen, durch den Garten zur Terrassentür. Wir wollten nicht, dass Mathilda uns erwischte. Um diese Zeit war die Haushälterin gerade auf ihrer Reinigungstour durchs Haus, und weil sie immer in der Küche und im Wohnzimmer begann, war es eine sichere Sache, dass wir sie nicht antreffen würden, wenn wir uns von der Terrasse ins Kaminzimmer schlichen.

Unsere Schuhe hinterließen Spuren, als wir zur Glastür liefen, mein Herz pochte laut in meinen Ohren.

Noah schob die Schiebetür auf und warf mir ein triumphierendes Lächeln zu. Wir schlüpften hinein, die Wärme empfing uns mit einer Intensität, die mir einen Moment den Atem raubte. Noah lief voraus ins Kaminzimmer. Er winkte mich heran. Dann zog er mir mit einer flinken Bewegung meine Mütze vom Kopf und legte sie auf den weichen roten Teppich vor dem Kamin, in dem ein Feuer loderte.

»Leg den Vogel da hinein«, sagte er.

Ich kam die letzten Schritte hinein, meine Schuhe hinterließen nasse Abdrücke auf dem Parkett und Teppich. Vorsichtig bettete ich den kleinen Vogel in das Innere meiner auf dem Boden liegenden Mütze. Das Tier bewegte sich schwach, als ich die Hände wegzog. Ich hielt die Luft an. Der Vogel schlug mit den Schwingen, bis er sich in eine aufrechte Position gebracht hatte, dann blieb er sitzen, starr, aber lebendig. Das Feuer spiegelte sich in seinen dunklen Augen, und ich ließ langsam die Luft entweichen und sah Noah an. Es stand ein seltsamer Ausdruck auf seinem Gesicht, er schien mich beobachtet zu haben. Ich lächelte, und er lächelte zurück, aber wie aus weiter Ferne.

Mein Körper registrierte, wie kalt es mir zuvor gewesen war, und ich begann trotz meiner Jacke und der Hitze zu zittern, vielleicht war es auch die Anspannung, die von mir abfiel.

»Zieh deine Sachen aus«, sagte Noah. »Dir wird erst wieder warm, wenn du sie los bist. Hat mein Vater gesagt, nachdem er und Mutter im Winter in Moskau waren.«

Ich nickte und schälte mich aus meiner Jacke, den Schuhen und

Socken, die ich vom Teppich runterkickte. Die Strumpfhose, den Rock und meine Bluse ließ ich an. Auch wenn ich vor ein paar Jahren noch nackt mit Noah im Garten gespielt hatte, würde ich mich jetzt nicht mehr vor ihm ausziehen. Ich warf ihm einen Blick zu. Er zog eine dicke Decke vom Sofa. Wir kauerten uns auf den Teppich und breiteten die Decke über uns beide wie ein Zelt. Ich schlang die linke Seite um mich, er die rechte. Wir saßen ganz eng beieinander, und als sein nackter Arm meinen streifte, spürte ich die Wärme seiner Haut. Langsam wurde mir wieder warm, sehr warm sogar.

Vor uns saß der kleine Vogel von Schnee und Kälte geschützt, im beruhigenden Dämmerlicht des Kaminzimmers. Noah und ich schwiegen eine Weile und beobachteten das Tier, das sich kaum bewegte.

»Meinst du, er wird wieder gesund?«, fragte ich flüsternd.

Noah zuckte mit den Schultern.

»Wenn nicht, dann lassen wir ihn ausstopfen und hier an der Wand anbringen«, sagte Noah.

Ich boxte ihn in die Seite und schnaubte lachend vor Empörung. Über uns hingen die Trophäen, die sein Vater und seine Mutter auf ihrer Safari in Südafrika geschossen hatten, ein Adler, ein Löwenkopf und ein Alligator, dessen dunkle Knopfaugen mich nachts immer erschreckt hatten, wenn wir heruntergeschlichen waren, um uns etwas aus dem Kühlschrank für einen Mitternachtssnack zu stibitzen. Emilia hatte sich furchtbar darüber aufgeregt, als die ausgestopften Trophäen an den Wänden angebracht worden waren, sie war nach oben in ihr Zimmer gestürmt und hatte tagelang nicht mit ihrer Mutter gesprochen. Jetzt gehörten die Tiere so sehr zu diesem Raum, dass ich ihre Anwesenheit fast als beruhigend empfand, als würden sie über Noah und mich wachen, während wir über den Vogel wachten.

Dann fiel mir noch etwas ein. »Was war das eigentlich, das du in der Tasche hattest? Damit hast du Arne und den anderen einen ganz schönen Schrecken eingejagt.«

Noah wandte den Blick von dem Vöglein ab und sah mich an. Unter der Decke und in der Dunkelheit des Raumes war er mir ganz nah. Die einzigen Geräusche waren das Knistern des Feuers und unsere beiden Herzen, die im Einklang schlugen. Das Feuer malte ein Spiel aus Lichtzungen auf seine eine Wange, während die andere Seite im Schatten lag. Wortlos griff er in die Hosentasche und holte einen Gegenstand hervor, den er mir auf seiner flachen Hand entgegenhielt. Der Schein der Flammen reflektierte auf der silbernen Oberfläche eines Feuerzeugs. Ich griff danach. Es lag schwer und warm in meiner Hand, auf der einen Seite konnte ich eine Gravur erkennen, die ich im flackernden Licht aber nicht entziffern konnte. Der Deckel des Feuerzeugs machte ein klickendes Geräusch, als ich es aufschnappen ließ, aber keine Flamme erschien. Ungläubig lachte ich auf und gab es Noah zurück, der mich angrinste.

»Das glaube ich jetzt nicht! Damit hast du die Jungs vertrieben?«

Noah zuckte mit den Schultern und sah auf das silberne Feuerzeug in seinen Händen, das er auf- und zuspringen ließ, auf und zu. Klick, klick. Klick, klick.

»Arne dachte bestimmt, du hättest eine Waffe dabei, ein Klappmesser oder so was«, sagte ich.

Jetzt war es an Noah, mich mit großen Augen anzusehen und mich in die Seite zu knuffen.

»Ein Messer?«, fragte er ungläubig. »Das glaubst du nicht wirklich!«

»Weißt du nicht mehr? Letztes Jahr wurde einem Achtklässler eins im Unterricht abgenommen«, sagte ich ernst.

Noah sah auf den schimmernden Gegenstand in seinen Händen und schüttelte den Kopf. »Du hast wirklich Fantasie, Sophie«, sagte er leise lächelnd.

Ich wusste nicht, ob das etwas Gutes oder Schlechtes war.

»Wo hast du es her?«, fragte ich.

Das Lächeln verschwand aus seinem Gesicht, und seine Lippen wurden schmal. Er drehte den silbernen Gegenstand in seinen Händen, der Feuerschein blitzte darauf wie auf einem Schatz aus alter Zeit.

»Es ist von meinem Vater«, sagte er schließlich, ohne den Blick zu heben.

Ein unangenehmes Schweigen breitete sich zwischen uns aus. Ich wusste, dass Robert es ihm bestimmt nicht einfach so gegeben hatte und dass das nur eins bedeuten konnte.

»Du hast es heimlich genommen?«, fragte ich erstaunt.

»Meine Mutter hat es ihm geschenkt, siehst du die Gravur?«, sagte er und hielt mir das Feuerzeug hin. Sie war in einer anderen Sprache, ich konnte nicht verstehen, was ich entzifferte: *Ti Amo, Per Sempre*.

Ich sog scharf die Luft ein. »Aber wenn es von deiner Mutter ist, dann kannst du es erst recht nicht nehmen«, sagte ich.

Er ließ das Feuerzeug wieder in seiner Tasche verschwinden. »Das verstehst du nicht, Sophie.«

»Dann erklär es mir«, beharrte ich.

Er schaute mich nicht an, als er sprach. »Mein Vater hat es in die unterste Schublade seines Schreibtisches getan. Das ist die Schublade, in der er sonst nur kaputte Stifte und andere Dinge wirft, die er nicht mehr gebrauchen kann.«

Ich leckte mir über die Lippen. Ich konnte die große Traurigkeit spüren, die von Noah ausging, aber ich verstand nicht, warum. Eben hatten wir uns noch über seinen Triumph über Arne gefreut, und jetzt schien er plötzlich in einer ganz anderen Stimmung.

»Du solltest nicht an den Schreibtisch deines Vaters gehen, wenn er das merkt …«, sagte ich ängstlich. Robert wäre außer sich, wenn er erführe, dass sein Sohn in seinen Sachen stöberte.

Ungeduldig schüttelte Noah den Kopf. Endlich sah er mich an, und etwas Großes und Hungriges war in seinen Augen zu lesen, das mich zurückschrecken ließ.

»Kapierst du es nicht, Sophie? Es ist von meiner Mutter, und er will es nicht mehr haben! Er hat noch gar nicht bemerkt, dass es fehlt, obwohl ich es schon vor Wochen dort gefunden habe.«

In Noahs weit aufgerissenen grünen Augen tanzten die Flammen des Kaminfeuers, und ein Schmerz, der mich aufzusaugen schien. Ich strich ihm unbeholfen über die Schulter, er schüttelte meine Hand ab.

»Vielleicht hat er es vergessen«, flüsterte ich.

Noah wendete den Blick von mir ab, plötzlich schien er wütend. »Das ist es ja gerade, er hat es einfach vergessen! Als hätte es das Feuerzeug nie gegeben.«

»Vielleicht … vielleicht mag er es nicht mehr«, versuchte ich ihn zu beruhigen, seine Schultern hoben und senkten sich schnell.

Er schnaubte. »Ja, kann sein. Er hat es in seine Schublade mit ungeliebten Dingen geworfen, weil er es nicht mag.« Er zögerte einen Moment, dann fuhr er fort: »Es ist ein Ding, das er nicht liebt, genauso wenig wie uns, Emmi und mich.«

Betroffen schaute ich ihn an, seine langen Wimpern warfen im Licht der Flammen Schatten über seine Wangen.

»Sag so was nicht, Noah, du weißt, dass das nicht stimmt!«, flüsterte ich und legte eine Hand auf seinen Arm. Als er sie nun abschütteln wollte, schlossen sich meine Finger darum. Seine Haut fühlte sich heiß und fiebrig an.

»Aber warum sind sie dann immer unterwegs, er und Mama? Sie sind nie hier, weil sie Emilia und mich nicht wollen«, sagte er.

Ich schluckte. »Noah, das stimmt doch nicht. Es ist ihr Beruf, sie müssen geschäftlich verreisen, das weißt du.«

Noah schwieg, seine Finger spielten jetzt mit den langen Fransen des roten Teppichs, und ich ließ seinen Arm los, strich ihm über den Rücken.

Ich holte tief Luft. »Außerdem hast du doch noch mich und Emilia«, flüsterte ich, und mein Herz schlug mir bis zum Hals. »Wir halten zusammen.«

Er sah auf und wollte etwas sagen, aber in diesem Moment begann der Vogel vor uns sanft mit den Flügeln zu schlagen. Sein Kopf drehte und wendete sich, als würde er nach einem Ausweg Ausschau halten.

»Sieh doch!«, rief Noah leise. »Er ist aufgewacht.«

Mit einer hastigen Bewegung streifte er sich die Decke von den Schultern und streckte die Hände nach dem Vogel aus.

»Nicht«, sagte ich erschrocken.

»Wir müssen ihn nach draußen bringen, bevor er hier drinnen losfliegt und wir ihn nie wiederfinden«, sagte Noah fest.

Er hatte recht. Ich befreite mich aus der Decke und stand langsam auf, um das Tier nicht zu erschrecken. Noah legte vorsichtig seine Finger um den kleinen Körper, der Vogel schlug mit den Flügeln und wehrte sich mit seinen Krallen. Ich biss die Zähne zusammen. So vorsichtig er konnte, ging Noah mit dem Tier in seinen Händen zur Terrassentür. Mein Herz schlug schnell und wild, als ich dir Tür aufriss.

Wir traten mit nackten Füßen in den Schnee auf der Terrasse, der eisig zwischen meinen Zehen war und wie kalte Klingen in meine Sohlen stach. Langsam, ganz langsam öffnete Noah seine Hände. Der Vogel hatte aufgehört zu zappeln. Seine kleinen schwarzen Knopfaugen schienen desorientiert in das fahle Licht des Wintertages zu blinzeln. Das Tier hockte ruhig und unbewegt in Noahs Händen, die er ganz nah vor sein Gesicht hielt.

»Flieg, kleiner Freund«, flüsterte Noah so leise, dass ich es kaum hören konnte.

Dann warf er die Hände hoch in die Luft, und der Vogel sprang mit einem Satz in dem Himmel und flog mit schnellem Flügelschlag dem endlos fallenden Schnee entgegen.

KAPITEL 4

Von der Larve zur Libelle

Der letzte Kellerraum ganz hinten hatte sich in einen Dschungel verwandelt, der einer Amazonasforscherin zur Ehre gereicht hätte, die den Regenwald in ihrem eigenen Haus naturgetreu nachstellen wollte. Ich staunte mit offenem Mund. Der Boden war mit einer dicken Schicht Erde und Blättern bedeckt, seltsame, tiefgrüne Dschungelpflanzen kämpften um jeden Zentimeter verfügbaren Platzes, Palmen, mit Lianen behangen, und subtropische Bäumchen streckten ihre Zweige den hellen und warmen Lampen entgegen, die die gesamte Decke einnahmen. Es war heiß und feucht.

Ich schob die Blätter einer Bananenstaude zur Seite, bückte mich unter einem riesigen Farn hindurch, als ich das Surren in der Luft hörte. Es schien nicht von den Lampen an der Decke zu kommen. An meinem Ohr schoss plötzlich etwas vorbei. Ich zuckte zusammen, ließ das große Blatt los. Vor mir hörte ich ein helles Lachen und sah durch die Farne hindurch eine zierliche Gestalt am anderen Ende des Raumes eine Art Netz in Händen halten. Ich schob die breiten hellgrünen Bananenblätter mit einer neuen Entschlossenheit beiseite und kämpfte mich Schritt für Schritt durch das weiche Erdreich und die Pflanzen auf die gegenüberliegende Seite. Das hier war ein botanischer Garten mitten im

Haus, in dem jemand die Wege und Pflanzenschilder vergessen hatte.

Emilia winkte mich näher heran und hielt mir das Netz entgegen, in dem sich etwas verzweifelt bewegte. Eine große Libelle mit dunkelblauen Flügeln hatte sich darin verfangen.

»Eigentlich würde ich sie aussetzen, nachdem sie geschlüpft ist«, sagte Emilia, während sie nach dem Tier griff, »aber jetzt ist es schon zu kalt.« Ich kniff die Augen zusammen und trat einen Schritt zurück, überzeugt davon, dass die Libelle sie stechen oder beißen würde, was auch immer diese Tiere taten, Blätter piekten mir dabei in den Rücken. Aber Emilia packte die Libelle unterhalb der schnell sirrenden Flügel an ihrem langen Körper. Ich konnte sehen, dass am unteren Teil des Libellenleibs eine durchsichte Hülle hing, wie eine zweite Haut, die sie abgestreift hatte. Emilia zog sie vorsichtig ab. Dann warf sie das Tier in die Luft, wo es einen Moment mit kreisenden Flügeln stehen blieb, bevor es schnell zwischen den dunkelgrünen Blättern verschwand. Ich schauderte. Emilia sah zufrieden aus.

»Emilia«, sagte ich vorsichtig, »was ... was ist das hier?«

»Das«, sagte sie und machte eine raumgreifende Handbewegung, soweit es der junge Baum neben uns zuließ, »ist mein Libellenbiotop. Da hinten ist der Teich mit den Larven, soll ich sie dir zeigen?« Ihre Augen leuchteten.

»Äh, ich denke, ich habe genug gesehen. Bist du sicher, dass die Versicherung das zahlt, wenn hier wegen der Lampen oder der Hitze das Haus abbrennt oder die Wände schimmeln?«

Emilia verzog das Gesicht und legte eine kleine, warme Hand auf meinen Arm. »Nun sei nicht so unromantisch, Sophie. Schau dir doch mal diesen wunderbaren Königsfarn an, wie die frischen Farnwedel kurz vor dem Ausrollen diese perfekte Schneckenform haben, in der alles Weitere bereits angelegt ist. Kein Künstler hätte sich das schöner ausdenken können.« Ich schaute auf die kleine Bodenpflanze mit den eingerollten Blättern, auf die sie zeigte. Etwas darauf schien sich zu bewegen, und ich sah schnell wieder hoch. In meinem Nacken begann es zu kribbeln, und ich schluckte. Ich betrachtete lieber die Schönheit eines unbewegten Kunstwerkes als die der kreuchenden und fleuchenden Natur.

Emilia schloss ihre Hand um meine. »Warte, bis du meinen Lieblingsplatz gesehen hast.« Sie zog mich durch die tief hängenden Blätter, den jungen Bambus und das sprießende Gras in die andere Ecke des Raumes. Hier hörte das Wuchern der Pflanzen auf und ließ Platz für eine Ecke, die nur mit Gras bedeckt war. Eine orangene Hängematte war diagonal zwischen den Wänden aufgespannt, einige bunte asiatische Lampions darüber aufgehängt. Ein großer Bambus wuchs daneben. Ich schüttelte den Kopf und musste grinsen. Emilias Phantasie und ihrem Gestaltungswillen schienen keine Grenzen gesetzt. Sie zog mich in die Hängematte, wo wir nebeneinander und gegeneinander sanken. Sie streckte den Arm aus und zog an einer Schnur. Die großen Lampen gingen aus, es wurde dunkel im Raum, gleichzeitig begannen über uns zahllose kleine Lichter in den Lampions zu leuchten. Emilia hatte sie mit Lichterketten ausgehängt.

Ich versuchte mich zurechtzusetzen und rutschte nur immer wieder gegen Emilia zurück. Plötzlich kitzelte mich etwas in der Nase, und ich musste heftig niesen. Emilia packte mich am Arm und sah mich mit schreckgeweiteten Augen im schwachen Licht an.

»Sophie, du bist doch nicht etwa allergisch gegen Farne?«

Auf einmal kam mir alles so absurd vor, dass ich in Gelächter ausbrach. Ich lachte, bis mir die Tränen kamen. Einen Moment lang starrte Emilia mich von der Seite an, dann stimmte auch sie mit ein. Wir lachten so laut, dass es durch den ganzen künstlichen

Dschungel hallte und das Surren der unzähligen Flügel übertönte. Ich hielt mir den Bauch.

»Du hast dich wirklich selbst übertroffen mit diesem Raum hier«, keuchte ich irgendwann. »Du könntest glatt Inneneinrichterin für exzentrische Millionäre werden.«

Emilia strich sich die hellen Haare glatt und wurde wieder ruhiger.

»So etwas Ähnliches hat mein Mann auch gesagt, kurz bevor er die Scheidung einreichte«, sagte sie.

»Oh«, machte ich. Emilia war verheiratet gewesen? Früher hatte sie sich über das Heiraten immer nur lustig gemacht. Warum sich auf einen festlegen, wenn man doch viele haben konnte, schien damals ihr Motto zu sein.

Sie wackelte mit den Beinen, sodass die Hängematte leicht zu schaukeln begann, dann lehnte sie sich zurück, was auch mich automatisch dazu brachte, zurückzurutschen, neben ihr zu liegen und an die Decke mit den bunt leuchtenden Lampions zu schauen, während unsere Beine herunterbaumelten.

»Das tut mir leid«, schob ich etwas verzögert nach.

Emilia winkte ab. »Es lief ohnehin nicht so gut zwischen uns, seit ich sein bestes Pferd bei einem Hunderennen verwettet habe.« Sie gluckste.

Unser Kichern steigerte sich erneut zu einem Lachen, das durch den Raum schallte. Wir lachten und lachten, bis wir beide keine Luft mehr bekamen. Während ich neben Emilia lag, Seite an Seite mit einer Frau, die mir gleichzeitig so vertraut und so fremd erschien, kam mir der Gedanke, dass Manuel recht hatte: Emilia war schrecklich allein gewesen, bevor ich gekommen war. Ich nahm mir vor, nicht mehr so streng mit ihr zu sein, nicht mehr jede ihrer Regungen gegen sie auszulegen, wie ich es tat, seit diese Sache damals geschehen war. Irgendwo in dieser ätherisch schönen Frau steckte ein Mädchen, mit dem ich zusammen die Wände der Sporthalle angesprayt und allerlei Blödsinn angestellt hatte, mit dem ich feiern und tanzen und lachen gelernt hatte. Vielleicht, sagte ich mir, musste ich ihr nur eine Chance geben und ich könnte dieses wilde Mädchen wieder erreichen unter ihren Schichten aus Nonchalance und Perfektion, die sie als Panzer trug.

Als wir irgendwann nach oben gingen und uns im Flur gute Nacht sagten, Emilia mit einer ungewohnten Sanftheit in der Stimme, hatte ich das Gefühl, dass ich diese Nacht besser schlafen würde in diesem seltsamen Haus mit dem Dschungel im Keller.

Natürlich, wie in allen Dingen diese Geschwister und ihr Haus betreffend, sollte ich mich irren.

~

Ich wachte von einem Geräusch auf, das durch die Stille meines Traumes zu mir vordrang. Mein Herz schlug schnell, und ich blieb regungslos im Bett liegen, um zu lauschen. Da war es wieder: Es hörte sich so an, als ob jemand in einer der unteren Etagen ein Möbelstück verrückte. Emilia? Das war nicht auszuschließen, andererseits wäre es ein für sie ungewöhnliches Verhalten, denn sie machte sich nicht gern die Hände schmutzig. Noch einen Moment wartete ich lauschend und hoffte wider die Vernunft, dass das Geräusch einfach aufhören würde und ich weiterschlafen konnte. Aber da war es wieder. Ich schob die Bettdecke zur Seite und setzte mich auf. Es war kühl im Raum, und ich fröstelte. Trotz Emilias subtropischem Labor im Keller war das Haus kalt. Oder vielleicht lag es gerade daran, dass alle Heizungsenergie sich im Keller konzentrierte. Ich horchte erneut, auf der Bettkante sitzend. Da war eindeutig jemand im Erdgeschoss unterwegs. War es ein Einbrecher? Sollte ich Emilia wecken?

Ich tastete nach meinem Handy auf dem Nachttisch. Das Display zeigte 5:44 Uhr an. Keine Uhrzeit für einen Mitternachtssnack von Emilia. Sollte ich die Polizei rufen? Ein weiteres Geräusch ertönte, ich zuckte zusammen, aber es setzte nicht wieder aus. Irgendwie klang es wie ein Staubsauger.

Okay, ich musste zuerst nachsehen, bevor ich die 110 wählte und die Polizei eine schlafwandelnde Emilia im Negligé bei einer morgendlichen Reinigungsaktion überraschte. Ich stand auf und schlich zum Fenster. Vorsichtig zog ich einen der schweren Vorhänge beiseite und ließ die aufkommende Dämmerung in den dunklen Raum. Die Lampe wollte ich nicht anmachen. Mein Herz schlug schneller bei dem Gedanken, dass ein Einbrecher das Licht unter der Zimmertür hindurch erspähen könnte. Zwar kamen die Geräusche von unten, aber wer wusste schon, mit wie vielen Leuten ich es hier zu tun hatte.

Ich sah mich nach einem Gegenstand um, den ich als Waffe verwenden konnte. Meine Nagelfeile und die Nachttischlampe schloss ich aus, sonst hatte der Raum wenig Geeignetes zu bieten. Schließlich entschied ich mich für eine hässliche schlanke Vase, die ich am Vortag in eine hintere Ecke geschoben hatte. Ich holte sie hervor, wog sie in der Hand. Sie hatte einen schweren Fuß, das musste fürs Erste genügen. Das Handy in der einen Hand, klemmte ich mir die Vase unter den Arm und öffnete mit rasendem Puls so leise ich konnte die Zimmertür.

Der Flur war dunkel und leer, aber das Geräusch von unten hörte ich jetzt lauter. Auf nackten Füßen schlich ich den Flur entlang, jeden Moment einen schwarzen Schatten erwartend, der sich auf mich stürzte, die Vase schützend mit dem schweren Fuß nach oben vor mich haltend, das Handy gegen die Brust gedrückt. Der Flurteppich schluckte den Klang meiner Schritte. Am oberen Absatz der Treppe machte ich erneut Halt. War es wirklich klug, was ich hier machte? Sollte ich nicht doch lieber die Polizei rufen? Wäre das Geräusch nicht so vertraut gewesen, hätte ich es bestimmt getan. So gab ich mir einen Ruck und schlich so leise ich konnte die knarzende Treppe herunter. Das Geräusch wurde immer lauter.

Fast hatte ich den untersten Absatz erreicht, als ich mit dem großen Zeh schmerzhaft gegen den Fuß des Treppengeländers stieß und vor Schreck und mit einem unterdrückten Fluch mein Handy fallen ließ, das polternd die restlichen Stufen hinabfiel. Ich hielt den Atem an. Das an einen Staubsauger erinnernde Geräusch brach abrupt ab. Ich hörte schwere Schritte, die sich der Treppe näherten. Eindeutig nicht Emilia. Schnell nahm ich die letzten Stufen und blieb mit der mit beiden Händen erhobenen Vase am Fußende stehen, bereit, jedem eins überzuziehen, der um die Ecke gebogen kam. Mein Herzschlag überschlug sich, Adrenalin rauschte in meinen Ohren. Nur noch wenige Meter. Ich hob die Vase ein Stück höher.

Plötzlich ging das Licht an. Die abrupte Helligkeit blendete mich, und ich schrie überrascht auf, während ich einen schwarzen Schemen mit einer langen Waffe in der Hand näher kommen sah. Die Vase rutschte mir aus den schweißnassen Händen, knallte mit einem lauten Scheppern gegen die Wand und zerbrach klirrend. Blinzelnd versuchte ich meinen Gegner zu erkennen, hob schützend die Arme und stellte überrascht fest, dass es sich bei dem Schatten im Licht betrachtet um eine rundliche Frau mit einem Staubsaugerrohr in der Hand handelte.

Die Gesichtszüge, wenn auch im Schreck verzerrt, waren mir so vertraut wie die Linien auf den Innenseiten meiner Hände.

»Mathilda?!«, rief ich fassungslos. »Ich ... ich hätte dich fast mit einer Vase erschlagen!«

»Das habe ich gemerkt, Kind«, sagte sie und fand im selben

Augenblick zu ihrem ruhigen Pragmatismus zurück, den ich so gut kannte. »Ganz schöne Sauerei und schade um die schöne Vase!« Sie ließ das Staubsaugerrohr in ihrer Hand sinken, und ihr Mund verzog sich zu einem Lächeln. »Hast mir einen ordentlichen Schrecken eingejagt, Sophie.«

Ich konnte nicht anders, als ihr um den Hals zu fallen. Sie erwiderte die Umarmung mit einem festen Druck. Ihre Wärme, ihr Geruch nach Lavendelwaschpulver und ein bisschen nach Zitrone überwältigten mich in ihrer Vertrautheit so sehr, dass ich schlucken musste. Sie schob mich schließlich von sich und sah mir ins Gesicht.

»Hast dich kein bisschen verändert, Kind«, sagte sie entgegen aller Evidenz mit einem zufriedenen Besitzanspruch in der Stimme, als sei das ihr persönliches Verdienst. Ich wusste nicht, was ich zu dieser offensichtlichen Lüge sagen sollte, denn natürlich lagen zwischen der Dreiundzwanzigjährigen, die sich tränenreich an Weihnachten von ihr verabschiedet hatte, und der Achtundzwanzigjährigen, die ich heute war. Auch ihr Gesicht war in den letzten fünf Jahren um – ja, wahrscheinlich um ein halbes Jahrzehnt gealtert. Die Linien darin waren tiefer geworden, ein paar neue Falten zierten ihre Stirn, die Partie um die Augen und den Mund. Ihre rundlichen Wangen und der kluge Blick waren jedoch dieselben, die ich kannte und liebte.

»Mathilda, was machst du hier?«, fragte ich sie stattdessen. »Ich dachte, Emilia hätte alle Angestellten entlassen.«

Mathilda verzog das Gesicht. »Angestellte? Pah! Ich habe das Mädchen praktisch aufgezogen, sie kann mir nicht einfach so kündigen, als wäre ich eine dahergelaufene Putzfrau! Komm, wir setzen uns in die Küche, ich mache uns einen Tee. Es ist so viel Zeit vergangen … Du musst mir unbedingt erzählen, was aus dir geworden ist.«

Wenig später saßen wir mit zwei dampfenden Bechern frischen Minztees in den Händen an der Küchenanrichte. Ich konnte immer noch nicht fassen, dass der Einbrecher, den ich fast erschlagen hätte, die resolute Haushälterin der von Gutenbachs war, die in meiner Kindheit eine der wichtigsten Bezugspersonen gewesen war, eine Rolle, die weder meine eigenen melancholischen Eltern noch die exzentrischen von Gutenbachs allein ausfüllen konnten. Ich sah ihren ruhigen und routinierten Bewegungen zu, während sie uns Honig in den Tee mischte, und verstand nicht, warum ich nicht schon früher nach ihr gesucht hatte, warum ich nie versucht hatte, den Kontakt zu halten. Aber ich war damals zu jung gewesen, war wie ein verletztes Tier von hier geflohen und hatte alles vergessen wollen, was mit diesem verwunschenen Ort zu tun hatte, der mein Herz gebrochen hatte. Ich seufzte leise, und sie sah auf.

»Bist eine Frau von Welt geworden, Sophie, das sehe ich gleich«, sagte sie nicht ohne Mutterstolz in der Stimme. Ich sah an meinem karierten Pyjama hinunter und musste lachen. Auch ihr Mund kräuselte sich zu einem Lächeln.

»Erzähl! Was machst du?«

Ich seufzte erneut und fasste ihr dann so gut und spannend ich konnte meine letzten ereignisarmen Jahre zusammen. Die meiste Zeit hatte ich mit meinem Studium und in verschiedenen Bibliotheken vergraben verbracht, sodass ich meine Doktorarbeit in den drei Jahren fertigstellen konnte, die ich von der Uni finanziert bekommen hatte. Sie war eine ausgezeichnete Zuhörerin, die an den richtigen Stellen nickte und zustimmend brummte. Nur ganz zuletzt verzog sich ihr sonst so warmes Gesicht zu einem besorgten oder missbilligenden Ausdruck, als ich davon berichtete, wie mein letzter Freund Sven mich vor Kurzem in der gemeinsamen Wohnung sitzengelassen hatte, weil er meinte, mein Herz hinge nur an der Vergangenheit.

»Ich bin Kunsthistorikerin, was hat er erwartet?«, schloss ich schließlich etwas hilflos.

Mathilda schüttelte den Kopf und musterte mich ernst. »Vielleicht war das nicht ganz das, was er meinte, Kind. Aber umso besser, dass du jetzt wieder bist, wo du hingehörst. Hier werden wir dich schon aufpäppeln.«

Ich glaubte zwar nicht, dass ich Aufpäppeln nötig hatte, aber ihre Worte brachten mich zum Lächeln. Es gab kein Problem, das Mathilda nicht mit einer ordentlichen Portion Cordon bleu oder selbst gebackenen Keksen zu lösen versuchte.

»Aber genug von mir, wie geht es dir, Mathilda? Was macht die Familie?«

Sie winkte ab. »Ach, bei uns ist alles beim Alten. Willy verbringt zwar jetzt mehr und mehr Zeit in unserem Schrebergarten und pflanzt dort einen Wald an, aber das Elektrogeschäft läuft sehr gut, auch ohne dass er ständig dort ist. Gaby hat alles im Griff. Unsere beiden Großen haben inzwischen ja selbst Kinder, mit den ganzen Enkeln im Haus ist immer was los! Und unser Jüngster hat vor drei Jahren den Absprung geschafft und arbeitet jetzt als Bankkaufmann in München.« Der Stolz war ihr anzuhören.

Ich nickte und versuchte mich schuldbewusst an die Namen ihrer drei Kinder zu erinnern und an alles, was ich sonst noch über sie wusste. Gabriele, Magda und Georg, wenn ich mich recht entsann. Sie waren nicht auf dieselbe Schule wie ich und die von Gutenbachs gegangen. Gaby war in das Geschäft des Vaters eingestiegen und hatte eine Ausbildung zur Elektrikerin gemacht, bei Magda erinnerte ich mich dunkel an den Wunsch, Medizin zu studieren. Von Georg hatte ich nichts behalten, außer, dass er das Sorgenkind der Familie war. Es war immer irgendwie in den Hintergrund meines Bewusstseins gerutscht, dass Mathilda neben uns dreien in dieser Villa auch noch drei eigene Kinder Zuhause großgezogen hatte. Sicherlich hatten die drei ihr Leben besser im Griff als Emilia, Noah und ich, da sie von der ganzen Liebe ihrer Mutter hatten profitieren können, die so herzlich war, dass sogar für uns noch so viel übrig blieb, dass es zum Überleben reichte.

»Was machen deine Eltern?«, fragte sie mich und tätschelte meine Hand.

Ich schreckte aus meinen Überlegungen hoch und zuckte mit den Schultern. »Meine Mutter ist vor ein paar Jahren nach Magdeburg gezogen, sie hat dort einen Job als technische Zeichnerin gefunden. Mein Vater lebt mit seiner neuen Partnerin immer noch in Göttingen.« Das sagte ich so neutral wie möglich, um weitere Nachfragen zu vermeiden. Trotzdem verzog Mathilda mitleidig das Gesicht. Ich wusste nicht, wie sie meine Eltern damals wahrgenommen hatte, bei den wenigen Malen, die einer von beiden mich hier abholen gekommen und ihr über den Weg gelaufen war. Meine Mutter, die stille Frau mit den großen, dunklen Augen, die den Bruch mit ihrer iranischen Familie nie verkraftet hatte, der durch die Heirat mit meinem Vater entstanden war, und die darüber so schweigsam geworden war, dass für mich keine Sprache übrig blieb, weder ihre eigene noch die, die sie in ihren Jahren hier gelernt hatte. Mein Vater, immer korrekt gekleidet und mit gradem Rücken gegen die Unabwägbarkeiten der Welt gewappnet, der Aktenkoffer wie mit seiner Hand verwachsen, der mit der Traurigkeit meiner Mutter nichts anzufangen wusste, genau so wenig wie er irgendeine andere Emotion zwischen ihnen beiden beim Namen hätte nennen können. Die Ehe hatte sich aufgelöst, sobald ich ausgezogen war.

Mathilda schwieg und versuchte mich mit dieser ältesten aller Taktiken wohl dazu zu bringen, mehr zu erzählen, aber ich blieb stumm. Ich wollte mich jetzt nicht auch noch mit der Traurigkeit herumschlagen, die in mir hochstieg, wenn ich an meine Eltern dachte.

»Was ist eigentlich hier passiert in der ganzen Zeit, die ich nicht da war? Ich habe vom Unfall gehört und dass Noah verschwunden ist, aber mehr weiß ich nicht«, wechselte ich das Thema.

Mathildas Gesicht wurde ernst. »Schreckliche, schreckliche Sache das Ganze. Die von Gutenbachs tot, dieser furchtbare Unfall … und die Kinder bleiben ganz allein zurück.« Sie schüttelte den Kopf. Ich wagte nicht, darauf hinzuweisen, dass die beiden mit ihren fast dreißig Jahren nicht mehr ganz so pflegebedürftige Kinder waren, wie ihre Aussage es klingen ließ. Natürlich war es trotzdem schrecklich, beide Eltern bei einem Unfall zu verlieren, egal, wie alt man war.

»Und Noah dann auch noch weg. Kein Wunder, dass Emilia sich mehr und mehr zurückzieht. Hast du ihr neues Hobby schon gesehen? Diese ganzen Biester mit ihren riesigen Augen sind mir unheimlich. In den Keller geh ich nicht mehr, seit mir so ein Ding mal entgegengesprungen ist.« Sie schüttelte sich. »Das ist doch nicht mehr normal, das Ganze. Andererseits war unsere Emilia ja schon immer ein bisschen, nun ja, extravagant.« Sie seufzte. »Nachdem ihre Ehe mit diesem englischen Landgrafen in die Brüche ging, wohnt sie wieder hier.«

Ich horchte auf. Emilia war mit einem Adeligen verheiratet gewesen? Die Story mit dem bei einer Wette verlorenen Pferd hatte ich nicht so richtig ernst genommen, aber jetzt passte sie doch ins Bild. Das überraschte mich noch mehr als die Information, dass sie überhaupt verheiratet gewesen war. Auch wenn es genau genommen bei ihrer Schönheit kein Wunder war, dass jemand so hartnäckig um sie geworben hatte, dass sie sich dazu hatte hinreißen lassen, sich zu trauen, obwohl sie von sich selbst immer behauptet hatte, nicht für die Ehe gemacht zu sein. Und vom Adel hatte sie auch nie viel gehalten, dank ihrer Mutter, einem Paradeexemplar sinnloser geldverschwenderischer Ignoranz, wie Noah immer sagte, und ihrem Vater, der einem verarmten Adelsgeschlecht entstammte, dessen Nazi-Mitglieder glücklicherweise fast alle im Zweiten Weltkrieg gefallen waren. Bis auf den einen, der nur durch Tricks und Bestechungen seinen Titel behielt, sein ganzes Geld verspielte und von dem Robert von Gutenbach väterlicherseits abstammte. Robert vereinte also laut Noah in seiner Person die Arroganz eines alten Titels mit der Geschmacklosigkeit eines neureichen Geschäftsmannes, weil sein Geld aus der Ehe mit Natalia stammte. Sofort überkam mich das schlechte Gewissen, als mir diese Worte einfielen. Ich war ungnädig, nicht nur gegenüber den Verstorbenen, sondern auch gegenüber Emilia.

»Na ja, und Noah hat erst mal in Berlin sein Jurastudium fertig gemacht und kam nur hierher, um bei den Weihnachtsessen seiner Eltern seine wechselnden Freundinnen vorzustellen.« Ich nickte, auch wenn mir das einen Stich versetzte.

Als Noah nach dem dritten Jahr, das wir in Heidelberg zusammen gelebt hatten, das erste Mal verschwunden war, mich zurückgelassen und ich alle anderen Möglichkeiten, ihn zu finden, erfolglos ausgeschöpft hatte, hatte ich begonnen, ihn immer wieder auf Facebook zu suchen, wo er aber nie eine eigene Seite besessen hatte. Irgendwann, ein paar Monate später, hatte ich zufällig über das Profil einer langbeinigen brünetten Schönheit seinen verlinkten Namen mit einem Foto der beiden in Südamerika gefunden. Fast hätte ich mein Studium abgebrochen, so sehr schockierte mich das. Ein paar Monate verbrachte ich wie im Dämmerzustand. Daraufhin hatte ich nur noch ab und an online nach ihm gesucht, immer, wenn ich mich besonders einsam fühlte – es war nicht gesund, aber ich konnte mir nicht helfen. Über das Profil einer anderen Frau hatte ich dann später herausgefunden, dass er wohl Jura in Berlin weiterstudierte. Nichts wollte so wenig in meiner Vorstellung zu ihm passen wie das Bild eines Rechtsanwalts oder Juristen, auch wenn er natürlich mit dem Studium schon angefangen hatte, als wir noch zusammen waren.

»Letzten Sommer kam er dann öfter her, weil er und seine aktuelle Freundin beide eine Anstellung bei einer Kanzlei in Hamburg gefunden hatten. Ich glaube, er hat eine Wohnung irgendwo an der Alster. Seit er verschwunden ist, habe ich von der Freundin aber auch nichts mehr gesehen.«

»Hast du eine Ahnung, warum oder wohin Noah verschwunden sein könnte?«

Sie schüttelte den Kopf. »Hier erzählt mir schon lange keiner mehr was. Das Haus ist ein trauriger Ort geworden in den letzten Jahren, es stand so gut wie leer, eine ganze Weile habe ich gar nicht mehr hier gearbeitet. Die von Gutenbachs waren fast nie da, erst seit Emilia vor einem Jahr wieder eingezogen ist, lohnt es sich überhaupt, hier mehr als einmal im Monat nach dem Rechten zu sehen.«

»Aber warum machst du das überhaupt noch, und dann mitten in der Nacht?«

»Irgendwer muss das schließlich übernehmen. Das arme Mädchen kommt doch so ganz allein gar nicht zurecht. Und mit meiner Stelle beim Cateringservice bleibt mir nur nachts Zeit, nach ihr zu sehen.«

Jetzt war es an mir, den Kopf zu schütteln. »Aber wer bezahlt dich denn dafür?«, fragte ich vorsichtig.

Sie zuckte mit den Schultern. »Irgendwer muss es schließlich machen«, wiederholte sie bloß.

Das war mal wieder typisch Emilia: dass ihr noch nicht einmal auffiel, wenn jemand hinter ihr herräumte und ihre Wäsche machte, als sei sie Marie-Antoinette in ihrem Schlösschen, die die

Welt außerhalb der Mauern nur als Nachbildung kannte. Wut stieg in mir auf. Es war einfach eine Ungerechtigkeit, dass die wohlhabende Emilia sorglos vor sich hinlebte und die alte Mathilda sich um sie kümmerte, als sei sie keine erwachsene Frau, sondern ein verwaistes, hilfloses Kind – ohne dafür in irgendeiner Weise Anerkennung oder Lohn zu erhalten. Es waren wohl solche Frauen wie Mathilda, die die Welt im Innersten am Laufen hielten, während die unsteten Schmetterlinge wie Emilia und Noah ihnen nur das Leben schwermachten – und so Leute wie ich, die trotz ihrer Überzeugungen nicht viel Praktisches beitrugen, befürchtete ich. Ich nahm mir vor, Emilia die Leviten zu lesen.

»Dann rede ich wenigstens mit Emilia darüber«, sagte ich.

Mathilda lachte auf. »Mal sehen, ob du mit Vernunft bei ihr weit kommst.«

Ich schaute auf das Glas in meinen Händen, der Tee war inzwischen kalt geworden. Es war mir nicht klar gewesen, in was für eine Situation ich hier hineingeraten würde, als ich mich so plötzlich auf den Weg gemacht hatte. Nun zeigte sich mir langsam das ganze Ausmaß meines Unwissens. Wo sollte ich bloß ansetzen, um Licht ins Dunkel zu bringen und Noah wiederzufinden?

Mathilda klopfte mir sanft auf die Schulter.

»Jetzt, wo du zurück bist, wird sicher alles wieder gut werden.«

Ich wusste nicht, woher sie und Manuel die Überzeugung nahmen, ich könnte hier irgendetwas zum Besseren richten. Als ob ich nicht schon genug Probleme mit mir selbst und meinen wieder aufkeimenden Gefühlen hätte, lasteten mit ihren Worten eine Verantwortung und ein Vertrauen auf mir, denen ich mich nicht gewachsen sah. Kurz zuckte in mir der Gedanke hoch, dass ich das von meinen Eltern einfach nicht gewohnt war: ein unerschütterliches Vertrauen, das ich nicht enttäuschen wollte. Trotzdem lächelte ich Mathilda tapfer an, sie lächelte zurück, und für einen Moment fühlte ich mich in der warmen, nach Minze duftenden Küche, als wäre ich zu Hause angekommen.

KAPITEL 5

Die Jagdflüge von Libellen
sind nicht auf Gewässer beschränkt

13 Jahre zuvor

Es war der heißeste Tag seit Langem, wir waren verschwitzt und voller Hunger auf das Leben und wollten unbedingt nachts in ein Freibad einbrechen, obwohl wir den ganzen Tag am Pool verbracht hatten. Emilia hatte sich in ihrem neuen, spitzenbesetzen Bikini gesonnt, während ich meine Bahnen zog und Noah auf einer Liege unter einem Schirm ein Buch las, ab und zu mit seiner Sonnenbrille aufschaute und meinen Schwimmstil kommentierte. Es war so heiß, die Luft so schwer und schwül, dass ich praktisch nicht außerhalb des Wassers existieren konnte, ohne sofort verschwitzt zu sein. Irgendwann hatte Emilia sich aufgesetzt, geräkelt und die Worte wiederholt, die sie so oder so ähnlich schon oft in diesem Sommer gesagt hatte: »Ihr seid die langweiligste Gesellschaft, die ich mir vorstellen kann. Bruderherz, wir müssen etwas unternehmen, bevor mein schwaches Herz vor lauter Eintönigkeit zu schlagen aufhört.«

Noah sah von seinem Buch auf und sie über den Rand seiner Sonnenbrille hinweg streng an. »Nicht jetzt, Emilia, ich möchte das Kapitel noch zu Ende lesen.«

Ich schwamm zum langen Rand des Beckens und stützte mich mit beiden Armen auf. Etwas lag in der Luft, schwer, süß und gefährlich wie vor einem Gewitter, und ich stellte mich auf das ein, was da kommen würde.

Eine kleine Libelle schwirrte über den Pool, blieb schwebend über dem Wasser stehen. Ihre leuchtend blauen Flügelpaare sirrten durch die Luft. Emilia richtete sich auf und beobachtete das Tier, bis es davonflog. Von ihnen gab es unzählige unten am Fluss, mit metallisch-türkis glänzendem Körper und dunklen, von hellblauen Adern durchzogenen Flügeln. An warmen Abenden saßen wir manchmal am Ufer mit einem verbotenen Bier und Emilia schaute ihnen nach, wie sie über das Wasser flitzten und blitzschnell verschwanden.

Ein Schweißtropfen lief ihren langen, makellosen Hals hinab, und sie fächelte sich mit einer Hand Luft zu. Mit der anderen griff sie in das Glas mit Limonade neben sich. Sie fischte ein paar Eiswürfel heraus uns rieb sich ihren Nacken damit ein, ließ sie dann an ihrem Brustbein entlang nach unten gleiten. Sie stöhnte, und Noah ließ irritiert sein Buch sinken. Er musterte sie mit einem Blick, der hinter seiner Sonnenbrille nicht zu deuten war.

»Na gut, dann müssen wir wohl etwas unternehmen, damit du endlich Ruhe gibst«, entschied er, bevor er sich mir zuwandte. Seine großen, dunklen Brillengläser gaben ihm etwas Fremdes, sein sandfarbenes Haar sah im Schatten dunkler aus. »Was schlägst du vor, Sophie?«

Ich zuckte mit den Schultern, die Arme immer noch auf den Beckenrand gestützt.

»Wir könnten ausgehen«, sagte ich.

Emilia ließ sich in ihrem Sonnenstuhl zurücksinken. »Langweilig«, entschied sie.

»Oder wir machen eine Bootstour«, schlug ich vor.

Das nahm Noah zum Anlass, die Sonnenbrille herunterzuschieben und mir einen unmissverständlichen Blick zuzuwerfen. »Willst du mich verarschen?«, fragte er.

Ich ruderte mit den Beinen. Ich kannte dieses Spiel schon, es war nicht einfach, die Geschwister zufriedenzustellen. Ständig musste etwas Spannendes und Aufregendes passieren. Seit Emilia sich zu Beginn des Sommers von ihrem Freund getrennt hatte, kurz nachdem ihre Eltern zu ihrer zweimonatigen Geschäftsreise aufgebrochen waren, wusste ich, dass ich mir etwas einfallen lassen musste, damit Emilias Langeweile nicht dazu führte, dass sie ihre Aufmerksamkeit auf mich richtete. Unter ihrem Blick fühlte ich mich wie ein Insekt unter dem Mikroskop, das gleich seziert werden würde. Ich betrachtete ihre schlanke Form auf der Liege, das helle Haar, das in der Sonne leuchtete, ihre glänzende, durchscheinende Haut, die im Sommer einen goldenen Schimmer annahm.

»Wir könnten bei Michael vorbeischauen, wollte er nicht heute eine Party geben?«

Emilia warf einen Arm in die Luft. »Auch langweilig.«

Ich spürte Noahs Augen auf mir.

»Wir könnten irgendwo einbrechen«, sagte ich spekulativ.

Emilia schnaubte, aber Noah schob seine Sonnenbrille hoch ins Haar. Seine Augen blitzten.

»Arbeitet Janis nicht in einem Freibad?«, fragte er.

Emilia sah auf. Der Name ihres Ex-Freundes aus Noahs Mund schien sie zu überraschen. Tatsächlich hatte Noah meines Wissens nach kein einziges Mal seinen Namen erwähnt, solange die beide zusammen gewesen waren. In Noahs Blick auf den muskelbepackten, tätowierten Janis, den Emilia wahrscheinlich nur ausgewählt hatte, um ihre Eltern zu schockieren, hatte immer etwas wie amüsierte Verachtung gelegen. Ganz sicher fand er ihn nicht gut genug für seine Schwester. Mir hatte Janis leidgetan, denn er war freundlich, und in seinem Gesicht hatte stets ein glücklicher und immer aufs Neue überraschter Unglauben darüber gelegen, dass Emilia ihn auserwählt hatte – er konnte nicht wissen, dass Emilias Liebschaften kaum je einen Monat überdauerten, bevor sie sie wie ein benutztes Spielzeug zur Seite warf. Die Beziehung zu Janis hatte immerhin drei Monate gehalten.

»In einem Schwimmbad«, korrigierte Emilia, in der Stimme schwang etwas Undefinierbares mit. Sie zog ihre Sonnenbrille aus dem Haar und setzte sie auf.

»Umso besser.« Noah schenkte ihr sein strahlendstes Lächeln, ein Lächeln, das die Atmosphäre elektrisierte, unwiderstehlich wie das Lachen einer Sirene. »Wir könnten heute Nacht ins Schwimmbad einbrechen und ihm eine Nachricht hinterlassen. Was wolltest du ihm schon immer mal sagen, Schwesterherz?«

Emilia blieb einen Moment regungslos auf der Liege. Ich ruderte erneut mit den Beinen im aufgeheizten Swimmingpool und sah von einem zum anderen. Der Sommerhimmel über uns strahlte blau, und die Hitze hatte die stehende Luft aufgeladen, ließ mich atemlos zurück. Etwas ging hier vor, was ich nicht verstand.

»Ach«, sagte Emilia schließlich leichthin, »wir liegen doch schon den ganzen Tag am Pool, wofür sollen wir noch ins Schwimmbad.«

Noah schob die Füße von seiner Liege und setzte sich auf. Er trug ein Poloshirt und eine Leinenhose, er hätte nie etwas so Würdeloses getan, wie in Badeshorts am Pool zu liegen.

»Eben wolltest du noch etwas erleben, meine Liebe, jetzt sollst du deinen Wunsch haben.«

Emilia setzte sich ebenfalls auf, wandte sich ihrem Bruder zu. »Und wie sollen wir das anstellen? Soweit ich weiß, hat keiner von uns Erfahrung als Einbrecher.« Ihre Stimme klang bockig.

Noah zog den rechten Mundwinkel zu einem halben Lächeln nach oben, eine Geste, die mich im warmen Wasser erschaudern ließ, als würde ein Eiswürfel meinen Nacken hinunterrutschen wie vorhin Emilias.

»Lass das meine Sorge sein«, sagte er, und ich wusste ohne den geringsten Zweifel, dass etwas an diesem Abend passieren würde.

Die Nacht hatte die Straßen kaum abgekühlt, durch die wir kurz nach Mitternacht zielstrebig, aber ohne Eile liefen. Noah ging vor Emilia und mir her, einen Rucksack auf dem Rücken und in einer Hand die angebrochene Champagnerflasche, die er aus dem Keller seiner Eltern geholt hatte. Er drehte sich mit weit ausgebreiteten Armen in der Mitte der Straße im Kreis, der Champagner schäumte über, und er setzte die Flasche schnell zum Trinken an. Die Straßen waren leer. Es war, als wären wir allein auf der Welt unterwegs, nur manchmal klang das Gelächter einer Gartengesellschaft oder das Geräusch des Verkehrs auf einer anderen Straße zu uns herüber. Emilia lachte hell, während der Schaum Noah am Kinn hinablief. Er sah zu mir auf, und seine Augen leuchteten katzenhell. Heute Nacht lag etwas Verschwörerisches und Unbeschwertes darin, etwas, das ich lange vermisst hatte. Er reichte mir den Champagner. Ich zögerte, doch er lächelte mich aufmunternd an, und ich trank einen großen Schluck, um die Nervosität zu betäuben. Dann hielt ich die Flasche Emilia hin. Sie tanzte inzwischen in großen Kreisen ausgelassen über die ganze Straße, auf ihren Lippen ein Lied, das schon den ganzen Sommer im Radio gelaufen war. Im Licht der Straßenlaternen glänzten ihre rot geschminkten Lippen, das weite Kleid legte sich im Rhythmus ihrer Bewegungen eng um ihren Körper, auf dem sich der Bikini unter dem dünnen Stoff abzeichnete. Sie tanzte mit einer Drehung auf mich zu, um den Champagner entgegenzunehmen, riss dann die Arme in die Luft und lachte wie ein Kind, als weiterer Schaum aus der Flasche ihren Arm entlangrann.

Noah schüttelte amüsiert den Kopf und griff nach meiner Hand. »Was meinst du, Sophie, hätte man meine Schwester Anfang des 20. Jahrhunderts als Hysterikerin in die Klapse eingewiesen?«

Seine Hand lag trotz der Hitze kühl in meiner, als würde seine helle Haut eine Kälte abgeben, die im Gegensatz zu der Wärme stand, die meine dunklere Haut speicherte. Die Berührung war nicht ungewöhnlich, Noah hatte schon oft meine Hand gehalten, wenn ich im Kino Angst hatte, wenn einer von uns auf einer Leitplanke balancierte, wenn er meine Aufmerksamkeit suchte oder seine Finger nichts zu tun hatten. Als hätte meine Aufmerksamkeit je auf etwas anderem gelegen. Es war immer eine beiläufige Berührung, eine, die nichts verhieß und nichts versprach. Trotzdem brachte sie mein törichtes Herz sofort aus dem Takt. Ich sah ihn an, seine grünen Augen groß und offen, die Pupillen vom Alkohol geweitet. Mein Blick huschte über die Züge seines Gesichts mit den hohen, starken Wagenknochen zu seinen Lippen, die feucht glänzten. Er hob die Augenbrauen, als er es bemerkte, und meine Wangen begannen zu glühen. Hier und jetzt, unter dem heißen Sommerhimmel, mit dem Geräusch der Zikaden im Ohr, meine Hand in seiner, übte sein Körper eine unwiderstehliche Anziehungskraft auf mich aus, so wie ein Planet auf einen vorbeischießenden Asteroiden, der ihm zu nahe kam und mit einem Funkenregen in seiner Umlaufbahn verglühen musste. Er ließ meine Hand los, und ich schaute weg.

»Na kommt schon, ihr zwei Turteltauben«, rief Emilia nicht weit von uns in einem glockenhellen Ton, und ich schreckte hoch wie aus einem Traum. »So kommen wir doch nie voran!«

Schnell huschten meine Augen wieder zu Noah. Er grinste, als ich nichts hervorbrachte und zog mich mit seinem Blick weiter. Ich würde ihm überallhin folgen, und das Tragische daran war, dass sowohl er als auch Emilia das wussten, ohne dass einer von uns es je aussprechen musste.

Wir nahmen die ganze Straße ein, Emilia, in kreiselnder Bewegung vor uns tanzend wie eine Waldnymphe, die uns in den tiefsten Forst locken wollte, und Noah und ich, die ihr wortlos nebeneinander laufend folgten. Das Schwimmbad, in dem Janis arbeitete, lag in einer ruhigen Straße. In keinem der Fenster um uns herum brannte noch Licht, nur der Himmel über uns strahlte im Schein zahlloser Sterne und des fast vollen Mondes.

»Und jetzt?«, fragte ich, nachdem wir von der Straße aus den verschlossenen Eingangsbereich begutachteten, an dessen verglasten Doppeltüren das Lämpchen einer Alarmanlage aufblinkte. Bevor wir aufgebrochen waren, hatte ich insgeheim gehofft, dass wir den Einbruch einfach sein lassen würden, doch ich kannte Noah gut genug, um zu wissen, dass er so schnell nicht aufgeben würde. Aber der Champagner hatte mich leicht und unbekümmert und glücklich gemacht, und so war es mir gleich, ob ich am Ende der Nacht auf einer Polizeistation säße, so lange es nur zusammen mit Noah und Emilia war.

»Was machen wir jetzt, Bruderherz?«, Emilia zog eine Schnute. »Sind wir den weiten, weiten Weg umsonst hergekommen?« Sie tänzelte um uns herum. Ich wusste nicht, ob der Alkohol oder etwas anderes der Grund dafür war, dass sie sich so aufführte, bei Emilia wusste man es nie.

Noah lächelte und strahlte eine so überzeugende Selbstgefälligkeit aus, dass Emilia in ihrem vorgetäuschten Ballett innehielt und ihn scharf musterte. Ich weiß nicht, was sie sah, aber im Licht der Straßenlaternen und des Mondes war sein Rücken durchgedrückt, und seine schlanken, wohlgeformten Brustmuskeln zeichneten sich unter dem Leinenhemd ab. Noah war nie muskulös gewesen, er hatte eher die Physiognomie eines Zirkusakrobaten, sein ganzer Körper war gut definiert, ohne zu durchtrainiert zu wirken. Ich schluckte.

»Du hast also einen Plan«, sagte Emilia und klang dabei nüchterner als zuvor.

Noah nickte und strahlte uns an. Er machte eine tiefe, spöttische Verbeugung vor Emilia und sagte: »Du hast es erfasst, Schwesterlein, ich würde uns doch nie ohne Brotkrumen in den Wald führen.«

Emilia nahm mir die Champagnerflasche aus der Hand, die ich in den letzten Minuten getragen hatte. Sie trank einen tiefen Schluck, wischte sich mit dem Handgelenk über den Mund und reichte ihrem Bruder die Flasche.

»Ich bin bereit«, sagte sie ernster, als es die Situation erfordert hätte. Erneut hatte ich den Eindruck, dass hier etwas zwischen den beiden ablief, von dem ich ausgeschlossen war. Das war ungewöhnlich, denn da ich jede freie Minute mit den Geschwistern verbrachte, konnte ich sie lesen wie meine Muttersprache – und wusste normalerweise immer, welche Spannungen gerade zwischen ihnen herrschten. Sie waren wie Ebbe und Flut in einem ewigen Wettstreit gefangen, doch normalerweise wusste ich wenigstens, worum es ging.

»Dann los«, sagte Noah, leerte die Flasche in einem Zug und stelle sie achtlos am Bordstein ab.

Er führte uns rechts um das Schwimmbad herum, bis zu dem Zaun, der den Freibadbereich vom Parkplatz abtrennte. Der Parkplatz war verwaist und der Zaun auf der Seite des Pools von einer großen Hecke gesäumt, sodass wir nicht auf die Badewiese blicken konnten.

Mein Herz sank. Ich hatte mir schon gedacht, dass die Aktion etwas mit Klettern zu tun haben würde. Zum Glück hatte ich eine

Hose angezogen. Der Zaun war hoch und oben mit Spitzen versehen, um Jugendliche von genau dem abzuhalten, was wir vorhatten. Noah nahm seinen Rucksack ab und holte eine Picknickdecke hervor. Mit einer gezielten Bewegung warf er die Decke so über den Zaun, dass die Hälfte auf unserer Seite, die andere Hälfte auf der Hecke drüben lag. Clever. Die Decke würde uns vor den Spitzen schützen. Wir alle drei sahen uns an und mussten grinsen. Die Euphorie, die Noah ausstrahlte, sprang auch auf mich über, plötzlich war ich zuversichtlich und voll aufgeregter Vorfreude auf dieses Abenteuer.

»Du zuerst, Sophie«, flüsterte Noah. Ich musterte den Zaun, entdeckte weiter oben Querstreben, die meinen Fingern und Zehen halt geben würden. Bevor ich mir überlegen konnte, wie ich den ersten Schritt hinauf machen könnte, ging Noah in die Hocke und machte eine Räuberleiter. Ich zögerte, während er vor mir kniete.

»Na los«, sagte er mit einem Funkeln in den Augen.

Ich zog meine Schuhe aus, ignorierte Emilias Schnauben und legte sie mir mit zusammengebundenen Schnürsenkeln um den Hals. Die Tritte im Zaun waren zu eng, um mit Schuhen hineinzukommen.

Mit nacktem Fuß trat ich vorsichtig in Noahs Hände.

»Bereit?«, fragte er.

Ich nickte, einen Kloß im Hals, den Herzschlag in meinen Ohren.

Noah federte aus den Knien hoch und hob mich mit einem Schwung nach oben. Ich suchte nach Halt, packte mit beiden Händen zu und schob meine Zehen durch die vertikalen Zaunstreben, um mit dem Ballen auf der Querstrebe zu stehen. Schnell zog ich den anderen Fuß nach und hing am Zaun. Ich ergriff vorsichtig die obersten Pfosten mit den Spitzen. Von dort aus wusste ich nicht mehr, wohin ich greifen sollte. Von unten pfiff Noah leise, ich schaute über meine Schulter zurück, und er zeigte auf die Regenrinne an der Gebäudewand neben mir. Ich verlagerte mein Gewicht, griff nach der Regenrinne und ließ mich vorsichtig daran nach unten gleiten. Als ich wieder festen Boden unter den Füßen hatte, atmete ich erleichtert auf, ein triumphierendes Lächeln schlich sich auf meine Lippen. Das Gefühl, jung und unbesiegbar zu sein, pochte durch meine Adern. Ich wandte mich zur Hecke, konnte die beiden anderen nicht dahinter erkennen, hörte sie aber erregt flüstern. Einen kurzen Moment lang sah ich mich um. Das Freibad und die Wiese lagen verlassen da, nichts rührte sich im Schatten der wenigen Bäume. Ich stieß ebenfalls einen kurzen Pfiff aus, um anzuzeigen, dass alles in Ordnung war. Das Flüstern auf der anderen Seite verstummte. Nichts regte sich. Dann wurde die Decke mit einem Ruck über den Zaun zurückgezogen.

Mir war auf einen Schlag eiskalt.

Ich ging so nah wie möglich an die Hecke heran. Mit klopfendem Herzen schob ich ein paar Zweige beiseite.

»Noah«, zischte ich durch das Gestrüpp und den Zaun. »Wo bleibt ihr?«

Emilias Kichern klang gedämpft zu mir herüber, so als hätte sie sich bereits ein Stück entfernt. Ich ballte meine Hände zu Fäusten. Was war das für ein Spiel?

»Keine Sorge, Sophie«, sagte Noahs Stimme leise und beruhigend. »Wir müssen nur noch klären, was Emilia mit ihrem Kleid und den Sandalen macht, wenn sie über den Zaun klettert.«

Ich atmete auf und nickte, obwohl mich keiner sehen konnte. Stimmt, sie war nicht passend gekleidet für eine nächtliche Kletterpartie. Im nächsten Moment schoss ein Gegenstand über den Zaun und klatschte neben mir auf den Boden. Ich zuckte zusammen. Es war eine von Emilias Sandalen. Ein Licht ging in dem

Gebäude neben uns an. Sofort drückte ich mich in den Schatten der Hecke, eine leise Vibration des Zauns verriet mir, dass die beiden dasselbe machten. Minutenlang standen wir so in der Dunkelheit, ich hielt den Atem an und lauschte. Ganz in meiner Nähe, auf der anderen Seite, konnte ich Atemzüge hören. Noah. Am liebsten hätte ich die Hände nach ihm ausgestreckt und ihn durch den Zaun berührt. Gerade, als ich meine Finger durch die Lücken schieben wollte, hörte ich Emilias unterdrücktes Kichern. Ich erstarrte. Über uns ging das Licht aus. Wir warteten noch einen Moment, dann spürte ich wieder die Vibration des Metalls.

»Bist du bescheuert?«, flüsterte ich aufgebracht. »Sag mir vorher Bescheid, wenn du etwas werfen willst, damit ich wenigstens eine Chance habe, es zu fangen.«

»Dann los«, rief Emilia leise, das Kichern immer noch hörbar in ihrer Stimme.

Schnell trat ich vom Zaun zurück und sah hoch. Als der Gegenstand sich gegen den dunklen Himmel abzeichnete, machte ich einen Satz nach hinten. Meine Finger erwischten die Sandale gerade noch über meinem Kopf.

Als nächstes flog Emilias Kleid über den Zaun, es segelte hinab und verfing sich in der Hecke. Kopfschüttelnd fischte ich es herunter. Sie konnte jetzt nur noch ihren Bikini anhaben.

Im nächsten Moment erschien auch wieder die Decke auf den Spitzen des Zaunes. Ich trat einen Schritt von der Regenrinne zurück und wartete. Nur einen Augenblick später zeichnete sich Emilias schlanker Körper gegen den dunklen Himmel ab, ihre helle Haut schien im Mondlicht zu leuchten, ihr roter Bikini war das Einzige, was sie noch bedeckte. Behände zog sie sich nach oben, schwang sich an der Regenrinne über den Zaun und ließ sich elegant nach unten gleiten. Ich war mir sicher, dass ich beim Klettern nicht so eine gute Figur abgegeben hatte.

Als sie federnd auf dem Boden landete, drehte sie sich mit einem Lächeln zu mir um, das ich grinsend erwiderte. Ich streckte ihr ihre Schuhe und ihr Kleid entgegen, das ich mir über den Arm gelegt hatte. Sie griff zuerst nach ihren Sandalen, schlüpfte hinein und warf sich dann das Kleid über den Kopf.

Ich wandte mich wieder zum Zaun. Noah hatte niemanden, der ihm eine Räuberleiter machen konnte. Aber schon Augenblicke später zog er sich über den Zaun, mit derselben katzenhaften Eleganz wie seine Schwester, obwohl er auch noch den Rucksack trug. Als er an der Regenrinne herunterglitt, rutschte sein Hemd nach oben und entblößte die schlanken, kräftigen Muskeln an seinem unteren Rücken.

Kurz darauf standen wir vor dem Hintereingang des Schwimmbads. Die Tür trennte Außen- und Innenbereich, und wie Noah entweder richtig geraten oder von seinem letzten Besuch erinnert hatte, war dies eine einfache Glastür ohne Alarmsystem.

Noah zog den Rucksack von seinem Rücken, in den er nach der Kletterpartie die Decke wieder verstaut hatte und fand nach kurzem Wühlen, was er suchte. Er drehte sich zu uns um und hielt mit einem triumphierenden Lächeln den Akkuschrauber seines Vaters in die Höhe.

Ich starrte ihn ungläubig an. Emilia hielt sich nach einem aufgeregten Quietschen die Hände vor den Mund, um nicht in Lachen auszubrechen.

»Bist du verrückt geworden?«, zischte ich panisch, diesmal an Noah gewandt. »Das ist Sachbeschädigung und außerdem viel zu laut!«

Noah musterte mich ausdruckslos und rollte schließlich mit dem Kopf, um die Muskeln in seinem Nacken zu lockern, die hörbar knackten.

»Wenn wir erst mal drin sind, schert sich keiner mehr um uns.

Das geht ganz schnell, wart's nur ab.« Seine Stimmte war leise und bestimmt, und ohne dass ich es beeinflussen konnte, beruhigte sie mich sofort.

»Bereit?«, fragte er.

Ich zögerte, dann nickte ich vorsichtig. Auch Emilia hatte sich wieder unter Kontrolle, sie legte kurz ihre Hand auf seinen Unterarm, wie um ihm Glück zu wünschen.

»Leg los, Bruderherz«, wisperte sie spöttisch, »aber wenn jemand kommt, dann sage ich, dass du mich entführt hast.«

»Das war ja klar, dass du die Unschuldige spielst, wenn's ernst wird«, sagte ich zu ihr.

Noah grinste nur und wandte sich der Tür zu.

Das Geräusch, als er das Schloss aufbohrte, kam mir ohrenbetäubend laut vor in der Stille der Sommernacht. Ich hielt die Luft an und meinte, Tausende Blicke wie spitze Nadelstiche in meinem Nacken zu spüren. Ich wagte nicht, mich umzudrehen.

Im nächsten Moment schob Noah die Tür auf, und wir drei schlüpften ins unbeleuchtete Innere des Schwimmbads.

Ein paar Stunden später saßen wir schließlich auf den Fliesen direkt neben dem Becken, knapp außer Reichweite des Dämmerlichts, das durch die große Glasfassade und die gläserne Decke ins Innere fiel. Das Licht tanzte auf dem hellblauen Wasser. Emilia und ich waren mit Kopfsprüngen in das dunkle Schwimmbecken getaucht, nun saß sie in ihrem Bikini und ich im Badeanzug da, und wir trockneten, nur Noah hatte sich nicht ausgezogen. Er lag rücklings auf dem Boden, die Hände hinter dem Kopf verschränkt und beobachtete die Lichtreflexe, die das Wasser an Wände und Glasdecke warf. Das blaue Schimmern an den Fliesen und die wogenden Lichtreflexe hatten etwas Magisches. Tief in meinem Inneren fühlte ich mich warm und wohl und glücklich hier, zwischen den Geschwistern sitzend, dem perlenden Klang unserer Stimmen lauschend. Unsere Worte wurden von den Wänden des leeren Schwimmbads zurückgeworfen und hallten nach.

Noah hatte schon vor einer Weile eine zweite Flasche Champagner aus seinem Rucksack zutage gefördert, die wir schon fast geleert hatten. Wir ließen sie kreisen, und mit der prickelnden Flüssigkeit wurden auch die Gespräche zwischen uns leichter, neckend und ungebunden. Ich beobachtete, wie die Wassertropfen langsam aus Emilias hellen Haaren rannen, über ihre Schultern, aus ihrem Bikini und am ausgestreckten Arm entlang zu Boden fielen. Sie lag da wie die zarte Statue einer antiken Schönheit. Ich saß auf einer Poseite und stützte mich mit einer Hand ab, die langsam taub wurde, mein Körper war Noah zugewandt. Ich war den Alkohol nicht gewohnt, er war mir mit der Hitze schnell zu Kopf gestiegen. Wie durch eine sprühfeine Wolke von Heiterkeit gedämpft nahm ich alles wahr und lachte immer ein bisschen zu spät bei den Pointen. Ein Gefühl von Geborgenheit erfüllte mich, wogte mich sanft wie die schaukelnden Wellen das Licht. Unsere Körper bildeten die Spitzen eines gleichseitigen Dreiecks, wir alle gleich nah zueinander.

Emilia kicherte und machte eine ausladende Bewegung mit der Flasche in ihrer Hand. Ich hatte den Faden dessen verloren, was sie gesagt hatte, als Noah sich plötzlich zum Schneidersitz aufrichtete.

»Wir sollten noch erledigen, weshalb wir hergekommen sind, bevor es richtig hell wird«, sagte er unvermittelt.

Emilia verstummte. Ich richtete mich etwas grader auf. Wir hatten eine Nacht voll Gelächter und Geschichten verbracht, was wollte er noch mehr? Ich spürte, wie eine Kälte von Emilia ausging, als würde sie sich in sich selbst zurückziehen.

»Was soll ich machen, Noah?«, fragte sie. »Sag es mir.« Sie klang ernst und ein bisschen traurig dabei. Ein Schauder lief mir den Rücken hinunter, als mich ein plötzlicher Luftzug erfasste.

Noah griff in den Rucksack neben sich und förderte einen weiteren Gegenstand ins Dämmerlicht hervor. Es war eine Sprühdose. Er schüttelte sie mit einer Hand, das Klackern der Kugel darin hallte im leeren Schwimmbad wider wie Schüsse. Ein Grinsen breitete sich auf seinen Lippen aus, das nichts Freundliches hatte.

»Schreib damit etwas an die Wand, was nur du über Janis wissen kannst«, sagte er.

Ich hielt den Atem an. Auf Emilias Gesicht zeigte sich keinerlei Regung. Die Geschwister starrten einander an, nichts Verschwörerisches oder Gemeinschaftliches lag mehr in der Luft, als hätte Noah die ganze Stimmung des Abends mit einem Satz beiseitegewischt.

Es war ohne große Mühe zu spüren, dass alles in Emilia sich gegen seine Worte sträubte.

»Was soll das?«, flüsterte ich. Normalerweise war Noah nicht grausam, selbst wenn er gern seine Späße mit anderen trieb, um zu beobachten, wie sie reagierten. Aber das hier ging zu weit, Emilia fühlte sich unwohl, so viel war offensichtlich, auch wenn kein einziger Muskel in ihrem Gesicht zuckte.

»Ich glaube, unsere Emilia hier hat sich in Janis verliebt«, sagte er leise, ohne seine Schwester aus den Augen zu lassen.

Emilia setzte sich auf. »Unsinn«, zischte sie harsch.

Etwas verkrampfte sich in meinem Magen, denn ich wusste sofort, dass sie gelogen hatte, das musste auch ihr Bruder gemerkt haben. Wieder schüttelte Noah die Sprühdose. Diesmal zuckte Emilia bei dem klackernden Geräusch zusammen, und Noah grinste breiter.

»Lass sie in Ruhe, Noah«, sagte ich mit fester Stimme.

Er beachtete mich nicht. Die beiden starrten sich gegenseitig an wie zwei Raubkatzen, bereit zum Sprung.

»Normalerweise suchst du dir deine Freunde doch nur aus, um unsere Eltern zu ärgern. Aber diesmal war es anders, oder es hat sich zumindest anders entwickelt, hab ich recht?«

Emilia schwieg, und ihr Schweigen war Antwort genug.

»Das geht zu weit, lass sie in Ruhe«, wiederholte ich drängend.

Ich streckte eine Hand nach Noah aus. Er musste damit aufhören, das hier war nicht in Ordnung. Seine Schulter wich meiner Berührung aus, er sah mich scharf an, und ich ließ meine Hand sinken.

»Sag es, Schwesterherz, diesmal hast du dich verliebt.« Seine Stimme hatte einen hypnotischen, dringlichen Klang angenommen.

»Nein«, sagte Emilia und ballte unwillkürlich eine Hand zur Faust.

Noah warf den Kopf in den Nacken und lachte spöttisch, es klang laut und verzerrt.

»Was bist du nur für ein Opfer, Emilia, dass du etwas wegwirfst, das vielleicht echt war. Nur, um mit dem nächsten, unpassenden Fickfreund eine neue Chance darauf zu haben, die Aufmerksamkeit unserer Eltern zu erheischen.«

Mir stockte der Atem. Die Luft zwischen den beiden war zum Zerreißen gespannt.

»Noah, spinnst du jetzt!«, rief ich erschrocken.

»Sprich nicht so mit mir«, zischte Emilia, ihre Stimme war plötzlich voller Hass, ihr Gesicht verzog sich für den Bruchteil eines Augenblicks und sah roh aus.

Etwas Kaltes und Schreckliches sank wie ein Stein in meinen Magen.

»Dann sag es ihm, Emilia, sag ihm, dass du dich verliebt hast, und ich lasse dich in Frieden. Hier ist dein Handy.« Er ließ das Gerät über den Boden schlittern, es blieb direkt vor ihrem Bein liegen. Sie ignorierte es, löste ihre Augen nicht von seinen.

Dann streckte sie eine Hand mit den rot lackierten Fingernägeln aus.

»Gib mir die Sprühdose«, sagte sie.

Der Zug um Noahs Mund veränderte sich. Vielleicht hatte er nicht damit gerechnet, dass sie tatsächlich so weit gehen würde.

Langsam machten sie mir Angst. »Hört gefälligst beide auf damit«, sagte ich heiser.

»Misch dich nicht ein, Sophie«, sagte Emilia und wandte sich an ihren Bruder. »Was versprichst du mir im Gegenzug, wenn ich es mache?«

Das alte Spiel zwischen ihnen: Wenn einer dem anderen eine Mutprobe stellte, musste dieser nach deren Erfüllung auch etwas tun.

Er zuckte mit den Schultern. Plötzlich sah er besiegt aus. Seine Augen schienen tiefer in ihren Höhlen zu liegen.

Ein Glitzern erschien in ihren Augen. »Beug dich zu mir, ich flüstere es dir ins Ohr«, sagte sie mit einem gebieterischen Lächeln.

Er tat, wie ihm geheißen. Sie legte eine Hand an sein Ohr und wisperte etwas, das ich trotz der kurzen Entfernung nicht verstand. Seine Augen weiteten sich, dann drehte er das Gesicht weg, sodass es im Schatten lag und ich seinen Ausdruck nicht lesen konnte.

»Nein«, sagte er fest.

Emilia lachte ihr glockenhelles Lachen, das die Wände bedrohlich zurückwarfen.

»Bedeutet es dir etwa was?«, fragte sie.

Eine Pause. »Nein«, sagte er.

»Okay, dann haben wir einen Deal«, sagte Emilia und sprang behände auf die Füße. Mit schwingenden Hüften ging sie zur Längswand des Schwimmbads.

In großen roten Lettern schrieb sie über die ganze Fläche:
Janis weint, wenn er kommt

~

Auf dem Rückweg durch die frühmorgendlichen Straßen sprachen wir drei kein Wort miteinander. Es war, als wären wir auf einen Schlag ausgenüchtert, nur der Kater zurückgeblieben. Emilia ging vor uns, sie ging sehr gerade, das Kinn nach oben gereckt. Ab und zu warf ich Noah neben mir einen Seitenblick zu, aber seinen Ausdruck konnte ich nicht lesen.

Die Vögel hatten bereits zu singen begonnen. Eigentlich hätte der Himmel aufhellen sollen, aber die Schwüle und Hitze des Tages hatten sich zusammengebraut und ihn mit Wolken überzogen. Wind kam auf, und ich fröstelte in meinem dünnen T-Shirt. Noah bot mir seine Jacke an, die ich ablehnte.

Schließlich begann sich der überhitzte Himmel in einem Sommergewitter zu entladen. Blitze zuckten durch die Dunkelheit, Donner grollte durch die menschenleeren Straßen. Wir hätten die letzten Überlebenden auf der Welt sein können. Unwillkürlich gingen wir schneller. Wir waren fast da. Der Regen platschte auf die Scheiben der Autos neben uns, schlug auf dem Asphalt auf, durchnässte uns in Sekunden. Der starke Platzregen hatte keine Möglichkeit abzufließen, der ausgetrocknete Boden und staubige Asphalt konnten das Wasser nicht aufnehmen. In kürzester Zeit liefen Noah und ich mit eingezogenen Köpfen durch kleine Sturzbäche auf dem Bürgersteig.

Ich hatte die Arme um mich geschlungen und versuchte, meinen Oberkörper vor den eiskalten Tropfen zu schützen und mit klammen Fingern zu wärmen. Emilia vor uns machte keine Anstalten, den Kopf einzuziehen oder die Arme um sich zu legen. Mit wehenden Haaren, durchnässtem Kleid und gerecktem Kopf sah sie aus wie eine wütende Walküre, die den Regen gerufen hatte, um uns zu bestrafen.

Noahs Gesicht neben mir war noch fahler geworden, als es sonst war. Nur seine Lippen zeichneten sich als dünne rote Striche gegen die Blässe ab. Seine Haare hingen ihm in nassen Strähnen im Gesicht, über das Wasser lief, als würde er weinen. Er bemerkte meinen Blick und schenkte mir sein typisches ernstes Lächeln, das seine melancholischen Augen nicht ganz erreichte. Es beruhigte mich; das war der Noah, den ich kannte. Den ganzen Rückweg schon war er mir fremd vorgekommen.

Er zog seine Jacke nun doch aus und legte mir sie einfach über die Schultern. Ich lächelte ihn dankbar an, die Geste wärmte mich mehr als der durchnässte Stoff.

Der Regen wurde schwächer, der Himmel hellte auf, und das Gewitter zog weiter. Kurz darauf standen wir vor der Einfahrt der von Gutenbachs, das Trommeln der Tropfen ein leises Hintergrundrauschen in der Stille des Morgens. Emilia lief voraus, sie wartete nicht auf uns. Ich würde nach Hause gehen, heiß duschen und hoffen, dass meine Eltern mich nicht fragten, warum ich völlig durchnässt bei Tagesanbruch nach Hause kam. Wenn ich über Nacht wegblieb, nahmen sie an, dass ich bei den von Gutenbachs schlief.

Noah und ich sahen uns an. Ich hatte das Bedürfnis, über das zu sprechen, was heute Nacht geschehen war, aber ich wusste nicht, wie. Er sah gequält aus, als liege eine Last auf seinen Schultern.

Ich nahm seine Jacke ab und hielt sie ihm hin. Überrascht, als hätte er ganz vergessen, dass er sie mir gegeben hatte, nahm er sie entgegen und hängte sie über seinen Arm, sagte aber nichts. Ich fröstelte.

Gerade wollte ich mich umdrehen und zu meinem Elternhaus zurückgehen, als er nach meinen Händen griff.

»Sophie ... wegen vorhin: Es tut mir leid.«

Ich nickte, wollte etwas erwidern, aber er sprach schon weiter, so als stolpere er durch das hindurch, was er sagen wollte.

»Es ... es ist nicht so, wie du vielleicht denkst. Ich wollte nicht, dass sie es wirklich macht. Ich hätte mir gewünscht, dass sie endlich mal dazu steht, dass sie auch Gefühle hat.« Er lachte bitter auf. »Ich denke, ich habe unterschätzt, wie verkorkst ich und meine kleine Schwester sind.« Er sagte das voller Selbsthass, und mein Herz tat einen schmerzhaften Sprung. Ich ertrug es nicht, wenn er so über sich sprach. Ich drückte seine Finger in meinen und suchte nach Worten.

»Noah ...«

»Du musst nichts sagen, Sophie.« Er sah auf unsere Hände herab.

Ich löste meine rechte Hand aus seiner und hob mit meinen kalten Fingern sein Kinn, damit ich ihm in die Augen sehen konnte. Was hatten Natalia und Robert nur für einsame und traurige Kreaturen geschaffen mit ihrer ständigen Abwesenheit und ihrer ständig abwesenden Liebe. Das brauchte er nicht zu sagen, das wusste ich, weil meine Eltern genau so waren, nur war ihre Abwesenheit eine psychische und keine physische. Ich wusste, welches Loch das hinterließ. Das Gefühl, nie gut genug zu sein.

Noah nahm mein Gesicht in seine Hände. Ich sah ihn an, die Regentropfen, die immer noch sein Gesicht hinabliefen, die Tröpfchen, die sich in seinen Wimpern verfangen hatten, die Augen unter schweren Lidern, die mich mit einem Hunger anschauten, den ich selbst so gut kannte.

Er überbrückte den kurzen Abstand zwischen uns und legte seine Lippen auf meine. Mein Herz setzte einen Schlag aus, und dann begann es zu galoppieren. Wir küssten uns wie zwei Ertrinkende, unter dem grauen Himmel, im fallenden Regen, ohne Gefühl für Raum und Zeit. Unsere Lippen fanden einander, als hätten sie immer zusammengehört. Wir küssten uns fast verzweifelt, als wären unsere Münder das Einzige, was uns davon abhielt, vom Sturm fortgerissen zu werden. Ich grub meine Hände in sein Haar, und ihm entfuhr ein Stöhnen. Seine starke Brust unter dem dünnen, nassen Hemd drückte sich heiß gegen meine. Ich schloss die Augen. Es war, als hätte mein Herz zum ersten Mal in meinem Leben den Rhythmus gefunden, in dem es schlagen wollte.

Dann löste er sich von mir, und wir sahen uns an. Beide atmeten wir schwer, als wären wir aus eiskaltem Wasser aufgetaucht. Ein Gefühl wogte durch meinen ganzen Körper, eine Empfindung, die ich so noch nie gespürt hatte, sie war gleichzeitig heiß und kalt und wunderbar und verwandelte alles in mir in flüssiges Gold. Aber in seinen grünen Augen war immer noch eine Schwere, eine Trauer. Hatte er denn gerade nicht dasselbe gespürt wie ich? Ich ließ meine Hand aus seinen Haaren gleiten.

Ein vorsichtiges Lächeln schlich sich auf seine Lippen, ich lächelte zurück. Er hielt mir den Arm mit seiner Jacke hin.

»Hier, nimm sie. Sie sieht an dir ohnehin besser aus.«

Damit drehte er sich um und ging Richtung Haus. Ich sah ihm nach, seine Schultern waren ein bisschen eingesackt, als wolle er sich vor der Welt schützen. Eine Welle der Zuneigung überschwemmte mich. Ich grub meine Finger in die Jacke, die er mir gegeben hatte, und widerstand dem Drang, sie an mein Gesicht zu halten, um seinen Geruch einzuatmen.

Ich hob den Blick. Über ihm im Haus war eines der Fenster erleuchtet. Eine dunkle Silhouette zeichnete sich gegen das Licht ab und verschwand, als sie bemerkte, dass ich sie beobachtete.

Noah ging hinein, ohne sich noch mal nach mir umzusehen.

KAPITEL 6

Im letzten Larvenstadium verlässt das Tier das Wasser

Am nächsten Morgen kam mir die Begegnung mit Mathilda unwirklich vor. Meine Laken waren verschwitzt, als hätte ich mich in unruhigen Träumen gewälzt. Nur langsam erwachend lag ich im Bett und lauschte dem stillen Haus um mich herum und dem gedämpften Vogelgesang aus dem Garten. Mathildas Worte hatten mich auf eine Idee gebracht, wo ich mit der Suche nach Noah beginnen konnte: Ich würde seine Kanzlei ausfindig machen und darüber seine Freundin – vielleicht konnte sie Klarheit in die Sache bringen. Auch wenn es Noah ähnlich sähe, sie in nichts einzuweihen. Es sei denn, er hatte sich in den letzten fünf Jahren gravierend verändert. Der Gedanke brachte mein Herz zum Klopfen. Wie sollte ich jemanden finden, den ich nicht mehr kannte? Ich schob den Gedanken mit meiner Bettdecke zur Seite und stand entschlossen auf. Nach einer Dusche würde ich mich wacher fühlen und der ersten richtigen Spur folgen, die ich hatte.

Als ich nach unten kam, war weit und breit keine Emilia in Sicht. Es konnte doch nicht sein, dass sie ständig abhaute und mich hier sitzen ließ.

Das Haus war sauberer, aufgeräumter und duftete leicht nach Citrus. Mathildas frühmorgendlicher Besuch hatte also seine Spuren hinterlassen. Ich schüttete ein paar Cornflakes in eine Schale und goss etwas von der frischen Milch dazu, die es inzwischen gab. Damit setzte ich mich an den Küchentisch, kaute langsam und wartete, bis das Wasser für den Kaffee kochte. Das Haus wirkte nach Mathildas Besuch irgendwie anders, fröhlicher, heller, als hätten ihm die Liebe und Pflege gefehlt, die seine Mauern zusammenhielten. Zuvor war es mir so vorgekommen, als würden die Dinge hier ihre Besitzer ebenso vermissen wie ich. Als würden die Lampen eine nach der anderen durchbrennen, die Nägel aus der Wand fallen und die Tapete abblättern, ja, als würde alles hier traurig seinen Dienst aufgeben. Aber ich schien mich getäuscht zu haben.

Ein paar Stunden ausführlicher Internetrecherche und einige Tassen Kaffee später wählte ich eine Nummer und drückte die Anruftaste.

Als sich am anderen Ende der Leitung eine Stimme meldete, sog ich geräuschlos Luft durch den Mund ein.

»Kanzlei Werner und Höfert, Agnes Delia am Apparat, wie kann ich Ihnen helfen?«, ratterte eine professionell höfliche Stimme herunter.

Ich räusperte mich und verstellte meine Stimme: »Schönen guten Tag, mein Bruder hatte mich gebeten, bei seiner Arbeit anzurufen …«

»Mit wem spreche ich bitte?«, unterbrach die routiniert klingende Stimme. Ich sah eine Frau mit perfekt liegendem, glattem Haar und Perlenohrringen in einem dunkelblauen Kostüm vor mir.

»Was? … Ach so. Hier ist Emilia von Gutenbach. Mein Bruder …«

»Worum geht es bitte?«, fragte sie ungeduldig dazwischen. Irritiert vergaß ich beinahe meine verstellte Stimme. Wurde sie dafür bezahlt, potenzielle Kunden zu verschrecken?

»Mein Bruder Noah von Gutenbach hatte mich gebeten, bei Ihnen anzurufen, um zu arrangieren … um, ähem, um seine Sachen abzuholen.«

»Hier arbeitet kein Herr Gutenberg«, kam die prompte Antwort.

»Guten*bach*!«

»Der auch nicht«, sagte sie. Mein Herz sank.

»Nein? Und er hat auch nie bei Ihnen …?«

»Nein, das sagte ich doch schon, uns ist kein Herr Gutenbach bekannt.«

»Oh, dann muss ich mich wohl verwählt haben, ich Dummerchen … Danke, und entschuldigen Sie bitte die Störung.« Ich ließ die Hand mit dem Telefon sinken und drückte gleich mehrfach auf Auflegen. Das Blut rauschte mir in den Ohren, ich atmete tief durch. Zu lügen machte mich nervös. Hatte ich gerade wirklich Dummerchen gesagt?

Ich schüttelte den Kopf. Das war bereits der sechzehnte Anruf dieser Art heute. Auf keiner Kanzlei-Webseite, die sich um Finanzrecht kümmerte und edel genug aussah, dass Noah dort hätte arbeiten können, hatte ich seinen Namen unter den Anwälten oder Partnern entdeckt. Also hatte ich sie wohl oder übel alle der Reihe nach angerufen und meine abstruse Story erzählt, um die jeweilige Sekretärin dazu zu bewegen, mir zu sagen, ob Noah dort gearbeitet hatte. Bisher ohne Erfolg. Langsam sank meine Stimmung.

Einen Anruf würde ich noch wagen, dann brauchte ich erst mal eine Pause, auch von meinem schlechten Gewissen, das mit jeder Lüge lauter wurde.

Per Zufallsprinzip wählte ich eine Nummer aus.

»Kanzlei Wehr, Lindemann und Assaf, Yaren Ohlsen hier, was kann ich für Sie tun?«

»Ja, guten Tag, ich rufe für Noah von Gutenbach an, ich bin seine …«

»Noah von Gutenbach? Der arbeitet nicht mehr hier.«

Ich hielt die Luft an. »Was?«, fragte ich überrascht, als sich ein seltsames Gefühl in meinem Bauch ausbreitete.

»Herr Gutenbach arbeitet seit Kurzem nicht mehr hier«, wiederholte die Stimme am anderen Ende. »Wenn Sie eine Klientin von ihm sind, dann ist Frau Lindemann jetzt für Sie zuständig. Wie ist Ihr Name bitte? Soll ich Sie verbinden?«

»Nein, was? Ähm … dann rufe ich später noch mal an.«

»Wie heißen Sie bitte?«, wiederholte die Stimme am anderen Ende plötzlich wacher. Die Dame befürchtete wohl, eine Klientin zu verprellen. »Ich kann Sie gerne mit Frau Lindemann …«

»Nicht nötig, danke, ich melde mich wieder«, sagte ich atemlos. Damit legte ich auf und ließ das Handy auf das dunkle Holz der Anrichte fallen. Eine Aufregung stieg in mir auf, die ich nur schwer unterdrücken konnte. Ich hatte ihn gefunden – zumindest seinen ehemaligen Arbeitsplatz.

Mit fliegenden Fingern rief ich die Website der Kanzlei, die ich gerade angerufen hatte, auf meinem Laptop auf. Mein Stoßgebet wurde erhört, die Seite listete neben Namen, Funktion und E-Mail-Adresse der Anwälte auch ein Foto von ihnen. Noahs Name und Bild war nicht dabei, sie mussten ihn gelöscht haben, nachdem er dort nicht mehr arbeitete. Deshalb hatte ich ihn bei meiner Websuche nicht gefunden. Aber nachdem ich jetzt wusste, dass dies die richtige Kanzlei war, konnte ich seine Freundin ausfindig machen. Ich scrollte herunter, bis mein Blick an einer dunklen Schönheit hängen blieb. Das war sie: große Augen, zarte Gesichtszüge, perfekte kaffeefarbene Haut und schwarzes, gewelltes Haar – das musste Noahs Freundin sein. Hastig überflog ich die anderen Bilder. Kein Zweifel: Sie war sowohl die jüngste als auch die attraktivste unter den Anwältinnen. In dem Sinne war Noah immer vorhersehbar gewesen, seine Wahl stets die offensichtliche. Bis auf mich vielleicht.

Ich lehnte mich im Stuhl zurück. Da stand ihr Name schwarz auf weiß: Michelle Reinecke, Juniorpartnerin.

Ich schnappte meinen Kaffeebecher und riss die Tür zu Terrasse auf, ich brauchte dringend frische Luft. Wieder trat ich barfuß auf die aufgewärmten Steine, ließ meinen Blick über die vollen Grün-, Gelb- und Brauntöne des Gartens, den abgedeckten Swimmingpool bis hin zu den Bäumen hinten am Fluss streifen.

Diesmal erschreckte mich das Rascheln in den Büschen längst nicht so sehr wie beim letzten Mal. Einen Moment später tauchte Manuel hinter einem verblühten Flieder auf, ein breites Lächeln auf den Lippen.

»Wie ich sehe, bist du mittlerweile ein regulärer Gast im Pyjama hier. Aber keine Sorge, meine Pflanzen sind wohlerzogen, sie urteilen nicht über dich.«

Ich sah an mir herunter. Tatsächlich trug ich wieder meinen alten, karierten Schlafanzug. Mist. Manuel musste mich inzwischen für eine ziemlich unmodische und unausgeschlafene Zeitgenossin halten.

Ich seufzte.

»Jetzt kann ich mich wohl nicht mehr schnell umziehen und so tun, als wäre das gar nicht passiert?«, fragte ich ohne große Hoffnung.

Er lachte. »Es ist ja nicht so, als würden wir uns nicht kennen. Und du bist selbst im schlabbrigsten Schlafanzug noch schön, Sophie.«

Ich wusste nicht, wie ich darauf reagieren sollte, und ein kurzes unangenehmes Schweigen breitete sich zwischen uns aus. Er räusperte sich, sagte jedoch nichts.

»Kann ich dir vielleicht einen Kaffee anbieten?«, sagte ich schließlich, um die Stille zu füllen.

»Ich will dich nicht von deiner Arbeit abhalten, wenn du was zu tun hast. Ich hab dich drinnen telefonieren sehen.«

Meine Angewohnheit, beim Telefonieren auf und ab zu gehen, hatte mich wohl vor das große Glasfenster vor der Terrasse geführt. Ich fühlte mich, als hätte er mich bei etwas Verbotenem erwischt, dabei konnte er ja gar nicht wissen, was für Anrufe ich geführt hatte. Und was für Lügen ich dabei erzählt hatte. Noch peinlicher berührt als zuvor schüttelte ich schnell den Kopf.

»Nein, nein, du störst ganz und gar nicht. Kannst du denn eine Pause einlegen?«

Das Lächeln kehrte auf sein braungebranntes Gesicht zurück. Er strahlte dabei eine solche Offenheit aus, dass ich automatisch zurücklächeln musste.

»Aber klar kann ich«, sagte er und versuchte, sich mit einer behandschuhten Hand durchs Haar zu fahren, merkte, was er tat, und ließ die Hand ungelenk wieder sinken. Ich wandte mich schnell ab, um mein Grinsen zu verbergen.

»Bin gleich zurück«, sagte ich im Gehen über die Schulter.

Das Ganze kam mir vor wie ein Déjà-vu.

Drinnen stellte ich meine Tasse ab, suchte hektisch mit meinen nackten Zehen meine Hausschuhe unter dem Stuhl hervor und warf mir eine lange Strickjacke über, um nicht mehr ganz so verlottert auszusehen.

Als ich mit zwei Tassen frischem Kaffee auf die Terrasse zurücktrat, stand Manuel ein bisschen ratlos herum, als wüsste er nicht so recht, was er mit seinen Händen anfangen sollte. Er hatte seine Arbeitshandschuhe auf den Gartentisch geworfen und sein Hemd in die Hose gesteckt.

Ich reichte ihm eine Tasse, und seine Finger streiften kurz meine. Sie waren warm und kräftig, ich sah, dass die Handflächen voller Schwielen von der Gartenarbeit, aber seine Nägel ganz sauber waren. Schnell zog er seine Hand mit der Tasse zurück, und der Kaffee schwappte über.

»Mist«, fluchte er, und ich lachte auf. Er sah mich überrascht an, als hätte er das Geräusch nicht erwartet.

»Soll ich dir einen Lappen holen?«

»Geht schon«, brummte er.

Wir standen voreinander und nippten an unseren Tassen. Der Blick aus seinen goldbraunen Augen machte mir peinlich bewusst, dass meine Haare ungekämmt waren und in alle Richtungen aus dem losen Dutt quollen, in den ich sie hastig geschlungen hatte.

Ich machte eine Handbewegung in Richtung der Gartenstühle. »Hinsetzen oder stehen bleiben?«, fragte ich.

Seine Züge entspannten sich, und er lächelte erleichtert. »Ich dachte schon, du würdest nie fragen.«

Wir nahmen auf denselben Stühlen Platz wie am Tag zuvor und schauten wieder in den Garten hinaus. Wenn ich den abgedeckten Swimmingpool sah, hörte ich unser Kinderlachen, erinnerte mich an die zahllosen heißen, chlorgebleichten Sommertage, die ich mit den Geschwistern hier verbracht hatte, über den Steinpfad zum Pool gerannt und hineingesprungen war – immer Noah hinterher. Jetzt sah die blaue Plane darauf traurig aus, von der Witterung verfärbt, mit Blättern und kleinen Ästen bedeckt. Schon länger schien niemand mehr geschwommen zu sein, der Pool schien wie das ganze Haus auf eine Rückkehr zu warten, die vielleicht niemals kommen würde. Ich wandte den Blick ab und betrachtete wieder die Bäume und Sträucher. An vielen hatte sich das Laub schon gelb oder braun gefärbt, auch wenn es noch so warm war. Die Farben des Herbstes kündigten den ersten Frost an und damit den folgenden Winter. Aber jetzt leuchtete das Gras noch frisch und in einem satten Dunkelgrün, das in der Sonne noch kräftiger schien als am Vortag.

Manuel beugte sich zu mir hinüber und deutete in den Garten vor uns.

»Siehst du das?«, fragte er. »Das ist das Amselpaar, das hier nistet. Das Braune ist das Weibchen, der schwarze Vogel das Männchen. Diese Vögel sind normalerweise für eine Brutzeit beisammen – so lange, bis sie ihre Jungen aufgezogen haben. Die beiden hier scheinen aber noch etwas länger zusammenzuhalten.«

Ich nickte, nachdem ich die Vögel unter einem gelb leuchtenden Baum erspäht hatte. War das eine Kirsche? Pflanzenkunde war nie meine Stärke gewesen. Der braune, unscheinbarere Vogel sprang herum, er schien etwas im Schnabel zu haben. Der dunklere Vogel ließ den anderen nicht aus den Augen, während er immer wieder im Gras pickte. Das hatte mich bei Vögeln immer schon erstaunt, dass die Weibchen nicht die waren, die sich herausputzen und mit ihrer Schönheit überzeugen mussten.

»Da hat sie ja Glück gehabt«, sagte ich.

»Warum sie? Er kann doch froh sein, dass sie ihn nicht verlassen hat.«

Wir grinsten uns an und teilten einen kurzen, verschworenen Moment. Seine warmen Augen schienen meinen Blick aufzusaugen. Seltsam, dass mir die etwas unsymmetrischen Züge, das starke Kinn und der breite, sinnliche Mund früher nicht als so attraktiv aufgefallen waren. Vielleicht lag es daran, dass seine Attraktivität nichts mit offensichtlichem guten Aussehen zu tun hatte, er war nicht klassischerweise schön. Als Kunsthistorikerin war ich allerdings besessen vom Schönen. Oder vielleicht war ich Kunsthistorikerin geworden wegen dieser Besessenheit. Das war etwas, was die Kommilitoninnen und Kommilitonen mit mir teilten: Wir konnten die Augen nicht von Schönem abwenden. Aber vielleicht waren Schönheit und Attraktivität zwei verschiedene Dinge, die ich gleichermaßen schätzen konnte, und ich hatte reifen müssen, um das zu erkennen. Ich merkte, dass ich ihn anstarrte. Dann schlich sich etwas Trauriges in seine Augen, und sein Blick glitt zurück in den Garten.

»Du«, sagte ich, »warum ist eigentlich der Vorgarten überwuchert und voller Blätter, und hier ist alles ganz ordentlich?«

Er schien perplex, dann lachte er, die Spannung zwischen seinen Schulterblättern schien sich zu lösen. »Das hast du bemerkt? Die von Gutenbachs wollten, dass ich mich nur um den hinteren Teil des Gartens kümmere, und Emilia ist vor allem wichtig, dass ihr Libellenteich gepflegt wird. Aber jetzt, wo es Herbst wird, überlege ich, ob ich meinen Arbeitsbereich nicht ausweiten sollte.« Er zwinkerte mir zu.

»Mach das lieber nicht«, sagte ich düster. Dieses feudale Arbeitspflichtgefühl gegenüber den von Gutenbachs gefiel mir gar nicht. »Wusstest du, dass die frühere Haushälterin Mathilda hier regelmäßig vorbeischaut, um nach dem Rechten zu sehen, obwohl Emilia sie nicht bezahlt? Wer weiß, wie lange sie noch daran denkt, deinen Lohn zu überweisen. Ich würde mir an deiner Stelle keine Extraarbeit aufhalsen.«

Manuel schaute mich mit einem seltsamen Blick an. »Weißt du, im Sommer habe ich mich gewundert, warum ich der einzige Angestellte bin, den Emilia behalten hat. Sicher, der Garten ist ihr wichtig wegen der Libellen. Aber dann kam sie jeden Tag an den Pool, während ich hier gearbeitet habe. Einmal hat sie mich im Bikini im Gartenschuppen überrascht.« Er verzog keine Miene.

Ich schlug mir eine Hand vor den Mund und begann haltlos zu kichern. »Und was hast du gemacht? Ich meine … Emilia ist eine sehr attraktive Frau.« Ich versuchte, ein ernstes Gesicht zu machen. Das war definitiv die Emilia, die ich kannte.

Er schaute mich ungläubig an. »Was soll ich schon gemacht haben? Ich habe ihr gesagt, dass wir vielleicht etwas verschiedene Vorstellungen davon haben, wie unser Arbeitsverhältnis aussieht.«

Jetzt war es an mir, ihn ungläubig anzuschauen. »Am nächsten Tag kam sie dann angezogen in den Garten, um mir zu sagen, dass ich den Swimmingpool winterfertig machen soll, sie sei jetzt mit dem Schwimmen durch für den Sommer«, schloss er, während ich mich vor Lachen kaum halten konnte. Er schmunzelte.

Als ich wieder Luft bekam, sagte ich: »Damit wärst du meines Wissens der erste und einzige Mann, der Emilias Avancen je zurückgewiesen hätte.«

Er schüttelte amüsiert den Kopf. »Was denkst du nur über uns Männer? Ja, sie ist hübsch, aber sie kommt mir derart künstlich vor, dass ich gar nicht so richtig weiß, wen ich da vor mir habe. Das macht sie in meinen Augen nicht besonders attraktiv.« Er sah mich an.

So hatte ich das noch nie betrachtet. Es stimmte, Emilias Perfektion hatte etwas Artifizielles, wenn man genauer hinsah, wie eine Maske. Aber die meisten Menschen sahen nicht genauer hin.

Wir schwiegen wieder eine Weile, die ich dafür nutzte, im Kopf meine To-do-Liste zu überschlagen. Ich musste mit Emilia über Mathilda reden, wenn sie wieder auftauchte, eine E-Mail an meine Chefin schreiben, meine Mutter anrufen. Ich musste mir überlegen, wie ich am besten mit Noahs Ex-Freundin in Kontakt kommen konnte – Ex war wahrscheinlich das richtige Wort, sollte er auch so sang- und klanglos aus ihrem Leben verschwunden sein wie aus meinem. Mir fiel etwas ein.

»Sag mal, weißt du, ob ich mir hier irgendwo günstig einen Wagen mieten kann? Oder ob man hier Car-Sharing-Autos findet?«

Er zog die Augenbrauen zusammen. »Wo musst du denn hin?«

»Ich … wollte in die Stadt fahren. Ich muss da … ein paar Dinge erledigen. Daher dachte ich, dass es mit einem Auto einfacher wäre. Ich brauche es nur für ein paar Stunden.«

»Also, wenn du den Nachmittag über unterwegs bist und abends wiederkommst, kannst du auch einfach meinen Wagen nehmen.«

Damit hatte ich nicht gerechnet. »Äh, danke, das ist wirklich sehr nett, aber ich möchte dir keine Umstände machen.«

»Machst du nicht.« Er beugte sich vor, zog die Schlüssel aus der Hosentasche und reichte sie mir. Ich zögerte, lächelnd wedelte er damit, bis ich sie entgegennahm.

Das Schüsselbund war nicht besonders schwer, es waren nur wenige Schlüssel daran und ein pinkfarbener Anhänger aus Metall in Form einer Balletttänzerin. Ich betrachtete ihn und rieb mit dem Daumen über die abstehenden Falten des Tütüs.

»Hast du eine Tochter?«, fragte ich und deutete auf die Tänzerin.

Etwas in seinen Augen bewölkte sich, wie ein Sommerregen, der plötzlich aufzog.

»Nein«, sagte er. Sein Lächeln wurde melancholisch. »Das Ding hat eine andere Geschichte. Vielleicht erzähle ich sie dir einmal.«

Ich nickte und bohrte nicht weiter nach. Ich hatte den Eindruck, ihn mit der Frage an etwas erinnert zu haben, das mich nichts anging.

»Das Auto steht an der Straße. Du wirst es schon erkennen, wenn du es siehst.«

Ich sah ihn fragend an, aber jetzt grinste er nur.

»Also dann. Ich mach hier mal weiter.« Er stand auf, sah auf mich herunter, etwas Unergründliches im Blick. »Danke für den Kaffee.«

»Danke *dir* für dein Auto! Das ist wirklich sehr nett. Ich passe darauf auf, versprochen.«

Er nickte, klaubte seine Arbeitshandschuhe vom Tisch und ging wieder zu seinen Büschen. Ich beobachtete sein breites Kreuz von hinten.

Dann stand ich auf, nahm die Kaffeetassen und ging zurück ins Haus. Das Auto machte mein Vorhaben wesentlich einfacher.

~

Ich trommelte mit den Fingern aufs Lenkrad und beugte mich vor, um durch die Windschutzscheibe zu spähen. Mein Blick fiel wieder auf das Gebäude im neoklassizistischen Stil, dessen Eingang von hässlichen weißen Betonsäulen mit ionischem Kapitell gesäumt war und das ich jetzt schon seit geraumer Zeit beobachtete. Irgendwo in seinem Inneren war die Kanzlei, für die Noah zuletzt gearbeitet hatte. Zuerst hatte ich überlegt, hineinzugehen und einfach an der Rezeption nach ihm zu fragen. Dann hatte ich mich dagegen entschieden und war so lange um den Block gefahren, bis sich ein Parkplatz fast direkt gegenüber des Eingangs aufgetan hatte. Da saß ich nun in Manuels Auto und debattierte mit mir selbst, ob ich nicht doch aussteigen sollte.

Der Fiat war eine Überraschung gewesen. Nachdem ich mich angezogen, die Haare gebändigt und mir eine Strategie zurechtgelegt hatte, war ich auf die Straße vor dem Haus getreten und hatte mich umgesehen. Der schwarze Schlüssel in meiner Hand war so abgerieben, dass ich keine Automarke darauf erkennen konnte. Es war jedoch noch einer dieser altmodischen Schlüssel, die noch keine Zentralverriegelung öffnen konnten. Wie früher war die Straße immer noch wenig befahren, und ich trat auf die Mitte der Fahrbahn und blickte mich um. Von hier sah ich mein altes Elternhaus. Erst empfand ich gar nichts und zwang mich, darauf zuzugehen. Der Garten und das Haus sahen gepflegter aus als in meiner Kindheit und Jugend. Im Garten stand eine Schaukel anstelle des alten Baumes, unter dem ich immer gelegen und gelesen hatte. Aus irgendeinem Grund machte mich das betroffen. Es war ein Gefühl, als wäre damit auch die letzte Verbindung zu meiner Kindheit verschwunden, so als hätten die neuen Besitzer mit dem Baum auch meine Vergangenheit beseitigt.

Aber ich war hier, in diesem kleinen Einfamilienhaus zwischen den Villen, ohnehin nie richtig zu Hause gewesen; zu grau, abwesend und traurig meine Eltern, um mir eine unbeschwerte Kindheit zu ermöglichen. Ich hoffte, dass es der Nutzerin der Schaukel anders erging. Ich seufzte, als mir einfiel, dass ich unbedingt meine Mutter anrufen musste. Aber erst einmal hatte ich anderes vor.

Ich wendete mich von meinem Elternhaus ab und sah mich um. An der Straße standen kaum Autos, und die wenigen, die ich sah, waren neumodische und teure Modelle. Ich drehte mich einmal um meine eigene Achse.

Dann fiel es mir wie Schuppen von den Augen: Der rote Farbfleck vor dem früheren Haus meiner Eltern. Ich ging auf das kleine rote Auto zu und steckte den Schlüssel ins Schloss. Er ließ sich drehen, ich musste lächeln. Manuel hatte recht, der praktische Fiat war eigentlich die offensichtliche Wahl für ihn. Als ich einstieg, umfing mich ein würziger Geruch nach frischer Erde und nach etwas wie Salbei. Manuels Geruch.

Jetzt standen der rote Kleinwagen und ich schon eine Weile zusammen herum, und wir hatten uns angefreundet. Der Innenraum war einigermaßen aufgeräumt, ein Scheibenwischer lag auf der Rückbank und ein paar Tankquittungen im Fach der Fahrerseite.

In diesem Moment öffneten sich die Glasschiebetüren, und eine Frau in hohen, schlanken Absätzen und einem schicken beigen Businesskostüm, das hervorragend zu ihrem Teint passte, kam die Stufen von der Kanzlei zum Bürgersteig hinunter. Ich schnellte in meinem Sitz nach vorn. Das war definitiv die Frau, die ich heute Morgen auf der Homepage gesehen hatte und von der ich vermutete, dass es Noahs Freundin war. Sie bog nach rechts ab, und mein Puls beschleunigte sich. Was nun? Sollte ich aussteigen und sie ansprechen, ihr zu Fuß folgen oder mit dem Auto hinterherfahren? Letzteres würde mich vermutlich aussehen lassen wie eine Stalkerin, und ich wollte sie nicht verschrecken. Andererseits gab es kaum eine Möglichkeit, wie diese Begegnung verlaufen könnte, ohne dass sie mich für eine Wahnsinnige hielt.

Ein dunkler SUV in der Reihe gegenüber blinkte auf, kurz darauf stieg sie auf der Fahrerseite ein. Erleichterung machte sich in mir breit. Das klärte die Fragen, ich würde ihr hinterherfahren. Ob das jetzt ein bisschen verstörend wirkte oder nicht.

Noch nie hatte ich einen anderen Wagen durch den Straßenverkehr verfolgt. Eigentlich hatte ich noch nie irgendwen überhaupt verfolgt. Meine Hände schwitzten, vor Aufregung überfuhr ich eine rote Ampel und übersah fast ein Stoppschild. Alles in allem war es jedoch einfacher, als ich gedacht hatte. Ihren SUV immer im Blick, achtete ich darauf, dass sie keinen zu großen Vorsprung hatte, damit ich immer über dieselben Kreuzungen kam. Ich hätte im Nachhinein nicht sagen können, welchen Weg wir durch die Stadt nahmen oder wie lange wir brauchten, ich war so auf ihren Wagen fokussiert und darauf, ihn nicht zu verlieren, dass ich kaum etwas anderes wahrnahm. Irgendwann fuhr sie in das Parkhaus eines in der Innenstadt gelegenen Appartementkomplexes. Mein Herz schlug mir jetzt bis zum Hals. Ich hielt an der Straße. Sollte ich ihr zu Fuß in das Parkhaus folgen, für das man einen Anwohnerausweis brauchte? Nein, entschied ich, das war definitiv zu seltsam und unheimlich. Mir fiel ein, dass ich ja ihren Nachnamen auf der Homepage der Kanzlei gesehen hatte und einfach bei ihr klingeln konnte. Der Rhythmus des Blutes, der durch meine Ohren rauschte, beruhigte sich etwas. Ich gab ihr zehn Minuten. Dann ging ich auf die Eingangspforte des schicken Appartementhauses mit der granitfarbenen Fassade zu, aus dem auf jeder Ebene Balkone hervorragten. Das Gebäude hatte etwas vom zeitlosen Bauhausstil, war aber insgesamt zu protzig, um so richtig ins Konzept zu passen.

Als ich auf die Klingelschilder starrte und ihren Nachnamen suchte, fragte ich mich, was ich da eigentlich tat. War ich nun völlig verrückt geworden? Was würde Michelle Reineke, erfolgreiche Juristin und möglicherweise ganz und gar nicht Noahs Verflossene, wohl von mir denken? Was würde ich sagen, damit sie mich hereinließ?

Ich schüttelte den Kopf und damit diese Gedanken ab, während ich meinen letzten Rest Entschlossenheit zusammenkratzte. Ich biss mir auf die Unterlippe, streckte einen zitternden Finger nach der Klingel aus und wollte gerade draufdrücken, als sich die verglaste Eingangstür von innen öffnete. Ein Mann im Anzug kam mir entgegen, nickte mir mit abwesendem Gesichtsausdruck zu und eilte an mir vorbei. Mein Herz machte einen Hüpfer. Schnell schlüpfte ich durch die offene Tür in den Hausflur.

Das Klingelschild hatte Michelles Wohnung im Vorderhaus verortet – scheinbar hatte der Wohnkomplex einen Innenhof. Die Aufzüge in der Eingangshalle ignorierend, nahm ich die Treppe, um auf die einzelnen Türschilder schauen zu können. Im vierten Stock wurde ich fündig:

Reineke & von Gutenbach

stand auf einem kleinen weißen Aufkleber in sorgsamer Schreibschrift geschrieben. In meinen Ohren begann es zu rauschen.

Kurz dachte ich daran, die Treppe hinunterzustürzen, mich ins Auto zu setzen, aus der Stadt zu fahren und weiter und weiter und nie wieder herzukommen. Ich dachte an Noahs und mein Türschild, als wir gerade in unsere erste gemeinsame Heidelberger Wohnung gezogen waren. Die Wohnung war nicht groß, aber ein Altbau mit kleinem Balkon, Dielenboden und hohen Fenstern, was mir sofort gefallen hatte. Noah hatte das Schild auf einem Flohmarkt gefunden, über den wir an unserem ersten Sonntag in der neuen Stadt geschlendert waren. Er hatte den Arm um meine Schultern gelegt, wir hatten in dem gekramt, was andere aussortiert hatten, skurrile Entdeckungen gemacht, gelacht, und ich war glücklich gewesen. So glücklich wie noch nie in meinem Leben. Noah und ich würden gemeinsam ein neues Abenteuer beginnen, eines, das nur für uns gemacht war. Irgendwann hatte Noah aus einer Kiste ein scheinbar von Kinderhand getöpfertes Türschild in Form eines sehr unförmigen Pferdes gefischt. In den Pferdekörper hatte jemand eingraviert:

$$S + N = 8$$

Wir hatten gleichzeitig zu lachen begonnen. Für mich war es wie ein Zeichen gewesen, ein Zeichen für eine glückliche Zukunft, die Acht eine Botschaft darüber, dass wir für immer zusammengehörten. Eine Acht, die liegend das Symbol für Unendlichkeit war.

Die Entscheidung war klar, dieses Schild sollte an unserer ersten gemeinsamen Wohnungstür hängen. Drei Jahre lang tat es das, bis ich es in einem Anfall von Wut und Verzweiflung im Flur zerschmetterte, nachdem Noah verschwunden war. Unsere Beziehung sollte keine acht Jahre halten, geschweige denn für immer. Die Phase, die auf die Trennung folgte, war eine der dunkelsten in meinem Leben gewesen.

Tief sog ich die nach Reinigungsmitteln riechende Luft dieses modernen Appartementkomplexes ein. Ich musste mich auf das Hier und Jetzt konzentrieren, um die Traurigkeit zu verdrängen, die mich zu überschwemmen drohte.

Impulsartig drückte ich den Klingelknopf neben der Tür, ohne mir Worte für die Begegnung zurechtgelegt zu haben, die folgen würde. Aber alles war besser, als wieder in diesen Erinnerungen zu verschwinden.

Hinter der Wohnungstür hörte ich leise Geräusche, dann verdunkelte sich das Guckloch. Mein Herz schlug wieder schneller.

Kurz war ich mir sicher, dass sie einfach nicht aufmachen würde. Doch dann hörte ich das Klicken des sich öffnenden Schlosses, und die Tür wurde nach innen aufgezogen. Auf der anderen Seite kam die Frau, die ich von der Kanzlei bis hierher verfolgt hatte, jetzt barfuß und mit einem ungeduldigen Gesichtsausdruck, zum Vorschein.

»Ja? Worum geht es?«, fragte Michelle Reineke mit einer angenehm melodiösen Stimme. Ihre symmetrischen Gesichtszüge, ihr perfekt sitzendes Make-up und ihre gerade Haltung verunsicherten mich sofort. Mädchen wie sie hatten mich schon in der Schulzeit stiller werden lassen, weil sie zu wissen schienen, was sie wollten, wie sie es erreichten und dabei immer gut aussahen, während ich das Gefühl hatte, dem Leben stets einen Schritt hinterher zu stolpern. Ich schaute hinunter auf ihre nackten Füße und dachte plötzlich, dass es diese Mädchen und Frauen sicher auch nicht immer einfach hatten und ich nie den Mut aufgebracht hatte, sie zu fragen, wie sie es schafften, den Kopf hochzuhalten, trotz allem.

Also hob auch ich den Kopf und lächelte die Frau vor mir unsicher an.

»Hallo«, sagte ich. »Ich bin eine alte Freundin von Noah von Gutenbach.«

KAPITEL 7

Die Beute der Libellen
besteht hauptsächlich aus anderen Insekten

11 Jahre zuvor

Der ganze Sommer hatte den Atem angehalten bis zu diesem einen Abend. Die große Sommerparty der von Gutenbachs stand unmittelbar bevor, und selbst das Wetter hatte sich wie ein eitler Partygast zurechtgemacht und zeigte sich von seiner strahlendsten Seite, obwohl der Juli bisher regnerisch gewesen war. Nach einem klaren und heißen Tag versprach der Abend zu einer dieser lauen Sommernächte zu werden, die einem für immer im Gedächtnis blieben, mit einem Klangteppich aus perlendem Lachen, dem leisen Plätschern von Wasser und gedämpfter Musik und dem Klingen der Wein- und Champagnergläser. Der Himmel würde klar und unzählige Sterne zu sehen sein, deren Licht die Gesichter der Menschen lösen, sie weicher zeichnen würde. Die Schönheit von Frauen in wispernden Abendkleidern und Männern in gestärkten Anzügen würde vorurteilslos hervortreten, wenn sie durch den Garten streifen würden unter den in den Bäumen verteilten schaukelnden Windlichtern, die sich leicht in jeder Brise wiegten.

Die letzten Vorbereitungen für dieses Fest hatten eine ganze Woche in Anspruch genommen. Das gesamte Haus war vom Keller bis zum Dachboden von einer Schar von Männern in dunklen Anzügen und Frauen mit weißen Schürzen und konzentrierten Gesichtsausdrücken gereinigt worden, obwohl die Party hauptsächlich im Garten stattfinden sollte. Das Büffet war mit dem Catering schon Monate im Voraus abgesprochen worden und würde zum Teil noch frisch vor Ort zubereitet werden. Lange Tische mit weißen Tischdecken wurden auf der Terrasse aufgestellt, um die unzähligen Speisen, Früchte, Salate und duftenden Fleisch- und Fischgänge zu tragen. Der ganze Garten war mit Lichtern bestückt worden, in den Bäumen schaukelnde Windlichter und Lichterketten, um den Pool herum hatte man Fackeln und Kerzen aufgestellt. Eine Bühne für die Liveband und das Abendorchester wurde am Rande des Rasens unter den hellgrünen Linden aufgebaut. Zahlreiche runde Stehtische sollten am Abend selbst mit langen weißen Tischdecken und frischen Blumengestecken und Windlichtern verziert werden. Weiße Korbsessel-Sitzgruppen mit weichen Kissen standen in losen Abständen verteilt, alle in der Nähe jeweils eines Tisches mit gestärkter Tischdecke, hinter dem eine Barkeeperin die ganze Nacht lang Cocktail-Kreationen mixen sollte.

Natalia war seit Monaten schon nicht sie selbst gewesen. Ihr konzentrierter Schlummerzustand, der einem konstanten Desinteresse für die Welt ähnelte, war einer nervösen Aufregung gewichen, die sich bei ihr in Wutausbrüchen Bahn brach, unter denen sämtliche Mitarbeiterinnen zu leiden hatten. Robert hatte die Planung ihr überlassen, nachdem er die Gästeliste zusammengestellt hatte. Natalia legte den gewohnten Perfektionismus an den Tag und kommandierte ihr Heer von Bediensteten ohne Mitleid über Wochen hinweg, bis alles zu ihrer Zufriedenheit vorbereitet war. Sie legte Gerichte, Musikauswahl und Tischdekorationen fest, entschied über Farb- und Blumen-Arrangements und bewies dabei, dass ihr sonst so eklektischer, extravaganter Geschmack durchaus einem edlen Stil weichen konnte, wenn es nur einen Grund gab.

Der Grund war ein Fest von epischen Ausmaßen. Hunderte von Gästen wurden erwartet, viele aus dem Ausland. Robert hatte in seinem Büro andere Arten von Vorbereitungen für die Feier getroffen, denn natürlich hätte er niemals solche Unmengen von Geld ausgegeben, wenn er sich nichts davon verspräche, hatte Noah gesagt.

Die Geschwister hatten dem Nahen der Party mit der für sie so typischen Nonchalance entgegengeblickt, die wie Desinteresse wirkte, hätte es hier und da nicht schnippische Kommentare von ihnen gegeben, die darauf schließen ließen, dass sie das Geschehen um sie herum tatsächlich wahrnahmen. Meine Aufregung jedoch war parallel zur Zunahme der Vorbereitungshektik gestiegen. Zuerst hatte ich gar nicht kommen wollen, aber Emilia hatte zielsicher ihren Finger in die Wunde gelegt und festgestellt, dass dies daran lag, dass ich nichts anzuziehen hatte, was zu diesem eleganten Sommerfest gepasst hätte. Also hatte sie mich so lange bearbeitet, bis ich zugestimmt hatte, etwas von ihr zu tragen und doch zu kommen.

Die Sonne stand über den Baumspitzen und warf ein goldenes, warmes Licht durch die Blätter in Emilias Zimmer, in dem ich nun mit ihr saß. Als ich die Kleider gesehen hatte, die sie an ihren Schrank gehängt hatte, war mir ganz anders geworden. Die dünnen, flatterhaften Stoffe passten viel besser zu ihrem Körper als zu meinem. Noah würde da sein und sicher in Lachen ausbrechen, wenn er mich unbeholfen mit hohen Schuhen und in einem viel zu engen Kleid herumstolpern sah. Ich schluckte und konzentrierte mich wieder auf Emilias fröhliches Geplauder. Langsam war auch ihr die Aufregung vor dem Fest anzumerken, was meine Nervosität nur noch steigerte.

Wir saßen vor dem großen Spiegel ihrer Kommode und probierten verschiedene Farbkombinationen für ihre Wimpern und Lippen, die ihrem Gesicht etwas noch Elfenhafteres gaben, als es ohnehin schon hatte.

»Nein, dieses Lila steht mir nicht, das passt überhaupt nicht zu mir«, rief sie. »Wenn diese Farbe eine Seele hätte, dann wäre es die einer alten, verschrumpelten Postbeamtin!«

Ich seufzte. »Was willst du eigentlich anziehen, Em? Wenn du mir endlich dein Kleid zeigst, dann können wir einfacher die passende Farbe finden.«

Emilia wandte sich zu mir um, sie hatte recht, die lilafarbene Wimperntusche stand ihr nicht. Das Knallrot auf ihren Lippen, die sie jetzt zu einem Schmollmund verzog und im Spiegel betrachtete, gefiel mir hingegen gut.

»Nein. Wo wäre denn der Spaß, wenn du schon vorher weißt, wozu die Farbe passen soll?«

Sie lachte ein beschwipstes Lachen, und ich rollte mit den Augen.

»Hast du getrunken, Em?«, fragte ich sie.

Sie machte ein schockiertes Gesicht, das mich nicht täuschen konnte. Dann zog sie grinsend eine halb leere Champagnerflasche unter dem Schminktisch hervor, trank einen Schluck und bot mir die Flasche an. Ich schüttelte den Kopf. Wieder verzog sie den Mund übertrieben schmollend und schnitt anschließend ein paar Grimassen, bis ich ihr lachend die Flasche aus der Hand und auch einen tiefen Schluck nahm.

Der Champagner prickelte auf meiner Zunge, lief kühl meine Kehle hinunter, und sofort breitete sich eine angenehme Wärme in meinem Magen aus. Etwas flüssigen Mut würde ich brauchen, um das hier durchzustehen, dachte ich, und nahm einen zweiten Schluck. Emilia grinste, während ich das Gesicht verzog. Sie wusste, dass ich so gut wie nie trank. An den Geschmack von Alkohol hatte ich mich bisher nicht so recht gewöhnen können, selbst wenn es so sündhaft teurer war wie dieser.

Ich schüttelte mich wie ein nasser Hund und gab ihr die Flasche zurück. Sie nahm sie entgegen und hielt dann inne. Ihre Augen begannen zu strahlen, und den Ausdruck auf ihrem Gesicht kannte ich nur zu gut. Er bedeutete, dass sie eine Idee hatte, und ihre Ideen bedeuteten in aller Regel, dass sie uns, vor allem mich, damit in Schwierigkeiten brachte.

»Emilia ...«, sagte ich warnend.

Aber es war schon zu spät, sie stand auf, drehte sich einmal im Kreis, dass ihr helles Haar, ihr Kleid und die Flasche Champagner in ihrer Hand nur so flogen, und lief zum Schrank.

»Zuerst werden wir mal etwas zum Anziehen für dich finden, denn du sollst doch schön aussehen heute, nicht wahr, Sophie?«, fragte sie mich, trank einen weiteren Schluck und stellte die Flasche achtlos auf den Boden. Im Hintergrund lief ein Popsong im Radio, und sie begann im Takt die Hüften zu wiegen, während sie durch den Raum ging. Dann riss sie mit beiden Armen Kleidung aus dem Schrank und ließ alles in einem großen Haufen auf ihr Bett fallen.

Ich war ein bisschen rot geworden und stand jetzt auf, um die Flasche zur Seite zu schieben und das Schlimmste zu verhindern, aber Emilia packte mich zielstrebig am Arm und begann, meinen Körper mit den Augen einer Schneiderin zu mustern.

»Mh, du brauchst in jedem Fall etwas, was deine Brust betont, denn davon hast du inzwischen mehr als ich, und das ist ein Vorteil, den du definitiv hervorheben solltest.«

Die Hitze stieg mir in die Wangen, während Emilia mit flinken Bewegungen begann, die Kleider vor ihr in mehrere Stapel zu sortieren.

»Nein, nein und nein!«, rief sie, zog schließlich ein schreckliches pinkes Paillettenkleid hervor und hielt es vor mich.

Mein Gesichtsausdruck musste Bände sprechen, denn sie warf es schulterzuckend zur Seite.

Eine halbe Stunde und zahlreiche Anproben später stand ich in einem grünen Schnürkleid vor ihr, das mir gerade so bis über den Hintern reichte und meine Brust derart zusammenpresste, dass ich kaum noch Luft bekam. Ich betrachtete mich im Spiegel, meine braunen, unruhigen Locken, die hohe Stirn und die dunklen Augen, die aus meinem Gesicht mit der etwas zu großen Nase hervorstachen, die schimmernde Haut, die wie Kaffee mit zu viel Milch aussah und sich ungut mit dem Grünton biss. Verzweifelt drehte ich mich zu Emilia um, die mich kritisch musterte und an den Falten des Kleides zupfte. Als sich unsere Blicke trafen, brachen wir gleichzeitig in Gelächter aus, denn die Sache war klar: Das Kleid sah schlimm an mir aus, es machte mich zu einem baumlangen, zusammengepressten Weihnachtself. Emilia musste so heftig lachen, dass sie Schluckauf bekam und sich aufs Bett fallen ließ, während ich kichernd versuchte, mich aus der grünen Katastrophe zu schälen.

»Es hilft alles nichts«, keuchte ich schließlich, als ich wieder zu Atem kam. »Deine Kleider sind einfach nichts für mich.«

Schließlich ließ ich mich halb ausgezogen neben Emilia aufs Bett und auf einen Haufen Kleidung fallen. Emilia tupfte sich die Lachtränen aus den Augen und versuchte vergeblich, den Schluckauf zu unterdrücken, was sie immer wieder in hilfloses Kichern ausbrechen ließ. Ich seufzte. Die Champagnerflasche war inzwischen fast leer, und die Sonne stand bereits tief. Die rotgoldenen Strahlen ließen den in der Luft tanzenden Staub wie Goldpartikel schimmern. Im Radio erklang die wehmütige Stimme eines Mannes, der das Ende einer Liebe besang.

»Vielleicht sollte ich einfach nach Hause gehen«, sagte ich leise. Was ich nicht aussprach: Ich gehörte sowieso nicht hierher, unter diese Gäste, diese Leute. Natalia hatte mich nicht hier haben wollen, das wusste ich, obwohl die Geschwister es vor mir zu verheimlichen versucht hatten.

Emilia hörte auf zu kichern, der Schluckauf schien schlagartig verschwunden, und drehte sich auf dem Bett auf die Seite, sodass wir uns in die Augen schauten.

»Sophie Hoffmann, hör sofort auf, dir selbst leidzutun! Wir haben die beste Party des Jahres, ach was, des Jahrhunderts vor uns, und wir werden heute Abend gemeinsam tanzen und Spaß haben, und wenn ich dich dafür eigenhändig runterschleifen muss!«

»Aber guck mich doch an, das sieht alles furchtbar an mir aus«, knurrte ich und versuchte die verdammten Tränen zurückzuhalten, die in mir hochstiegen. Eigentlich war ich keins der Mädchen, die viel auf ihr Aussehen gaben, ich vergrub mich lieber in meinen Büchern und trug T-Shirts und weite Hosen. Aber neben Emilia aufzuwachsen war nie einfach gewesen. Ihr glänzendes Haar, ihr perfektes Gesicht und ihren Modelkörper vor Augen, war sie eine ständige Erinnerung daran, dass wir anderen nicht so sehr von der Göttin der Schönheit gesegnet worden waren. Mein Körper war mit vierzehn plötzlich in die Höhe geschossen, an die ich mich immer noch zu gewöhnen versuchte. Ich bewegte mich unbeholfen in diesem neuen Frauenkörper, dem letztes Jahr dann auch noch Brüste gewachsen waren, kleine, feste Rundungen, die mir zuerst wie Fremdkörper vorkamen. Lange hatte ich nackt vor dem Spiegel im Bad meiner Eltern gestanden und diese neuen Formen an mir zu verstehen versucht, aber es half alles nichts, ich fühlte mich nicht zu Hause in dieser hochgeschossenen Form mit breiten Schultern, langen, schlaksigen Armen und Beinen und diesen neuen Dingern, die an mir wuchsen. Jetzt, mit sechzehn, begann ich langsam in mich hineinzuwachsen, aber ich war noch weit davon entfernt, mich in meinem Körper ganz wohlzufühlen.

Emilia hingegen bewegte sich schon immer mit katzenhafter Eleganz, ihre Form war nicht zu groß und nicht zu klein, nicht zu schlaksig und nicht zu rund, sondern einfach perfekt. Ihre helle Haut wie gegossene Milch und die strahlenden efeugrünen Augen in dem schlanken, symmetrischen Gesicht ließen sie schon früh wie eine Kindfrau aussehen, nach der die Männer den Kopf drehten, ohne ihr wahres Alter zu kennen. Sie trug ihre Schönheit mit dem Wissen darüber, dass sie Macht bedeutete, mit der Selbstverständlichkeit und Selbstsicherheit einer Sirene.

Neben Emilia aufzuwachsen war eine Lektion in Demut gewesen. Und so gab ich nicht viel auf mein Aussehen, denn da war nicht viel, auf das ich etwas geben konnte. Aber in Momenten wie diesen war es hart, denn ich wollte schön sein, für Noah, der heute Abend in seinem maßgeschneiderten Anzug sicher fantastisch aussehen würde. Ich wollte, dass seine Augen mich so aufsogen wie ich ihn, sein schönes Gesicht, seinen schlanken, muskulösen Körper, der dem eines Tänzers ähnelte. Dass er mich sah, wie ich ihn sah.

Ich seufzte und war im Begriff, mich aufzurichten, um mir meine Sachen zu schnappen und zu gehen, als Emilia meine Hand packte. Ihre kleinen Finger hielten mich fest, ihre Augen bohrten sich in meine.

»Sophie, du läufst jetzt nicht weg. Du bist eine wunderschöne Frau, und wir finden schon noch das Richtige für dich. Kannst ja auch nichts dafür, dass ich einen so nuttigen Geschmack habe.«

Ich knuffte sie in die Seite, und sie stieß ein theatralisches Stöhnen aus, ließ sich zurückfallen und tat so, als sei sie tödlich getroffen.

»Du hast einen ausgezeichneten Geschmack, und das weißt du auch«, sagte ich mit einem zuckenden Mundwinkel.

Sofort richtete sie sich auf und sah mich triumphierend an. »Das waren nicht meine Worte, sondern die meiner Mutter, ich dachte, sie muntern dich auf. Ich halte meinen Geschmack auch für unübertroffen.«

»Wenngleich etwas ausgefallen«, sagte ich, während sich das Lächeln auf mein Gesicht kämpfte, ohne dass ich es verhindern konnte.

Emilia tat schockiert. »Judas!«, schrie sie, stürzte sich auf mich und begann mich zu kitzeln. Ich lachte und wehrte mich strampelnd, aber sie war erstaunlich kräftig und fand mit ihren spitzen Fingern zielstrebig die Stellen unter meinen Armen, an denen ich besonders kitzelig war.

Plötzlich hielt sie inne und starrte mich mit ihren durchdringenden Augen an: »Sag schnell, was ist die weibliche Form von Judas?«

Ich starrte sie an und brach dann wieder in Gelächter aus, Lachtränen liefen meine Wangen hinunter.

»Gnade, Gnade!«, rief ich schließlich atemlos und hob als Zeichen der Kapitulation die Hände. »Eins ziehe ich noch an, eins noch«, keuchte ich.

Emilia ließ von mir ab, ihre Augen strahlten, und sie sprang auf die Füße.

»Ich weiß auch schon genau, welches! Es muss irgendwo hier sein«, sagte sie, während sie sich in ihren Schrank vergrub und von ganz hinten etwas hervorzog.

Es war ein schwarzes, knielanges Kleid, das in ihren Händen schimmerte und glänzte. »Das ist es«, sagte sie feierlich.

Nachdem ich es angezogen hatte, drehte ich mich vor dem Spiegel. Das Kleid ließ meine Schultern frei und schmiegte sich mit einem leichten Rascheln um meine Haut. In den mitternachtsschwarzen Stoff waren in unregelmäßigen Mustern kleine glitzernde Steine eingestickt, die wie Sterne funkelten. Es sah aus, als würde ich ein Stück des Nachthimmels auf meinem Körper tragen.

Ich drehte mich zu Emilia um. Ihre Augen leuchteten. »Wusste ich es doch«, sagte sie, und wir grinsten uns an.

Von unten hörte ich die Türglocke und zuckte zusammen. Die Sonne war inzwischen fast untergegangen, wir waren viel zu spät dran und hatten uns die ganze Zeit nur mit mir beschäftigt. Mein schlechtes Gewissen meldete sich, ich biss mir auf die Innenseite meiner rechten Wange.

»Und was ist mit dir?«, sagte ich zu Emilia. »Wir haben noch gar nichts für dich rausgesucht, und die Party fängt schon an!«

Doch sie winkte ab. »Papperlapapp! Jetzt stecken wir erst mal deine Haare hoch, und, oh, roter Lippenstift wird ganz großartig dazu passen!«

Sie drückte mich in den Stuhl vor ihrem Spiegel, der auf dem antiken Frisiertisch aus Holz stand. Auf der dunkelbraunen Oberfläche standen allerlei Parfums, Cremetiegel, Becher mit verschiedenen Mascaras und Kajalstiften in allen Farben. Puderdosen und Lidschatten in allen Schattierungen lagen darauf verstreut. Wir machten uns ans Werk.

Eine halbe Stunde später waren meine Haare hochgesteckt und Emilia hatte ein champagnerfarbenes Kleid mit Pailletten angezogen, das skandalös kurz geschnitten war und ihre Oberschenkel nur knapp mit Fransen bedeckte. Es verlieh ihr einen verruchten 20er-Jahre-Anstrich, zusammen mit dem glänzenden Kopfschmuck, den sie auf der Stirn trug, und der dick aufgetragenen schwarzen Mascara. Wir beide fuhren herum, als sich die Tür öffnete.

Natalia trat ins Zimmer. Sie war in ein hellrotes Satinkleid gehüllt und so schwer mit Goldschmuck behangen, dass ich sein Gewicht fast körperlich spürte. Aber vor allem war sie wütend. Und eine wütende Natalia war nie gut.

»Emilia, was soll das hier? Und wie siehst du schon wieder aus?« Natalia stürmte zum Frisiertisch, riss eine Hand voll Taschentücher aus einer Box und hielt sie ihrer Tochter hin. »Hier, wisch dir dein Gesicht ab und zieh dir gefälligst etwas anderes an. Beeil dich, du hättest schon vor einer Stunde unten sein sollen, um mit mir die Gäste zu begrüßen.«

Bei Natalias Worten verschloss sich Emilias Gesicht schlagartig. Ihre Züge wurden feindselig, genau wie die ihrer Mutter. Im Stuhl zwischen ihnen schrumpfte ich in mich zusammen.

»Das ist meine Schuld, Natalia«, sagte ich kleinlaut. »Emilia wollte mir bloß mit meiner Frisur helfen, deshalb hat sie sich verspätet.«

Natalia sah mich zum ersten Mal an, seit sie in den Raum gekommen war, und eine steile Falte bildete sich auf ihrer Stirn. Neben mir richtete sich Emilia zu ihrer vollen Größe auf, ein Lächeln erschien auf ihren Lippen, das nichts Gutes verhieß. Sie musterte ihre Mutter kalt.

»Geh nur runter, Sophie, du bist ja eh nicht meinetwegen hier«, sagte sie zu mir, ohne mich anzusehen. Das Strahlen in ihren Augen war einem dunklen Glanz gewichen. »Mal sehen, ob er dich überhaupt bemerkt, wenn du dich ihm an den Hals wirfst.«

Mit jedem ihrer Worte wurde mir kälter. Ich zog die Schultern zusammen, stand hastig auf und flüchtete aus dem Raum, bevor sie noch etwas Verletzendes sagen konnte. Ich ließ die Tür ins Schloss fallen und lehnte mich schwer atmend dagegen, als wäre ich eine weite Strecke gerannt. Der Gedanke an die plötzliche Kälte, die von Emilia ausgegangen war, ließ mich schaudern. Ohne Vorzeichen wechselte Emilia ihre Stimmungen wie ein Chamäleon seine Farbe.

Hinter mir hörte ich, wie die Stimmen der beiden Frauen lauter wurden. Ich richtete mich auf, straffte meine Schultern und schluckte. Dann blieb mir wohl nichts anderes übrig, als schon mal ohne Emilia nach unten zu gehen und mich unter die Partygäste zu mischen.

Zum Glück hatte ich meine schwarzen Ballerinas anbehalten und mich nicht von Emilia zu ihren hohen Absatzschuhen überreden lassen, dachte ich, während ich mit einer Hand auf dem Geländer die lange Treppe hinunterschlich. Am Fuß angekommen, holte ich tief Luft und lief dann durch den Flur in das Wohnzimmer, wo die Ankommenden von den Bediensteten in den Garten gewiesen wurden.

Ich setzte ein Lächeln auf und versuchte, mich natürlich zu bewegen, als ich über die Schwelle auf die Terrasse trat. Unwillkürlich blieb ich stehen, sodass ein älterer Herr im Smoking fast gegen mich lief. Ich trat eine Entschuldigung murmelnd zur Seite und ließ meinen Blick über den Garten schweifen. Der Anblick war atemberaubend. Die Dämmerung hatte eingesetzt, die Luft war warm und samtweich und knisterte vor Erwartung. Es roch nach der schwindenden Hitze des Tages, nach frisch gemähtem Gras und dem Duft der zahlreichen Blumengestecke auf den Tischen. Der Himmel spannte sich weit und dunkelblau über dem Anwesen auf, erste Sterne kündigten eine klare Nacht an. Der Garten erstrahlte im Licht Hunderter Kerzen und Lichterketten, die selbst wie tanzende Sterne in den Bäumen schaukelten und sich im hellblauen Wasser des Pools spiegelten. Der Rasen hatte sich schon zur Hälfte mit Gästen in Smokings und Cocktailkleidern gefüllt, und leises, helles Gelächter drang vom Fluss zu mir herauf. Die vielen Stimmen klagen wie das Rascheln des Windes in den Bäumen, hier und da hatten sich Grüppchen gelöst und waren zum Fluss hinuntergewandert, auf dessen leise plätschernden Wellen die zahlreichen Lichter funkelten wie ein in die Tiefe gesunkener, lang verlorener Schatz. Kellner und Kellnerinnen trugen langstielige Gläser mit Champagner, Weißwein und Wasser, an ein paar Stehtischen hatten sich auch schon lebhaft diskutierende Gäste eingefunden, deren Gesichter im flackernden Kerzenschein aufleuchteten. Die Band spielte eine leichte Jazznummer, die lang gezogenen Töne des Saxophons hallten wie ein magisches Band über den Rasen, unter den lichtgeschmückten Zweigen der Bäume hindurch. Es war, als wäre ich aus dem Haus direkt in ein Bild aus meinem alten Märchenbuch getreten, in dem in wunderschönen Aquarellzeichnungen das nächtliche Hochzeitsfest des Prinzen mit seiner Auserwählten abgebildet war, das unter dem großen, weiten Sternenzelt eines dunkelblauen Nachthimmels stattfand, ihre Hände in seinen. Auch dieses Fest hier schien reine, in Form gegossene Magie zu sein. Natalia hatte sich wirklich selbst übertroffen, es war wunderschön, so schön, dass es mir das Herz zusammenzog.

Langsam trat ich in den Garten hinaus, das Gras raschelte unter meinen Schuhen, und ich sah mich unter den Gästen um, in der leisen Hoffnung, ein bekanntes Gesicht zu entdecken, obwohl ich es besser wissen sollte. Natalias und Roberts Gäste gehörten zur High Society, es waren ihre Business-Kontakte und jene Stars und Sternchen, die sich auf jeder angesagten Party herumtrieben und die Spalten der Klatschpresse füllten. Niemand war darunter, mit dem sich meine Wege schon hätten kreuzen können.

Wie von der Musik gezogen wanderte ich langsam in Richtung Band unter den strahlenden Baumkronen entlang. Ich fühlte mich allein ohne Emilia, beobachtete neidisch die anderen, die in Grüppchen herumstanden und lebhafte Unterhaltungen führten. Ein Knoten bildete sich in meinem Magen, es war ein Fehler gewesen, mich von Emilia dazu überreden zu lassen herzukommen.

Kurz vor der Bühne drehte ich mich zum Haus um, das regelrecht zu erstrahlen schien, in jedem Fenster brannte Licht, und Stimmen und Gelächter drangen daraus hervor.

Plötzlich traten zwei Männer hinaus, und mein Herzschlag beschleunigte sich unwillkürlich. Es waren Noah und sein Vater. Gemeinsam gingen sie die Stufen herab, die Natalia extra für diesen Anlass im Hügel von der Terrasse hatte anlegen lassen. Noah trug einen schmal geschnittenen schwarzen Anzug und ein weißes Hemd, er hielt seine Schultern sehr gerade, während Robert von Gutenbach etwas zu ihm sagte. Die beiden Männer waren gleich groß, doch Noah hatte nicht die bullige Statur seines Vaters. Am Ende der Stufen angekommen, legte Robert ihm eine Hand auf die Schulter, und nur ich sah, wie Noah fast zurückzuckte vor der Berührung.

Sein Blick wanderte über den Rasen und fand zielsicher den meinen. Über die Distanz hinweg schaute er mich an mit einer Melancholie in der Tiefe seiner grünen Augen. Er sagte etwas zu seinem Vater und kam dann festen Schrittes auf mich zu.

Unwillkürlich hielt ich den Atem an. Er sah so erwachsen aus in diesem maßgeschneiderten Anzug, so ernst und aufrecht, sein Schritt schnell und gemessen. Aber sein plötzliches Grinsen war jenes, das ich kannte, ein jungenhafter, überraschter Zug lag darin. Dicht vor mir blieb er stehen, seine Augen huschten über mein Gesicht, als sähe er etwas Neues, Unbekanntes darin. Ich spürte dieses Kribbeln in mir, das ich immer hatte, wenn er mich anschaute.

»Sophie«, sagte er leise, »du siehst wunderschön aus.«

Die Anspannung fiel von mir ab, als hätte er sie mit seinen Worten einfach weggewischt. Zurück blieben nur das Prickeln auf meiner Haut und das Gefühl von Hunderten Flügeln in meinem Bauch.

»Danke«, sagte ich. »Du selbst siehst aber auch nicht schlecht aus.«

Ich versuchte ein Lächeln, aus irgendeinem Grund war ich viel nervöser, als wenn wir sonst miteinander sprachen. Es war, als hätte Natalias Fest die Luft mit Erwartung aufgeladen und als könne ich ihm in diesem Cocktailkleid von Emilia nicht so begegnen, wie ich es sonst tat.

»Wo ist Emilia?«, fragte er mich in dem Moment, als auch ich an sie dachte.

Mein Herz sank ein bisschen. Wenn sie dazu käme, würde sich die Dynamik zwischen uns verändern, wir würden in den alten Rhythmus aus Scherzen und Sticheleien verfallen. Jetzt wollte, brauchte ich Noah aber für mich allein.

»Wir waren dabei, uns fertig zu machen, als deine Mutter hereinkam. Da hat Emilia mich rausgeschmissen«, sagte ich, so leichthin ich konnte, damit er mir nicht anmerkte, dass mich ihre Worte getroffen hatten.

Er musterte mich, streckte die Hand aus und drückte kurz meinen Arm.

»Mach dir keine Gedanken«, sagte er. »Emilia und Mutter geraten in letzter Zeit ständig aneinander.«

Das war mir auch schon aufgefallen. Die Anspannung wuchs in den letzten Wochen enorm, wenn die beiden Frauen im gleichen Raum waren. Emilia benahm sich plötzlich seltsam, reizte ihre Mutter bis aufs Blut oder unterbrach abrupt eine Unterhaltung, um das Zimmer zu verlassen, sobald Natalia es betrat. Ich hatte vermutet, dass es vielleicht etwas mit der Party zu tun hatte. »Was ist denn los?«, fragte ich leise.

Er sah mich an, dann an mir vorbei in die erleuchteten Baumkronen.

»Emilia denkt, dass Natalia ihr all das wegnimmt, was sie liebt«, sagte er, ohne mich dabei anzusehen.

Ich schnaubte ungläubig. »Aber das ist doch absurd!«

Er zuckte mit den Schultern, und ein schiefes Lächeln stahl sich auf sein Gesicht, das mein Herz fast zum Stillstand brachte. »Du weißt doch, wie dramatisch Emilia manchmal sein kann. Mach dir jedenfalls nichts daraus, wenn sie dich angefahren hat. Auf ihre verquere Art wollte sie dich wahrscheinlich nur schützen.«

Ich schüttelte den Kopf, das ergab alles keinen Sinn. Im Hintergrund spielte die Band nun einen alten Blues, und ich unterdrückte ein Frösteln, das trotz der Wärme in meine Schultern gekrochen war.

Mit einer leichten Handbewegung schien Noah das Thema wegzuwischen, das Funkeln kehrte in seine Augen zurück. »Komm, lass uns etwas trinken – und dann gehen wir tanzen!«

Er griff nach meiner Hand und zog mich in Richtung einer der Bars. Eigentlich hatte ich nach dem Champagner nichts mehr trinken wollen, aber langsam sprang sein Feuer auf mich über. Die Aufregung in meinem Magen war einer Euphorie gewichen, die meine Schritte leicht über den Rasen federn ließ. Noah war an meiner Seite, ich war nicht mehr allein. Er erzählte mir in ironischem Ton davon, wie sein Vater ihn vor der Party in sein Arbeitszimmer bestellt und mit ernstem Gesicht erklärt hatte, dass Noah sich langsam auf die Geschäftswelt einstellen und schon einmal ein paar wichtige Leute kennenlernen sollte. Er schnitt eine Grimasse, und ich lachte, während wir auf unsere Getränke warteten. Noah war ein guter Erzähler. Er konnte Stimmen und Pointen genau treffen. Nachdem der Barkeeper uns die hellgrünen Cocktails in zylinderförmigen Martinigläsern gereicht hatte, gingen wir ein paar Schritte über die Rasenfläche auf eine Sitzgruppe zu. Ich nippte an meinem Getränk, das nach Basilikum, Zitrone und einem klaren Alkohol mit Wacholdernote schmeckte. Noah war gerade dabei zu erklären, dass ein junger Gentleman, der mit 22 die Weltherrschaft an sich reißen wollte, sicher besser schon mal in der Oberstufe damit beginnen müsse, doch ich merkte, dass ich seinen Worten nur mit einem halben Ohr lauschte. Mein Blick war gefangen von Noahs ausdrucksstarken Augen, seinen markanten Wagenknochen und seinen roten Lippen, nach denen ich so gerne die Hand ausgestreckt hätte. Das Verlangen, ihn zu berühren, war so stark, wie ich es noch nie empfunden hatte.

Die Nacht hatte gerade erst begonnen, umhüllte uns mit samtenem Halbdunkel, zeichnete die harten Linien weich, die manchmal um seinen Mund erschienen. Die Wärme und das gedämpfte Stimmengewirr legten sich wie ein Kokon um mich, das Einzige, was ich mit unmittelbarer, klarer Schärfe im Licht der im Wind schaukelnden Lichterketten sehen konnte, war Noahs Gesicht. Ich hielt mich in dieser schimmernden, glänzenden Welt daran fest wie eine Ertrinkende an einem Felsen. Seine Augen, seine weiche Stimme, das Lächeln, das auf seinen Zügen unvermittelt aufblitzen konnte, waren wie unsichtbare Fäden, die mich näher und näher an ihn heranzogen.

Noah stockte, er schien zu merken, dass ich ihm nicht richtig zuhörte.

»Ist alles in Ordnung?«, fragte er.

Einen Moment wusste ich nichts zu sagen. War alles in Ordnung? Wir standen unter den Zweigen einer ausladenden Buche, die Füße im feuchten Gras, die Stimmen der anderen wie das Rauschen des Meeres in meinen Ohren.

Ich liebe dich, wollte ich zu ihm sagen, ich liebe dich viel zu sehr, um dich je gehen zu lassen.

»Ja. Ja, alles in Ordnung«, sagte ich stattdessen, die Worte kratzig in meinen Ohren.

Er sah mich einen Moment schweigend an, das Grün seiner Augen tief und klar wie ein schattiger Waldsee. Ich wünschte, dass er in meinem Blick lesen konnte, was ich nicht über die Lippen brachte.

Er trat einen Schritt näher zu mir, mein Mund öffnete sich einen Spalt breit, und mein Herz begann zu jagen, der Atem stockte mir in der Kehle. Wir standen so nah voreinander, dass ich seine Körperwärme spüren konnte. Dann nahm er mir das Glas aus der Hand und stellte es zusammen mit seinem an den Wurzeln des Baumes ab. Etwas glänzte und funkelte in seinen Augen, waren es die Lichter in der Baumkrone, die sich darin spiegelten?

Er griff wieder nach meiner Hand und zog mich hinter sich her. Wir liefen unter den Bäumen hervor auf den Rasen, die Musik wurde lauter und umhüllte uns mit langen, klagenden Noten. Atemlos stolperte ich gegen ihn, als er abrupt stehen blieb und sich zu mir umdrehte. Er fing mich, hielt mich fest in seinen Armen, durch meinen ganzen Körper jagte ein Schauer, als ich seine Brust an meiner spürte, sein Herz ganz nah an meinem. So nah waren wir uns nicht mehr gewesen, seit wir uns vor einem Jahr in dem Sommergewitter geküsst hatten. Danach war ich wie betäubt nach Hause geschwebt, reine Euphorie war durch meine Venen pulsiert und Bilder davon, wie die Zukunft sein könnte, waren vor meinem inneren Auge vorbeigezogen. Die ganze Nacht hatte ich wach gelegen. Ich hatte es nicht erwarten können, Noah am nächsten Tag wiederzusehen. Und als ich ihm dann endlich gegenüberstand und vor Glück überzulaufen drohte, tat er so, als sei nichts geschehen. Wenn überhaupt, hielt er danach einen vorsichtigen Abstand zu mir, die unbeschwerte Vertrautheit zwischen uns schien verschwunden, ersetzt durch etwas anderes, das ich noch nicht zu benennen wusste. Ich war so irritiert davon, dass ich einen Moment lang zweifelte, ob der Abend im Schwimmbad, das anschließende Sommergewitter und der Kuss je geschehen waren. Dann hatte ich dasselbe getan wie er, und vorgegeben, es sei nie passiert.

Jetzt machte ich einen vorsichtigen, unsicheren Schritt zurück, obwohl alles in mir nach dem Gegenteil verlangte. Aber er hielt mich fest. Seine Hände auf meinen nackten Armen schickten Wellen von Aufregung durch meinen ganzen Körper, dicht an dicht mit seinem.

»Lass uns tanzen«, flüsterte er, und ich stieß leise die Luft aus, von der ich vergessen hatte, dass ich sie angehalten hatte.

Ich hatte gar nicht gemerkt, dass es mich auf die Tanzfläche geführt hatte. Obwohl es noch früh war, wiegten sich bereits vereinzelte Paare und Tänzerinnen im Takt des Blues, der mit der Schönheit und Melancholie eines Liebesliedes über die Tanzfläche hallte. Die dunkle Stimme der Sängerin und das helle Saxophon verwoben sich zu einem samtenen, wehmütigen Klang.

»Aber ich weiß nicht, wie man zu dieser Musik tanzt«, sagte ich leise zu Noah.

Seine Augen blitzten. »Das macht nichts. Es reicht, wenn einer das weiß.«

Er schob mich ein kleines Stück von sich, nahm meine Hände und legte sie auf seine Schultern, dann legte er seine Hände auf meine Hüften, was einen Stromschlag durch meinen Körper jagte. Einen kurzen Moment standen wir uns still auf der Wiese inmitten der Tanzenden. Die Welt schien Atem zu holen. Dann zog er mich wieder an sich heran, und ich legte die eine Hand auf seinen Rücken und meine Wange an seine Schulter.

Wir wiegten uns langsam im Takt der Musik, mein Kopf an seiner Brust. Noah schien zu wissen, was er tat. Ich schmiegte mich an ihn und sog den vertrauten Geruch seiner frischen Kleidung und seines Aftershaves ein. Das war Noah, mein Noah. Meine Wange passte genau in die Kuhle an seiner Schulter, dies war der Platz, der dafür gemacht war.

Als sich ein paar Lieder später der Takt änderte und ich langsam den Kopf hob, trat Noah einen Schritt zurück. Das plötzliche Verschwinden seiner Wärme empfand ich als fast körperlichen Verlust, als hätte ich einen Teil meiner selbst zurückgelassen. Er sah mich an, und etwas Neues war in seine Augen getreten, etwas wie Überraschung.

Er räusperte sich. »Möchtest du noch etwas zu trinken?«, fragte er. Seine Stimme klang rau.

Ich nickte, er hätte mich in diesem Moment alles fragen können, und ich hätte zugestimmt, obwohl ich eigentlich nichts mehr wünschte, als dass einfach alles so blieb, wie es gerade war.

Er drückte meine Hand und machte sich auf den Weg, einen der durch die Menge treibenden Kellner oder eine Kellnerin ausfindig zu machen. Ich bewegte mich an den Rand der Tanzfläche und ließ mich dort in einen Korbsessel sinken. Ein Seufzen stieg in mir auf, wie eine Sehnsucht, die die Musik an die Oberfläche gerufen zu haben schien. Ich sah an mir herab auf das funkelnde schwarze Kleid, das Emilia mir gegeben hatte, und strich den Stoff über meinen Beinen glatt. Wie ein kleiner Spiegel des Sternenhimmels war es mir vorhin erschienen, und als ich jetzt nach oben sah, konnte ich erkennen, wie falsch ich gelegen hatte. Über uns leuchteten die Sterne klar und schimmernd in der dunklen Nacht mit einer atemberaubenden Schönheit, die nur ihre schiere Unerreichbarkeit übertreffen konnte. Der weiße Streifen der Milchstraße zeichnete sich am Himmelszelt ab. In meinem Herzen hatte es schon immer eine tiefe Ehrfurcht vor den Sternen gegeben, leuchtende Sonnen fast allesamt, brennende Materie von so gewaltiger Kraft, dass alles in ihrer Nähe vergehen musste. Von so gigantischem Ausmaß, dass man sie hier, in so unendlich weiter Ferne, als winzige leuchtende Punkte erkennen konnte, deren Licht unzählige Jahrhunderte zu uns auf dem Weg gewesen war. Wir konnten unsere kleinen, schwachen Herzen an sie hängen, unser

Schicksal in ihnen ablesen und unser Leben an etwas Größeres binden, das so weit entfernt war, dass es uns wichtig erschien.

Ich hielt zwei Finger hoch und versuchte, die relativen Distanzen zwischen den hellsten Sternen einzuschätzen, die Bilder in ihnen wiederzuerkennen, die meine Mutter mir als Kind beigebracht hatte. Ich hatte viele der griechischen Sternbilder erst später kennengelernt, die große Bärin, Ursa Major, den Gürtel des Orion und die an einen Felsen gekettete Andromeda, die am Himmel ewig auf ihren Retter wartete. An klaren Nächten waren meine Mutter und ich früher aus der Stadt gefahren, wir hatten uns in einem Feld auf eine Decke gelegt und aneinandergekuschelt, und sie hatte mir die Geschichten der Sterne erzählt, die da, wo sie herkam, oft anders lauteten. In ihren Erzählungen gab es einen großen weißen Ochsen, der über den Himmel galoppierte, und andere mystische Wesen. Als meine Mutter stiller und stiller wurde, versuchte ich ihre Sternbilder mit denen in Verbindung zu bringen, die man hier kannte. Ich lieh mir einen großen, schweren Sternatlas aus der Bibliothek und brütete stunden- und tagelang über den Bildern und Geschichten aus der griechischen Mythologie, aber die Erzählungen und Wesen meiner Mutter fand ich darin nicht. Einmal kam sie in die Küche und sah mich über dem großen Buch hocken. Sie blieb in der Tür stehen wie erstarrt, dann machte sie kehrt und verließ fluchtartig den Raum. Inzwischen wusste ich, dass sie mir die Sternbilder eines persischen Astronomen gezeigt hatte, aber nun fehlten ihr längst die Worte, mit denen ich mit ihr darüber hätte sprechen können.

Ich seufzte und sah mich nach Noah um. Die Nacht war kühler geworden, oder vielleicht war es auch die Erinnerung, die mich seine Wärme vermissen ließ.

Ich entdeckte Noah nicht allzu weit entfernt, er hatte nur ein schlankes Champagnerglas in Händen und schien auf dem Weg zu mir zurück aufgehalten worden zu sein. Ein Mädchen in unserem Alter war in ein lebhaftes Gespräch mit ihm vertieft, sie stieß mit ihm an, beide tranken einen Schluck. Sie trug ein umwerfendes altrosa Kleid, das ihre Rundungen auf elegante Art betonte. Ich kniff die Augen zusammen und versuchte auf der nur von Lichterketten erhellten Rasenfläche ihr Gesicht zu erkennen, das mir vage bekannt vorkam.

In diesem Moment beugten sich die beiden vor, und ihre Lippen trafen sich. Mein Herz setzte einen Schlag aus. Das Mädchen hob die freie Hand und legte sie zärtlich auf Noahs Wange. Der Kuss schien ewig zu dauern. Lange genug, um mein Herz wie einen roten Riesen zum Verglühen zu bringen. Die beiden lösten sich voneinander, und Noahs Blick fand zielsicher über die Menge hinweg meinen. Es fühlte sich an, als hätte er mir einen Dolch in die Seite gerammt und langsam umgedreht.

Ich sprang auf, fuhr herum und rannte los. Mein Blick verschleierte sich, und ich riss das Kleid hoch, sodass ich besser laufen konnte. Ich wollte weg, nur noch weg, so schnell ich konnte.

Bevor ich realisierte, wo ich war, rutschte ich fast den kleinen Abhang hinunter in den Fluss, der das Grundstück auf dieser Seite begrenzte. Atemlos kam ich zum Stehen und grub zitternd die Fingernägel in meine Handflächen. Meine Schultern bebten, und ich fluchte lautlos. Die auf dem Fluss tanzenden Lichter verschwammen in meinen Augen, ich fing an zu weinen, so sehr ich die Tränen auch zurückzuhalten versuchte. Emilia hatte in den letzten Wochen so etwas angedeutet: dass Noah eine Freundin hatte. Ich konnte und wollte mir das nicht vorstellen, auch sah ich die Geschwister fast jeden Tag in der Schule und hatte kein Anzeichen dafür entdecken können. Vielleicht war es die Tochter einer der angereisten Geschäftsmänner, vielleicht war es die entfernte Cousine, die Noah im letzten Sommer in Südfrankreich kennengelernt und mit der er lange Briefe getauscht hatte.

»Ist alles in Ordnung mit Ihnen?«, fragte plötzlich eine helle Frauenstimme ganz in der Nähe. Ich senkte den Kopf, damit sie meine Tränen nicht sah, und nickte.

Stolpernd bewegte ich mich weiter, weg von dieser besorgten Stimme, und ging auf die alte Trauerweide ganz am Rand des Gartens zu, die Natalia schon immer unheimlich fand und hatte absägen lassen wollen, und die nur durch Emilias unermüdlichen Einsatz noch stand. Ich wollte allein sein.

Ich schob den Vorhang aus hängenden Zweigen beiseite. Im Inneren empfing mich Dunkelheit. Ich kauerte mich am Fuß der Weide auf eine ihrer großen Wurzeln und versuchte die Bilder der spielenden Kinder darunter zu vertreiben, die Noah, Emilia und ich vor Jahren gewesen waren.

Wütend kickte ich meine Ballerinas von meinen Füßen und grub die Zehen in die Erde, die Kühle von Gras und Boden beruhigte mich, obwohl mir inzwischen kalt war. Ich schlang die Arme um meine angewinkelten Beine, ließ den Kopf darauf sinken und schluchzte in der Dunkelheit und unter dem Schutz der Weide in das Kleid hinein.

Plötzlich fühlte ich eine Berührung an meinen Armen und zuckte hoch. Jemand hatte seine Jacke um meine nackten Schultern gelegt – Noah? Einen winzigen Moment glomm Hoffnung in mir auf, dann sah ich ein anderes Gesicht vor mir, und mein Herz sank wieder. Das Gesicht kam mir bekannt vor, und ich unterdrückte die Irritation, die in mir hochstieg. Schniefend wischte ich mir mit dem Handrücken Tränen und Rotz vom Gesicht.

Vor mir hockte ein schlaksiger, hochgewachsener Junge, den ich aus der Schule kannte. Er war der Letzte, den ich jetzt hier erwartet hätte.

»Manuel?«, schniefte ich. »Was machst du denn hier?«

Meine Worte wurden vom Hicksen eines Schluckaufs unterbrochen, der nach diesem Heulkrampf mein Zwerchfell zusammenzog.

Auf Manuels Zügen machte sich ein peinlich berührtes Lächeln breit. Mit einer großen Hand strich er mir über den Rücken, über den er seine Anzugjacke gelegt hatte. Die Wärme zog mein Rückgrat entlang nach oben, und etwas entknotete sich in meinem Magen.

»Ist alles in Ordnung mit dir, Sophie? Ich habe dich von der Party weglaufen sehen.« Seine Stimme, dunkel und voll, klang besorgt. Er musste irgendwann in den letzten Jahren die Entwicklung vom Jungen zum jungen Mann vollzogen haben, ohne dass ich es bemerkt hatte. Mit einer nervösen Bewegung strich er sich das dunkelbraune, etwas zu lange Haar aus der Stirn. Meine Augen hatten sich inzwischen an die Dunkelheit gewöhnt, und ich sah klarer, was er trug, ein weißes Hemd und eine schwarze Hose, und plötzlich wurde mir auch klar, warum er hier war.

»Du arbeitest hier?«, fragte ich, ohne das Erstaunen darüber aus meiner Stimme verbannen zu können.

Er nickte. Wir schwiegen eine Weile, seine Hand, die über den Stoff seines Jacketts fuhr und meinen Rücken darunter wärmte, machte das einzige Geräusch in der Dunkelheit.

»Geht's wieder?«, fragte er irgendwann und blickte mich an, als sei ich ein verängstigtes Tier, dass es zu besänftigen galt. Unwillkürlich musste ich lächeln. Ich boxte ihm spielerisch gegen die Schulter, und er ließ die Hand von meinem Rücken sinken.

»Erzähl das bloß keinem, dass du mich hier heulend erwischt hast«, sagte ich.

»Nur, wenn du niemandem sagst, dass du mich hier arbeitend erwischt hast.«

Er grinste mich an, und ich musste zurückgrinsen, seine Zähne blitzten weiß in der Dunkelheit. Dann wurden seine Züge wieder ernst.

»Sophie, er ist es nicht wert, dass du dich seinetwegen fertigmachst.«

Seine Worte ließen das Grinsen von meinem Gesicht verschwinden, die ernsten Augen vor mir machten mich plötzlich wütend. Was bildete er sich ein, über mich zu wissen? Das ging ihn alles nichts an. Gerade wollte ich etwas erwidern, als die Zweige der Weide zu Seite geschoben wurden und eine weitere Gestalt zu uns trat. Noah.

Mein Herzschlag stockte. Ich stand auf und ballte die Hände zu Fäusten. Manuels Jacke rutschte von meinen Schultern zu Boden. Neben mir schnellte er aus der Hocke nach oben und drehte sich zu Noah um, der in seinem Rücken erschienen war.

»Sophie.«

Noah sagte nur dieses eine Wort.

Er trat auf uns zu, und ich wusste nicht, wie ich reagieren sollte, wenn er die Hand nach mir ausstrecken würde. Aber er bückte sich nur, hob Manuels Jacke auf und hielt sie ihm hin.

»Danke, dass du sie gefunden hast«, sagte er zu Manuel. »Du kannst jetzt gehen.«

Aus Manuels Augen schienen Blitze zu schießen. Er sah mich an, aber ich konnte nichts sagen. Noah war da, und mein törichtes Herz schlug viel zu schnell in meiner Brust. Manuel blickte wieder zu Noah, machte ein verächtliches Geräusch, warf sich die Jacke über und schlenderte davon, unter den Zweigen der Weide hindurch hinaus in die Nacht.

Ich blieb mit Noah zurück. Er machte einen Schritt auf mich zu, und ich wich zurück, weiter und weiter, bis ich die Rinde des Stammes in meinem Rücken spürte.

»Warum hast du das getan? Um mir zu zeigen, dass ich dir nichts bedeute? Um mich loszuwerden?«, flüsterte ich. Das Zittern, das meinen ganzen Körper schüttelte, war in meiner Stimme zu hören.

Noah hatte sich nicht mehr bewegt, hatte nicht versucht, mich aufzuhalten.

»Sophie«, sagte er. »Tabea hat das nur gemacht, um ihrem Ex eins auszuwischen. Sie hat mich damit völlig überrumpelt. Ich will nichts von ihr, bitte glaube mir. Es tut mir leid.«

Seine Augen strahlten eine solche Intensität aus, dass ich fast den Blick abwenden musste. Ich wusste nicht, was ich von seinen Worten zu halten hatte.

Nervös fuhr er sich mit einer Hand durchs Haar.

»Bitte sag etwas.« Sein Ton war fast flehentlich. Ich schüttelte nur stumm den Kopf.

Was hatte ich denn erwartet? Dass er nach einem Kuss mir gehörte und nie eine andere küssen würde? Er kam einen kleinen Schritt auf mich zu, etwas Echtes, Rohes in seinem Blick. »Wenn ich die Augen schließe, dann sehe ich nur dein Gesicht vor mir, Sophie. Ich könnte dir nie willentlich wehtun, das verspreche ich dir.«

Langsam streckte er die Hand nach mir aus, ließ die Handfläche offen wie eine Frage in der Luft schweben. Es war Antwort genug, dass ich meine Finger in seine legte.

KAPITEL 8

Einige Libellenarten sind ausgesprochene Dämmerungsjäger

Das Licht im Treppenhaus ging plötzlich aus, ich stand im Dunkeln und tat mich schwer damit, das nicht als Zeichen zu deuten. Michelles Gesicht blieb regungslos, sie verschränkte die Arme vor der Brust und lehnte sich an den Türrahmen. Eine Geste des Schutzes oder der Abgrenzung, dachte ich automatisch, die ich unzählige Fotos und Gemälde im Studium analysiert hatte. Also doch.

»Noah wohnt hier nicht mehr«, sagte sie. Ich konnte ihrer Stimme die unterdrückte Emotion anhören. Dann, plötzlich, zeichnete sich etwas Neues auf ihre Züge: Misstrauen.

»Moment, bist du etwa die Schlampe, mit der er mich betrogen hat?«, fragte sie scharf. Ich machte einen Schritt zurück, damit hatte ich nicht gerechnet. Ich hob eine Hand, wie um ihre Vermutung abzuwehren.

»Das ist jawohl die Höhe, was willst du hier?«, zischte sie, bevor ich etwas sagen konnte, und trat einen Schritt auf mich zu. Mir wurde augenblicklich klar, dass ich die ganze Sache hier gründlich falsch angegangen war.

»Äh … also«, begann ich, doch da wandte Michelle sich schon mit wütendem Gesichtsausdruck ab, im Begriff, mir die Tür vor der Nase zuzuschlagen. Instinktiv streckte ich die Hand, die ich schon gehoben hatte, und hielt die Tür auf.

»Warten Sie, ich bin nicht, wofür Sie mich halten, ich habe Noah seit Jahren nicht gesehen. Wir sind zusammen aufgewachsen, und ich muss wissen, was passiert ist. Wo ist Noah? Wissen Sie, wohin er verschwunden ist, oder warum?«

Ich starrte auf Michelles Rücken, die in der Tür stehen geblieben war. Langsam wandte sie sich zu mir um. Ich konnte die Gefühle in ihren großen, dunklen Augen nicht lesen, mit denen sie mich musterte. Es entstand eine Pause.

»Sie kommen besser rein«, sagte sie schließlich. »Das sollten wir nicht im Treppenhaus besprechen.«

Ich folgte ihr durch einen schlanken Flur in einen großen, modern eingerichteten Raum mit einer riesigen Fensterfront, von der aus man einen Blick auf die Alster hatte. Das Appartement war in Weiß, Schwarz und Chrom gestaltet, es gab eine riesige weiße Sofalandschaft, weiße Teppiche, moderne Kunst an den Wänden. Es war Wohnzimmer, Esszimmer und Küche in einem, die schicken Chromschränke der Küche waren nur durch ein dunkles Sideboard vom Esstisch getrennt, dahinter nahmen das Ecksofa und die Teppiche den Rest des Zimmers ein. Helle Schränke standen voller Bücher, ein Flachbildfernseher bedeckte fast eine komplette Wand. Michelle führte mich zum schwarzen Esstisch. Mit einer Handbewegung bedeutete sie mir, mich zu setzen. Ich behielt den Mantel an, zog einen der Stühle mit hoher Rückenlehne zurück und setzte mich auf eine Ecke des Sitzpolsters. In dieser monochrom eingerichteten Wohnung fühlte ich mich wie ein Fremdkörper. Michelle blieb stehen und sah mich an.

Meine Hände begannen zu schwitzen, ich hatte mir nicht zurechtgelegt, was ich sagen würde, wenn wir uns tatsächlich gegenüberstanden.

Michelle hatte immer noch die Arme vor der Brust verschränkt. Dann schien sie eine Entscheidung zu fällen, ließ die Arme sinken und seufzte.

»In dieser Situation brauchen wir beide ein Glas Wein, oder?«, fragte sie.

Ich nickte erleichtert. Sie ging hinüber in die Küche, holte zwei bauchige Gläser aus einem der Schränke und eine Flasche Weißwein aus dem großen Kühlschrank. Ich beobachtete jede ihrer Bewegungen, ihren schlanken und doch kurvigen Körper, der eine unverkennbare Eleganz besaß. Ich versuchte sie mir zusammen mit Noah vorzustellen, wie sie in dieser Wohnung gemeinsam auf dem Sofa saßen, lachten oder zusammen kochten, aber die Vorstellung war zu schmerzhaft. Sie kam an den Tisch zurück, goss aus der offenen Flasche in die zwei Gläser ein, und setzte sich mir gegenüber. Hätte sie Rechtsanwältin werden wollen, dann wären ihr Blick und ihr Schweigen sicher ihre Geheimwaffen im Kampf um die Wahrheit, denn ich hatte sofort das Gefühl, ihr gegenüber alles beichten zu müssen, was mir auf dem Herzen lag.

Ich räusperte mich und versuchte es mit einem schwachen Lächeln. »Es tut mir leid, Sie so zu überfallen«, begann ich. »Aber ich wusste nicht, wie ich Sie anders hätte ansprechen können.«

Michelle nickte und trank einen Schluck. Sie setzte ihr Glas ab und legte ihre Hände auf dem Tisch ineinander. Das Schweigen zwischen uns dehnte sich.

»Sie wollen wissen, was mit Noah passiert ist«, sagte sie schließlich. Es war weniger eine Frage als eine Feststellung.

Ich nickte und schluckte. Sie kam wirklich direkt zum Punkt. Aber ich hatte den Eindruck, dass sie mir nur etwas sagen würde, wenn ich zuerst sprach. Also räusperte ich mich, nahm auch einen Schluck von dem Weißwein, der exzellent schmeckte, und begann zu erzählen.

»Noah und ich kennen uns seit der Grundschule … Wir haben zusammen mit dem Studium in Heidelberg angefangen.«

Sie hob die Augenbrauen. »Das dürfte aber schon eine Weile her sein.«

Ich nickte wieder, ich war nervös, meine Hände schwitzten. Michelle schien das zu merken, sie machte eine ausladende Geste mit der Hand und meinte: »Das hier könnte ja etwas dauern, ziehen Sie ruhig Ihren Mantel aus.«

Ich hängte den Mantel über die Stuhllehne, strich die Schultern glatt, sammelte mich einen Moment und fuhr fort. »Wir sind kurz vor dem letzten Schuljahr zusammengekommen und gemeinsam zum Studium weggezogen. Wir hatten eine kleine Wohnung, gingen zur selben Uni.« Ich biss mir auf die Unterlippe und blickte auf meine Hände hinunter. Es fiel mir leichter zu erzählen, wenn ich sie nicht ansah. Was ich nicht sagte: dass ich Noah schon geliebt hatte, seit ich sieben Jahre alt war. Dass ich überzeugt gewesen war, wir würden den Rest unseres Lebens teilen, heiraten, Kinder kriegen, gemeinsam alt werden und falls einer von uns zuerst starb, würde der andere kurz darauf an gebrochenem Herzen folgen. Für einen Moment musste ich die Augen schließen.

Dann sah ich wieder hoch. »Und eines Tages, aus heiterem Himmel, war Noah weg. Kurz vor Ende der Semesterferien und zwei Wochen nachdem er mir einen Heiratsantrag gemacht hatte. Ich war so glücklich wie noch nie, und dann kam Noah einfach nicht nach Hause, auf seinem Handy meldete sich nur die Mailbox, und von seinen Sachen fehlte nichts.«

Jetzt kam der härteste Teil. Wenn ich daran dachte, erfasste mich ein Gefühl, als schlüge ein dunkles Tier seine Klauen in mein Inneres. Michelle saß regungslos mir gegenüber, aber in ihrem Gesicht spiegelte sich etwas von der Emotion, die ich empfand. Schnell sprach ich weiter.

»Drei Tage machte ich mich fast verrückt vor Sorge, telefonierte alle Krankenhäuser in der Umgebung ab, gab eine Vermisstenanzeige auf, rief seine Eltern an, die nie drangingen, fragte alle unsere Freunde, ob sie etwas wüssten. Aber er blieb verschwunden. Dann setzte ich mich in den Zug hierher zu seinem Elternhaus.«

Ich nahm einen großen Schluck Wein. Natalia war mir damals mit einem Cocktailglas in der Hand auf der Treppe entgegengekommen, als ich völlig außer mir in der Villa ankam. Stotternd hatte ich vorgebracht, dass Noah verschwunden, vielleicht entführt, vielleicht verunglückt war. Natalia hatte einen besorgten Gesichtsausdruck aufgesetzt, mich am Arm genommen und in den gelben Salon geführt, wo Robert über seinen Akten am Esstisch brütete und Emilia, die wohl in den Semesterferien zu Besuch war, vor einem überfüllten Teller saß. Einen Augenblick war ich so erleichtert angesichts dieser Normalität, dass ich überzeugt war, alles würde gut werden, im nächsten Moment würde Noah auftauchen und einfach nur sein Handy vergessen haben, alle würden lachen und das Ganze würde sich in Wohlgefallen auflösen. Natalia machte mit der Hand eine ausladende Geste, als wir eintraten, so als würde sie ein exotisches Tier präsentieren.

»Seht, wer zu Besuch ist«, sagte sie mit einem abwesenden Lächeln im Gesicht. Robert nickte mir zu, ohne von seinen Unterlagen aufzusehen und Emilia starrte mich stumm über ihren Teller hinweg an. Ihr Blick verwirrte mich, denn es lag etwas darin, dass ich nicht verstand. Etwas wie Mitleid. Mein Herz stolperte.

»Wo ist Noah?«, fragte ich Emilia ohne Umschweife und ohne meinen Blick von ihr abzuwenden.

Jetzt sah Robert von seinen Papieren hoch und mich irritiert durch seine Halbmond-Brillengläser hinweg an.

»Wo soll er schon sein? Noah ist doch gut angekommen«, sagte er, die Stirn kraus gezogen.

Ich schüttelte ungläubig den Kopf. »Angekommen? Wo ist er angekommen?«, fragte ich schwach.

»Na, in Buenos Aires«, sagte Natalia neben mir in einem Ton, als wäre es das Selbstverständlichste auf der Welt. Im Nachhinein hatte ich das Gefühl, blindlings in eine Falle gelaufen zu sein, wie ein Vogel, gefangen in einer Schlinge. Alles um mich herum begann plötzlich zu schwanken, ich streckte die Hand aus, um mich an einer der Stuhllehnen festzuhalten.

»Wie bitte?«, fragte ich wie durch einen Schleier hindurch. Das konnte nicht wahr sein.

Natalia schüttelte ihren Kopf, das Erstaunen war ihr anzusehen. »Sein Auslandssemester hat doch begonnen«, sagte sie, als wäre nichts weiter dabei.

Emilias Augen verengten sich zu Schlitzen. »Er hat es dir nicht gesagt, oder?«, fragte sie.

»Was gesagt?«, schrie ich fast. Die Welt schien aus ihren Fugen gegangen und immer schneller zu rotieren. Das hier musste ein grausamer Scherz sein.

Emilia schob ihren Teller von sich und musterte mich. »Er hat es schon länger vorgehabt, es schien nur nie den richtigen Zeitpunkt zu geben, es dir zu sagen«, erklärte sie.

Ich starrte sie an, ihren unbewegten grünen Blick, und ballte meine Hände zu Fäusten. Sie hatte davon gewusst. Sie hatte schon lange gewusst, dass er gehen wollte, und weder er noch sie hatten es mir gesagt. Stattdessen hatte er um meine Hand angehalten, hatte behauptet, er wolle sein Leben mit mir verbringen – und war kurz darauf wortlos verschwunden, als hätte er es sich anders überlegt und würde sich jetzt dafür schämen. Der Raum verschwamm vor meinen Augen.

»Na, na«, sagte Natalia und tätschelte mir mit ihrer freien Hand hilflos den Rücken, als wäre ich ein Kind, dass sich das Knie aufgeschlagen hatte, und von dem sie nicht wusste, wie sie es trösten sollte. »Du kannst ihn doch besuchen, mh?« Sie lächelte mich auf diese benebelte Art an, mit der sie durchs Leben ging. Ich starrte sie voller Unglauben an. Dann fuhr ich herum und verließ fluchtartig den gelben Salon, stolperte die Flure entlang, die Eingangstreppe hinunter und aus der Villa. An den Rest des Tages, eigentlich an die nächsten Wochen, kann ich mich inzwischen kaum erinnern, alles ist unter einer Glocke von Dunkelheit verborgen, die sich damals über mich senkte.

Wochenlang konnte ich nicht glauben, dass Noah wirklich weg war, es konnte, es durfte nicht wahr sein. Jeden Moment würde er durch die Tür unserer Wohnung kommen, sich neben mich setzen und sagen, dass alles ein großes Missverständnis war, mich in den Arm nehmen und trösten, versprechen, nie wieder ohne mich fortzugehen. Aber er kam nicht. Auf meine zahlreichen E-Mails und Anrufe antwortete er nicht. Ich hörte nie wieder von ihm.

Mein Herz war in dieser Zeit zu Eis erstarrt, eigentlich in dem Moment, in dem Emilia mir gesagt hatte, er hätte es schon länger vorgehabt. Es war, als hätte es aufgehört zu schlagen, und mein Körper atmete und lebte nur aus alter Gewohnheit weiter. Ich nahm alles wie von weiter Ferne, wie durch eine Glaswand wahr, als wäre ich im Inneren einer Schneekugel gefangen, während die anderen in der echten Welt weiterlebten. Ich bewegte mich wie eine Schlafwandlerin im eigenen Leben.

Erst ein paar Monate später kamen die Tränen, und der Schmerz, der mich dann überrollte, war namenlos.

Ich atmete tief ein und kehrte in die Gegenwart zurück. »Noah war zu einem Auslandssemester in Südamerika aufgebrochen, ohne mir Bescheid zu sagen, ohne sich zu verabschieden. Er hat mich einfach so über Nacht verlassen«, fasste ich den dunkelsten Teil meines Lebens zusammen.

Ich sah, wie sich Michelles Hand um ihr Weinglas verkrampfte.

»Unfassbar, dass er so was gemacht hat«, sagte sie mit schwankender Stimme. »Dass er einfach so abgehauen ist, ohne Schluss zu machen, ohne Vorwarnung. Aber das passt zu ihm, im Grunde ist er ein Feigling.« Sie hatte in ihr Weinglas gesprochen, jetzt sah sie zu mir hoch, auf ihrem Gesicht zeichnete sich Wut ab.

»Wir haben uns schon vor ein paar Wochen getrennt«, sagte sie, »zum Glück. Er ist so distanziert emotional, das war mir auf Dauer nicht genug. Da habe ich Schluss gemacht.«

Ich nickte, obwohl mich diese Nachricht verwirrte.

Dann richtete sie sich auf, straffte die Schultern. »Und warum genau sind Sie jetzt zu mir gekommen?«

Damit waren wir am kritischen Punkt angelangt, ich schüttelte den Kopf.

»Ich bin auf der Suche nach ihm.«

Michelle starte mich ungläubig an, dann verengte sie ihre Augen zu Schlitzen. »Meinst du das ernst?«, fragte sie, mich plötzlich duzend. »Nach allem, was er dir angetan hat?«

Unwillkürlich zog ich die Schultern hoch. Es war schwer, Außenstehenden die Beziehung zu beschreiben, die mich mit der Familie von Gutenbach verband. Ich war praktisch in ihrem Haus aufgewachsen, kannte Noah und Emilia besser als mich selbst und war in Noah verliebt, seit ich denken konnte. Ich hatte mit ihm die bisher schönsten Momente erlebt. Die Geschwister hatten dabei auf mich immer wie Wesen aus einer anderen Welt gewirkt, an deren Gepflogenheiten man sich entweder anpassen oder ihnen aus dem Weg gehen musste. Trotzdem wusste ich, wie seltsam es von mir war, immer noch an ihnen zu hängen, nach allem, was geschehen war. Aber ich konnte nicht anders.

Doch wie hätte ich Michelle das erklären sollen? Sie konnte Noah nicht so verstehen, wie ich ihn verstand, nachdem ich mit ihm und seinen ständig abwesenden Eltern aufgewachsen war, mit seinem Schmerz, seinen Selbstzweifeln, seiner Dunkelheit. Weil ich seine Ängste kannte, seine Wünsche, seine Albträume und den Rhythmus seines Herzschlags. Und ihn trotz allem liebte – oder gerade deswegen.

»Seine Schwester hat mich um Hilfe gebeten«, sagte ich stattdessen leise.

»Pah! Die ist zwei Wochen, nachdem Noah und ich uns getrennt haben, hier vorbeigekommen und hat seine Sachen abgeholt. Es kam mir nicht so vor, als ob sie Hilfe bräuchte«, sagte Michelle und trank noch einen großen Schluck Wein.

Ich horchte auf. Emilia war hier gewesen? »Was hat sie gesagt?«, fragte ich.

»Dass ihre Eltern bei einem Unfall ums Leben gekommen seien und Noah Zeit für sich bräuchte, um das zu verarbeiten. Unfassbar! Dass er seine Schwester vorschickt, um seine Sachen abzuholen, anstatt das selbst zu erledigen.« In Michelle schien jetzt eine gerechte Wut zu brodeln, während mein Puls sich aus einem anderen Grund beschleunigte.

»Das hat sie gesagt? Dann war er also kurz nach dem Unfall noch hier?«

»Was weiß ich!« Michelle trank ihr Glas in einem Zug aus und stand auf. »Warum fragst du sie nicht, wenn ihr noch so eng seid, dass sie dich um Hilfe bittet?«

Damit hatte sie natürlich recht, mal abgesehen davon, dass Emilia eben keine Frau war, die einem eine gradlinige Antwort auf eine Frage geben würde. Michelle räumte ihr Glas in die Küche, und ich stand ebenfalls auf, das Gespräch schien beendet.

»Danke für den Wein und dass du mich reingelassen hast«, sagte ich. Sie hielt ihren Rücken sehr gerade, und ich spürte eine Verbundenheit zu ihr, wie sie so in ihrer leeren Küche stand.

Sie wandte sich noch mal zu mir um. »Wenn ich dir einen Rat geben darf: Lass dich nicht weiter in diese Sache reinziehen. Ein Mann, der einen so behandelt, ist es nicht wert, gefunden zu werden.«

Ihre Worte versetzten mir einen Stich, und ich wusste nicht, was ich darauf antworten sollte.

»Alles Gute«, murmelte ich, nahm meinen Mantel und ließ Michelle in ihrer aparten, monochromen Wohnung zurück.

~

Es hatte schon zu dämmern begonnen, als ich mich auf den Rückweg machte. Ich lehnte mich beim Fahren weit nach vorn, um besser zu sehen. Die Lichter des Fiat waren schwach, die Scheiben beschlugen in der Herbstkühle immer wieder.

Ich war tief in Gedanken, hatte mich mehrmals verfahren und umkehren müssen. Als ich das Auto vor der Villa parkte und ausstieg, war es schon dunkel geworden.

Ich schloss die Haustür auf, ging durch das kühle Anwesen und ließ im Wohnzimmer meinen Mantel über die Sofalehne fallen, ohne das Licht anzuknipsen, so wie Emilia es immer machte, wenn sie von einer Party nach Hause kam. Mit einem Seufzer ließ ich mich in einen Sessel sinken und sah zur Terrasse hinaus. Der weitläufige Garten war in Dunkelheit gehüllt, verschiedene Grade von Schwärze zeichneten sich gegeneinander ab. Eine Gestalt saß in einem der Gartenstühle. Mit zusammengekniffenen Augen versuchte ich sie zu erkennen, sie schien eine Flasche in der Hand zu halten. Ich stand wieder auf, schaltete die Außenbeleuchtung an, öffnete die Terrassentür und trat hinaus.

Es war Manuel. Er hatte eine Bierflasche in der Hand und sah entspannt aus.

»Manuel«, sagte ich erstaunt und ging zu ihm hinüber. »Was machst du denn noch hier?«

Er wandte mir sein lächelndes Gesicht zu. »Ich konnte noch nicht fahren, ich hatte ja kein Auto.«

Die Erkenntnis traf mich wie ein Blitz: Ich hatte Manuel völlig vergessen. Vergessen, dass der Fiat sein Wagen war, den er brauchte, um nach Hause zu kommen. Das Gespräch mit Michelle hatte mich aufgewühlt und durcheinandergebracht, und das noch mehr, als ich mir eingestehen wollte. Es war inzwischen viel später, als ich gedacht hatte.

»Oh nein, das tut mir schrecklich leid!« Jetzt hatte er die ganze Zeit über hier in der Dunkelheit und Kälte auf mich warten müssen. Das schlechte Gewissen senkte sich wie ein Stein in meinen Magen.

Hastig kramte ich in meiner Hosentasche. Ich hielt ihm das Schlüsselbund hin und suchte nach einem Anzeichen von Ärger auf seinem Gesicht.

Er machte keine Anstalten, den Schlüssel entgegenzunehmen, sondern sah mich nur an.

»Ich bin einfach froh, dass es dir und dem Auto gut geht und ihr nicht auch noch abgehauen seid«, sagte er und grinste dann. Erleichterung machte sich in mir breit. Er schien wirklich nicht sauer zu sein.

Ich ließ den Schlüssel auf den Gartentisch und mich in den Stuhl neben Manuel fallen und stöhnte.

»Bitte entschuldige, du musst mich für die unzuverlässigste Person auf dem Planeten halten«, sagte ich und vergrub mein Gesicht in den Händen.

»Ach, keine Sorge, so schlimm ist das nicht. Für solche Fälle habe ich zum Glück im Geräteschuppen einen Kasten Bier untergebracht.« Er bückte sich und hielt mir eine Flasche hin.

Ich nahm die Hände vom Gesicht und das kühle Getränk entgegen.

»Danke. So viel Freundlichkeit habe ich gar nicht verdient«, sagte ich reumütig.

»Unsinn«, entgegnete er. »Jetzt mach dir mal keinen Kopf. Ich bin nicht aus Zucker, und die Temperatur ist noch nicht unter null gefallen. Und selbst für diesen Fall gibt es hier ja noch genug Holz, das man verfeuern könnte.« Er zwinkerte mir zu.

Vor meinem inneren Auge sah ich Manuel, wie er ein riesiges Feuer im Garten entfachte, in das wir schließlich auch alle Sessel, Bilderrahmen, Bücher und Regale aus dem Haus warfen, die dann zusammen mit meinen Erinnerungen in hoch lodernden Flammen aufgingen.

Ich seufzte, und Manuel sah mich mit einem seltsamen Gesichtsausdruck an. »Du siehst aus, als hättest du einen harten Tag gehabt.«

»Ich glaube, ich werde ein bisschen verrückt«, sagte ich leise. Dann erzählte ich ihm, wie ich Noahs Ex-Freundin verfolgt und was sie mir erzählt hatte. Was ich ihr verraten hatte, ließ ich weg, aber Manuel machte auch so schon ein betroffenes Gesicht. Nachdem ich geendet hatte, schwiegen wir einen Moment.

»Warum machst du das alles, Sophie? Wirklich nur, weil Emilia dich darum gebeten hat?«, fragte Manuel schließlich und legte damit den Finger in die Wunde.

Ich schaute von der leeren Bierflasche in meinen Händen auf, deren Etikett ich in der Zwischenzeit abgeknibbelt hatte, und sah ihm in die Augen. Das warme Braungold darin erinnerte an geschmolzenen Bernstein, sein Blick ernst und traurig und aufmerksam. Für einen Moment wurde ich eingesogen in diesen Blick eines Mannes, dem nicht egal war, was ich fühlte, der mir zugehört, der keine Fragen gestellt und mir sein Auto gegeben hatte. Der immer noch mit mir auf der Terrasse saß und nicht wütend abgezogen war. Er streckte eine Hand aus und berührte sanft meinen Handrücken mit warmen Fingerspitzen. Ein Gefühl wie ein elektrischer Schlag durchzuckte meinen Körper, und ich fuhr zusammen. Sofort zog er seine Hand zurück. Ein besorgter Ausdruck schlich sich in seine Augen.

»Schon gut, du musst mir nichts sagen«, murmelte er.

Ich nickte schwach, ich wollte ihm sagen, dass ich es mir selbst nicht erklären konnte, dass mich Noah verfolgte wie ein Geist, den ich nicht abzuschütteln vermochte, und dass ich nicht wusste, ob er mich heimsuchte oder ob ich selbst zu einem Gespenst geworden war, das wieder und wieder an den Ort zurückkehrte, der sein Herz gebrochen hatte. Die Traurigkeit, die den ganzen Tag gedroht hatte, über mir zusammenzuschlagen, rollte nun in einer eisigen Flutwelle über mich hinweg und ließ mich zitternd zurück.

Ich konnte nichts sagen. Stattdessen ließ ich einfach meinen Kopf auf Manuels Schulter fallen. Erst spannten sich seine Muskeln unter meiner Wange an, dann wurden sie weich. Ich schloss die Augen und sog seinen Geruch ein, nach Erde, Salbei und Waschmittel und nach etwas anderem, das er selbst war. Ich versuchte, ruhig zu atmen und nicht dem krampfhaften Gefühl nachzugeben, das meinen Bauch zusammenzog und über meine Tränen nach draußen gelangen wollte. Ich atmete ein und aus, folgte Manuels ruhigen Atemzügen wie einer Spur durch das Dunkel, und langsam, ganz langsam, gewann ich die Kontrolle über mich zurück. Das Ziehen, das sich in meinen Schläfen niedergelassen hatte, ließ ein wenig nach.

»Ich weiß nicht mehr, wie ich weitermachen soll«, nuschelte ich in sein Hemd und schlug die Augen wieder auf, alles war verschwommen in meinem Blick. »Ich habe Angst, dass ich den Verstand verliere, wenn ich noch lange in diesem Haus bleibe.«

Manuel streckte die Hand aus, zog mir sanft die Flasche aus den Händen und stellte sie auf den Tisch. »Du musst nicht bleiben, Sophie, du kannst jederzeit gehen. Aber falls es dir hilft: Ich denke nicht, dass du verrückt wirst, ich denke, dass du ein großes Herz hast, in dem viel Platz für die zwei Geschwister von Gutenbach ist. Pass nur auf, dass noch genug für dich selbst übrig bleibt.«

Der Bass seiner Stimme vibrierte an meiner Wange und durch meinen Körper. Ich spürte sein Herz durch seine Brust, ein ruhiges, festes, stetiges Schlagen. Meine Gedanken irrten im Kreis um das, was er gesagt hatte, und jagten einander. Das Bier nach dem Wein auf leeren Magen hatte mich offenbar betrunken gemacht, erkannte ich schlagartig.

Abrupt richtete ich mich auf, die Wärme, die sich in meinem Körper ausgebreitet hatte, verschwand. Ich blinzelte in die Dunkelheit des stillen Gartens. Manuel sah mich an, Besorgnis in seinem Blick.

»Entschuldige bitte«, sagte ich zu ihm. Plötzlich war es mir furchtbar peinlich, dass ich wie ein Kind eine Schulter zum Anlehnen gesucht und die erstbeste genommen hatte, die sich mir anbot. »Ich bin wohl doch betrunkener, als ich dachte. Danke noch mal für das Auto, du hast was gut bei mir.«

Unsicher stand ich auf und ging in Richtung Terrassentür. Als ich mich noch mal zu Manuel umdrehte, konnte ich in dem schwachen Außenlicht nicht lesen, was auf seinem Gesicht geschrieben stand.

Später, als ich im Bett lag, kurz vor dem Einschlafen, mir Vorwürfe machte und sich alles um mich herum drehte, hatte ich einen Augenblick lang das schwere Gefühl, die Emotion auf seinem Gesicht sei die eines großen Verlusts gewesen, der Ausdruck der eines Schmerzes und einer Sehnsucht, die ich nur allzu gut kannte.

KAPITEL 9

Das Weibchen legt seine Eier in Gewässern ab

Zwei Tage später hatte ich Emilia immer noch nicht zur Rede gestellt.

Am Morgen nach dem Gespräch mit Manuel, als ich aus wirren Träumen in einem wieder mal verschwitzten Laken aufwachte, wurde ich erst ziemlich rot und dann ziemlich sauer beim Gedanken an den Vorabend. Ich schämte mich dafür, mich so schwach vor Manuel gezeigt und mich buchstäblich an seiner Schulter ausgeheult zu haben. Ich musste ziemlich angetrunken gewesen sein, gut, dass mir das irgendwann selbst klar geworden war. Und alles nur, weil Emilia mir nichts sagte und ich wie ein kopfloses Huhn durch die Gegend irrte und – ja, meinen Kopf verlor. Das war eindeutig ihre Schuld. So ein Verhalten sah mir sonst ganz und gar nicht ähnlich, und das machte mich sehr, sehr wütend.

Bei einer ausgiebigen Dusche hatte ich beschlossen, Emilia endlich zur Rede zu stellen. Aber weder im Haus noch im Garten oder in ihrem Kellerbiotop war sie dann zu finden gewesen. Den Rest des Tages hatte ich mit der Aufarbeitung von Unterlagen für das Denkmalamt verbracht, und mein Ärger war der wachsenden Besorgnis gewichen, meine Arbeit von hier aus nicht erledigen zu können. Die nächsten Tage waren an mir vorbeigezogen, während ich mit meinem Büro telefonierte und E-Mails schrieb, ohne dass ich Emilia zu Gesicht bekam. Sie schien mehrere Tage und Nächte nicht da zu sein. Versuchte sie, mir auszuweichen?

Nun war ich fast eine Woche hier und hatte mit ihr noch kaum ein richtiges Wort gewechselt. Ich spürte, wie meine Ungeduld mit jeder Minute wuchs.

Das Bild mit Leda und dem Schwan, das im Kaminzimmer hing, schien mich mit seiner ausgelassenen Sinnlichkeit zu verhöhnen, und die gläsernen Augen der ausgestopften Tiere funkelten hämisch im schwachen Licht der Lampen, die ich angemacht hatte, weil der Morgen kalt und regnerisch war, die Sonne hinter dicken Wolken verborgen. Ich hatte mich mit meinem Laptop hierhin zurückgezogen, nachdem es im Wohnzimmer kälter und kälter geworden war und die Heizung unerklärlicherweise nicht funktionierte. Am Vorabend hatte ich im Kamin ein Feuer gemacht. An diesem Morgen lag die Asche kalt und ausgebrannt darin. Ich hatte keine Energie, neue Holzscheite aus der Laube im Garten zu holen, und fröstelte in meiner Strickjacke. Ich fühlte mich in diesem Moment einsam und leer und wusste nicht, was ich eigentlich in diesem seltsamen, kalten Haus hier machte, ohne Noah, ohne Emilia und ohne der Hoffnung auf eine Versöhnung einen Schritt nähergekommen zu sein. So würde ich Noah nie finden, wenn ich hier festsaß und darauf wartete, dass etwas geschah, was mir sein erneutes Verschwinden begreifbar machte.

Kurz entschlossen wählte ich eine Nummer.

»Hallo, Mama«, sagte ich, als sie abhob und sich am anderen Ende der Leitung räusperte.

»Sophie! Wo bist du? Ich habe zu lange nichts von dir gehört!«

Das sagte sie immer, wenn wir miteinander sprachen, auch, wenn das letzte Telefonat nur eine Woche entfernt lag und nicht so wie jetzt einen ganzen Monat. Die Stimme meiner Mutter rauschte in meinen Ohren, aber nicht, weil die Leitung schlecht war, sondern weil sie eine Traurigkeit in mir nach oben quellen ließ, gepaart mit einem schlechten Gewissen – beides hatte ich schon sehr lange viel zu gut zu verdrängen gelernt.

»Ich bin ganz in der Nähe unseres alten Hauses«, sagte ich mit einer aufgesetzten Fröhlichkeit in der Stimme. »Sag mal, erinnerst du dich noch, wo Papa damals mein erstes gebrauchtes Auto gekauft hat? Da konnte man doch auch welche leihen. Ich bräuchte jetzt eins.«

Stille am anderen Ende. Dann: »Bist du in der Villa? Sophie, sag mir, dass du nicht in die Villa zurückgegangen bist. Die von Gutenbachs sind nicht gut für dich, das weißt du doch.« Das Vorwurfsvolle, Ängstliche in ihrer Stimme ließ eine Welle an Unwohlsein und Widerwillen in mir hochsteigen.

Jetzt schwieg ich, krampfte meine Hand um das Telefon.

»Das verstehst du nicht, Mama«, sagte ich schließlich leise.

»Dann erklär es mir«, sagte sie.

Stumm schüttelte ich den Kopf, was sie natürlich nicht sehen konnte.

»Es geht mir gut«, sagte ich stattdessen. »Wie geht es dir denn? Was machen deine Knie?«

»Das Autohaus hat noch zugemacht, bevor ich weggezogen bin. Wofür brauchst du denn einen Wagen? Und was ist mit deiner Arbeit, hast du Urlaub genommen?«

Ich räusperte mich. »Äh, ich arbeite von hier aus. Ich muss jetzt auch weitermachen. War schön, dich zu hören.«

»Sophie, was ist denn los mit dir? So etwas machst du doch sonst nicht, einfach verreisen. Und wozu brauchst du jetzt überhaupt ein Auto?«

»Ich ... ich bin nur für ein paar Tage hier, Emilia hat mich darum gebeten. Und es wäre gut, mobil zu sein.« Ich machte eine kurze Pause. »Die von Gutenbachs sind verunglückt, wusstest du das?«

»Solche Leute ziehen das Unglück an. Du solltest dich nicht länger mit ihnen abgeben. Dieser Junge hat doch zu Hause nie gelernt, was Liebe ist, darum hat er dir das Herz gebrochen.«

Einen Moment war ich wie betäubt. Ich wusste nicht, dass meine Mutter so über Noah dachte. »Du kennst die von Gutenbachs doch gar nicht«, sagte ich dann.

»Bitte, Kind, mach dich nicht unglücklich.«

»Meinst du vielleicht, nicht so wie du und Papa?« Sofort taten mir meine Worte leid.

»Das ist etwas anderes«, sagte sie leise. »Wir wussten es nicht besser. Ich hätte mir so gewünscht, dass du aus meinen Fehlern lernst.«

Ich spürte, wie sich mein Pulsschlag wütend beschleunigte. »Und was hätte das sein sollen?«, fragte ich.

»Dich nicht zu sehr von jemandem abhängig zu machen, der deine Gefühle nicht erwidern kann.«

So etwas hatte sie noch nie gesagt. Ich starrte auf den Couchtisch vor mir.

»Mama, ich muss jetzt wirklich los. Mach's gut, ja?«

Schweigen, dann: »Mach's gut, Sophie.« Die Traurigkeit in ihrer Stimme riss ein Loch in mein Herz, aus dem all die Liebe und die ungesagten Worte flossen, die ich ihr sagen wollte.

Ich legte auf.

Ich setzte mich aufs Sofa, das Telefon immer noch in der Hand, und blieb eine Weile bewegungslos sitzen. In der Grundschule hatten wir in der vierten Klasse mal ein ganzes Blatt zu unserem Berufswunsch beschriften und bemalen sollen. Mir war nichts eingefallen. Ich wusste nur, dass ich nicht zu Hause bleiben wollte so wie meine Mutter, die die meiste Zeit des Tages im Sessel saß, aus dem Fenster starrte und mit einem Seufzen aufstand, wenn sie das Essen für meinen Vater vorbereiten musste, bevor er von der

Arbeit kam. Auch den Job meines Vaters stellte ich mir schrecklich vor, so gestresst und abgekämpft und grau, wie er nach Hause kam. Ich malte mir aus, wie er in einer Reihe grauer Herren in identischen Anzügen saß, deren Aktenkoffer mit ihren Händen verwachsen waren. Viele Berufe außer denen, die jeder kannte, kannte ich nicht. Was Natalia und Robert machten, hatte ich nie verstanden. Wenn ich darüber nachdachte, was ich mir für später wünschte, sah ich immer nur Noah vor mir. Ich konnte mir nichts vorstellen, was ohne Noah Spaß machen würde. Also hatte ich mein Blatt weiß gelassen.

Noah hatte mir seines nicht zeigen wollen, er hatte ein Geheimnis daraus gemacht. Emilia hatte ich gar nicht erst danach gefragt. Ich vermutete, dass sie Ballonfahrerin, Pilotin oder Geheimagentin werden wollte.

Als die Stunde kam, in der wir unsere Arbeit präsentieren sollten, waren meine Hände feucht. Normalerweise machte ich immer meine Hausaufgaben.

Frau Wermuth stand lächelnd vorne und klatschte in die Hände, um die aufgeregte Klasse zur Ruhe zu bringen. Sie trug wie jeden Tag ein beiges Kostüm, das nicht zu ihrer Hautfarbe passte, und hatte ihr blondes Haar zu einem Bubikopf geschnitten, der ihr rundliches Gesicht noch runder aussehen ließ.

Langsam ging sie durch die Reihen und betrachtete lächelnd die Bilder und Collagen. Hier und da sagte sie ein ermutigendes oder lobendes Wort. Als sie in meine Nähe kam, senkte ich den Kopf und schaute auf meine Hände in meinem Schoß. Ich wusste, was gleich passieren würde, dass sie mich vor den anderen bloßstellen würde. Doch dann blieb sie eine Reihe vor mir an Noahs Pult stehen. Ich sah ihre Lackschuhe und hob den Kopf. Ihre Stirn hatte sich gerunzelt, und sie griff nach dem Blatt auf Noahs Tisch. Sie drehte es in den Händen. Es war auf beiden Seiten weiß.

»Noah«, sagte sie im Lehrerinnenton. Dann verlor ihre Stimme die Schärfe, und sie fragte mit dieser aufgesetzten Einfühlsamkeit, die ich so hasste: »Warum hast du deine Aufgabe nicht gemacht? Hast du denn keinen Traumberuf?«

Noah richtete sich in seinem Stuhl auf. »Doch, habe ich.« Ich konnte das Grinsen in seiner Stimme hören. Die Klasse wurde still. Wir alle spürten, dass er den Kardinalfehler bei Frau Wermuth begangen hatte: Ihr zu widersprechen, wenn sie einem helfen wollte. Doch Noah war ein goldener Junge, es war klar, wie diese Konfrontation noch ausgehen würde. Die Falten auf Frau Wermuths Stirn wurden tiefer. Sie öffnete den Mund, aber Noah nahm ihr das Blatt aus der Hand, bevor sie auch nur ein Wort sagen konnte.

»Das ist der weiße Schnee der Arktis«, sagte er, der Stolz in seiner Stimme war unverkennbar. »Ich werde nämlich Arktisforscher, ganz allein im hohen Norden.«

Um ihn herum entstand Gelächter, aber ich hörte es wie aus weiter Ferne. In mir stieg ein seltsames Gefühl hoch. Ich sah Noah vor mir, in einem hellen Schneeanzug durch das ewige Eis wandern, ganz allein in einer weißen Einöde. Sein blondes Haar und seine roten Lippen die einzigen Farbtupfer für Hunderte von Kilometern.

Frau Wermuth sagte etwas, das ich durch das Rauschen in meinen Ohren nicht hören konnte. Dann ging sie zurück nach vorne. Noah drehte sich zu mir um und lächelte triumphierend, die grünen Augen hell und stechend. Er hatte es geschafft und es Frau Wermuth gezeigt. Doch in meinem Herzen breitete sich das Eis mit fürchterlicher Geschwindigkeit aus. In diesem Augenblick verstand ich, dass Noah mich verlassen würde. Vielleicht nicht heute, vielleicht nicht in ein paar Jahren. Aber irgendwann würde er seinen Träumen folgen und mich zurücklassen. Denn ich war kein Teil davon. In seinen Träumen würde er immer allein sein.

Es war wirklich an der Zeit, dass ich Emilia ausfindig machte und endlich herausfand, was ich herauszufinden hergekommen war. Entweder, sie würde mir endlich sagen, was sie wusste und was geschehen war, oder ich würde sofort meine Tasche packen und abreisen. Das alles hier war zu viel für mein angeschlagenes Herz, die Erinnerungen und die Traurigkeit, die mit ihnen in mir hochstieg, drohten mich zu überwältigen. Zu schmerzhaft das, was wir geteilt und verloren hatten. Die Vergangenheit blieb besser, wo sie hingehörte, die schlafenden Hunde in meiner Seele zu wecken war keine gute Idee gewesen. So konnte es nicht weitergehen, dass ich fremde Frauen stalkte und mich an der Schulter von alten Bekanntschaften ausheulte.

Kurz entschlossen machte ich mich auf den Weg hinunter in Emilias Dschungel, den aufzusuchen ich bisher vermieden hatte. Nun blieb mir keine Wahl mehr. Ich schob die Plastikplanen beiseite und trat ein in die künstliche Wärme, die mir sofort den Atem verschlug. Hier schien die Heizung noch zu funktionieren.

Die dicken Blätter der subtropischen Pflanzen strichen über meine Schultern, ich drang weiter und weiter in den Raum vor, meine Schritte wurden vom weichen Erdreich verschluckt. Ich fand Emilia ganz am anderen Ende an einem dunklen Holztisch stehend.

Sie trug Handschuhe und hatte einen weißen Styroporblock in der einen, einen zarten, irisierenden Libellenkörper in der anderen Hand. Es war ein großes blaugrünes Tier, die Musterung auf seinem Rücken ein geometrisches Netz. Die Flügel hingen schlaff herab, es schien nicht mehr zu leben. Ich schauderte, als Emilia sich zu mir umdrehte, eine große Brille im Gesicht.

Sie hob eine Augenbraue und deutete schweigend mit dem Kopf auf einen Hocker neben sich. Ich kam näher und setzte mich.

Ich beobachtete still, wie sie den Libellenkörper in eine ausgehölte Kerbe auf dem Styroporblock platzierte. Dann rückte sie die durchsichtigen Flügelpaare vorsichtig mit einer Pinzette zurecht.

»Ich habe sie heute Morgen in der Nähe des Teichs gefunden«, sagte Emilia sanft. »Diese hier ist ein mittleres Exemplar. Große Libellen sind nicht so leicht zu konservieren, sie brauchen lange, bis sie getrocknet sind. Auch wenn der Körper nicht von innen fault, zersetzen sich die Pigmente, und die Farben gehen verloren, denn bei den meisten Libellen sind die Farben nicht auf der Chitinhülle außen, sondern darunter im Körper und schimmern nur durch«, fügte sie hinzu.

Mit ruhigen, geschickten Fingern nahm sie ein weißes Blatt Papier von einem Stapel neben sich, faltete es und legte es auf das Flügelpaar auf der rechten Seite. Sie drückte es mit der einen Hand fest und fixierte es mit mehreren Nadeln, die sie aus einem runden Nadelkissen nahm, am Styroporblock. Auf der anderen Seite wiederholte sie die Prozedur mit dem zweiten Flügelpaar.

»Die größeren Libellen muss man ausnehmen, aber bei dieser ist es, glaube ich, nicht nötig. Ist sie nicht wunderschön?«

Ich nickte und versuchte, den Ekel zu unterdrücken, der in mir hochkroch.

»Emilia, wir müssen reden«, sagte ich. Sie wandte mir ihr Gesicht mit der Brille zu, ihre Augen dahinter sahen groß und unheimlich aus, als seien es selbst dunkle Facettenaugen wie die der Libelle.

»Kannst du bitte die Brille abnehmen?«

»Nein.«

Wir starrten einander an.

»Ich habe Noahs Freundin getroffen. Oder besser: Ex-Freundin«, begann ich das Gespräch.

»Mh«, machte Emilia. Sie wandte sich um und platzierte die zur Trocknung vorbereitete Libelle auf einem kleinen Holztablett.

»Sie hat mir erzählt, dass du bei ihr warst, um Noahs Sachen abzuholen.«

»Mh, mh«, machte Emilia wieder. »Die Wohnung ist schrecklich, oder? Kein Wunder, dass die Beziehung scheitern musste.« Sie ordnete ihre Werkzeuge in verschiedene Schubladen des Tisches ein, der wie ein altmodischer Sekretär über zahlreiche Fächer oberhalb der Arbeitsfläche verfügte. Ich starrte sie an. Jetzt wurde ich wirklich wütend.

»Was stimmt eigentlich nicht mit dir?«, fuhr ich sie an. »Noah ist verschwunden, und du holst in aller Seelenruhe seine Sachen bei seiner Ex ab? Hat er dich damit beauftragt? Hat er dir geschrieben, dich angerufen? Hat er dir etwa gesagt, dass er verschwinden würde, wusstest du wieder alles Monate im Voraus?«

Die letzten Worte hatte ich geschrien. Ich atmete schwer, als wäre ich mehrere Kilometer gerannt. Emilia hielt inne, drehte sich zu mir um und nahm langsam ihre Brille ab.

»Sophie, die Libellen sind nicht an solch eine Lautstärke gewöhnt, dies ist ihre Brutstätte. Könntest du mir das Kästchen da neben dir reichen?«, sagte sie.

In Sekundenbruchteilen schnellte ich aus dem Stuhl hoch. Ich hatte gar nicht gemerkt, dass ich meine Fingernägel in die Handflächen grub.

»Was soll das alles, Emilia? Wo warst du die letzten Tage, und was soll ich eigentlich hier, wenn du nicht mit mir redest?«, rief ich.

»Aber ich rede doch mit dir«, sagte sie mit betont ruhiger Stimme, beugte sich weit vor und griff selbst nach dem Kästchen.

»Das ist doch kein Gespräch, das ist eine Farce! Warum, zum Teufel, bin ich hier?«

Emilia hielt inne, drehte sich zu mir um und musterte mich. »Weil du ihn immer noch liebst«, sagte sie.

Mir blieb die Luft weg. Mit zitternden Fingern griff ich in die Hosentasche meiner Jeans. Ich zog den Ring hervor, den Noah mir geschenkt hatte und der aus der Familie seiner Mutter stammte, und knallte ihn neben Emilia auf den Tisch.

»Da hast du, wonach du verlangt hast. Ich habe ihn nicht versetzt, falls du das geglaubt hast. Ich will ihn nicht mehr, da kannst du dir sicher sein. Mach's gut, Emilia, ich hoffe, du verrottest hier in deinem Dschungel.«

Damit fuhr ich herum und machte mich auf in Richtung Ausgang. Keine Sekunde länger wollte ich hier verbringen mit dieser Irren, deren Herz mehr an Insekten als an den Menschen um sie herum hing. Mit der jedes Gespräch unweigerlich in Frustration enden musste und aus deren Mund ich ohnehin kein Wort mehr glauben konnte.

Als ich gerade ein besonders dickes Bananenblatt unsanft zur Seite bog, hörte ich ihre Stimme hinter mir: »Du denkst, dass sich die Vergangenheit einfach wiederholt hat. Aber das hat sie nicht. Diesmal ist er nicht verschwunden, weil er aufgehört hat, dich zu lieben. Diesmal hat er aufgehört, *mich* zu lieben.«

Ich hielt inne, ihre Stimme klang sanft, ihre Worte aber durchfuhren mich wie ein Blitzschlag.

Dann ging ich weiter, ohne noch einmal zurückzuschauen. Wie ferngesteuert stieg ich die Stufen zu meinem Zimmer hinauf, packte unter dem indignierten Blick der verrückten Vorfahrin, die aus ihrem Bilderrahmen auf mich herabschaute, meine Sachen, indem ich alles einfach in meine Reisetasche warf.

Im Bad schnappte ich meinen Kulturbeutel und erhaschte einen Blick in den Spiegel, der mich kurz zusammenzucken ließ. Meine Augen waren rot geädert und glänzten fiebrig. Hastig wandte ich mich ab, warf die Tasche über meine Schulter und beeilte mich, den Raum zu verlassen, das Starren der Ahnin im Nacken.

Ich eilte die Treppe hinunter, brauchte im Flur mehrere Anläufe, mir mit zitternden Fingern die Schuhe zu binden, warf mir meinen roten Mantel über, während Emilias Worte in mir nachhallten.

Die Tasche in der einen Hand, meinen Laptop unter den Arm geklemmt, riss ich die Haustür auf und erstarrte.

Vor mir stand ein Mann in gelber Uniform, der mindestens ebenso erschrocken dreinblickte wie ich, die Hand hielt er wie ertappt in der Luft vor der Klingel ausgestreckt.

Wir starrten uns an.

»Sind Sie Frau Sophie Hoffmann?«, fragte er dann.

Ich nickte nur.

»Na, da habe ich ja Glück. Ich habe hier ein Paket für Sie.«

Er reichte mir ein backsteingroßes, in braunes Papier eingeschlagenes Päckchen.

»Das muss ein Fehler sein«, sagte ich. »Ich wohne hier gar nicht.«

Er zog das Päckchen zurück und musterte mich misstrauisch. »Sind Sie denn jetzt Sophie Hoffmann oder nicht?«

»Ja, schon.«

»Dann ist die Sache doch klar, hier steht Ihr Name drauf, das ist für Sie.«

Er streckte mir das Paket wieder hin, und als ich keine Anstalten machte, es entgegenzunehmen, drückte er es mir einfach in die Hand.

»So, hier bitte einmal unterschreiben ... Vielen Dank, schönen Tag noch!«

Der Mann drehte sich um und trabte die Auffahrt hinunter. Wahrscheinlich wollte auch er dieses seltsame Anwesen so schnell es ging hinter sich lassen. Ich konnte es ihm nicht verdenken.

Langsam wendete ich das Päckchen in meinen Händen, und tatsächlich stand da mein Name in hübscher geschwungener Schreibschrift über der Adresse. Eine Schrift, die ich besser kannte als meinen Handrücken. Wie vom Donner gerührt starrte ich sie an, diese Botschaft aus der Vergangenheit.

Ich hätte Noahs Handschrift unter Hunderten anderen wiedererkannt.

Einen Moment wurde mir fast schwarz vor Augen, dann riss ich mit einer schnellen Bewegung das braune Papier ab. Darunter kam ein kleiner Pappkarton zum Vorschein, den ich mit hastigen, ungeschickten Fingern öffnete.

Darin lag, auf einem Kissen weißer Watte, ein rosa Seifenhalter aus Porzellan in Schwanenform.

Das verräterische Herz in meiner Brust setzte einen Schlag aus und galoppierte dann so schnell, dass das Blut in meinen Ohren zu rauschen begann.

Das Ding in meinen Händen war so geschmacklos und hässlich, dass es schon fast bemitleidenswert war. Aber das war es nicht, was mich so schockiert hatte.

Es war die Tatsache, dass ich genau wusste, was dieser Schwan war: Es war einer von Noahs ungeliebten Gegenständen. Ein Gegenstand, den niemand mehr liebte und den Noah deshalb dem Besitzer oder der Besitzerin entwendet hatte. Genau wie er es mit meinem Herzen getan hatte.

Und in diesem Fall wusste ich auch genau, woher dieser grässliche Porzellanschwan stammte.

Eine Welle von Aufregung flutete meinen Körper, das Adrenalin der Zündstoff für die Erkenntnis, was ich da in Händen hielt. Noah mochte zwar erneut verschwunden sein, aber diesmal hatte er mir eine Spur gelegt, das wusste ich plötzlich mit einer Klarheit, die ich selten in meinem Leben empfunden hatte.

Eine Spur, die mich zu ihm führen würde.

TEIL II

»I am half sick of shadows« said
The Lady of Shallot.

»Ich bin halb krank von Schatten!«, spricht
Die Dame von Shallot.

aus »The Lady of Shallot« von Lord Alfred Tennyson,
übertragen von Ferdinand Freiligrath

KAPITEL 10

Die Imagines und Larven ernähren sich räuberisch

Das beige verputzte Haus mit dem dunklen Dach vor uns war gesäumt von zwei enormen Buchen, deren Wurzeln den Bürgersteig von unten angehoben und in ungerade Falten geworfen hatten. Ich beugte mich vor und versuchte, durch die Windschutzscheibe einen Blick in die Fenster des Hauses zu erhaschen. Sie waren mit Spitze verhangen. Meine Finger trommelten unruhig aufs Lenkrad des Fiat, eine unbewusste Bewegung, mit der ich aufhörte, sobald ich sie bemerkte. Neben mir hörte ich, wie Manuel sich leise räusperte. Ich lehnte mich zurück und sah ihn an.

»Das ist definitiv ihr Haus«, sagte ich. »Diese Gardinen müssen noch aus den Siebzigern stammen.«

Er lächelte ein bisschen schief.

»Ich habe das Gefühl, wir haben die Lage jetzt lange genug ausgekundschaftet«, sagte er. »Sollen wir zu Phase Zwei übergehen?«

»Was ist denn Phase Zwei?«

»Klingeln.«

Ich sag ihn schockiert an. »Ich dachte, wir warten, bis sie aus dem Haus ist, und brechen dann ein!«

Manuel lachte, wobei er den Kopf in den Nacken warf. Mein Blick rutschte weiter nach unten auf seine breite, bebende Brust, folgte den starken Linien, die sich unter seinem Hemd abzeichneten. Dann hörte er abrupt auf zu lachen. Schnell sah ich wieder zum Fenster hinaus, wo es langsam zu dämmern begonnen hatte. Wir parkten fünfzig Meter von dem Haus entfernt auf der anderen Straßenseite neben einem Park, sodass wir nicht auffielen.

»Das hast du nicht ernst gemeint, oder?« Seine Stimme klang ein wenig beunruhigt, und ich musste lächeln. Ich sah erneut zu ihm herüber. Manuel sah unpassend groß aus auf dem Beifahrersitz des Kleinwagens, sein muskulöser Körper wirkte in der Enge des Autos anders. Er hatte mich fahren lassen, weil ich den Weg kannte. Dafür hatte er sich nicht davon abbringen lassen, mich zu begleiten, nachdem ich mit dem Paket und meiner etwas wilden Geschichte dazu bei ihm im Garten aufgetaucht war und ihn um die Autoschlüssel gebeten hatte. Er hatte mir zugehört, ab und an eine Frage gestellt. Dann hatte er seine Handschuhe ausgezogen. Er war wortlos mit mir zum Fiat gegangen, hatte ihn aufgeschlossen, mir danach die Schlüssel überreicht und sich auf dem Beifahrersitz niedergelassen. Das hatte die etwas einseitig von mir geführte Diskussion, dass ich ihn nicht von seiner Arbeit abhalten wollte, beendet. Ich musste also einen wirklich zu allem entschlossenen Eindruck auf ihn gemacht haben. Oder aber einen wirren und so instabilen Eindruck, dass er meinte, mich nicht alleine lassen zu können mit meinen fiebrigen Augen und dem triumphierenden Grinsen, das mein Gesicht kaum mehr verlassen hatte, nachdem ich das Päckchen geöffnet hatte.

Der Blick, mit dem er mir jetzt begegnete, wirkte jedenfalls besorgt.

»Natürlich«, beantwortete ich seine Frage. »Was glaubst du, wozu ich eine Weiterbildung in moderner Architektur gemacht habe? Ich kenne alle Schwachstellen, die zum Einstieg geeignet sind in Einfamilienhäusern.«

»Nur gut, dass der Kofferraum voller Werkzeug ist«, sagte er trocken. »Ich müsste auch noch ein Seil für die Kletterrosen haben, damit können wir sie fesseln, falls sie zu früh zurückkommt.«

Ich starrte ihn an, bevor ich das Funkeln in seinen Augen bemerkte.

»Ich bin mir sicher, dass wir ein Geständnis aus ihr herausbekommen, wenn du ihr nur die Gartenschere zeigst, Partner«, sagte ich.

»Moment, sind wir jetzt Einbrecher oder Ermittler?«, fragte er und tat irritiert.

Wir teilten ein Lächeln.

»Beides«, sagte ich leise.

Die Wärme seiner braunen Augen breitete sich in meinem Bauch aus. Ich sah wieder nach draußen und konzentrierte mich auf das Haus, in dem gerade die Lichter im Wohnzimmer angingen.

»Aber mal ernsthaft, Sophie, wir sitzen jetzt seit einer halben Stunde hier und beobachten ein Haus, in dem ehrlich gesagt nichts besonders Spannendes vor sich zu gehen scheint. Sollen wir nicht endlich klingeln?«

Gut, dass er nicht wusste, wie lange ich vor Michelles Kanzlei gesessen hatte.

»Wir?«, fragte ich, biss mir auf die Unterlippe und sah ihn an. Er hatte die Augenbrauen hochgezogen und musterte mich.

»Ich dachte, du bleibst im Auto«, fuhr ich fort.

»So interessant der Kirschlorbeer und die Herbstastern auch anzusehen sind, deswegen bin ich nicht mitgekommen.«

Mein verständnisloser Blick folgte seiner Handbewegung, mit der er auf die Sträucher und Blumen neben uns im Park zeigte.

Ich schüttelte den Kopf. »Was, wenn inzwischen jemand anders hier lebt? Oder wenn sie nicht aufmacht?«

»Wir werden es nie erfahren, so lange wir nicht klingeln.«

Ich seufzte. Er hatte natürlich recht. Mit langsamen Bewegungen schnallte ich mich ab. Einen Moment blieb ich noch sitzen, dann stieß ich die Tür auf und stieg aus. Vor Manuel wollte ich nicht zu lange zaudern, außerdem beanspruchte ich ja wirklich gerade seine Zeit. Hinter mir hörte ich das Zuschlagen der zweiten Autotür.

Mit wenigen Schritten überquerten wir die ruhige Straße des Wohngebiets, in dem sich bisher noch kaum Kinder, Jogger oder Rentner hatten blicken lassen. Das Haus lag in einem ruhigen Vorstadtviertel. Hier standen altmodische Einfamilienhäuser aus den 50er-Jahren und alte Bäume in vermoosten Vorgärten. Während wir warteten, hatte Manuel so gut wie im Alleingang die Unterhaltung am Laufen gehalten mit einem unbeschwerten Erzählstrom aus kleinen Beobachtungen, Anekdoten und Geschichten über die Tier- und Pflanzenwelt. Er schien wirklich viel über die Natur zu wissen, ich konnte seine Liebe zur Vielfalt und zum Einfallsreichtum der Flora und Fauna heraushören. Seine ruhige Stimme hatte nach und nach auch meine Nerven beruhigt, die bei jeder noch so kleinen Bewegung und jedem Geräusch zu zucken schienen. Die Idee, dass Noah mir eine Spur hinterlassen haben könnte, war wie drei Koffeintabletten auf leerem Magen gewesen und hielt mich nun schon seit zwei Tagen wie elektrisiert. Natürlich war ich nicht abgereist. Ich hatte meine Tasche zurück ins Turmzimmer gebracht und einen Plan geschmiedet.

Nun öffnete ich das quietschende Gartentor, lief den Plattenweg zur überdachten Haustür entlang und blieb davor stehen. Mit einem Seitenblick auf Manuel und klopfendem Herzen drückte ich den Klingelknopf.

Drinnen erklang ein mechanisches Schellen, und ich verzog den Mund. Bei diesem Geräusch würde ich jede Art von Besuch vermeiden. Hoffentlich ging es der früheren und mit etwas Glück noch jetzigen Bewohnerin des Hauses anders.

Im Hausflur waren Schritte zu hören, und im nächsten Moment wurde die Tür aufgerissen, und eine resolute ältere Frau mit strengem Dutt blinzelte uns durch dicke Brillengläser an. Sie trug eine flauschige rosa Strickjacke und eine khakifarbene Hose.

»Ja?«, fragte sie, und ihre Stimme versetzte mich sofort in die sechste Klasse und die Angst vor der Rückgabe der Deutsch-Klassenarbeitsnote zurück.

»Frau Meyer-Rudloff?«, fragte ich, obwohl ich sie sofort erkannt hatte. Sie war älter geworden, natürlich, aber ihr Gesicht mit der spitzen Nase und den buschigen Augenbrauen, mit denen sie so gut Entrüstung, Unglauben oder Missbilligung ausdrücken konnte, war unverkennbar.

Das eulenhafte Blinzeln hinter den rot gerahmten Brillengläsern verstärkte sich. Sie spähte an mir vorbei zu Manuel.

»Seid ihr vom *Wachturm*? Eure Predigt könnt ihr euch sparen, ich bin seit fünfzig Jahren Atheistin, mich stimmt keiner mehr um«, sagte sie und zog ihre beeindruckenden Augenbrauen hoch.

Manuel, der einen Schritt hinter mir gestanden hatte, trat neben mich.

»Das kann ich mir gut vorstellen«, sagte er, und ich konnte das Lächeln in seiner Stimme hören. »Zum Glück sind wir nicht hier, um Überzeugungsarbeit zu leisten.« Er berührte leicht meine Schulter. »Sophie hier hat ein paar Fragen an Sie, Frau Meyer-Rudloff, wenn sie einen Augenblick Zeit hätten. Wir sind beide ehemalige Schüler von Ihnen und …«

Auf ihrem Gesicht wechselten sich die Emotionen ab. Misstrauen, Ungehaltenheit, schließlich huschte das Blitzen einer Erkenntnis in ihren stahlgrauen Augen auf.

Ihr Blick wanderte an Manuel in seiner Arbeitskleidung rauf und runter, dann streckte sie einen anklagenden Zeigefinger aus, und Manuel verstummte. »Manuel Visentin, der Schrecken der 7c, ha! Wer hätte das gedacht, dass aus dir mal ein ehrlich arbeitender Mann wird und kein Berufskrimineller!«

Ich schaute gerade noch rechtzeitig zu Manuel, um zu sehen, wie sein braun gebranntes Gesicht leicht errötete. Ich biss die Zähne zusammen. Frau Meyer-Rudloff war schon immer schnell und konsequent in ihren Vorurteilen gewesen.

»Wer hätte gedacht, dass Sie immer noch allein im selben Haus wohnen? Da haben wir ja wirklich Glück«, sagte ich liebenswürdig und wurde mit einem weiteren Eulen-Blinzeln belohnt.

»Und Sophie Hoffmann«, fuhr Frau Meyer-Rudloff unbeirrt fort und musterte mich ebenfalls. »Bei dir bestand ja wenigstens die Hoffnung, dass aus dir mal etwas wird.« Ihr Gesicht drückte klare Zweifel daran aus, dass diese Hoffnung berechtigt gewesen war.

Ich versuchte mich an einem Lächeln, das nicht zu viele Zähne zeigte.

»Warst du nicht immer in Begleitung dieser unsäglichen Gutenberg-Zwillinge unterwegs?«, fragte sie, ihr eigenes Lächeln reptilienhaft.

Meine Hand schloss sich enger um die Riemen meiner Tasche.

»Von Guten*bach*. Und die beiden sind Geschwister, keine Zwillinge«, sagte ich, und bevor sie Luft holen konnte, fuhr ich fort: »Haben Sie denn vielleicht einen Moment Zeit für uns? Wir waren in der Gegend und dachten, es wäre schön, Sie mal wieder zu besuchen.«

Ihre Miene verriet mir, dass sie mir kein Wort abnahm. Jahrelange Erfahrung mit den Ausreden pubertierender Kinder schienen einen gegen Unwahrheiten immun zu machen. Trotzdem trat sie von der Tür zurück und winkte uns herein.

»Schuhe im Flur ausziehen«, sagte sie und wies auf ein Schuhregal, auf dem eine große, mit Herbstblumen gefüllte Vase in Form eines Schwans stand. Manuel und ich tauschten einen Blick und folgten ihr ins Wohnzimmer.

Kurz darauf saßen wir auf dem roséfarbenen Sofa. In der Hand hatten wir Tassen mit Goldrand, aus denen der Duft einer Sencha-Yasminteemischung aufstieg, auf die Frau Meyer-Rudloff sehr stolz zu sein schien. Weder Manuel noch ich konnten den Blick von der Glasvitrine abwenden, die fast eine gesamte Wand einnahm. Darin befanden sich kleine Figurinen, Porzellangegenstände, Tassen, Teller und andere Dinge, die in irgendeiner Form einen Schwan darstellten oder aber mit Schwänen dekoriert waren. Es war eine beeindruckende Sammlung. Eine überraschende Anzahl an Porzellan- und Glas-Schwänen war rosa, andere weiß, viele mit Blumen verziert. Am erstaunlichsten waren vielleicht der Schwan-Lampenschirm mit den weit geöffneten Glasschwingen und der alte Spielzeugschwan auf Rädern mit Griff zum Schieben.

Wieder tauschte ich einen Blick mit Manuel. Wir waren definitiv am richtigen Ort, dies musste die Heimat des pinken Seifenhalter-Porzellanschwans sein, der tief unten in meiner Handtasche lag.

Ich räusperte mich. »Sie können sich also noch an unsere Jahrgangsstufe erinnern?«, begann ich das Gespräch.

»Ha, dement bin ich weiß Gott noch nicht, junge Frau«, sagte Frau Meyer-Rudloff indigniert, und ich errötete leicht. Sie hatte ein Talent, in jeder noch so harmlosen Äußerung einen Angriff zu vermuten.

»Eure Stufe war im Lehrerzimmer legendär. Manuel hier, der dachte, sein Rauchen hinter den Schulmauern würde keiner bemerken, hat doch mal die Reifen vom Auto des Schulleiters aufgeschlitzt, nicht wahr? Und diese furchtbaren Gutenberg-Zwillinge haben ja auch jede Woche etwas angestellt, von der Farb-Attacke auf Frau Heinrich bis zu den Spinnen in der Biologie-Sammlung.«

Manuel und ich öffneten fast gleichzeitig den Mund um zu protestieren. Ich wusste sicher, dass Thomas Wendtler den Mercedes des Schulleiters ruiniert hatte, und Frau Heinrich hatte den Eimer gelbe Farbe, mit dem sie vor den Ferien unseres neunten Schuljahres übergossen wurde, zwar ganz sicher verdient, wir waren es aber nicht gewesen. Bei den Spinnen nahm ich damals eher an, dass die scheußlichen, uralten Exponate von ausgestopften Füchsen und Eulen ihnen einfach als Brutstätte gedient hatten. Anders war die Invasion kaum zu erklären gewesen.

Frau Meyer-Rudloff schnitt unsere Einwände mit einer Handbewegung ab. Sowohl bei Manuel als auch bei mir schien die Angst vor ihr als Autoritätsperson auf einer tieferen Ebene verankert, die auch zehn vergangene Jahre seit der Mittelstufe und das Erwachsenwerden nicht überschrieben hatten.

Frau Meyer-Rudloff lächelte wie eine Echse, die ihre Zunge um eine besonders saftige Beute geschlungen hatte. »Und jetzt haben die Klassenstreberin und der Schulabgänger zusammengefunden. Seit wann seid ihr beide denn ein Paar?«, fragte sie.

Manuel verschluckte sich an seinem Tee und hustete, ich klopfte ihm auf den Rücken.

Sie würde uns dazu bringen, uns in Grund und Boden zu schämen, wenn wir nicht schnell hier rauskamen. Ich musste eine andere Taktik versuchen. »Manuel und ich, wir sind nur alte Bekannte. Wir haben uns kürzlich wiedergetroffen und über die Schulzeit unterhalten. Ich kann mich noch gut an den Abend erinnern, den wir hier bei Ihnen im Haus verbracht und an dem wir zusammen gekocht haben, das war nach der Aufführung unseres Theaterstücks in der zehnten Klasse. Gab es an diesem Abend nicht irgendeinen Vorfall mit Noah? Haben Sie ihn nicht beiseitegenommen und etwas mit ihm besprochen?«

Sie kniff ihre Augen zusammen und musterte mich misstrauisch. Zugegebenermaßen war es eine komische Frage, aber ich hatte lange darüber nachgedacht, warum Noah mich zu unserer alten Deutschlehrerin geschickt haben könnte. Sie konnte doch kaum wissen, wo er heute war, oder? Nur diese eine Episode, als sie mit Noah während des Abends in das Klavierzimmer verschwunden war und er hinterher etwas bleich zurückkam und nichts dazu sagen wollte, war mir eingefallen. Sie hatte ihm sicher die Leviten gelesen, hatte ich angenommen, aber jetzt war ich mir nicht mehr so sicher, dass es darum gegangen war.

»Du hast ein gutes Gedächtnis, Sophie, aber von diesen Geschwistern warst du ja schon immer besessen. Ich erinnere mich an den Abend – warum fragst du danach?«

Sie war definitiv noch immer gut darin, Salz in die Wunde zu streuen. Ich warf einen Blick zu Manuel, der fast unmerklich einen Mundwinkel und eine Augenbraue nach oben bog.

»Noah ist seit ein paar Wochen verschwunden, und weder wir noch seine Schwester wissen, wo er ist«, sagte ich.

»Und was hat das mit mir zu tun?«, fragte Frau Meyer-Rudloff berechtigterweise.

Das war der Moment, an dem sich ein Geständnis nicht mehr vermeiden ließ. Ich griff in meine Handtasche, zog den in Papier gewickelten Schwan hervor und reichte ihn ihr wortlos. Sie nahm ihn mit einem fragenden Gesichtsausdruck entgegen und wickelte ihn dann vorsichtig aus. Als der Schwan-Seifenhalter zum Vorschein kam, verzog sich ihr Mund kurz zu einer merkwürdigen Grimasse, und sie ließ ihn fast fallen. Sie atmete einmal tief durch. Einen Moment lang betrachtete sie die pinke Scheußlichkeit in ihren fast unmerklich zitternden Händen schweigend. Als sie wieder aufsah, hatte sich ihre Aufregung offenbar gelegt.

»Wo hast du den her, Sophie?«, fragte sie ruhig. In ihren Augen blitzte es.

»Von Noah, er hat ihn geschickt. Das ist das einzige Lebenszeichen, das wir seit Wochen von ihm erhalten haben.«

Sie drehte den Schwan in ihren Händen, starrte ihn an, und ihr Blick schien in die Ferne entrückt, während ihre Finger den Hals des Tieres entlangfuhren.

»Wissen Sie, wo Noah ist?«, fragte ich.

»Woher sollte ich das wissen, ich habe seit seinem Abitur nichts mehr von ihm gehört oder gesehen. Bis ich von dem schrecklichen Unfall der Eltern gelesen habe, hatte ich nicht mehr an die Gutenbachs gedacht«, sagte sie abwesend.

Meine Stimmung sank, als sie diese Worte aussprach, und ich schluckte.

Manuel stellte seine Teetasse samt Untertasse auf dem Couchtisch ab. »Was hat es denn mit dem Schwan auf sich?«, fragte er.

Sie hob den Blick und schien ihn das erste Mal, seit wir in ihr Haus gekommen waren, richtig wahrzunehmen. »Er war ein Geschenk meiner Schwester. Wir ... nun, verstehen uns nicht besonders gut und haben bestimmt zwanzig Jahre nicht miteinander gesprochen. Damals hat sie den Mann geheiratet, der eigentlich mich ... Egal, das hat hier nichts zu suchen«, sagte sie.

Mein Blick glitt über ihre knochigen Finger und die kleine Porzellanfigur in ihren alternden Händen. Sie sah plötzlich sehr verloren aus. Ich hatte Frau Meyer-Rudloff noch nie so erlebt und hätte lieber nicht wissen wollen, dass sie eine solche Seite hatte. Es war einfacher gewesen, sie als eiserne Lady zu sehen. Aber was immer sie kurz verletzlich erscheinen ließ, es verschwand so schnell, wie es gekommen war.

»Was mich interessieren würde, ist, wie Noah Gutenbach ihn in die Finger bekam?«, fragte sie scharf.

»Noah muss den Schwan wohl damals mitgenommen haben, als wir hier waren, nehme ich an«, sagte ich ausweichend.

»Ha! Diebstahl – das sieht ihm ähnlich«, sagte sie, und ihre Augen blitzten hinter den Brillengläsern.

Ich holte Luft, um etwas zu erwidern, aber Manuel kam mir zuvor.

»Sie können sicher verstehen, dass es Sophie interessiert, ob Sie damals etwas mit Noah besprochen haben, was heute irgendwie relevant sein könnte?«, erklärte Manuel in seinem beruhigenden Tonfall.

»Für heute relevant? Was hätte das schon sein können? Damals ging es darum, dass Noah mit dem Einreichen eines eigenen Theaterstücks bei einem Wettbewerb eine Aufführung des Stücks am Theater gewonnen hatte. Aber sein Vater verbot ihm, es aufführen zu lassen. Ich nehme nicht an, dass das heute noch sein Problem ist?«

Das war mir neu, ich hatte nichts davon gewusst, und der Gedanke gab mir einen Stich. Noah hatte geschrieben und uns nichts davon erzählt? Aber diese Information half jetzt nicht weiter.

»Das war alles?«, fragte ich enttäuscht. »Um mehr drehte sich das Gespräch nicht?«

»Nein«, sagte sie. »Seid ihr zwei extra hierhergekommen, um mich das zu fragen?«

Ich machte den Mund auf und wieder zu. Manuel grinste etwas betreten. »Und um den Schwan zurückzugeben«, sagte er.

»Tja, den habe ich ja die letzten zehn Jahre auch nicht vermisst, aber danke«, sagte sie trocken und stand auf. Unsere Audienz schien beendet, dabei hatte ich noch so viele Fragen. Mir schwirrte der Kopf von all den Dingen, die ich noch wissen wollte.

»Und Sie können mir ganz sicher nichts dazu sagen, wo Noah jetzt sein könnte?«, fragte ich. Meine Stimme klang selbst in meinen Ohren dünn. Sie sah mich mitleidig an.

»Mädchen, niemand konnte Noah Gutenbach jemals in den Kopf schauen, also gib es lieber auf. Ich weiß noch, dass es in seinen Aufsätzen auch immer darum ging.«

Mir blieb die Luft weg. »Worum?«, fragte Manuel.

»Irgendwie drehten sie sich immer ums Verschwinden, wenn ich mich recht entsinne.«

Manuel und ich sahen uns an. »Und?«, fragte ich und beugte mich vor.

Sie blinzelte. »Und nichts«, sagte sie. »Mir hat er jedenfalls nichts dazu gesagt.«

Ich ließ mich im Sofa nach hinten kippen, ein Unwohlgefühl machte sich in meinem Magen breit.

»Er scheint ja jetzt seine Wünsche von damals in die Tat umgesetzt zu haben, was?«, sagte Frau Meyer-Rudloff gezwungen fröhlich und schaute auf mich herunter.

Ich starrte zu ihr hoch, und Manuel räusperte sich. »Na, dann wollen wir Sie mal nicht länger stören«, sagte er an Frau Meyer-Rudloff gewandt.

Er berührte mich sanft am Arm, und ich stand wie mechanisch auf. Als wir in den Flur zurückgingen, drehte ich mich noch einmal zu der resoluten grauhaarigen Frau um. Nichts an der Unterhaltung mit ihr war wirklich hilfreich gewesen, dabei hatte ich mir so viel erhofft. Schon wieder schien eine Spur im Sande zu verlaufen, und ich kam mir reichlich töricht vor, überhaupt hier nach Antworten gesucht zu haben.

»Danke Ihnen für Ihre Zeit«, sagte ich. »Und rufen Sie Ihre Schwester an, bevor es zu spät ist.«

Sie stockte kurz, sah mich mit einem versteinerten Gesichtsausdruck an und schloss die Haustür hinter uns, ohne ein Wort des Abschieds.

Manuel und ich traten unter die helle Lampe der Überdachung und blinzelten in die Dunkelheit des Vorgartens. Motten schwirrten über mir im Licht, als ich den Kopf hob und die frische, kühle Nachtluft einatmete. Neben mir ließ Manuel einen ebenso tiefen Luftzug aus seinen Lungen entweichen.

»Puh, das war ja ein ziemlich unangenehmer Trip in die Vergangenheit«, sagte er mit einem schrägen Lächeln.

~

Im Auto drehte Manuel die Heizung auf, die Dämmerung hatte den Fiat ausgekühlt. Er saß am Steuer, während ich auf dem Beifahrersitz meinen Gedanken nachhing. Der Wagen glitt durch die stillen, dunklen Straßen, vorbei an Häusern und Vorgärten, bis es schließlich wieder städtischer aussah, aber das alles nahm ich nur am Rande wahr. Als Manuel mir zum bestimmt sechsten Mal beim Halten an einer Ampel einen Blick von der Seite zuwarf, ohne etwas zu sagen, straffte ich die Schultern und setzte mich auf.

»Was?«, fragte ich schärfer als beabsichtigt.

Er zog den Kopf ein wenig ein, sah nach vorne. »Du scheinst etwas anderes von diesem Besuch erwartet zu haben.«

Frustration stieg in mir hoch. »Wie kommst du darauf? Mich von unserer ehemaligen Klassenlehrerin beleidigen zu lassen war genau mein Wunsch für heute Abend«, sagte ich eisig.

Pause.

»Weil sie dachte, wir seien zusammen?«

Jetzt starrte ich ihn von der Seite an, während er sich auf die Straße konzentrierte.

»Nein, weil es sie erstaunt hat, dass aus uns etwas geworden ist«, sagte ich.

»Uns? Ich habe die Schule nie abgeschlossen und halte mich mit Nebenjobs über Wasser, Sophie.«

»Das meine ich nicht …«

»Was dann?«

Ich wusste nicht, was ich erwidern sollte. Es fiel mir schwer, in Worte zu fassen, was mich so wütend gemacht hatte.

»Sie ist eine von denen, die nie gedacht haben, dass Leute wie wir eine Chance haben, weil wir nicht aus einem Elternhaus mit Geld und einem dokumentierten Stammbaum, der ins sechzehnte Jahrhundert zurückgeht, kommen. Darum hat sie uns auch nie eine Chance gegeben«, sagte ich schließlich.

»Ja, sie steckt voller Vorurteile, aber das allein ist es nicht. Für Noah hatte sie schließlich auch kein gutes Wort übrig, und auf ihn trifft doch beides zu«, erwiderte er.

Das stimmte. Vielleicht erinnerte mich das Gespräch einfach zu sehr daran, dass eigentlich nie jemand daran geglaubt hatte, dass ich es weit bringen würde, gute Noten hin oder her. Noah hingegen hatten immer alle Türen offen gestanden, und er hatte der Welt dafür lachend ins Gesicht gespuckt.

»Kann es sein, dass dich mehr verletzt hat, was sie über dich und Noah gesagt hat?«, fragte Manuel, nah an meinen Gedanken entlanggleitend und doch in eine andere Richtung gehend.

Meine Augenbrauen zogen sich zusammen. Ich wusste, was er meinte, wollte aber nicht darüber sprechen und schwieg. Langsam näherten wir uns der Gegend, in der die Villa der von Gutenbachs stand, die Stadthäuser waren schon größeren Gärten und dem Wasserlauf gewichen, den ich durch die Bäume hindurch als dunklen Strom mit funkelnden Lichtreflexen erkennen konnte. Ich war froh, bald aussteigen zu können.

»Ich habe mich auch schon länger gefragt, warum du das hier eigentlich machst. Worum geht es dir, Sophie?«, fragte Manuel.

Er parkte das Auto vor dem schmiedeeisernen Tor der Villa, schaltete den Motor ab und wandte sich im Sitz zu mir um. Ich sah durch das Tor in den dunklen Vorgarten mit der Kiesauffahrt. Ich brauchte nur die Tür aufmachen, und die Unterhaltung war beendet, ich schuldete Manuel keine Antwort. Und doch hielt mich etwas in meinem Sitz, vielleicht war es die Wärme des Autoinneren und mein Wissen, welche Kälte mir draußen entgegenschlagen würde. Es entstand eine Pause, aber Manuel drängte mich nicht. Er wartete schweigend.

»Ich …« Ich stockte, setzte neu an. »Ich kenne Noah, seit ich sieben bin. Erst waren wir Freunde, dann war ich mit ihm zusammen. Ich dachte, ich würde ihn wirklich kennen, jede seiner Regungen, jede seiner Seiten. Die guten wie die schlechten. Und dann verschwindet er einfach, nachdem er mir einen Heiratsantrag gemacht hatte. Er lässt mich allein zurück, und ich weiß bis heute nicht, warum.« Ich musste die Worte herauspressen, und doch fühlte es sich gut an, sie vor Manuel auszusprechen, befreiend. Aber ich konnte ihm nicht in die Augen sehen, wollte das Mitleid nicht, das ich dort finden würde. Mein Blick glitt durch die Frontscheibe die ruhige, dunkle Straße entlang, die mir so vertraut war und in diesem Moment doch fremd vorkam.

Manuel schwieg, nach einer Weile sprach ich weiter.

»Es war, als hätte er mir gleich zweimal das Herz rausgerissen. Einmal, als er verschwand, und ein weiteres Mal, als ich begriff, dass ich ihn wohl die ganze Zeit über nie wirklich gekannt hatte.« Ich sah auf die Hände in meinem Schoß. »Denn wie hätte es mich sonst so überraschen können, als er mich verließ?«

Meine Augen glitten zu Manuels Gesicht, in der Erwartung, dort Missbilligung zu finden. Es war nicht besonders sympathisch, sich so abhängig zu zeigen, dachte ich. Tatsächlich begegnete mir ein harter Blick, der Zug um seinen Mund war angespannt. Ich spürte einen kleinen Stich, obwohl ich es erwartet hatte.

»Und er hat dir nie eine Erklärung für sein Verhalten gegeben? Nie die Möglichkeit, dich von ihm zu verabschieden?« Seine Hände spannten sich um das Lenkrad. »Das ist furchtbar unfair.«

Mein Herz machte einen schmerzhaften Hüpfer, und ich lachte kurz humorlos auf. »Das dachte ich mir damals auch. Aber langsam ist es ein bisschen lächerlich, dass ich ihm das immer noch nachtrage, oder nicht? Ich sollte längst darüber hinweg sein.«

»Vielleicht. Aber ohne Antworten ist es schwer, mit etwas abzuschließen.«

So, wie er klang, schien er aus Erfahrung zu sprechen. Nur war ich mir nicht sicher, dass das tatsächlich der Grund war, warum ich hier war. In meinem Magen wanden sich düstere Vorahnungen wie dunkle Schlangen, Vorahnungen davon, worum es eigentlich ging. Ich hatte das Gefühl, dass Noah einen Teil meiner Selbst in die Nacht hinausgetragen hatte, dass es kein Abschied war, den ich suchte, sondern die zweite Hälfte meines Herzens, ohne die sich alles wie eine endlos lange Reihe von sinnlosen Wiederholungen anfühlte. Sicher gab es eine ebenso lange Reihe psychologischer Begriffe für mich und meine Gefühle, von der Unfähigkeit loszulassen bis hin zur pathologischen Trauer. Besessenheit war ein anderes Wort, das ich bereits gehört hatte, so wie auch von Frau Meyer-Rudloff heute. Manchmal war ich mir selbst nicht sicher, ob ich nicht wahnsinnig war.

Ich holte tief und ein bisschen zitterig Luft und konnte die nächsten Worte nicht zurückhalten, wie von selbst fielen sie aus meinem Mund. »Liebe ist ein Beweggrund, den niemand anderes sehen kann«, sagte ich leise.

Ich spürte, wie Manuels Körper sich neben mir kaum merklich anspannte.

»Das stimmt nicht. Liebe ist ein Grund, den man sehr gut sehen, nur nicht verstehen kann«, sagte er.

Ich nickte und fühlte mich plötzlich erschöpft. Mein Kopf fiel gegen die Kopfstützte zurück, und wir schwiegen einen Augenblick.

»Meinst du, das war der Grund, warum mich Noah zur Meyer-Rudloff geschickt hat?«, fragte ich Manuel. »Damit ich verstehe, was es bedeutet, wenn man so viele Jahre nicht mit etwas abschließt? Was auch immer zwischen ihr und ihrer Schwester vorgefallen ist, hat ihr Leben irgendwie ruiniert, meinst du nicht?«

Neben mir schnaubte Manuel. »Wenn es das war, was Noah dir auf diese komplizierte und abwegige Art sagen wollte, ist er ein größerer Dreckskerl, als ich gedacht habe.«

Gegen meinen Willen musste ich auflachen. »Ich kann mir kaum vorstellen, dass das möglich ist.«

Ich wandte mich zu Manuel um, der mich ansah. Seine Augen waren dunkel, unlesbar, fast, als hätte die Pupille seine Iris verschluckt, sein Mund leicht geöffnet. Das Lächeln auf meinen Lippen erstarb.

»Wenn ich höre, wie sehr er dir wehgetan hat, Sophie, glaube ich kaum, dass meine frühere Einschätzung auch nur halbwegs zutreffend war«, sagte er fest.

Mein Atem stockte. Im Auto erschien es mir auf einmal zu heiß und zu eng. Manuel war mir ganz nah, sein Körper strahlte eine Wärme ab, die ich fast auf meiner Haut zu fühlen meinte. Ich musste nur die Hand nach ihm ausstrecken, um sie tatsächlich zu spüren. Ganz leicht schien er sich zu mir vorzubeugen. Sein Blick streifte meine Lippen, fiel dann wieder in meinen zurück. Etwas dort schien ihn aufzuhalten.

Ich stieß die Autotür auf, und kalte Nachtluft drang herein, die meinen Kopf wieder klar werden ließ. Schnell stieg ich aus, packte die Tür und beugte mich noch mal ins Autoinnere hinein.

»Danke dir für heute Nachmittag, Manuel. Fürs Fahren und fürs Mitkommen. Wie kann ich mich revanchieren?« Ich versuchte meine Stimme leichthin klingen zu lassen, wusste aber nicht, ob es mir gelang. Manuel hingegen schien sich gefasst zu haben, der seltsame Moment war vergangen.

»Nicht nötig«, sagte er. »Es war definitiv eine Abwechslung vom Beschneiden der Brombeeren.«

»Nein, ernsthaft, das ist schon das zweite Mal, dass du mir mit deinem Auto aushilfst. Ich besorge mir jetzt eins, sodass das nicht mehr vorkommt, aber ich möchte wirklich gern etwas für dich tun. Als Dankeschön«, beharrte ich.

Ich mochte es nicht, in jemandes Schuld zu stehen. Er schien das zu spüren und schüttelte nur lächelnd den Kopf.

»Meinetwegen. Dann komm doch einfach am Wochenende mit einem Bier bei mir vorbei, wenn du magst. Dann können wir draußen sitzen und über die alten Zeiten reden, das Wetter soll gut werden. Ich schicke dir den Standort«, sagte er.

Ich nickte erleichtert und warf die Autotür zu. Erst, als ich das schmiedeeiserne Tor hinter mir geschlossen hatte und über den nur vom Mondlicht erhellten Kiespfad zum Haus lief, fiel mir auf, dass er von Standort und nicht von Adresse gesprochen hatte. Lebte er etwa im Wald?

Im Haus waren die Lichter in der Küche und in den Fluren und Treppenaufgängen erleuchtet. Ich warf meine Handtasche auf die Anrichte neben dem Herd und kochte Wasser. Tief in Gedanken zuckte ich zusammen, als ich hinter mir ein Geräusch hörte.

Emilia stand mit einer Leiter in der Hand hinter mir. Ich blinzelte.

»Hilfst du mir kurz, Sophie?«

Seit unserem Streit vor zwei Tagen hatten wir uns nicht mehr gesprochen, nun war ich es gewesen, die ihr ausgewichen war. Ich musterte ihr Gesicht, das ich nicht lesen konnte. Es kam mir kindisch vor, wie ich mich verhalten hatte, und ich hatte ein schlechtes Gewissen ihr gegenüber, obwohl es doch eigentlich sie gewesen war, die mich wütend gemacht hatte.

Eine Pause entstand. »Wobei denn?«, fragte ich schließlich.

Sie strahlte mich an, als seien diese zwei Worte die lang ersehnte Aussöhnung zwischen uns. Manchmal war sie wirklich wie ein Kind.

»Komm mit, ich zeige es dir«, sagte sie.

Im Flur stellte sie die Leiter an eine Stelle an der Wand, an der zahlreiche Schaukästen übereinander hingen und zeigte auf einen weiteren Stapel kleiner Glasrechtecke, die auf dem Boden lagen.

»Reichst du sie mir an?« Sie stieg auf die Leiter, ohne auf eine Antwort zu warten.

Ich nahm zwei der buchgroßen Kästen hoch und starrte auf die Libellen, die darin hinter Glas festgepinnt waren. Die eine hatte einen großen, leuchtend roten Körper. Auch die Facettenaugen hatten diesen Rotton, eine fast unnatürliche Farbe. Ihre Flügel hingegen waren transparent, nur ein schwarzes Muster wie die Adern eines Blattes durchzogen beide Schwingenpaare, mit einem dunklen Fleck am oberen Rand.

Die andere Libelle war kleiner, ihr lang gezogener Körper blaugrau, die überproportionalen Facettenaugen schwarz. Aber ihre Flügel waren vier breite, schimmernde Wunder in einem strahlenden, schillernden metallischen Blau mit einem leichten lila Schimmer am unteren Ende. Die zwei oberen Schwingen waren schlanker als die breiten, von blauen Adern durchzogenen unteren. Die Libelle sah aus wie ein Wesen aus einer helleren, leuchtenderen

Welt. Als hätte die Natur uns zeigen wollen, was Schönheit bedeutet.

Kein Name stand unter den Tieren geschrieben, wie ich es im Naturkundemuseum gesehen hatte. Emilias Interesse an ihnen schien nicht wissenschaftlicher Art. Sie machte eine ungeduldige Handbewegung von der Leiter zu mir herunter, und ich gab ihr erst Hammer und Nagel, dann den Kasten mit der roten Libelle.

»Weißt du, Noah hat mir ein Päckchen geschickt«, sagte ich jetzt unvermittelt, während sie arbeitete. Der Rhythmus des Hämmerns stockte, wurde dann wieder aufgenommen.

»Ein Päckchen?«, fragte sie. Ihre Stimme klang zu hoch. Ich musterte sie, konnte aber ihren Gesichtsausdruck nicht lesen. War das Eifersucht? Erstaunt schien sie jedenfalls nicht zu sein.

»Ja, er hat mir einen von den ungeliebten Gegenständen geschickt, die er immer gesammelt hat.« Ich brauchte ihr nicht zu erklären, worum es sich dabei handelte.

»Oh? Und was war es?«, fragte sie und sah zu mir herab.

»Ein Porzellanschwan, er gehörte der Meyer-Rudloff«, sagte ich.

Emilia starrte mich an, dann brach sie in so heftiges Lachen aus, dass ihr fast der Hammer aus der Hand fiel und ich die Leiter festhalten musste. Ich spürte die Irritation in mir hochsteigen, die so viele Begegnungen mit Emilia prägte.

»Was ist daran so komisch?«, fuhr ich auf und sagte dann in etwas ruhigerem Ton: »Sie wusste nichts über seinen Aufenthaltsort, und eine Absenderadresse hat er natürlich auch nicht angegeben. Was soll dieses ganze Spiel, weißt du etwas darüber?«

Sie musste sich an der Wand abstützen, bis der Lachanfall vorüber war, während ich die Zähne zusammenbiss und mich zusammenreißen musste, um sie nicht von der Leiter zu schütteln wie einen faulen Apfel vom Baum. Sie sah zu mir herunter, ihre Augen dunkel im Licht des Flurs.

»Das sieht ihm ähnlich«, sagte sie. »Er war schon immer mehr auf die hässlichen Dinge des Lebens konzentriert, während ich mich eher dem Schönen zuwende.« Mit einem Kopfnicken deutete sie auf die Libellenkästen an der Wand. Wie immer eine kryptische Antwort, die in keiner Weise hilfreich war. Warum versuchte ich es überhaupt bei ihr? Mir fiel noch etwas ein.

»Woher weiß er eigentlich, dass ich gerade hier bin?«, fragte ich sie misstrauisch. »Das Paket war hierher adressiert.«

Sie zuckte mit den Schultern. »Woher soll ich das wissen? Wenn ich seine Gedanken lesen könnte, dann hätte ich ihn wohl schon längst ausfindig gemacht.«

Ich schüttelte den Kopf, ließ die Leiter los und trat zurück. Kalte Wut hatte sich in meinem Magen eingenistet. »Ich gebe der ganzen Sache noch eine Woche, Emilia, dann bin ich weg. Was immer mit Noah los ist, er scheint jedenfalls nicht in ernsthafter Gefahr zu sein, wenn er mir Pakete schicken kann. Und eins noch: Ich mache das ganz sicher nicht für dich. Wir sind keine Freundinnen mehr, und so wie du dich verhältst, bin ich mir nicht sicher, dass wir es je waren.«

Ich drehte mich um und ging Richtung Treppe, um in mein Zimmer zurückzukehren und mir Gedanken darüber zu machen, was hier eigentlich alles schieflief.

Emilias Stimme stoppte mich, bevor ich den Fuß auf die erste Stufe gesetzt hatte. »Warte. Sophie?« Ihre Stimme klang dünn, aber ich hielt mich an der Wut fest, als ich mich zu ihr umdrehte. Ich wollte nicht schon wieder den Fehler machen und auf ihre Masche hereinfallen. Ich wartete, sagte nichts. Sie stand auf der Leiter und sah im Gegenlicht der Flurlampe verloren aus, sämtliche Körperspannung schien gewichen.

»Es … es tut mir leid. Ich weiß manchmal auch nicht, warum ich die Sachen sage, die ich sage. Ich habe wirklich keine Ahnung, woher Noah weiß, dass du hier bist. Ich … ich hätte dir auch nicht geschrieben, wenn ich nicht wirklich denken würde, dass er in Schwierigkeiten steckt. Er hat von dir gesprochen in der Woche …« Sie stockte, fuhr dann fort: »In der Woche vor dem Unfall unserer Eltern. Dass es der größte Fehler seines Lebens war, dich zu verlassen.«

Ich starrte sie an. »Und das sagst du mir jetzt? Gerade, als ich die Sache fast hinschmeißen wollte? Es tut mir leid, aber ich glaube schon lange nichts mehr, was aus deinem Mund kommt«, sagte ich kalt.

Damit wandte ich mich um und ging die Treppe hinauf, meine Hände krampften schmerzhaft um das Geländer. So fest ich konnte, hielt ich mich an der Wut in meinem Inneren fest, damit keine andere Emotion hochkommen konnte.

Emilia war schön und schimmernd wie ihre Libellen, aber sie teilte auch die Raubtiernatur mit ihren Lieblingsinsekten. Ich würde mich nicht länger von ihr benutzen und manipulieren lassen. Wenn ich Noah gefunden hatte, wollte ich diesen Ort ein für alle Mal hinter mir lassen und nichts mehr mit Emilia zu tun haben.

KAPITEL 11

Die erwachsene Großlibelle lebt nur wenige Wochen

10 Jahre zuvor

Dass Noah wieder den Unterricht schwänzte, war nicht, was mich beunruhigte. Ich verließ das Schulgelände nach der dritten Stunde und verschwand schnell in einer der Nebenstraßen, damit man mich aus den Fenstern nicht sehen konnte. Ich machte mir keine Illusionen darüber, dass mein Fehlen unentdeckt bleiben würde. Aber anders als Noah hatte ich so wenige Fehlstunden, dass ich mir keine Sorgen machen musste. Und selbst wenn die Schule bei mir zu Hause anrief, konnte ich sicher sein, dass meine in letzter Zeit so lethargische Mutter nichts darauf zu sagen wüsste.

Ich grub meine Hände in die Taschen des Parkas, während ich auf den Bus wartete. Der Oktober hatte gerade begonnen, und es war kühl geworden. Die Herbstferien standen bevor, und Emilias und Noahs schlechte Stimmung hatte wohl mit der Tatsache zu tun, dass ihre Eltern mit ihnen verreisen wollten. Andere hätten sich vielleicht auf den Urlaub an der Côte d'Azur gefreut, aber mit Natalia und Robert zwei Wochen am Stück zu verbringen, hätte jeden zum Schaudern gebracht, der sie näher kannte. Auch ich freute mich ganz und gar nicht auf die Ferien und die Aussicht, zwei Wochen alleine in einer Bibliothek zu hocken, während meine Eltern zu Hause leise stritten. Einen gemeinsamen Urlaub hatten wir uns in den vergangenen zwei Jahren nicht leisten können.

Noah war in der letzten Woche so übellaunig gewesen, dass er seine Wut an mehreren Klassenkameraden ausgelassen und sie wegen Nichtigkeiten verbal fertiggemacht hatte, dabei immer ein arrogantes Lächeln auf den Lippen. Aufmerksam wie er war, konnte er genau die Schwachstellen ausfindig machen, die jemand sorgsam zu verbergen suchte. Als er schließlich seine Aggression gegen mich gerichtet hatte, die Augen von einem kalten Funkeln erfüllt, das schwer zu ertragen war, wusste ich, dass etwas ganz und gar nicht stimmte.

Heute Morgen war er dann nach der ersten Stunde aus dem Unterricht verschwunden. Ich hatte ihm Zeit gegeben, sich zu beruhigen und zurückzukommen, aber jetzt machte ich mir langsam wirklich Sorgen, denn eine Klassenarbeit hatte er bisher noch nie geschwänzt. Seine Taktik war normalerweise, gerade genug für die Schule zu tun, um unter dem Radar der Lehrerinnen zu bleiben, sodass sie seine Eltern nicht auf den Plan riefen – außer, er wollte genau das nutzen, um sie zu ärgern. Das konnte jetzt natürlich auch der Fall ein, aber ich hatte eine leise Ahnung, dass es um etwas anderes ging, ebenso wie ich eine Vermutung hatte, wo Noah steckte.

Ich musste mehrfach umsteigen, brauchte fast eine Stunde und hatte dann einen längeren Fußweg vor mir, bis ich endlich auf der Brücke ankam. Die Autos rauschten mehrspurig an mir vorbei, während ich stoisch den abgetrennten Gehweg entlanglief. Der Wind erfasste mich und drückte sich gegen mich, als wollte er mich zurückschicken. Mit aller Kraft musste ich mich gegen die Böen stemmen, während ich die endlos lang erscheinende Brücke entlangging. Ich hatte die Schultern hochgezogen und den Kopf gesenkt, sodass ich die Gestalt im schwarzen Mantel vor mir erst sah, als ich nur noch knapp fünfzig Meter entfernt war. Noah hatte den Kragen seiner Jacke hochgeschlagen und stand regungslos am Geländer, den Blick aufs Wasser und die Bögen der Eisenbahnbrücke gerichtet, die man von hier aus sehen konnte. Es war ein merkwürdiger Lieblingsplatz, vor allem an einem Tag wie diesem, wo der graue Himmel und das dunkle Wasser der Elbe kaum einen Kontrast zum Grauton der Metallkonstruktionen boten. Neben mir rasten die Autos vorbei, sodass er mich nicht näher kommen hörte und ich Zeit hatte, ihn zu mustern. Er hatte die Hände auf das rote Geländer gelegt und hielt den Rücken sehr gerade. Das blonde Haar, hell und durchscheinend wie feiner Sand, wurde vom Wind zerzaust, ein Ohr freigelegt. Sein wie so oft zu einer strengen Linie verzogener Mund und sein fein geschnittener Wangenknochen versteckten sich halb im Mantelkragen.

Herz eines Kindes, Willen eines Narren, kam es mir in den Sinn.

Ich näherte mich langsam, bis ich die Spannung in seinen Schultern sehen konnte. Wortlos stellte ich mich neben ihn ans Geländer, legte die Finger darauf und versuchte, angesichts der Kälte des Metalls unter meinen Händen nicht zu erschaudern. Dass er meine Anwesenheit längst gespürt hatte, merkte ich daran, dass sich seine Haltung nicht veränderte, als ich nun neben ihm stand.

So verharrten wir eine Weile. Keiner von uns sprach. Ich ließ meinen Blick über die Bögen und Querstreben der Eisenbahnbrücke schweifen, die schlanken eisernen Adern einer Konstruktion, in der Schönheit und Funktionalität sich nicht auszuschließen schienen.

Mir gefielen die Opulenz und Pracht von alten Industriebauten, von Backsteinpalästen für Warengüter, von schmiedeeisernen Gittern, Brücken und Geländern, die stolz den Reichtum und die

Macht der Besitzer verkündeten. Architektur war wie eine lebende Geschichte der Stadt, in der alles übereinander geschrieben stand, das alte Geld, die Seefahrt, der Hochmut, die Zerstörung und der Wiederaufbau. Auch ohne viel darüber zu wissen, gefiel mir die Vorstellung, am Gesicht der Stadt etwas über die zahllosen darin gelebten Leben ablesen zu können. Als würden die Geister der Vergangenheit die Gegenwart nie verlassen, als müsste man nur die Hand ausstrecken, um sie zu berühren.

Neben mir legte Noah seine Hand an meine, sodass sich unsere kleinen Finger sachte, wie zufällig berührten. Ich wusste, das war der einzige Trost, den er zulassen würde.

Er lehnte sich vor, den Oberköper gegen das Geländer gestemmt.

»Was meinst du, Sophie, würde man einen Sprung von hier überleben?«, fragte er.

Ich sah nach unten in den blaugrauen Fluss, dessen Wellen unruhig gegen die Brückenpfosten klatschten. Wenn er in dieser Stimmung war, war es schwer, mit ihm zu reden.

»Die Distanz allein in jedem Fall, würde ich sagen. Die Frage ist eher, wie kalt das Wasser ist und wie schnell einen die Kleidung nach unten zieht«, sagte ich. »Wenn du ganz sichergehen willst, dann musst du dir Backsteine an die Füße binden.«

Es sah zu mir rüber und lächelte. Ich wusste, dass es ihm gefiel, wenn ich solche Dinge sagte, statt zu versuchen, ein vernünftiges Gespräch mit ihm zu führen. Seine Schultern entspannten sich etwas.

»Die Köhlbrandbrücke wäre sicher die bessere Wahl«, sagte er. »Aber ich mag den Ausblick von hier.«

»Ja, wobei zwei Leute auch von da den Sprung überlebt haben. Was meinst du, was das mit dem Körper anstellt?«, sagte ich.

Er seufzte. »Nichts Schönes.«

Ich wusste, dass es für ihn nur ein Spiel war, dass er viel zu arrogant und selbstsicher und nicht willensstark genug für einen Sprung war, den er aller Wahrscheinlichkeit nach sowieso überleben würde. Trotzdem schlug mein Herz schnell in meiner Brust. Es passte zu ihm, dass er die Dramatik mochte, dass es ihm gefiel, mir Angst einzujagen, während er mit beiden Beinen fest auf dem Boden stand.

»Aber du würdest doch nie gehen, ohne einen Brief zu hinterlassen«, sagte ich leichthin, um mir nichts anmerken zu lassen. »Er würde in etwa lauten:

›Die Welt ist viel zu langweilig für mich,
außerdem ist meine Bleistiftmine abgebrochen.
Auch wenn ich vor euch gehe,
am Ende seid ihr die Deppen.‹«

Er wandte sich zu mir um, musterte mich einen Moment lang perplex und fing dann an zu lachen. Ich erlaubte mir ein zufriedenes Grinsen, weil ich ihn aus seiner selbstmitleidigen Unnahbarkeit gerissen hatte.

»Sophie, dein Gehirn möchte ich haben«, sagte er amüsiert. Seine Augen funkelten, und seine Schönheit traf mich unvermittelt wie ein Pfeil ins Herz. Dieser Junge war zu schön zum Sterben und zu töricht, um daraus das Beste zu machen.

Der Wind griff mit seinen kalten Fingern unter meinen Parka und drückte mich gegen das rote Geländer, ich fröstelte und rückte unwillkürlich näher an Noah heran.

»Hier, zieh meine Handschuhe an«, sagte er, kramte in seiner Manteltasche und reichte mir ein Paar feine schwarze Lederhandschuhe. Ich streifte sie über und folgte mit dem Blick einem vorbeifahrenden Zug auf der gegenüberliegenden Brücke.

»Vielleicht solltest du dir Alternativen überlegen«, sagte ich. »Statt deinen finsteren Gedanken nachzuhängen, könntest du anderen das Leben weiter zur Hölle machen, auswandern oder ein Schüler-Start-up gründen. Jetzt, wo du wieder Single bist und Zeit hast.«

Seine Hände umklammerten fester das Geländer, sodass seine Knöchel weiß unter seiner ohnehin schon zu hellen Haut hervorschienen. Das verriet mir, dass ich richtig lag: Veronika hatte sich von ihm getrennt.

»Was ich zu dir gesagt habe, war nicht so gemeint, Sophie«, sagte er.

Gestern hatte er mir gesagt, dass mein Wunsch, so unauffällig und unkompliziert wie möglich zu sein, allein daher rührte, dass ich Angst hätte, jemand könnte mich durchschauen. Ich sei ein Mauerblümchen aus Verlangen. Es stimmte zwar nicht, dass er das nicht so gemeint hatte, aber ich nickte. Wenn Noah wütend war, setzte er die Wahrheit als Waffe ein, um zu verletzen. Niemand war ihm in diesen Momenten gewachsen, in denen sein Gesicht sich zu einer kalten Maske der Verachtung verzog.

»Was war es diesmal?«, fragte ich. »Hast du nicht schnell genug auf ihre letzte Nachricht reagiert? Hat sie dich knutschend mit ihrer Schwester erwischt? Oder war sie einfach deine ständigen Stimmungswechsel leid?«

»Ich sehe, du hast mir noch nicht verziehen«, sagte er trocken.

Ich lächelte ein wenig verkrampft und blickte auf seine schwarzen Handschuhe, die meine Finger vor der beißenden Kälte des Metalls darunter schützten, während in der Ferne ein weiterer Güterzug entlangratterte.

»Du weißt immer, wo du mich finden kannst. Wie kommt das?«, fragte er nach einer Pause.

»Du bist nicht so geheimnisvoll, wie du gerne denkst«, sagte ich ein bisschen selbstgefällig. Natürlich würde ich nicht zugeben, dass ich es mir schon lange zur Aufgabe gemacht hatte, jede seiner Regungen zu verstehen, den Zug seiner Schultern und das Blitzen in seinen Augen zu interpretieren. Zu viel Aufmerksamkeit tat ihm nicht gut.

Das hatte ich im letzten Jahr anhand der Schicksale seiner ständig wechselnden Freundinnen gemerkt: Je mehr sie sich für ihn interessierten, je mehr sie sich auf ihn fokussierten, desto mehr entzog er sich ihnen. Veronika war nur die Letzte in einer Reihe von enttäuschten Schönheiten, die den Fehler begangen hatte, Noah zu schnell zu nahe kommen zu wollen. Dabei hatte keine von ihnen verstanden, dass man sich, um Noah nahe zu sein, auf einen ständigen Tanz voller Ausfallschritte und Drehungen einlassen musste. Dass der Moment, in dem man den verletzlichen Zug um seinen Mund sehen konnte, der war, in dem er einen zurückstoßen würde. Dass Nähe zu ihm bedeutete, ihn zum Selbstschutz auf Armlänge zu halten. So war es mir immerhin gelungen, seine beste Freundin zu bleiben über all die Jahre, die ich ihn begehrte.

»Stimmt, dich konnte ich noch nie über meine letztlich langweilige und grundlos eingebildete Natur hinwegtrügen«, sagte er, die Belustigung in seiner Stimme ein sanfter Strom, der an mir zog.

Ich wollte ihm gerne verzeihen, wusste aber noch nicht genau, ob meine Selbstachtung das schon erlauben würde. Wenn er sich so kindisch verhielt, machte er mich gleichzeitig wahnsinnig und wahnsinnig traurig.

»Immerhin kannst du jetzt den Familienurlaub nutzen, um Veronika mit Fotos von dir am Strand mit verschiedenen Strandschönheiten angemessen eifersüchtig zu machen.« Ich lächelte.

»Gut, dass du kein Facebook hast«, erwiderte er sanft.

Mein Blick schnappte zu ihm nach oben, aber das Lachen in seinen Augen war so weich wie seine Stimme.

»Lass uns nach Hause gehen, Sophie«, sagte er, und wir machten uns auf den langen Weg von der Brücke und durch den grauen Nachmittag zurück.

KAPITEL 12

Es gibt unter den Großlibellen auch Wanderarten

Der Leihwagen ruckelte über den Feldweg, und ich wurde mir mit jedem Meter sicherer, dass ich mich verfahren haben musste. Hier konnte niemand wohnen, hier gab es keine Häuser mehr.

Das Birkenwäldchen, durch das ich gerade gefahren war, machte einer Wiese Platz, deren hohes Gras nie gemäht worden war, die goldenen Halme bogen sich in der sanften Abendbrise. Das Licht lag strahlend auf dem Feld, Grün und Gelb leuchteten in der orangefarbenen Abendsonne. Manuel hatte recht behalten, es war noch einmal ungewöhnlich warm geworden an diesem Wochenende, so warm wie an einem späten goldenen Sommertag. Indian Summer, dachte ich, während ich die bunt leuchtenden Blätter des nächsten Wäldchens betrachtete, Rot, Braun, Gelb, Orange und Grün bildeten ein betörendes Mosaik. Es war wunderschön hier, wo auch immer »hier« war.

Im Schritttempo schlich ich mit dem Wagen vorwärts, voller Angst, den Unterboden des Mini durch die Grasnarbe in der Mitte des Weges zu ruinieren. Unter den Reifen knirschten die Steine und der Staub der tiefen Rillen, die zahlreiche Fahrten eines Traktors oder Geländewagens hinterlassen haben mussten. Wenn ich hier stecken blieb, dann musste ich den ADAC rufen und erklären, warum ich einen Car-Sharing-Wagen in den Wald entführt hatte. Wenden war durch die zwei tiefen Gräben rechts und links des Weges ausgeschlossen, und so blieb mir nichts anders übrig, als erst einmal weiterzufahren und zu hoffen, dass der Pfad nicht in einer Sackgasse endete.

Als ich um die nächste Biegung geschlichen war, tauchte vor mir am Rande des Wäldchens plötzlich ein roter Wohnwagen auf. Ich lachte ungläubig auf, als ein Blick auf die Wegbeschreibung auf meinem Handy mir bestätigte, dass dies mein Ziel war. In diesem Moment sah ich eine Gestalt die Stufen des Wohnwagens herunterspringen und einen Klappstuhl heraustragen. Mit etwas Abstand stellte er ihn neben den bereits vorhandenen Stuhl vor einer Feuerstelle, in der ein Lagerfeuer brannte. Manuel blickte auf und begrüßte mich mit einem Winken. Ich überbrückte die letzten hundert Meter und parkte neben seinem Fiat auf der Wiese.

Aus dem Kofferraum holte ich ein Sixpack Bier, das ich kurz zuvor an der Tankstelle gekauft hatte, und machte mich mit einem Grinsen im Gesicht auf zur Feuerstelle.

Manuel musterte mich, während ich näher kam.

»Hier wohnst du also«, sagte ich mit einem Unglauben in der Stimme, den ich nicht ganz verbergen konnte. Dieser Ort passte sehr gut zu Manuel, war aber so unerwartet, dass ich kurz stehen blieb und mich neugierig umschaute. Der rote Wohnwagen war erstaunlich groß und hatte zwei Fenster, die mit gelben Gardinen verhangen waren. Vor dem Wagen hatte Manuel mehrere Beete angelegt, aus denen die Köpfe hoch gewachsener Sonnenblumen hervorragten und in denen allerlei Kräuter und Pflanzen wuchsen, die ich für Gemüse hielt. Kurz hinter dem Wohnwagen lag das in der Herbstsonne bunt strahlende Wäldchen, dessen Unterholz durch die hineindringenden Lichtstrahlen leuchtete. Zwischen einer imposanten Buche mit ausladenden Zweigen und einem weiteren Baum war eine Hängematte aufgespannt.

Mein Blick fiel auf die knisternden Flammen in der von großen Steinen umringten Feuerstelle, über der ein dreifüßiges Grillgestell hing. Der Platz des blauen Campingstuhls daneben, dessen ins Gras eingewachsene Metallbügel davon zeugten, dass er schon eine ganze Weile dort stand, war gut gewählt, mit dem Wohnwagen im Rücken, dem Wald zur Rechten und den Blick über die sanft abfallende Wiese auf der anderen Seite des Weges und den Waldesrand dahinter gerichtet.

Ich wandte mich wieder Manuel zu, der mit einer Hand auf der Rückenlehne des blauen Campingstuhls dastand und mich ansah.

»Was für ein fantastischer Wohnort«, sagte ich mit unverhohlener Begeisterung in der Stimme.

Seine Schultern entspannten sich, und mir wurde bewusst, dass er mein Urteil abgewartet hatte.

»Ich war mir nicht sicher, ob du noch etwas essen möchtest, aber ich dachte, ich mache ein Feuer für den Fall, dass der Abend kühler wird«, sagte er.

»Wenn du mir gesagt hättest, dass du grillen willst, hätte ich nicht nur Bier mitgebracht«, sagte ich und hielt das Sixpack hoch.

»Das ist beim Grillen ja das Wichtigste, wenn man den einschlägigen Foren zum Thema vertrauen kann«, sagte er, und wir grinsten uns an.

»Setz dich.« Er wies mit einer Handbewegung auf die beiden Stühle. »Das Bier kannst du in die Kühlbox stellen.«

Ich tat, wie mir geheißen, und wählte den roten Klappstuhl aus, da der blaue Campingstuhl so klar Manuels gewohnter Platz war. Ich fragte mich, ob er hier manchmal saß und Gitarre spielte. Er hatte in der Schulzeit mal eine Band gehabt, aber ich wusste nicht, ob er jetzt überhaupt noch ein Instrument besaß.

Während er mariniertes Gemüse und Fleisch auf den Grill legte, unterhielten wir uns über dies und das, nichts von Belang, aber alles von warmem Interesse durchzogen. Das Gespräch plätscherte angenehm dahin, seine oft ungewöhnlichen Bemerkungen brachten mich mehr als einmal zum Lachen, während er meine schnellen Repliken und den Humor meiner Geschichten mit breitem Grinsen und funkelndem Blick quittierte. Meine Augen folgten Manuels Bewegungen oder glitten über die in der Abendsonne strahlenden Gräser und Halme am Wegesrand. Das Knistern des Feuers, das meine Schienbeine wärmte, und der Gesang der Vögel die einzigen Geräusche neben unseren Stimmen. Es war so friedlich und schön, dass die Ruhe auch in mir Einzug hielt. Ich war mir nicht sicher gewesen, was ich von seinem Vorschlag, zusammen ein Bier zu trinken, zu erwarten gehabt hatte. So gut kannten wir uns nicht, um es wie eine selbstverständliche Einladung erscheinen zu lassen. Aber jetzt genoss ich die letzten warmen Sonnenstrahlen auf meinen nackten Armen, lauschte seinen Geschichten über hartnäckig eingehende Tomatensträucher und Rehe, die Gemüseknospen abknabberten, erzählte selbst von verrückten Professorinnen und ungewöhnlichen Bauten, die mich seit meinem Studium fasziniert hatten – und fühlte mich so zufrieden wie schon lange nicht mehr.

Irgendwann stellte ich meinen zum zweiten Mal geleerten Teller neben mich ins Gras und rieb mir über meinen Bauch, der über der Jeans spannte.

»Das war wirklich ausgezeichnet«, sagte ich zufrieden seufzend.

Inzwischen war es dunkel geworden, und ich hatte meinen Mantel übergezogen, aber das von Manuel kontinuierlich mit Ästen und Baumstücken gefütterte Feuer wärmte mich von vorne.

Ich griff nach der zweiten Bierflasche auf dem Baumstumpf zwischen unseren Stühlen, der als Tisch fungierte, und nahm einen tiefen Zug.

»Freut mich«, sagte Manuel und lächelte mich offen an. Im Licht des Feuers, das seine Gesichtszüge stärker hervortreten ließ, wirkten seine braunen Augen sehr dunkel. Ein merkwürdiges Gefühl breitete sich in mir aus.

Überrumpelt wandte ich mich ab und starrte in die Dunkelheit des Feldes hinter dem Feuerschein.

»Wie kommt es eigentlich, dass du hier wohnst?«, fragte ich schließlich, um meine seltsame Stimmung zu überspielen. Das schien ein Fehler, denn als ich zu ihm aufblickte, hatte sein Gesicht einen verschlossenen Zug angenommen. Er starrte ins Feuer, drehte die Bierflasche in seinen Händen unbewusst hin und her.

»Tut mir leid«, sagte ich sofort. »Ich wollte dir nicht zu nahe treten.«

Er blickte auf und schenkte mir ein kurzes, etwas abwesendes Lächeln. »Schon gut, das ist es nicht. Du kannst mich gerne fragen, was du möchtest. Es ist nur einfach keine angenehme Erinnerung.«

Ich wusste nicht, was ich dazu sagen sollte, Manuels plötzliche Offenheit überraschte mich.

»Du erinnerst dich vielleicht nicht mehr daran, aber ich bin ja kurz vor dem Abitur von der Schule abgegangen«, fuhr er fort.

»Doch, das weiß ich noch«, sagte ich sanft. Er war zuerst von der Stufe über mir in unsere gewechselt und hatte das Gymnasium schließlich nach der zwölften Klasse verlassen. Es schien ihm schwerzufallen, diese Geschichte zu erzählen, zumindest setzte er weit vorne an.

»Eine Weile wusste ich nicht, was ich machen sollte. Ich begann eine Ausbildung zum Elektriker, die ich wieder abbrach. Dann lernte ich jemanden kennen.«

Ich knibbelte mit dem Daumennagel am Etikett meiner Bierflasche. Irgendwie hatte ich mir schon gedacht, dass seine Geschichte diese Richtung nehmen würde.

»Katharina ist … Sie ist ungewöhnlich. Die wahrscheinlich willensstärkste, feurigste und eigensinnigste Person, die ich kenne. Sie hat wegen einer Verletzung ihre Ausbildung zur Balletttänzerin an einer der renommiertesten russischen Schulen abbrechen müssen. Stattdessen wurde sie Akrobatin und fand eine Anstellung in einem Zirkus, als ihre Eltern die Karriere nicht weiter unterstützen wollten.«

Er machte eine Pause. Ich schwieg und blickte in die tanzenden Flammen, das Knistern des Feuers füllte die Stille zwischen uns.

»Eine Weile war es wunderbar, wild und aufregend. Ich folgte ihrem Zirkus und wurde ein Teil der Truppe.« Überrascht sah ich ihn an. »Nicht als jemand, der auftrat«, sagte er schnell und mit einem kleinen Lächeln. »Ich war ein bisschen das Mädchen für alles, half beim Aufbau der Zelte und der Manege, reparierte, was anfiel, lernte Kabel verlegen und die Beleuchtung zu machen. Außerdem kümmerte ich mich um das Organisatorische und die Finanzen.«

Das musste ich erst mal verdauen. Es überraschte mich weniger, dass dieser Mann mit den geschickten Händen und intelligenten Augen ein fähiger Arbeiter war und alles lernen konnte, von der Beleuchtungstechnik bis hin zur Finanzkalkulation. Auch, dass er mit seiner ruhigen, freundlichen und achtsamen Art Teil einer sicher recht eingeschworenen Gemeinschaft geworden war, konnte ich mir gut vorstellen. Aber ein Zirkus war einfach so ein ungewöhnlicher und geradezu fantastischer Arbeitsort, ein bisschen wie aus einem Märchen. Ich versuchte ihn mir zwischen all den schillernden Gestalten vorzustellen, von Ort zu Ort ziehend, von der Hand in den Mund lebend. Irgendwie fiel es mir schwer, ihn mir so entwurzelt zu denken.

»Das hättest du sicher nicht gedacht, oder?«, echote er meine Gedanken, auf seinem Mund ein halbes Lächeln.

»Nein«, sagte ich ehrlich.

Er nahm einen tiefen Schluck aus seiner Flasche.

»Und was ist dann passiert?«, fragte ich. Meine Neugier war geweckt.

»Das Übliche«, sagte er, die Bitterkeit in seiner Stimme unter einer Spur Ironie vergraben. »Wir begannen uns zu streiten. Katharina wollte Kinder, ich wollte erst mal ein geregelteres Leben. Sie konnte … haltlos sein, unvorsichtig und sorglos. Ich wollte nicht, dass meine Kinder eine Mutter haben, die es fertigbringt, in einem Anflug von Wut betrunken auf ein Trapez zu steigen.«

»Verständlich«, sagte ich.

Er warf mir einen Seitenblick zu. »Ich wollte, dass sie sich ändert, sie wollte, dass ich sie so akzeptiere, wie sie ist. Schließlich geschah, was geschehen musste. Sie betrog mich mit einem Akrobaten und brannte mit ihm durch. Da war sie schon im dritten Monat schwanger und sagte mir, das Kind sei von ihm.«

Ich schluckte, etwas Düsteres sank in meinen Magen und regte sich schmerzhaft. Was für eine fürchterliche Geschichte. Ich wünschte mir, jemand hätte Manuel vor einem solchen Verrat beschützen können.

»Es tut mir leid«, sagte ich leise.

Er öffnete zwei weitere Bierflaschen und reichte mir eine. Ich hatte gar nicht gemerkt, dass ich meine geleert hatte.

»Es braucht dir nicht leid zu tun, Sophie«, sagte er schließlich etwas zögerlich. »Du kannst ja nichts dafür.«

Ein paar Schlucke tranken wir schweigend und starrten ins Feuer, dessen hypnotische Kraft meinen Blick auffing, auch wenn ich gerne in diesem Augenblick Manuel angesehen hätte. Aber die Stimmung zwischen uns hatte sich verändert, und nach diesen

Worten schien es mir, als würde ich in seine Privatsphäre eindringen, wenn ich ihn anblickte.

Er holte etwas aus seiner Hosentasche, und ich erkannte erst nach einem Blinzeln, dass er mir sein Schlüsselbund hinhielt. Ich nahm es in die Hand, fuhr mit dem Daumen über die pinke Ballerina, den Schlüsselanhänger, den ich mir jetzt erklären konnte.

Er räusperte sich. »Das ist das Einzige, was sie mir hinterlassen hat. Als sie mir sagte, dass sie von einem anderen Mann schwanger ist und mit ihm weggeht, war mir, als würden Decke und Wände des Wohnwagen mich unter sich begraben, meine Rippen zerquetschen. Ich bekam keine Luft mehr.«

Der Klang seiner Stimme raubte mir den Atem.

»Einfach keine Luft mehr«, wiederholte er leise.

Ich streckte die Hand aus und schloss sie um seine Finger, die sich krampfhaft um seine Flasche spannten. Überrascht sah er auf unsere Hände und dann in mein Gesicht, in seinen Augen neben dem Schmerz ein weiteres Gefühl, dass ich nicht lesen konnte.

»Du redest nicht schlecht über sie, nach allem, was sie dir angetan hat«, sagte ich nach einer Weile vorsichtig.

Er lachte bitter. »Was würde das bringen? An so einer Situation sind ja immer beide schuld.«

»Das hört sich nicht so an«, sagte ich.

»Das ist natürlich leicht zu sagen, so lange du ihre Seite nicht gehört hast.«

Es berührte mich seltsam, dass er sie immer noch verteidigte. Seine Loyalität schmerzte, obwohl ich nicht sagen konnte, warum.

Er sah zu mir auf. »Tut mir leid, du wolltest wahrscheinlich nicht die ganze schmutzige Geschichte hören, als du nach diesem Ort hier gefragt hast.«

Ich verstand das als Rückzug und zog meine Hand weg. »Ich hätte jedenfalls nie erraten, dass dein Wohnwagen tatsächlich aus einem Zirkus stammt«, sagte ich leichthin, um die Stimmung zu heben. »Hast du ihn selbst gestrichen?«

»Nein, die rote Farbe stammt von seinem Vorbesitzer, einem traurigen Clown«, sagte er im gleichen leicht scherzhaften Tonfall, und wir lächelten uns an, obwohl seine Worte eine dunkle, schmerzhafte Seite hatten.

Der Feuerschein tanzte auf seinen Zügen. Seine in der Dunkelheit geweiteten Pupillen sogen mich auf.

»Nachdem sie weg war, bin ich noch ein paar Wochen mit dem Zirkus weitergezogen. Aber die ständigen Ortswechsel, die ich vorher so geliebt hatte, kamen mir falsch vor. Ich kam hierher, eigentlich nur, um zu überwintern und dann weiterzuziehen. Dieses Stück Land gehört meinem Vater.« Er streckte den Arm aus und zog einen weiten Kreis in die Dunkelheit, der die Wiese und den Waldrand einschloss. »Also hatte ich die Wahl, hier meinen Wohnwagen hinzustellen oder zu meinem Vater zurückzuziehen. Da der mich aber in kürzester Zeit mit einer meiner zahlreichen entfernt verwandten italienischen Cousinen zu verkuppeln versucht hätte, entschied ich mich hierfür. Und bin ein Jahr später immer noch da.«

»Und wie ist es hier im Winter?«, fragte ich.

»Kalt«, sagte er. Sein Blick wich meinem nicht aus, und ein langsames Lächeln kroch in seine Mundwinkel. Ich hielt den Atem an. »Das muss sich für eine promovierte Frau wie dich nach einem komischen Leben anhören«, sagte er schließlich zögernd.

Das brachte mich tatsächlich zum Lachen. »Warum? Weil ich, die Nase ständig im Buch vergraben, über meine eigenen Füße stolpere und außer des Inneren einiger Bibliotheken noch nichts von der Welt gesehen habe?«

Er blinzelte. »So meinte ich das nicht. Ich wollte nicht andeuten, dass du … Ich meinte nicht …«

Ich unterbrach ihn, indem ich eine Hand auf seinen Unterarm legte. Er trug noch keine Jacke, die nackte, warme Haut seines Armes ließ meine Fingerspitzen kribbeln.

»Keine Sorge«, sagte ich lachend. »Ich weiß, dass du das nicht meintest. Aber mal ehrlich, das hört sich nach ein paar großartigen Jahren an, selbst wenn nicht alles gut lief und deine Beziehung so … furchtbar endete. Wenn ich etwas darüber denke, dann, dass ich deinen Mut dafür bewundere, so einen außergewöhnlichen Weg gegangen zu sein. Dir selbst alles angeeignet zu haben, was du brauchst. Dich auf keine vorgezeichnete Laufbahn verlassen zu haben. Dich von nichts und niemandem abhängig gemacht zu haben. Das stelle ich mir sehr frei vor – und manchmal auch sehr einsam.«

Er sah mich an, seine Pupillen verschluckten fast seine Iris, und die Berührung meiner Hand auf seinem Arm verwandelte sich plötzlich in etwas anderes. Die Luft zwischen uns schien aufgeladen wie vor einem Gewitter. Meine Augen huschten zu seinen Lippen, die leicht geöffnet waren.

»Du sagst nie das, was ich erwarte, Sophie.« Seine Stimme klang heiser, und mein Puls beschleunigte sich unwillkürlich. Die Möglichkeit eines Kusses stand mit einem Mal zwischen uns, aber er beugte sich nicht vor. Er beobachtete mich und legte den Kopf leicht schief.

»Das macht es schwer zu sagen, was in dir vorgeht. Gerade jetzt zum Beispiel«, sagte er.

Küss mich. Die Worte lagen mir auf den Lippen, aber ich sprach sie nicht aus.

Abrupt ließ ich meine Hand und meine Augen sinken, trank einen tiefen, zittrigen Schluck aus meiner Flasche und versuchte mich zu beruhigen, indem ich ins Feuer starrte. Was war nur mit mir los? Eigentlich war ich zurückgekommen, um endlich Noah wiederzufinden. Warum brachte dann dieser andere Mann meinen Herzschlag aus dem Takt? Das Schweigen breitete sich zwischen uns aus wie eine Wand. Aber die Berührung hatte etwas verändert, verschoben, greifbar gemacht, was zuvor verborgen gewesen war. Das spürte ich glasklar, wie eine Erkenntnis, die aus tiefem Wasser zu mir hochstieg. Nur wusste ich nicht, was ich mit diesem Wissen anfangen sollte.

»Wahrscheinlich solltest du langsam aufbrechen, es ist schon spät«, sagte er, und ich sah überrascht zu ihm hinüber. Er hatte den Kopf in den Nacken gelegt und betrachtete den Himmel. Über uns funkelten die Sterne in einem violettschwarzen, samtigen Nachthimmel, die Sternenbilder und der weiße Nebel der Milchstraße klar erkennbar.

Ich folgte seinem Blick. Ich hob den Arm und deutete auf den Großen Wagen über uns. »Eigentlich ist das gar kein Wagen«, sagte ich, »sondern Ursa Major, die Große Bärin. Die Nymphe Kallisto, die, weil sie von Zeus vergewaltigt wurde, von dessen Gattin in eine Bärin verwandelt wurde. Zeus versetzte sie dann irgendwann ans Firmament, nachdem sie ihren Sohn, einen Jäger, umarmen wollte und fast von ihm erschossen wurde. Da zeigt sich mal wieder, dass bei den Griechen jede Geschichte um Begehren schrecklich endet.«

Er wandte den Kopf zu mir um, ein seltsamer Zug um den Mund. »Zeus ist ein Monster. Ich weiß überhaupt nicht, warum seine Frau ihm nicht längst den Laufpass gegeben hat.«

»Man kann sich nicht aussuchen, wen man liebt«, sagte ich leichthin.

»Vielleicht nicht, man kann sich aber aussuchen, wie man diejenigen behandelt, die man liebt«, sagte er.

Ich stellte meine halb leere Flasche ab, stand auf und spürte seinen Blick auf mir, während ich meinen Mantel zuknöpfte. Mit einem halben Lächeln wandte ich mich zu ihm um, obwohl mein Herz in meiner Kehle schlug. Ich räusperte mich.

»Danke für den schönen Abend, Manuel. Und danke dafür, dass du mir deine Geschichte anvertraut hast. Keine Sorge, ich werde dein Vertrauen nicht missbrauchen.«

Seine dunklen Augen bohrten sich in meine, die Emotion darin unergründlich.

»Das würde ich auch nie von dir denken, Sophie«, sagte er.

Auf dem Rückweg, während das Auto über den Feldweg holperte, stellte sich das Gefühl ein, dass sich zwischen uns etwas unwiederbringlich verschoben hatte. Und ich wusste nicht, wo diese Wärme in meinem Magen herkam, wenn ich an Manuel in seinem blauen Campingstuhl zurückdachte.

KAPITEL 13

Überwinternde Libellen haben im Frühjahr leuchtend tiefblaue Augen

Diesmal entdeckte ich Emilia im Garten. Ich hatte sie aus dem Fenster erspäht, sie lief über die Terrasse und den Rasen in den hinteren Teil und verschwand zwischen einigen hohen Büschen und Bäumen. Es war ein regnerischer Morgen, das letzte warme Aufbäumen des Sommers am Wochenende war einer Herbstkühle gewichen, die feucht und kalt nach mir griff. Nachts hatte es geregnet, und ich hatte dem leisen, gleichmäßigen Prasseln gelauscht, bis es mich in den Schlaf wiegte. Der Himmel hing tief und grau über uns. Als ich Emilia kurze Zeit später durch das nasse Gras folgte, meinen Mantel gegen die Kühle zugeknöpft, konnte ich sie leise reden hören. Zuerst dachte ich, sie telefoniere, aber als ich die Zweige eines Apfelbaums zur Seite schob, sah ich, dass sie mit Gummistiefeln an einem kleinen Teich hockte und sich auf einem Klemmbrett Notizen machte. Hin und wieder murmelte sie etwas in Richtung des dunklen, brackig aussehenden Wassers. Die Hand im Zweig des Baumes verflochten, blieb ich einen Moment stehen und beobachtete sie, bevor sie mich entdeckte. Ihr schlanker Körper schien in sich zusammengekauert, ihre hastigen Schreibbewegung fast manisch, während die Kleidung, die sie trug, an ihrem Körper schlabberte. Ihr Haar hing ihr lose über die Schultern. So nachlässig angezogen hatte ich sie noch nie gesehen, in einem alten, viel zu weiten grauen Pulli, einer Cargo-Hose und gelben Gummistiefeln, die ich eher mit Schäfern auf dem Norddeich als mit Emilia von Gutenbach in Verbindung brachte.

Der Teich sah nicht aus, als wäre er gerade erst angelegt worden, ich kannte ihn aber nicht von früher. Er maß in etwa fünf Quadratmeter und hatte eine ovale Form. Schilf stand an seinen Rändern neben anderen wasseraffinen Pflanzen, die ich nicht zuordnen konnte. Das Gras und die Büsche in diesem hinteren Teil des Gartens waren nicht gemäht und zurückgeschnitten, daher hatte ich das Gewässer bisher wohl noch nicht von der Terrasse aus erspäht. Ich erinnerte mich daran, dass Manuel erwähnt hatte, Emilia habe ihn damit beauftragt, sich um ihren Libellenteich zu kümmern. Anscheinend gehörte das Beschneiden der Vegetation drum herum nicht dazu.

Ich stapfte durch die hohen vertrockneten Grashalme auf Emilia zu. Durch das Rascheln aufgeschreckt, hob sie den Kopf. Auf ihrem Gesicht erschien ein echtes Lächeln, als sie mich erkannte, und die ungeschützte Spontanität dieses Ausdrucks versetzte mir einen Stich. Emilias Gesicht veränderte sich, ihre grünen Augen leuchteten, ihre kalte Perfektion war aufgebrochen dadurch, dass ihr einer Mundwinkel sich immer in bisschen weiter hob als der andere, wenn sie unbedacht lächelte. Sie sah jünger aus, verletzlicher, echter.

Sie winkte mich heran, und als ich den Mund aufmachen wollte, legte sie einen Finger auf ihre Lippen und signalisierte mir, sich neben sie ins Schilf zu setzen. Ich kam der Aufforderung nach und ließ mich in die Hocke sinken. Die Halme piksten unangenehm und raschelten, als sie meinem Körper weichen mussten, was Emilia zu einem bösen Blick veranlasste, den ich meiner Meinung nach wirklich nicht verdient hatte.

Erneut machte ich den Mund auf und wurde von einer barschen Handbewegung gestoppt. Emilia streckte den Arm aus und zeigte auf einen Teil der Vegetation, der für mich wie der gesamte Rest auch aussah.

Schließlich kniff ich die Augen zusammen und folgte ihrem ungeduldigen Fingerzeig, bis sich das Bild vor meinen Augen in Details schärfte. Die langen, trockenen Schilfhalme, deren sonst so strahlendes Grün einem Herbstgelb gewichen war, beugten ihre Ähren zusammen mit den Zweigen einer Weide über das dunkle Wasser. Auf einem der Halme saß eine Libelle. Ihr Körper war schlank und lang und sah in seinem beigen Braunton ein bisschen aus wie ein vertrockneter Zweig, sodass sie schwer zu entdecken war. Ihre durchsichtigen, schwarz geäderten Flügel waren über ihren Körper gefaltet.

Ich sah zu Emilia und nickte, um zu zeigen, dass ich das Tier gesehen hatte, und sie lächelte glücklich. Dann packte ihre kleine, kalte Hand meine Schulter und zog mich näher an sie heran.

»Du hast wirklich Glück, Sophie«, raunte sie mir ins Ohr. »Es gibt ganz wenige Arten, die in Libellenform und nicht als Larven überwintern, und die verstecken sich meist irgendwo im Unterholz, bis es Frühling wird. Solche Teichjungfernarten kommen sonst eigentlich nur an sonnigen Tagen raus. Ich wüsste gerne, was diese Schönheit hier hervorgelockt hat.«

»Teichjungfern?«, brachte ich hervor.

»Ja, das ist die Familie, zu der diese Winterlibelle hier gehört. Du siehst ja, wie sie ihre Flügel am Körper anlegen kann, das können Großlibellen zumeist nicht.«

Ich löste mich aus ihrem Griff und musterte Emilia aus der Nähe. Ihr Blick lag auf dem Tier, und ihre Begeisterung war echt. Ich versuchte die Puzzleteile in meinem Kopf so umzusortieren, dass es Sinn ergab, dass Emilia echtes Interesse und Expertentum für etwas an den Tag legte – es passte nicht zu der Emilia, die ich von früher kannte. Da hatte sie ihre blitzschnelle, wache Intelligenz vor allem eingesetzt, um sich mit Natalia zu streiten oder in sozialen Situationen mit Nonchalance zu glänzen. Vielleicht waren dies auch die ersten Anzeichen des schleichenden Wahnsinns, der irgendwo in Natalia von Senftenbergs Vorfahrinnen schlummerte, dachte ich und schalt mich sofort für den Gedanken. Streng genommen war Emilia nicht seltsamer als zuvor, vielmehr hatte ich mich weit genug aus der düsteren Märchenwelt der von Gutenbach'schen Realität entfernt, um es nicht mehr normal zu empfinden, was hier vor sich ging. Als hätte ich meine Kindheit abgestreift wie eine Libellenlarve ihre Hülle.

»Emilia«, sagte ich und kramte in meiner Tasche, bis ich den Briefumschlag zutage förderte, der heute Morgen angekommen war, an mich adressiert und ohne Absender.

»Es war ein weiterer Brief von Noah für mich in der Post«, sagte ich. Sie wandte sich zu mir um, unsere Körper so nah, dass unsere Knie fast aneinanderstießen. Sie fixierte mich mit einem Ausdruck, den ich nicht lesen konnte. Ich hielt ihr den Umschlag hin, sie legte das Klemmbrett auf ihren Beinen ab und nahm ihn entgegen. Sie spähte hinein und ließ den kleinen Gegenstand daraus in ihre Hand fallen. Der silberne Schlüssel lag mitten auf ihrer Handfläche, und ich beobachtete ihre Züge, als sie ihn begutachtete.

»Mhh, scheint für ein kleines Schloss zu sein«, sagte sie. »Haben wir so etwas irgendwo im Haus?«

Sie sah zu mir auf, der einzige Ausdruck ihrer grünen Augen mit den goldenen Sprenkeln unverstellte Neugier.

»Das habe ich mich auch gefragt«, sagte ich vorsichtig, ihrer neuen Hilfsbereitschaft nicht ganz trauend. »Fällt dir etwas ein, wozu er passen könnte? Du kennst dich hier besser aus.«

Sie drehte den Schlüssel in ihren Fingern. »Sieht ziemlich alt aus. Hast du mal die Nummer gegoogelt oder den Firmennamen? Dann müsstest du ja ein Bild von dem zugehörigen Schloss finden.«

Das war tatsächlich ein sinnvoller Vorschlag.

»Stimmt. Ich würde jetzt erst mal auf eins dieser altmodischen Vorhängeschlösser tippen, vielleicht hilft die Marke wirklich weiter. Aber hatte Noah denn irgendwo einen Spind oder etwas anderes, was man mit so einem Schloss abschließen würde?«

Sie kniff die Augen zusammen, ihr Blick schien einen Moment abwesend, und sie reichte mir Umschlag samt Schlüssel zurück.

»Nicht, dass ich wüsste. Ein Brief war wahrscheinlich nicht dabei, wie ich mein Bruderherz kenne?«

»Nein.«

»Das wäre auch wirklich zu hilfreich gewesen. Was sollen überhaupt diese ganzen merkwürdigen Hinweise, wenn er alle Brücken hinter sich abbrechen will?«, sagte sie.

Ihre Worte lösten etwas in mir aus, und ein Gedanke stieg wie eine Luftblase aus dem Grund meiner Erinnerung an die Oberfläche.

Ich packte Emilias Hände, die kalt und viel zu klein in meinen lagen, und drückte sie, als sich der Gedanke zu einer Idee entfaltete.

»Emilia, du bist genial!«, sagte ich atemlos, nachdem die Erkenntnis mich wie ein Blitzschlag getroffen hatte. In diesem Moment hätte ich sie umarmen können.

»Was? Was habe ich denn gesagt?«, fragte sie irritiert. Aber ich war schon aufgestanden und lief mit großen Schritten zurück zum Haus.

~

Ich fand Manuel im Geräteschuppen. Ich klopfte an die offen stehende Tür und wartete.

Manuel kam heraus, und der Ausdruck leichter Irritation verwandelte sich in ein strahlendes Lächeln, als er mich sah. In meinem Magen breitete sich eine unangemessene Wärme als Antwort darauf aus, und ich konnte nur zurücklächeln. Er lehnte im Türrahmen und verschränkte die Arme vor der Brust, die mit Arbeitshandschuhen versehenen Hände verschwanden in seinen Armbeugen.

»Sophie, schön, dich zu sehen«, sagte er etwas heiser und räusperte sich.

»Ist etwas passiert?«, fügte er hinzu, und ich konnte die leichte Verwunderung über meinen wohl sehr begeisterten Gesichtsausdruck heraushören.

Triumphierend hielt ich den Schlüssel in die Höhe, und sein Lächeln erstarb.

»Ah«, sagte er, sein Ton neutral. »Ein weiterer Hinweis von Noah?«

»Genau.« Ich strahlte. Dann musterte ich ihn eingehender. Etwas war anders. Das Karo-Arbeitshemd und die ausgebeulte Jeans waren es nicht. Vielleicht war es etwas in der Haltung seiner Schultern, im Zug um seinen Mund. Darin lag eine Vorsicht, die ich zuvor nicht bemerkt hatte und die im Gegensatz zu seiner sonstigen entspannten Offenheit stand.

Ich runzelte die Stirn. »Stimmt etwas nicht?«, fragte ich.

Einen Moment sah er mich an, Niedergeschlagenheit blitzte in seinem Antlitz auf, verschwand aber sofort wieder. Er seufzte und ließ die Arme sinken.

»Ich nehme an, du brauchst noch mal das Auto?«, fragte er ruhig.

»Nicht direkt«, sagte ich. »Mein Car-Sharing-Auto steht noch ganz in der Nähe. Eigentlich wollte ich dich fragen, ob du nicht mitkommen willst? Du hast ja jetzt schon den ersten Teil des Rätsels mitbekommen, da dachte ich …«

Ich stoppte. Beim Anblick seiner ernsten Miene wurde mir klar, dass das vielleicht nicht die allernormalste Nachmittagsbeschäftigung war und es für ihn noch weniger Grund als für mich gab, ihr nachzugehen.

»Ach, vergiss es«, sagte ich schnell und errötete, was man bei meiner dunkleren Hautfarbe zum Glück nicht sofort sah. Meine Begeisterung darüber, dass ich ahnte, zu welchem Schloss der Schlüssel gehörte, hatte mich einen Moment lang für die Realitäten des Lebens geblendet. Diese besagten, dass arbeitende Männer nicht mit dem Enthusiasmus einer Zwölfjährigen einer Schnitzeljagd mit unklarem Ziel folgten.

Irgendwie hatte ich, als mir einfiel, was der nächste Schritt sein könnte, instinktiv Manuels Nähe gesucht.

Ich wollte mich gerade abwenden, seinem Blick ausweichen, als er die Hand ausstreckte und mich sanft am Ärmel zurückhielt, den er sofort wieder losließ. Ich blickte zu ihm auf.

»Ich komme gerne mit«, sagte er, der Ausdruck in seinen bernsteinfarbenen Augen unlesbar. »Gib mir nur fünf Minuten, ja? Diesmal möchte ich das Abenteuer nicht unbedingt in Arbeitskleidung bestreiten.«

Er zog eine Grimasse, und ich lächelte erleichtert zurück.

Eine gute halbe Stunde später hatten wir den Mini geparkt, auf dessen Beifahrersitz Manuel sich gezwängt hatte. Er passte die Schritte seiner langen Beine meinen an, als wir uns an den Fleeten entlang unserem Ziel näherten. Die Speicherstadt war an diesem grauen Tag recht leer. Wenige Menschen streiften zwischen den hohen roten Backsteingebäuden mit den Seilwinden an den Giebeln umher, mit denen früher die Waren von den Schiffen geladen wurden. Die majestätischen Speicher mit ihrer neogotischen Backsteinarchitektur standen heute etwas verloren Wache über den Wasserwegen und Brücken. Ich hatte diesen Ort schon immer geliebt, die auf den alten Elbinseln verteilten Lagerhäuser, deren wunderschöne Backsteinfassaden mit den großen Fenstern eine merkwürdige Industrie-Eleganz ausstrahlten aus einer Zeit, als man noch auf Kontor-Gebäude stolz war. Als Kunsthistorikerin wusste ich jedoch genug über ihre Geschichte, um zu wissen, dass für die Speicherstadt ganze Wohnviertel abgerissen, die Bewohner, zumeist einfache Arbeiterfamilien, zwangsumgesiedelt worden waren. Von wegen gute alte Zeit. Aber die Faszination für die auf tausenden Eichenpfählen errichteten Gebäude blieb, der Wiederaufbau nach der Zerstörung im Zweiten Weltkrieg und die Sanierung Teil einer Baugeschichte, die in das sich wandelnde Gesicht der Stadt geschrieben stand. Wenn ich über das Kopfsteinpflaster neben den hoch aufragenden roten Fassaden ging, konnte ich fast die alten Gerüche von Tee, Kaffee und exotischen Gewürzen in der Luft riechen, die heiseren Schreie der Schiffsbesatzung und Quartiersleute hören, die über die Qualität der Ware stritten.

Ich spürte Manuels Blick auf mir, als wir die schmiedeeiserne Brücke betraten. Meine Augen wanderten über das braungrüne Wasser, das unter dem bedeckten Himmel nur die Schatten der hohen Speichergebäude zurückwarf. Ich ließ meine Hand über das kühle rostige Metall des geschwungenen Geländers gleiten und dachte an einen anderen grauen Tag auf einer anderen Brücke zurück, der nun schon so lange her war.

Wir liefen bis zur Mitte des Brückenbogens, und meine Augen suchten automatisch die überkreuzten Metallstreben ab, deren Arme das Gitter im Geländer bildeten, das ein Hindurchrutschen verhindern sollte. Manuel blickte von mir zum Brückengeländer und zurück. Dann lachte er auf, der Klang war etwas gezwungen. Er lehnte sich an das Metall, kreuzte die Arme vor der Brust und erwiderte meinen fragenden Blick.

»Ein Liebesschloss also«, sagte er trocken.

Ich nickte strahlend. Die Idee war mir gekommen, als Emilia die Brücken erwähnte, die Noah hinter sich abbrechen wollte. Mir war der Nachmittag eingefallen, als seine ehemalige Freundin Veronika mit den romantischen Vorstellungen eines verliebten Teenagers Noah dazu gebracht hatte, ein solches Liebesschloss an einer Brücke anzubringen. Noah hatte beim anschließenden Bericht darüber kaum verbergen können, wie unangenehm ihm die Sache war, als er uns den Schlüssel zeigte. Emilia und ich waren in schallendes Gelächter ausgebrochen, und ich hatte insgeheim gewusst, dass Veronikas Status als seine Freundin nicht mehr lange anhalten würde. Noah hatte den Schlüssel des Schlosses schon damals als einen seiner ungeliebten Gegenstände behalten, und die arme Veronika hatte nie eine Chance gehabt.

Die verschlungenen Metallkreuze dieser Brücke waren schlank genug im Durchmesser, um ein Schloss daran anzubringen, und die Speicherstadt im Hintergrund bot die richtige romantische Kulisse dafür. Meine Finger glitten über die zahlreichen Liebesschlösser, immer wieder ging ich in die Hocke, um sie in meinen Händen zu drehen und die eingravierten oder eingeritzten Namen zu entziffern.

Manuel machte keinerlei Anstalten, mir zu helfen, sondern folgte meinem langsamen Fortschritt entlang des Brückengeländers nur mit den Augen.

Mein Herz begann heftig zu klopfen, als ich ein schwarzes, leicht verschlissenes Schloss fand, auf dem die Initialen E+N+S eingeritzt waren, darunter ein krakeliges Dreieck. Hastig kramte ich den Schlüssel aus meiner Hosentasche hervor und versuchte, ihn in das verrostete Schloss zu schieben. Ich musste ihn ein paarmal hin und her wackeln, dann glitt er hinein. Der Metallbügel öffnete sich mit einem Quietschen, und das Schloss fiel in meine Hände. Ich stieß einen kleinen Freudenschrei aus und wandte mich triumphierend zu Manuel um, die Faust mit der Beute in die Höhe gereckt. Er hatte sich keinen Zentimeter bewegt.

Ich ging zu ihm zurück und hielt ihm das Schloss hin. Er zögerte, dann nahm er es entgegen, drehte es in seinen Händen, fuhr mit dem Daumen über die eingeritzten Buchstaben. Eine Falte bildete sich zwischen seinen Augenbrauen.

»E+N+S?«, fragte er. »Das ist ein Buchstabe zu viel für dich und Noah.«

Ich nickte, meine Wangen glühten vor Aufregung. »Nachdem Noah, der so was als Teenager natürlich oberpeinlich fand, von seiner damaligen Freundin Veronika dazu gebracht worden war, hier ein Liebesschloss mit ihr anzubringen, hat Emilia darauf bestanden, dass wir das Gleiche machen. Wir drei, Emilia, Noah und ich, als Zeichen dafür, dass wir als Wahl-Geschwister immer zusammengehören.«

Ein Schatten legte sich über mich, als ich daran zurückdachte und überlegte, was daraus geworden war. Meine Aufregung wich langsam der Erkenntnis, dass Noah nicht nur den Schlüssel von Veronikas Schloss als Gegenstand, den niemand liebte, zurückbehalten hatte, sondern auch den unseres Schlosses. Sicher, Emilia hatte das Ganze damals als ironische Geste verstanden, wir hatten zu viel Sekt getrunken und uns fast weggeschmissen vor Lachen, als Noah mit ernstem Gesichtsausdruck auf der Brücke eine pathetische Rede über Geschwisterbande geschwungen und das Schloss anschließend mit Sekt getauft hatte.

Ich blickte auf das Schloss, das kühl und schwer in meiner Handfläche lag.

»Und was heißt das jetzt?«, fragte Manuel. »Dass du das Teil wiederfinden solltest?«

Nun zog sich auch meine Stirn kraus.

»Ehrlich gesagt weiß ich das nicht«, gab ich zögerlich zu. »Das kann natürlich alles Mögliche heißen.«

Die symbolische Bedeutung, mit dem Schloss auch die Verbindung zwischen uns dreien geöffnet zu haben, drängte sich mir auf, daran wollte ich aber jetzt nicht denken.

Manuel kreuzte erneut die Arme in seiner Lederjacke vor seinem grauen T-Shirt, das er vorhin gegen sein Hemd getauscht hatte. »Oder es heißt einfach gar nichts.« Er seufzte. »Sophie, ist dir schon mal der Gedanke gekommen, dass dich hier jemand auf eine vergebliche Schnitzeljagd schicken könnte, die nirgendwohin führt?«

Die Falten auf meiner Stirn vertieften sich. »Und was hätte das für einen Zweck? Nein, ich bin mir sicher, dass diese Hinweise nicht zufällig sind. Ich kann das Puzzle nur einfach noch nicht zusammensetzen. Vielleicht wird mit dem nächsten Hinweis klarer, wie diese Dinge zusammenhängen und wohin sie führen.«

Manuels Blick bohrte sich in meinen. »Nehmen wir mal an, du hast recht und am Ende bedeuten diese Gegenstände etwas – was meinst du denn, was das sein könnte?«

Jetzt schaute ich ihn verständnislos an. »Na, sicher führt die Suche am Ende irgendwie zu Noah«, sagte ich.

»Und du findest es okay, dass Emilia dich aus deinem Leben reißt und Noah dich auf eine unnötig komplizierte Reise schickt, statt dir einfach zu sagen, wo er ist und wie es ihm geht?«

Meine Brauen zogen sich zusammen. »Ja, natürlich ist es seltsam. Woher weiß Noah, dass ich hier bin? Ich habe auch schon überlegt, ob Emilia nicht mit ihm unter einer Decke steckt. Aber diese ganze Sache mit den Paketen und Hinweisen ist nicht so ungewöhnlich für Noah, wie du vielleicht denkst. Früher hat er immer …«

Manuel hob eine Hand, und ich verstummte, als ich den gequälten Zug um seinen Mund sah.

»Und du meinst, dass Noah am Ende dieser merkwürdigen Schnitzeljagd mit einem Verlobungsring auf dich wartet?«, fragte er leise.

Ich starrte ihn mit offenem Mund an. »Nein, wie kommst du denn darauf?«, fragte ich, als ich meine Sprache wiedergefunden hatte. »Fünf Jahre, nachdem er mich ohne ein Wort verlassen hat, kann wohl niemand erwarten, dass ich ihm einfach in die Arme falle und alles vergeben und vergessen ist«, sagte ich, um einen festen Ton bemüht, doch mein verräterisches Herz schlug so schnell und laut, dass ich fürchtete, Manuel könnte es hören.

»Aber warum machst du dann das alles hier, Sophie?«, fragte Manuel ernst.

Mein Mund öffnete und schloss sich mehrfach. Manuels Worte trafen ein bisschen zu nah an einer unangenehmen Wahrheit, der mich zu stellen ich bisher vermieden hatte. Solange ich mich auf die Suche nach Noah konzentrierte, musste ich nicht darüber nachdenken, was ich mir eigentlich davon versprach. Warum ich ihn jetzt, fünf Jahre nach unserer Trennung, so dringend wiederfinden wollte, obwohl ich so lange nicht nach ihm gesucht hatte.

Ich lehnte mich neben Manuel, meine Schulter an seiner, und schaute auf das graue Wasser hinaus.

»Vor ein paar Wochen hat mir mein Freund Sven einen Heiratsantrag gemacht«, begann ich zögerlich. Das hatte ich bisher noch niemandem erzählt, nicht einmal meiner Mutter.

Manuel neben mir versteifte sich leicht, ich warf einen Blick zu ihm hoch.

»Mein Ex-Freund Sven«, erklärte ich. Manuel schwieg, und so fuhr ich schließlich fort: »Sven und ich waren schon eine ganze Weile zusammen, und eigentlich lief alles soweit gut.«

Fast zuckte ich bei meinen eigenen Worten ein bisschen peinlich berührt zusammen, denn das waren natürlich keine klingenden Worte der Zärtlichkeit, aber es beschrieb unsere Beziehung am besten. Es war an einem heißen Sommertag gewesen. Ich war erschöpft vom schlecht klimatisierten Denkmalamt zurückgekommen und Sven hatte mich überredet, mich umzuziehen und mit ihm essen zu gehen. Er musste alles im Voraus geplant haben. Als er vor mir auf die Knie ging und mir die geöffnete Schachtel hinhielt, stellte sich ein furchtbares Gefühl von Verkehrtheit in mir ein, als hätte mir jemand die Faust in den Magen gerammt. Mein Gesicht muss mich unwillkürlich verraten haben, und es machte sich eine solche Enttäuschung in seinen Zügen breit, dass mir fast schlecht wurde. Die Sache war nicht zu kitten gewesen. Im anschließenden Streit warf er mir vor, mich nicht auf die Zukunft einlassen zu wollen und stattdessen in einem suspendierten Zustand festzuhängen, den er nur als Besessenheit mit der Vergangenheit bezeichnen könne. Ich konnte nichts dazu sagen, denn jeder Widerspruch wäre eine Lüge gewesen. Kurz darauf packte er seine Sachen und ging.

»Das Ganze war wie ein Weckruf«, fuhr ich langsam fort. »Ich wusste im selben Moment, in dem er auf die Knie ging, dass ich ihn nicht heiraten wollte. Irgendwie hatte ich mich in einem bequemen Leben mit ihm eingerichtet, in dem ich mich vor Entscheidungen über die Zukunft versteckt habe. Als Sven den nächsten Schritt gehen wollte, bekam ich Panik.«

Ich fröstelte.

»Das kann ja verschiedene Gründe haben«, sagte Manuel leise zu mir. »Vielleicht war er einfach nicht der Richtige.«

»Wahrscheinlich war er das nicht«, gab ich zu. Ich zögerte und wusste nicht, wie viel ich Manuel anvertrauen sollte. Dann dachte ich an unser Gespräch am Wochenende, an seine Geschichte und überwand meine Scham.

»Aber das war es nicht, was mich so erschreckt hat«, sagte ich. »Als er da auf die Knie ging, konnte ich nur daran denken, dass Noah mir auch schon mal einen Antrag gemacht hat und dann verschwunden ist. Mir ist in dem Moment klar geworden, dass das Ganze mich immer noch begleitet. Ich weiß einfach nicht, warum das damals passiert ist, und bevor ich mich auf etwas Neues so richtig einlassen kann, muss ich erst mal klären, was eigentlich geschehen ist. Als dann Emilias Brief kam, dachte ich, es ist meine letzte Chance, es herauszufinden.«

Mein Herz schlug schnell. Das war vielleicht nur die halbe Wahrheit, aber immerhin. Dass ich jeden Mann, den ich traf, unwillkürlich mit Noah verglich und dass in dem Moment, in dem Sven mich darum bat, mein Leben mit ihm zu verbringen, nur Noahs Gesicht vor meinem inneren Auge aufzog, kam mir nicht über die Lippen.

Manuel schwieg einen Moment, und ich fürchtete sein Urteil.

»Ich kann sehr gut verstehen, dass es wichtig ist, die erste richtige Beziehung angemessen zu Ende zu bringen. Ich bin mir nur nicht sicher, dass es bei diesen ganzen Rätseln und Paketen wirklich darum geht.« Er zögerte kurz, dann fuhr er fort. »Es ist, als würde er dich immer mehr und mehr in sein Netz locken, wie er es schon einmal getan hat«, sagte er, der bemüht leichte Ton federte die Wucht seiner Worte kaum ab, und ich blickte verwirrt zu ihm auf.

Sein ernster Blick fiel in meinen, und in meinem Magen flatterten dunkle Schwingen. In seinen warmen braunen Augen stand eine Geschichte geschrieben, die mich durcheinanderbrachte.

KAPITEL 14

Manche Männchen besitzen auffallend blau schimmernde Flügel

10 Jahre zuvor

Es war tagsüber so heiß gewesen, dass man kaum atmen konnte. Die Abkühlung des Abends kam als Erleichterung, als ich die letzten Meter zu Fuß ging und die frische Luft tief in meine Lungen sog. Ich war mit dem Bus gefahren und vor den anderen da. Die Geräusche der Party hörte man schon von Weitem.

Es war eigentlich eine unbelebte Straße mit Einfamilienhäusern und Doppelhausreihen, ein etwas seelenloses Neubaugebiet, das schon nicht mehr ganz so neu war. Der Weg hierher hatte ewig gedauert.

Am Ende der Straße stand das Haus, es war klein und zweistöckig und hatte schon bessere Tage gesehen. Der gesamte Vorgarten war voller lachender, trinkender Menschen, durch die offen stehenden Fenster drang die Musik nach draußen. Die halbe Schule schien da zu sein. Es war die erste Woche der Sommerferien, und alle, die noch in der Stadt waren, waren zu dieser Party gekommen.

Meine Schritte verlangsamten sich, und ich ließ meinen Blick über die Leute schweifen. Die meisten waren älter, Jungs in T-Shirts und Lederjacken trotz der Hitze, Mädchen in Sommerkleidern oder Neckholder-Tops, rote Plastikbecher oder Bierflaschen in den Händen. Ein paar Mädchen aus meiner Stufe erkannte ich auch, Veronika und ihre Clique sowie Tobias und seine drei ständigen Begleiter, die schon jetzt davon träumten, in einer schlagenden Verbindung aufgenommen zu werden, und die wir den Club der verblödeten Gentlemen getauft hatten. Nahe der Hauswand sah ich Jennifer und Hanna, zu denen ich mich gesellen konnte, solange Melissa nicht dabei war. Wie immer, wenn ich allein zu einer größeren Gruppe stieß, machte sich ein unruhiges Flattern in meinem Magen breit. Jetzt war es zu spät, um zu kneifen, ich öffnete die Gartenpforte, verzog den Mund zu einem etwas gezwungenen Lächeln und versuchte die Blicke zu ignorieren, die viele einem Neuankömmling unwillkürlich zuwarfen. Der Vorgarten war kleiner, als ich gedacht hätte, bestand aus trocknem, inzwischen platt getretenem Rasen und ein paar Büschen. Daneben war die Schotterauffahrt der Garage ebenfalls voll mit Partygästen. Die Garagentür stand offen, und ich erspähte im Vorbeigehen zwei Jungs, die dabei waren, ein Schlagzeug aufzubauen, während ein Mädchen mit pinkem Irokesenschnitt in weitem T-Shirt und Springerstiefeln eine E-Gitarre testete. Das Lächeln auf meinem Gesicht wurde breiter, ich freute mich wirklich auf die Band, sie war der eigentliche Grund, warum ich gekommen war.

Ich ging die drei Stufen zur überdachten Veranda hoch, auf der man sich einen Weg durch eng umschlungene Pärchen hindurch bahnen musste. Auf dem Vorbau stand eine Couch, auf der sich eine viel zu große Gruppe von Menschen niedergelassen hatte und eine Zigarette kreisen ließ, die nicht nach Tabak roch, ihr heiseres Lachen und der Rauch bis zur Überdachung greifend. Die Musik war hier schon so laut, dass man sich kaum noch unterhalten konnte, was mich beruhigte, weil es auch die Notwendigkeit zur Unterhaltung verringerte. Vor mir wurde die Haustür aufgestoßen, und ich musste einem offensichtlich betrunkenen breitschultrigen Jungen ausweichen, der fünf Becher in seinen Händen balancierte und sich lautstark darüber beschwerte, dass ich ihm im Weg sei. Mit einem entschuldigenden Lächeln schlängelte ich mich an ihm vorbei ins Innere.

Die stickige, verrauchte Luft und die laute Musik schlugen mir wie eine Wand entgegen. Kurz blieb ich im Flur stehen, wo die Garderobe so überfüllt war, dass schon ein Haufen Jacken wild übereinandergeworfen auf dem Boden lag und ein Pärchen sich knutschend an die Wand drückte. Ich folgte der hämmernden Elektromusik weiter nach drinnen.

Das Wohnzimmer war klein und sehr dunkel, das einzige Licht kam von der flackernden Diskokugel an der Decke. Die Möbel waren an die Wände geschoben worden und standen voll mit Flaschen und Bechern, die Sofaecke überfüllt mit stehenden und sitzenden Leuten. In der Mitte tanzten unter den sich drehenden Lichtpunkten ausgelassene Mädchen in weiten Kleidern und ein paar sich ökonomisch bewegende Jungen mit Bierflaschen in den Händen.

Der Raum hatte eine Treppe, die ins Obergeschoss führte und mit knutschenden Pärchen und lachenden Grüppchen belegt war. Ich wandte mich zur einzigen Tür, aus der helles Licht und das Geräusch eines Mixers drang.

Die Küche blendete mich mit den leuchtenden Deckenlampen, und ich blinzelte in den Rauch hinein. Es gab eine Durchreiche, auf der eine riesige Glasschale mit einer Art Bowle und die roten Becher standen, daneben mehrere Flaschen Rum und Limetten auf einem Schneidebrett, ein Kübel mit Eiswürfeln, zahlreiche Wein- und Sektflaschen. Ich stellte meine Weinflasche kurzerhand dazu. Der kleine Raum war ebenfalls heillos überfüllt, Leute saßen auf den Armaturen oder lehnten dagegen, das Küchenfenster war gekippt, was aber nichts half gegen den dicken Zigarettenqualm. An einen Küchenschrank gelehnt, warf ein Mädchen in einem Tanktop den Kopf in den Nacken und lachte schallend über eine Bemerkung ihrer kurzhaarigen Freundin. Ein rothaariger Junge öffnete den Kühlschrank, ich stellte mich schnell dazu, nahm lächelnd eine Bierflasche entgegen, die er mir kommentarlos reichte. Das Geräusch des Mixers heulte wieder auf, und ich erkannte das etwas zu lange unruhige dunkle Haar der Person, die ganz in der Ecke mit dem Rücken zu Küche stand, neben drei Jungen in Band-T-Shirts. Ich schlängelte mich durch die anderen Küchengäste auf Manuel zu und tippte ihm auf die Schulter. Er wandte sich zu mir um, sein Ausdruck einen Moment lang offen und entspannt. Als er mich sah, weiteten sich seine Augen ein kleines bisschen, und ein Grinsen verzog seinen Mund, das ich automatisch erwiderte. Er stellte den Mixer ab und lehnte sich mir entgegen.

»Schön, dass du gekommen bist, Sophie«, rief er über den Lärm hinweg.

»Danke für die Einladung«, schrie ich halb zurück.

Er reichte den Mixbecher an einen der Jungs weiter, der den Inhalt auf verschiedene Becher aufteilte. Manuel warf einen Blick auf das Bier in meiner Hand und winkte mir dann, ihm zu folgen. Eigentlich hatte ich ihm nur Hallo sagen wollen, immerhin hatte er mich am letzten Schultag nach dem Ende des Unterrichts persönlich abgepasst, die Lederjacke locker über die Schulter geworfen, und mich zur Party bei ihm zu Hause eingeladen. Er würde mit seiner Band ein paar Stücke spielen, hatte er gesagt, und war mit einer Hand durch sein dunkles Haar gefahren, und dass er sich freuen würde, wenn ich vorbeikäme. Ich hatte überrascht gelächelt, und er war mit einem Nicken abgezogen, bevor ich etwas darauf antworten konnte. Jetzt folgte ich ihm zu einer weiteren Tür in der Küche, die ich zuvor nicht gesehen hatte.

Sie führte auf die Veranda, auf der Manuel aber nicht stehen blieb, sondern sich hierhin und dorthin nickend, ab und an die Hand zum Gruß hebend bis zur vorderen Ecke des kleinen Gartens durchkämpfte. Neben dem grünen Gartenzaun unter einem müde aussehenden Bäumchen blieb er stehen und drehte sich mit einem halben Lächeln zu mir um.

»Ich dachte, hier könnten wir uns besser unterhalten«, sagte er mit einer ausladenden Handbewegung Richtung Haus.

Ich hatte nicht erwartet, dass wir uns unterhalten würden, von einer Begrüßung mal abgesehen, und nickte langsam. Wir kannten uns eigentlich gar nicht so gut. Ihm schien auch nicht auf Anhieb ein Gesprächsthema einzufallen, und er musterte mich, während er sich mit der Hand durch das Haar fuhr, das ihm schon wieder ins Gesicht fiel. Er trug das Fan-T-Shirt einer obskuren amerikanischen Band und eine schwarze Jeans. Seine scharfen Züge wirkten angespannt, und er schien leicht nervös, was mich überraschte. Normalerweise war er die Coolness in Person, wenn auch auf eine entspannte Art, die ich als weniger verunsichernd empfand als bei anderen Jungs. Bei den meisten schien diese Haltung eine Art Abwehr gegen die Welt, um ja nicht verletzlich zu wirken. Aber bei Manuel kam es mir natürlicher vor, als sei er tatsächlich nicht auf die Meinung und Anerkennung anderer angewiesen. Es war sein wacher Blick, der sich nicht versteckte. Einmal hatte ich beobachtet, wie er eine Gruppe von Poloshirt-Jungs zurechtgewiesen hatte, als sie sich über die etwas rundliche Jennifer aus meiner Stufe lustig gemacht hatten. Er hatte aufgesehen, gemerkt, dass ich zugesehen hatte, und mir zugenickt, statt mich zu ignorieren. Von da an hatten wir uns gegrüßt, wenn wir uns auf dem Schulhof begegneten, und in der ein oder anderen Situation ein paar Worte gewechselt, auf Partys oder an der Bushaltestelle. Meistens, wenn Emilia und Noah nicht dabei waren, die sich von Punks und Hippies lieber fernhielten, um sich nicht mit einer Ideologie anzustecken, wie Noah sagte.

»Es sind ja wirklich viele Leute gekommen«, sagte ich, um ein Gespräch in Gang zu bringen. »Hoffentlich rufen deine Nachbarn nicht irgendwann die Polizei.«

Er schüttelte den Kopf. »Ich habe sie letzte Woche vorgewarnt, und die meisten sind sowieso in den Urlaub gefahren. Nur die alte Landmaier-Müllerhoff käme dafür infrage, und der habe ich heute extra noch eine Flasche Sekt zur Besänftigung vorbeigebracht.«

Ich musste lachen. »Du scheinst ja an alles gedacht zu haben«, sagte ich.

Er warf mir einen seltsamen Blick zu, lehnte sich zurück an den Stamm des Bäumchens hinter ihm und kreuzte die Arme vor der Brust. Es entstand eine weitere Pause, in der er mich erwartungsvoll ansah.

»Was werden du und die Band denn heute spielen?«, startete ich einen neuen Versuch, ein Thema zu finden.

Er zuckte mit den Achseln, eine rollende Bewegung. »Wirst du ja gleich hören. Das ist wahrscheinlich interessanter, als es beschrieben zu bekommen.«

Langsam war ich mit meinem Latein am Ende, was Gesprächsthemen anging, da er jeden meiner Versuche abzublocken schien. Er betrachtete mich weiter ruhig, und ich war nahe dran, mich aus dieser seltsamen Situation herauszuwinden und mich zu verabschieden. Ich öffnete den Mund, um genau das zu tun, als er eine Entscheidung zu treffen schien und mir zuvorkam.

»Darf ich dich etwas fragen, Sophie?«, sagte er.

Ich nickte, ein ungutes Gefühl im Nacken.

»Bist du mit diesem Noah von Gutenbach aus deiner Stufe zusammen?«, sagte er ruhig.

Ich lachte auf. »Nein, wie kommst du darauf?«, fragte ich zurück.

Seine Schultern entspannten sich, und er lächelte etwas zögerlich. »Ach, egal, tut nichts zur Sache. Was hast du denn jetzt eigentlich in den Sommerferien vor?«

Von meinem Bericht darüber, dass ich wahrscheinlich die Stadtbibliotheken unsicher machen und im Park liegen würde, kamen wir auf verschiedene Bücher, die wir beide gelesen hatten, und ich musste grinsen, als er ohne mit der Wimper zu zucken zugab, Oscar Wilde zu mögen. Dann wanderte unser Gespräch auf persönlichere Themen. Von den Streitigkeiten meiner Eltern erzählte ich sonst eigentlich nie, aber Manuel hörte einfach gut zu. Irgendwann saßen wir auf den Stufen der Veranda, ich mein zweites Bier in der Hand, Manuels Blick auf mir ruhend. Seine Eltern hatten sich schon vor einer Weile getrennt und seine Mutter war nach Italien zurückgegangen. Manuel lebte bei seinem Vater, der das Haus gerade so hatte halten können. Er wusste von der Party und hatte sich wohlweislich übers Wochenende zu seiner Schwester verabschiedet, nicht ohne Manuel anzuweisen, im Notfall sofort den Krankenwagen zu rufen. Ich musste erneut lachen. Nach den anfänglichen Startschwierigkeiten war es leicht, mit Manuel zu reden, der viele Fragen stellte und mir die Witze und Bälle mühelos zurückspielte.

»Gibt es etwas, was du unbedingt in deinem Leben vorhast, Sophie Hoffmann?«, fragte er irgendwann, sein Ton ernst genug, dass ich es nicht für einen Scherz hielt.

»Du bist nicht so der Typ für Smalltalk, oder?«, fragte ich lachend.

Er hob erneut mit dieser rollenden Bewegung eine Schulter, was wohl ein Achselzucken darstellen sollte. »Ich weiß einfach nicht, was ich da sagen soll und welche Themen dafür eigentlich infrage kommen«, sagte er schlicht.

Noah hätte die Frage bestimmt damit beantwortet, dass ihm für Smalltalk seine Lebenszeit zu schade wäre, oder etwas Ähnliches, was gut klang, dachte ich. Ich machte den Mund auf, um genau das zu sagen, als mir einfiel, wie das Gespräch begonnen hatte – damit, dass Manuel ausschließen wollte, dass ich Noahs Freundin war. Offenbar konnte Manuel Noah immer noch nicht ausstehen. Der Gedanke machte mich kurz traurig, und dann fragte ich mich, wo Noah und Emilia eigentlich blieben. Gerade wollte ich mich nach ihnen umschauen, als mir einfiel, dass ich Manuels ursprüngliche Frage noch gar nicht beantwortet hatte. Ich musterte ihn. Sein kantiges Gesicht mit den etwas zu langen Haaren, die unter dem Licht der Veranda dunkel und weich wirkten. Er erwiderte meinen Blick. Ein seltsames Ziehen bildete sich in meinem Magen.

Ich sah auf den roten Becher mit der Margarita in meinen Händen, die seine Freunde uns vor einer Weile in die Hand gedrückt hatten. Meiner war schon fast leer, während Manuel seinen Becher neben sich abgestellt hatte und vollkommen vergessen zu haben schien.

Ich versuchte meine Gedanken zu ordnen. »Mh, ich weiß nicht«, begann ich langsam, Manuel wartete einfach ab, ließ mir Zeit für meine Antwort.

»Als wir Latein in der Schule wählen konnten«, fuhr ich zögerlich fort, »wollte ich diese Sprache unbedingt lernen, weil ich irgendwie immer dachte, damit mal eine Schatzkarte lesen zu können, wenn sie mir unterkäme.«

Ein wenig verschämt lachend fuhr ich fort: »Wenn es etwas gibt, das ich unbedingt mal in meinem Leben machen wollen würde, dann vielleicht in einem fernen Dschungel nach einer verlorenen Pyramide zu suchen oder ein paar Tonscherben neben einem Tempel auszugraben und zu wissen, dass meine Augen die ersten sind, die seit Jahrhunderten auf etwas fallen, was anderen Menschen vor langer Zeit mal etwas bedeutet hat.«

Um seine Mundwinkel spielte ein Lächeln.

»Das ist vielleicht ein bisschen albern«, fügte ich hinzu, aber er schüttelte den Kopf. Ich ließ meinen Blick prüfend über ihn schweifen, aber er schien sich nicht über mich lustig zu machen.

»Nein, warum? Weil du dich wirklich für etwas interessierst, das nicht allein mit Geldverdienen zu tun hat?«

Ich erwiderte sein halbes Lächeln und fragte: »Und du? Was möchtest du unbedingt machen?«

Er legte den Kopf in den Nacken und starrte einen Moment in den Sternenhimmel über uns.

»Ich weiß es nicht genau, ich weiß nur, dass ich später mal in der Lage sein will, mit meinen eigenen Händen all das zu schaffen, was ich brauche«, sagte er. »Das ist vielleicht nicht ganz so romantisch, aber ich glaube, damit wäre ich zufrieden, egal, wo ich bin.«

Er sah mich wieder mit diesem halben Lächeln an, offen und weit.

»Um zu bekommen, was man will, muss man wissen, was man dafür bereit ist aufzugeben und was nicht«, sagte er, und sein Blick blieb an meinen Lippen hängen. Ich erschauderte. Ganz langsam beugte er sich mir entgegen.

In diesem Moment hörte ich ein heiseres, kehliges Lachen, das ich unter Tausenden erkannt hätte, und mein Kopf fuhr hoch.

Vor uns, keine zehn Schritte von den Verandastufen entfernt, stand Emilia in einem kurzen schwarzen Kleid, umringt von fünf Jungs aus Manuels Stufe, und lachte. In einer Hand hielt sie einen Becher, in der anderen eine Zigarette, die einer der Jungen für die anzündete. Ihre blonden Haare fielen ihr in perfekten sanften Wellen über die nackten Schultern. Automatisch schaute ich mich nach

Noah um. Fünf Schritte weiter rechts als Manuel und ich auf der Veranda saß Noah. Er fläzte tief zurückgelehnt in der Sofaecke, die langen Beine lässig von sich gestreckt, einen Arm auf der Lehne, ein Grinsen in einem Mundwinkel. Sein gelangweilter Blick streifte Emilia, die Leute vor uns und bohrte sich dann zielsicher in meinen. Ein elektrischer Schlag surrte durch meinen Körper, und ich setzte mich auf. Dann wanderten Noahs Augen weiter, als hätte er mich nicht gesehen. Ich starrte ihn an, wie er sich dem Mädchen zu seiner linken zuwandte und etwas sagte, das sie zum Lachen brachten. Neben mir wandte sich Manuel um und folgte meinem Blick, als er sich wieder zu mir umdrehte, hatte sich sein Mund gekräuselt.

»Wie ich sehe, sind deine Freunde auch da«, bemerkte er trocken.

Ich öffnete den Mund, um etwas zu erwidern, als einer seiner Bandkollegen, der uns vorhin die Drinks gebracht hatte, plötzlich auftauchte, Manuel am Arm packte und meinte: »Mann, da bist du ja! Wir wollen endlich anfangen!«

Manuel nickte ihm zu, wandte sich dann noch mal zu mir. »Bis später, Sophie«, sagte er. Dann stand er auf und verschwand Richtung Garage.

Einen Moment blieb ich auf den Stufen sitzen, trank den letzten Schluck meiner Margarita und nahm Manuels Becher auf, den er nicht angerührt hatte. Ich hatte keine Lust, mich zu Noah zu setzen, wenn er mich ignorierte, und Emilia war in dieser Stimmung wahrscheinlich kaum besser. Mit einem kurz aufkommenden Gefühl der Frustration kämpfend trank ich einen tiefen Schluck von Manuels halb geschmolzener Margarita. Dann stand ich auf und bahnte mir einen Weg durch die Menge vor der Garage weiter nach vorne.

Es dauerte etwas, bis die Band ihre Instrumente gestimmt hatte und die Verstärker eingerichtet waren. Die Gruppe bestand aus drei männlichen und zwei weiblichen Mitgliedern, darunter das Mädchen mit dem pinken Iro an einer der zwei E-Gitarren, das zweite Mädchen am Keyboard. Dann gab es noch einen schlaksigen Drummer mit den obligatorischen langen Haaren, einen schwarzen Bassisten, dessen rasierter Kopf in der schwachen Beleuchtung der Garage matt glänzte, und Manuel an der zweiten E-Gitarre.

Als sie anfingen zu spielen, grub sich der vibrierende Gitarrensound sofort in meinen Magen, und mein Mund verzog sich zu einem Lächeln. Ich hatte Metal erwartet, aber der Stil der Band war deutlich sphärischer und erinnerte mich an die Musik der britischen Gruppe Radiohead. Die Gitarrenriffs waren komplex und nicht nur auf das Erzeugen einer dröhnenden Soundwall angelegt, und die Stimmen von Manuel und dem Mädchen mit den pinken Haaren woben sich perfekt umeinander, ergänzten sich. Die Atmosphäre im Vorgarten veränderte sich, die meisten unterbrachen ihre Gespräche und lauschten der Musik. Auch aus dem Haus kamen nun viele und gesellten sich dazu. Die Songs waren keine Stücke, die man einfach hätte mitsummen können, änderten ihre Geschwindigkeit und auch die Melodien immer wieder, aber sie hatten etwas Betörendes, das mich in seinen Bann zog. Die meisten Klänge waren Moll, die Töne zum Teil getragen, um sich dann wieder mit schnellen, treibenden Rhythmen abzuwechseln. Vor mir begannen ein paar Leute mit den Füßen zu wippen und zu tanzen.

Manuel schien sehr konzentriert, sein Körper stand unter Spannung, voller vibrierender Lebendigkeit, die zur Musik passte. Ich betrachtete ihn, während seine Finger über das Instrument glitten. Er schaute auf und sah mich direkt an, als hätte er genau gewusst, wo ich stehen würde.

In diesem Moment legte sich ein Arm um meine Schulter, und ich fuhr herum.

Noah lehnte sich ganz nah an mich und raunte mir ins Ohr: »Lass uns von hier abhauen, Sophie.«

~

Noah zog mich an der Hand die Treppe nach oben. Wir machten nicht im ersten Stock bei seinem Zimmer halt, sondern er ging weiter den Flur entlang. An dessen Ende gab es eine Klappe in der Decke, die er jetzt zu meiner Verwunderung aufzog. Eine Leiter kam zum Vorschein, die nur auf den Dachboden führen konnte. Er stieg hinauf, seine Hand fand weiter oben einen Lichtschalter, und er drehte sich mit einem strahlenden Lächeln zu mir um, die grünen Augen leuchteten. Mein Herz machte einen schnellen Hüpfer, als er mir mit einer Handbewegung bedeutete, ihm zu folgen.

Wir hatten Emilia auf der Party gelassen und waren mit seinem Auto zu den von Gutenbachs gefahren. Den ganzen Weg über hatte er geschwiegen, eine seltsame Anspannung zwischen uns und in der Linie seiner Schultern. Als ich ihm nun die Leiter hinauf nach oben folgte, fragte ich mich, warum er darauf bestanden hatte, so früh zurückzufahren.

Ich kletterte hinter ihm durch die Luke. Es war dunkel, nur ein paar im Dachgebälk verteilte Lichterketten erhellten den Raum. Der Dachboden umfasste praktisch eine ganze Etage, die Schrägen steil zulaufend, die Türme und Erker des Gebäudes ausgenommen. Die schweren Balken des Gemäuers schienen Jahrhunderte alt, das Holz dunkel und wie Stein, als ich mit der Hand darüberfuhr. Der weitläufige Raum war vollgestellt mit von weißen Tüchern bedeckten Möbeln, die fingerdicke Staubschicht auf ihnen ließ darauf schließen, dass sie schon lange hier vergessen worden waren. Noah ging weiter ins Innere des Dachbodens, und ich folgte ihm, während seine Figur immer wieder zwischen tragenden Balken verschwand.

Er blieb unter einer runden Fensterluke stehen, durch deren schlierige Scheiben man kaum den Nachhimmel sah. Die Lichterketten waren an dieser Stelle dichter ums Gebälk gewunden, sie beleuchteten einen schweren, alten Sekretär. Aber das war es nicht, was mich anzog: Der ganze Sekretär, jede Oberfläche und aufgezogene Schublade, war vollgestellt mit Gegenständen, aufgebahrt wie auf einem überfüllten Altar. Ich sah Emilias Regenschirm aus der Grundschule mit den Einhörnern darauf, ein Teelicht aus einem Café in der Stadtmitte, das wir gern besuchten, zahlreiche Ringe, Armreifen und Halsketten, ein T-Shirt mit Superman-Aufdruck, einen Tennisschläger, zwei Weingläser und eine Tasse. Aber auch noch seltsamere Dinge: eine Maske aus dem Kunstunterricht, ein Schnellhefter mit einem Namen, der mir nichts sagte, ein ganzes Glas gefüllt mit kleinen, bunten Figuren wie aus einem Überraschungsei, mehrere Teller, Bücher und Keramik-Tiere, eine venezianische Maske, Fotos und Postkarten, kleine Porzellanfiguren, Lampen, ein Opernglas, CDs und den Trichter eines Grammophons, ein Klapp-Handy und eine Kuckucksuhr. Ich ließ meine Hand über die Gegenstände fahren, über dieses Sammelsurium, dieses Kuriositätenkabinett, das Noah angelegt hatte. Ich wusste genau, worum es sich hierbei handelte, ohne dass ich es zuvor je gesehen hatte: Es waren Noahs ungeliebte Gegenstände.

Ich nahm einen kleinen Rosenquarz-Elefanten in die Hand. »Das hier, woher kommt das?«

Noah lächelte mich an, seine Pupillen dunkel und weit im schwachen Licht. »Aus der Wohnung unserer Bekannten in Frankreich. Es war ein Geschenk der unbeliebteren Tochter an die Mutter. Der Tochter, die immer alles nur falsch machen konnte.«

Ich stellte den Elefanten zurück an seinen Platz und nahm eine chinesische Papier-Laterne hoch.

Noahs Grinsen wurde breiter. »Das Gastgeschenk der freundlichen chinesischen Austauschschülerin, die früher zurückgeschickt wurde, weil Natalia angeblich auf ihr Haarspray allergisch reagierte.«

Meine Finger glitten über den Einband eines alten Buches.

»Das Buch, das in unserer Schulbibliothek das letzte Mal vor 70 Jahren ausgeliehen wurde. Es sind Liebesgedichte, sogar mit Widmung«, sagte Noah, ohne dass ich nachfragte.

Mein Blick wanderte über all jene Dinge, große und kleine, überraschende und weniger überraschende, die Noah gesammelt hatte. Es war ein bisschen, als habe er mir Einblick in sein Heiligtum gewährt. Den Ort, an dem er aufbewahrte, wofür er so ein untrügliches Auge zu haben schien: Die Dinge, deren Geschichte eine traurige war, die, einmal angeschafft, verschenkt, gekauft, vor sich hin verstaubten. Vergessen, verraten, ungeliebt.

Ich sah Noah an, der seine Schultern sehr gerade hielt. Ein seltsam mechanisches Lächeln umspielte seine Mundwinkel, seine Pupillen weit und schwarz wie ein Abgrund.

Ach Noah. Gleich und Gleich erkennt sich gut.

Ich streckte die Hand aus, ganz langsam, und griff nach seiner. Seine Finger umschlossen meine und hielten sich daran fest, als seien sie ein Rettungsanker. Mein Herz setzte einen Schlag aus und begann dann zu rasen, ein wilder, unsteter Galopp. Hier, unter den Lichterketten, die wie kleine Sterne in der Dunkelheit strahlten, schien alles möglich. Mein Blick tastete über Noahs Gesicht, das Rot seiner Lippen die einzige strahlende Farbe in dieser Sepia-Zeichnung. Das Verlangen, sie zu berühren.

»Ich kann es nicht ertragen, wenn du jemand anderen so ansiehst, Sophie«, sagte er leise. Seine freie Hand legte sich an meine

Wange, ein elektrischer Schauer rieselte über meinen Rücken, ich starrte in das Grün seiner Augen, verfiel ihrem Bann.

»Ich will nicht, dass du jemand anderem gehörst«, flüsterte er und beugte sich immer näher zu mir, sein Atem strich über meine glühende Haut. Mein ganzer Körper war auf diesen Punkt konzentriert, dort, wo seine Lippen mich berühren würden.

»Ich will, dass du zu mir gehörst«, sagte er, sein Mund einen Atemzug von meinem entfernt.

Als hätte ich je eine Wahl gehabt.

Dann küsste er mich, erst sanft, zart, die Berührung wie der Flügelschlag eines Vogels, das Streichen einer Feder. Seine Hände legten sich um mein Gesicht, er zog mich näher zu sich, noch näher, und meine Welt kippte. Wir küssten uns, seine Lippen heiß auf meinen, sein Atem mit meinem vermischt. Seine Zunge suchte nach mir, und ich seufzte, seine Hände packten mich fester, seine Finger glitten meinen Hals entlang, meinen Rücken hinab und unter mein T-Shirt. Seine Finger hinterließen brennende Bahnen auf mir. Meine Hände glitten wie von selbst seine Brustmuskeln entlang, packten seine Arme, fuhren in sein Haar.

Als er mich nach unten auf den Teppich zog, hämmerte mein Puls im Stakkato, und mir wurde bewusst, dass ich Manuel angelogen hatte. Das hier, genau das war es, was ich mir immer gewünscht hatte.

Noahs Hände fanden mich, berührten mich tiefer, als meine Haut das zulassen sollte, seine hellen Finger umschlangen meine dunklen, seine Lippen auf meinem Mund, meinem Hals, meinem ganzen zitternden Körper.

Und als er mich schließlich an sich zog, unser Atem sich zu einem verband, fragte ich mich im letzten Winkel meines überreizten Bewusstseins, ob mein Herz wohl einer der ungeliebten Gegenstände war, die er so unbedingt besitzen musste.

KAPITEL 15

Wasserjungfern und Flussjungfern

Draußen regnete es in Strömen, das Wasser lief in langen Schlieren die Scheiben hinunter, das stete Prasseln auf das Dach und gegen die Fenster war als Hintergrundrauschen in meine Gedanken eingedrungen. Der graue Himmel hing tief und drückend über der Villa. Der lederne Ohrensessel in der blauen Bibliothek knarrte leicht, wenn ich meine Sitzposition änderte. In meinen Händen drehte ich das Fernglas, das heute Morgen in Noahs Paket für mich gewesen war. Ein richtiges Fernglas in einer alten schwarzen Lederhülle. Es lag schwer in meinen Händen. Ich hatte es ausprobiert, die Räder daran verstellt, ich hatte Emilia in ihrem Dschungellabor aufgesucht und allerlei Fragen dazu gestellt, die sie nicht beantworten konnte. Ich hatte es gereinigt und nach eingravierten Initialen abgesucht – nichts. Ich war am Ende meines Lateins angekommen. Ich wusste nicht, was dies für ein Gegenstand war und welche Geschichte dahintersteckte, wusste nicht, wo Noah es herhatte, und auch nicht, was er mir damit sagen wollte.

In der ungeheizten Bibliothek der von Gutenbachs versuchte ich meine Nerven zu beruhigen, eine Wolldecke lag auf meinen Beinen, und neben mir, unter der grünen Bankerlampe, stand ein Glas frischen Minztees. Die hohen Bücherregale, die die Wände komplett bedeckten, waren vollgestellt, und der Geruch der Ledereinbände, der alten Bücher und Folianten, wirkte auf meinen Geist wie eine heiße Dusche auf angespannte Muskeln. Das viele Papier, die Klebebindungen und Einbände verbanden sich zum unverwechselbaren Duft von altem Wissen, eingefangen zwischen Buchdeckeln, wartend auf den Moment, in dem das Lesen es zum Leben erweckte.

Unzählige Stunden hatte ich seit meiner Jugend schon in Bibliotheken verbracht. Zuerst, um mich in fremde Welten zu träumen, wenn meine Eltern zu Hause stritten. Dann, während des Studiums und meiner Doktorarbeit, um Wissen in mich aufzusaugen, zu verstehen und weiterzuverarbeiten, mein Laptop und Notizbuch genauso ständige Begleiter wie die schweren Fachbände und Abhandlungen zur Kunst- und Baugeschichte. Die Nähe von Büchern gab mir ein Gefühl von Zuhause. Bücher, deren bloße Anwesenheit wie eine schwere flüsternde Präsenz im Raum war, deren Druckerschwärze die Geheimnisse des Lebens in Buchstaben und auf Papier bannte. Bücher, die eine Reise an Orte ermöglichten, die ich nie sehen würde, und solche, die es vielleicht auch nie gegeben hatte.

Ich seufzte, legte den Kopf in den Nacken und betrachtete die Decke der Bibliothek. Die Ecken waren mit floralem Stuck verziert und die gesamte Fläche mit einem Bild des Himmels und den astrologischen Sternbildern bedeckt, wie eine kleine Version des opulenten Deckengemäldes im New Yorker Grand Central Terminal. Diese Gestaltung im Stile der Beaux-Arts war deutlich jünger als das Gutenbach'sche Anwesen selbst. Irgendeine Vorfahrin oder ein Vorfahre von Natalia musste davon geträumt haben, eine Bibliothek im neuesten Stil vorweisen zu können, als Bibliotheken vor allem Aushängeschilder der Aristokraten waren. Vielleicht war dieser Raum aber auch nach einem Besuch in Amerika entstanden und Ausdruck eines weltläufigen Fernwehs. Die blaue Farbe des gemalten Nachthimmels hatte der Bibliothek sicher ihren Namen gegeben. Meine Augen folgten den goldenen Linien der Figur des Wassermannes. Es war wirklich eine Schande, dass niemand diese Bibliothek je aufsuchte, dass die Bücher verstaubten und die schweren Teppiche, die die Geräusche der Schritte verschluckten, nie ausgetreten wurden. Andererseits verstand ich die Abneigung der von Gutenbachs gegenüber der Opulenz eines anderen Jahrhunderts, einer anderen Zeit und Gesellschaft, anderer Menschen, deren Geschichten, wenn man Emilia Glauben schenken durfte, nie gut endeten. Die Vergangenheit war eine ständige Präsenz in diesem Raum, die die Zukunft zu ersticken drohte.

Ich versuchte mich aus meinen düsteren Gedanken zu reißen, indem ich das Fernglas auf meinem Schoß ein weiteres Mal betrachtete. Frustriert seufzend legte ich es danach unsanft auf das Beistelltischchen neben mir. Ich konnte mir nicht erklären, warum Noah etwas schickte, das mir absolut nichts sagte. Oder hatte ich einen Hinweis übersehen, eine Komponente des Rätsels noch nicht entschlüsselt?

Das Problem war, dass mit diesem Gegenstand die Fragen sehr präsent wurden, die ich die letzten eineinhalb Wochen über versucht hatte, aus meinem Bewusstsein zu verbannen. Nämlich, was ich hier eigentlich tat und wo das Ganze hinführen sollte. War es wirklich eine elaborierte Spurensuche nach Noah, oder machte ich mir bloß etwas vor? Da ich nach drei Gegenständen immer noch keine Ahnung hatte, wo er stecken könnte und was er mir vielleicht mitzuteilen versuchte, kam ich mir langsam ziemlich an der Nase herumgeführt vor. Ich konnte nicht mehr ausschließen, dass das Ganze ein gänzlich sinnloses Unterfangen war. Aber warum dann die Pakete? In meinem Kopf bildeten sich unangenehme Knoten, deren Bahnen mein Verstand nun schon mehrfach abgelaufen war, ohne sie entwirren zu können.

Das Schlimmste aber war das dunkle Gefühl in meinem Magen, dass ich mich hier möglicherweise in etwas verrannt hatte. Als ich heute Morgen in meinem großen Himmelbett mit Baldachin liegend meine E-Mails gecheckt hatte, waren allein drei meiner Chefin dabei gewesen. Sie stellte Nachfragen zum letzten Antrag, die ich bisher ignoriert hatte. Auch mehrere meiner Freunde hatten mir geschrieben, um zu fragen, ob ich mit zum Pub-Quiz, ins Café oder einen Spaziergang machen wolle. Ich hatte sämtliche Nachrichten geschlossen, ohne zu antworten, meiner Chefin nur geschrieben, dass ich meine Auszeit noch um eine Woche verlängern müsste.

Das Ganze wirkte nicht wie das besonnene Verhalten, das ich sonst an den Tag legte. Es war, als würde mir meine normale Realität Stück für Stück engleiten, je mehr ich mich in diese Sache verbiss. Dass ich fünf Jahre gewartet hatte, um nach Noah zu suchen und möglicherweise wichtige Fragen mit ihm zu klären, und jetzt, einen weiteren zum Scheitern verurteilten Heiratsantrag und einen kurzen Brief von Emilia später, an nichts anderes mehr denken konnte, vermochte ich mir selbst nicht recht zu erklären.

In diesem Moment hörte ich das Geräusch eines Aufpralls und splitternden Glases von weiter hinten im Haus und fuhr im Sessel hoch. Ich stand auf, verließ die Bibliothek und machte mich eilig auf den Weg zum hinteren Teil der Villa, in dem ich Emilia vermutete.

Schon bevor ich das schwach beleuchtete Kaminzimmer betrat, hörte ich sie fluchen. Ich trat ein, legte eine Hand auf den Türrahmen und beobachtete, wie sie die Scherben einer Weinflasche mit Fingerspitzen aufsammelte und in einen Eimer schmiss.

»Au«, rief sie, ein paar Blutstropfen vermischten sich mit dem Rotwein auf dem Parkett, und sie steckte ihre Finger in den Mund.

Ich seufzte, ging in die Küche und holte eine Haushaltsrolle und Lappen. Im Kaminzimmer hockte Emilia immer noch auf dem Boden, die Finger im Mund. Das einzige Geräusch kam vom Knacken der Brennscheite und vom Knistern der Flammen. Sie musste das Feuer mit frischem Holz im Kamin entzündet haben, es war die einzige Lichtquelle im Raum.

»Hier«, sagte ich, riss einen Streifen Papier ab und reichte ihn ihr. »Wickel das um deine Hand, das stoppt die Blutung.«

Sie sah mich mit großen Augen an, dann nahm sie das Papier entgegen und band es um ihren Finger, während ich mit dem Lappen den Rotwein, das Blut und die Scherben aufwischte und in den Eimer warf. Nachdem ich ihn in die Küche gebracht hatte und mit ein paar Pflastern wiederkam, die ich in einer der Schubladen gefunden hatte, saß Emilia immer noch auf dem Boden, die Beine unter sich gezogen, und starrte auf ihren provisorisch verbundenen Finger. Das Papier hatte sich bereits mit Blut vollgesogen. Ich ließ mich neben sie sinken.

»Zeig mal her«, sagte ich.

Sie streckte die Hand aus, und ich wickelte vorsichtig das Papier ab, drehte ihre schmalen Finger im schwachen Licht, um den Schaden begutachten zu können. Blut quoll aus Schnitten an Daumen, Zeige- und Mittelfinger, sie musste mehrfach in die Scherben gegriffen haben, obwohl sie sich schon verletzt hatte. Die Wunden sahen zum Glück nicht tief aus, ich hoffte, dass keine Splitter darin steckten, und band erst mal frisches Papier um ihre Hand. Die Pflaster würde sie sofort durchbluten.

Sie zog ihre Hand zurück und hielt sie wie einen verletzten Vogel mit der anderen Hand vor ihre Brust.

»Mist, verdammter! Der gute Wein«, sagte sie. »Irgendwo muss aber noch eine Flasche sein. Hast du mein Glas gesehen?«

Schwankend stand sie auf, und ich begriff, dass sie betrunken war, während sie sich einen Weg zwischen Sesseln und Sofa hindurchbahnte und dann triumphierend ihr Glas in die Höhe hielt. Sie setzte es an und leerte es in einem Zug.

»Komm, in der Küche gibt es noch einen Rioja, den hole ich uns mit einem zweiten Glas, ja?«, sagte sie leicht lallend.

»Ich bin mir nicht sicher, ob du noch mehr trinken solltest«, antwortete ich zögerlich.

»Ach was! Nun sei keine Spielverderberin. Setz du dich hin, ich hole den Wein«, erklärte sie und ging zielstrebig Richtung Küche.

Unschlüssig ließ ich mich auf das Sofa fallen, das mich sofort fast verschluckte. Das Knistern des Feuers und das Prasseln des Regens verbanden sich mit dem Geräusch des Windes, der um das Haus heulte, zum Klang eines kalten Herbstabends. Hier war es wohlig warm, anders als in der unbeheizten Bibliothek.

Emilia kam mit Flasche, Glas und Korkenzieher in ihrer unverletzten Hand zurück. Sie reichte mir alles, und ich entkorkte den Wein, während sie sich neben mich auf das Sofa setzte und die Beine an ihren Körper zog, ihre nackten Füße auf dem Sitzpolster.

Sie hielt mir ihr Glas hin, ich füllte es auf, wollte die Flasche schon absetzen, als sie mir mit einer ungeduldigen Bewegung mit der verbundenen Hand bedeutete, ihr weiter nachzuschenken. Ich hob eine Augenbraue, sagte aber nichts und goss ihr etwas mehr ein.

Ich nippte an meinem Wein, der trockene, würzig-fruchtige Geschmack breitete sich in meinem Mund aus, während ich in die tanzenden, hypnotisch flackernden Flammen starrte. Ich spürte, wie Emilia mich von der Seite musterte. Wir beide schwiegen. Ich war immer noch sauer auf sie, und mir fiel auf Anhieb kein unverfängliches Thema ein, das uns nicht auf unseren Konflikt zurückgeworfen hätte. Überzeugt davon, dass sie mir nicht alles gesagt hatte, was sie über Noahs Verschwinden wusste, und genervt von ihrer kryptischen Art, hatte ich wenig Lust auf belanglosen Smalltalk über das Wetter.

»Wie geht es mit deiner Spurensuche voran?«, fragte sie schließlich, und etwas in ihrem Blick funkelte amüsiert, sodass ich mich gleich wieder gereizt fühlte.

»Nicht besonders gut. Du bist ja auch überhaupt nicht hilfreich, und das, obwohl du darauf bestanden hast, dass ich herkomme und dir bei der Suche helfe«, konnte ich mir nicht verkneifen zu sagen.

Emilia seufzte, hob ihre Schultern und ließ sie wieder sinken. »Die Pakete sind an dich adressiert, oder?«, sagte sie.

Ich nickte unverbindlich, ohne weiter darauf einzugehen. Es gab eine Sache, die ich sie schon eine Weile fragen wollte, ich biss mir auf die Unterlippe, dann sprach ich es einfach aus.

»Stimmt es eigentlich, was du letztens gesagt hast? Dass Noah meinte, sich von mir zu trennen war der größte Fehler seines Lebens?«

Ich sah sie an, mein Herzschlag laut in meinen Ohren. Sie erwiderte den Blick, starrte mich an, dann verzog sich ihr Mund zu einem grausigen kalten Lächeln.

»Das ist wirklich das Einzige, was dich interessiert, oder? Noah dies, Noah das! Du hast noch kein Mal mit mir geredet, seit du hier bist!«

Ich starrte sie an, mein Mund öffnete sich automatisch, um zu sagen, wie unfair und unwahr diese Anschuldigung war, aber mir fehlten die Worte, so überrumpelt war ich.

»Ich versuche schon die ganze Zeit, mit dir zu sprechen, Emilia! Du bist es, die ständig abblockt oder über diese verdammten Libellen redet, von denen du so besessen bist!«, brachte ich schließlich wütend hervor.

»Nein, du willst nicht wirklich mit *mir* reden, du willst nur mit mir über Noah reden!« Emilia lachte bitter. »Es ist genau wie früher. Noah und ich haben gerade unsere Eltern verloren, und alles, woran du denken kannst, ist, ob er dich noch mag?«

Mir blieb die Luft weg. Meine Finger schlossen sich schmerzhaft um den Stiel des Glases, ich stellte es so heftig auf dem Couchtisch ab, dass Wein herausschwappte.

»Ich bin jetzt seit über einer Woche hier, und du hast noch kein einziges Mal versucht, auf mich zuzukommen oder mit mir zu sprechen, geschweige denn zu erklären, was hier vor sich geht! Lieber spielst du mit deinen Insekten. Es tut mir leid, dass du deine Eltern verloren hast, Emilia, das tut es wirklich. Aber das rechtfertigt nicht, dass du andere Menschen behandelst wie Dienstboten, die deine Probleme für dich lösen!« Meine Stimme war zuletzt lauter geworden, und Emilia sah tatsächlich geschockt aus. Sie setzte sich gerader im Sofa hin.

»Ich bin ganz alleine hier, Sophie!«, schrie sie plötzlich, ihr Schmerz auf einmal so greifbar, dass ich zurückzuckte. »Was glaubst du, wie das ist? Es hat mich so lange niemand mehr gefragt, wie es mir geht, dass ich schon gar nicht mehr weiß, welche Lüge man darauf antwortet. Es gibt niemanden mehr, mit dem ich reden kann, denn es gibt niemanden mehr, der sich für mich interessiert!«

Sie atmete schwer, hatte sich vorgebeugt, ihre Augen waren weit aufgerissen, und der Feuerschein warf hohle Schatten über ihre Wangen. Das Licht tanzte auf ihrem goldenen Haar, als sie sich abrupt abwandte.

In diesem Moment zerbrach etwas Hartes, Unnachgiebiges in meinem Herzen und flutete mich mit so viel Trauer, Mitleid und Reue, dass ich schlucken musste. Ich fühlte mich wie ein Monster. Emilia hatte natürlich recht, ich hatte mich überhaupt nicht um sie und ihre Gefühle gesorgt, ich war so auf Noah fixiert gewesen, dass ich sie behandelt hatte, als wäre sie gar nicht richtig da, als hätte sie nicht gerade ihre ganze Familie auf die ein oder andere Weise verloren. Als wäre sie nicht mal wie eine Schwester für mich gewesen. Vor fünf Jahren, damals am Esstisch der von Gutenbachs, als sie mir sagte, dass Noah nach Südamerika aufgebrochen war, ohne mir Bescheid zu geben, hatte sich eine unfassbare und hilflose Wut in meinem Bauch gebildet, die fast in Hass auf sie umgeschlagen war. Ihr jetziger Schmerz, so schwer und roh, ihre Einsamkeit und ihre Verletzlichkeit brachen in diesem Moment meine Seele wieder für sie auf.

Vorsichtig streckte ich die Hand aus, berührte sie an ihrer viel zu schmalen Schulter. »Es tut mir leid, Emilia«, flüsterte ich. »Es tut mir so wahnsinnig leid. Du hast recht, ich war ein unsensibles, mieses Miststück.«

Ihre Körper hob und senke sich unter meinen Fingern, sie hatte den Kopf immer noch von mir abgewandt, ihr Atem ging abgehackt.

Dann wandte sie mir ihr Gesicht zu. Ihre tränenüberströmten Wangen glänzten im Feuerschein, und sie sah so klein und verloren aus, dass ich sie instinktiv an mich zog. Ich hielt sie fest, ihre Arme um meine Mitte geschlungen, während ihre Schultern bebten, Rotz und Tränen meinen Pulli durchtränkten, und strich ihr über das Haar. Es dauerte lange, bis ihr Atem sich endlich beruhigte, etwa genauso lange, wie es für den harten Knoten von Wut in meinem Inneren brauchte, um langsam zu schmelzen und sich in Wasser und Salz aufzulösen.

~

Ich lief die Auffahrt hinunter, so schnell es meine Stiefel zuließen, der Regen prasselte auf meinen Schirm und durchtränkte trotzdem meinen Rücken durch den Mantel hindurch. Der Wind trieb mich voran, der nasse Kies knirschte unter meinen Schritten. In der Dunkelheit waren die Regenschwaden wie Schnüre, die vom Himmel fielen.

Erleichtert sah ich die Scheinwerfer des Autos, das bereits am Straßenrand wartete. Ich hatte Manuel eine lange SMS geschrieben, und er war hergekommen, trotz des Wetters und der späten Uhrzeit.

Ich öffnete die schwere schmiedeeiserne Pforte, lief die letzten Schritte mit zusammengeklapptem Schirm, riss die Autotür auf und ließ mich mit einem Seufzen auf den Beifahrersitz des Fiat fallen. Ich sah Manuel an, seine braunen Augen strahlend warm im Licht der Innenlampe. Wassertropfen liefen mir den Nacken hinunter, und ich schüttelte mich ein bisschen. Er musterte mich amüsiert und drehte kommentarlos die Heizung höher.

»Hier, ich bin wirklich gespannt, ob dir etwas dazu einfällt«, sagte ich, während ich das Fernglas aus meiner durchnässten Handtasche zog und ihm reichte. »Vielleicht erinnerst du dich noch an etwas, woran ich nicht gedacht habe.«

Mit zusammengezogenen Augenbrauen nahm er das Fernglas entgegen, befreite es aus seiner Lederhülle und drehte es hin und her, genau wie ich es schon den gesamten Tag über getan hatte. Gespannt sah ich ihn an.

Er ließ das Fernglas sinken und begegnete meinem Blick. »Ich bin mir nicht sicher, was du von mir erwartest, Sophie«, sagte er zögerlich.

»Sag einfach das, was dir dazu in den Sinn kommt. Ich weiß, du kanntest Noah nicht so gut. Das ist ein bisschen der Punkt. Vielleicht siehst du als Außenstehender mehr«, sagte ich zu ihm.

In seinem Gesicht verstellte sich etwas, er schien sich einen Ruck zu geben.

»Dafür bin ich nicht hergekommen«, sagte er zu mir. »Du hast geschrieben, dass Emilia sich endlich ein wenig geöffnet hat dir gegenüber, und ich dachte, du brauchst vielleicht jemanden zum Reden.«

Diese Antwort hatte ich nicht erwartet. Mein Blick fiel auf meine kalten Hände, den nassen Regenschirm darin, der schwarze Stoff wie zusammengefaltete traurige Rabenschwingen.

»Du siehst müde aus, Sophie«, sagte er sanft. »Willst du mir nicht erzählen, was los ist?«

Die Regentropfen prasselten laut auf das Autodach über uns, der Innenraum des Wagens war aufgeheizt, während die Dunkelheit und das Wasser gegen die Scheiben zu pressen schienen. Den ganzen Tag über schon hatte diese Düsternis in meinem Bauch gelauert, die seine unschuldige Frage jetzt an die Oberfläche zu zerren drohte.

»Mir geht's gut«, sagte ich wie automatisch, und mir fielen Emilias Worte zu dieser Frage wieder ein. Augenblicklich fühlte ich mich schuldig.

»Außer, dass Emilia berechtigterweise sagt, dass ich mich kein bisschen um sie geschert habe, seit ich hier bin«, fügte ich zögernd hinzu, ohne Manuel anzusehen. »Was bin ich nur für eine fürchterliche, unsensible Person, dass ich kaum versucht habe, sie zu trösten oder auf sie einzugehen, obwohl sie gerade ihre Eltern verloren hat«, sagte ich bitter, den nassen Regenschirm in meinen Händen drehend.

»Du bist nicht unsensibel, im Gegenteil«, sagte Manuel, und ich schnaubte ungläubig. »Du bist nur etwas … fokussiert im Augenblick, sodass du nicht alles um dich herum wahrnimmst. Und Emilia ist auch nicht gerade der einfachste Mensch. Sie zu trösten stelle ich mir ein bisschen vor, wie mit einem Igel zu kuscheln, so verschlossen und reizbar, wie sie ist.«

Er erschauderte, und ich musste auflachen, trotz des dicken Kloßes in meinem Hals.

»Als Noah damals verschwand«, begann ich, schluckte und fuhr fort. »Da bin ich nicht nur traurig, sondern auch sehr, sehr wütend geworden, und zwar nicht auf Noah, sondern auf Emilia, die von seinen Plänen wusste und mir nichts gesagt hatte. Weil ich Noah einfach nicht hassen konnte, habe ich angefangen, Emilia zu hassen.«

Diese Erkenntnis, die mir am Abend auf dem Sofa gekommen war, während ich die weinende Emilia in meinen Armen hielt, brach roh und ungefiltert aus mir heraus. Ich wandte mich ihm zu, betrachtete die gleichmäßigen Züge seines Gesichts und erwartete, eine Verurteilung dort zu finden, doch es zeigte keine Reaktion auf meine Worte.

»Ich bin ein schrecklicher, egoistischer Mensch«, sagte ich leise, das dunkle Gefühl in meinem Magen in diesem Moment überwältigend. Sein Blick veränderte sich, und ich versuchte den Ausdruck darin zu lesen, der ganz und gar keine Verachtung war.

»Sophie, er hat dir damals das Herz gebrochen, und nach allem, was du mir erzählt hast, hat sich Emilia auf seine Seite gestellt. Dass du wütend auf sie warst, ist verständlich. Aber hast du sie nie gefragt, was aus ihrer Sicht los war? Habt ihr nie darüber gesprochen?«, sagte Manuel. Seine kantigen Züge wirkten weich im gelben Licht der Straßenlaterne.

»Nein«, sagte ich leise. »Und ich verstehe langsam, dass ich damals über eine ganze Menge Dinge nicht geredet habe, über die ich hätte reden sollen, eine ganze Menge Fragen nicht gestellt habe, die ich hätte stellen müssen. Ich bin einfach ein Feigling und wollte die Antworten nicht hören.« Meine Wut auf mich selbst und eine seltsame Fassungslosigkeit meinem eigenen Verhalten gegenüber färbten meine Worte.

»Hör auf, so schlecht über dich zu reden, Sophie. Niemand kann alles richtigmachen.«

Ich starrte ihn an, dann lachte ich bitter auf. »Aber so viel falsch zu machen ist schon eine Kunst. Kein Wunder, dass es Noah nicht mit mir ausgehalten hat, dass meine Ex-Freunde Reißaus nehmen und Emilia mir erst sagen muss, wie unmöglich ich mich verhalte, bevor ich das selber merke.«

Manuel sah mich an, etwas Heftiges, Ungläubiges in seinem Blick. Mit einem Ruck wandte er sich ab und starrte aus der Frontschutzscheibe in die Dunkelheit. Ein unbequemes Schweigen trat zwischen uns.

»Ich habe darüber nachgedacht, was du erzählt hast«, sagte er schließlich, die Hände fest ums Lenkrad geschlossen. »Ich denke, im Grunde deiner Seele hast du nie geglaubt, dass du ihn verdient hast. Du hast immer gedacht, dass er dich mal verlassen würde, das war deine größte Angst. Und als es dann geschehen ist, hast du in deinen dunkelsten Stunden gefürchtet, du hättest es verdient. Deshalb kannst du ihn nicht loslassen, weil ein Teil von dir immer noch denkt, du hättest nichts Besseres verdient, und wenn er dich nur zurücknehmen würde, wäre alles gut.«

Es war wie ein Schlag ins Gesicht. Der Schmerz, den seine Worte auslösten, war so heftig, dass mir die Luft wegblieb. Der prasselnde Regen plötzlich ohrenbetäubend, die Enge des Autos erstickend.

»Ist es das, was dir mit Katharina passiert ist?«, fragte ich hart. »Versuch nicht, deine traurige Geschichte auf meine zu übertragen.«

Aber es stimmte: In der finstersten Zeit, kurz nachdem Noah mich verlassen hatte, hatte sich eine dunkle Erleichterung in mein Herz geschlichen, denn es war endlich eingetreten, worauf ich insgeheim immer gewartet, was ich still gefürchtet hatte.

»Du hast dir jemanden ausgesucht, von dem du wusstest, dass er dich nie richtig lieben würde, nie so, wie du ihn. Ist das deine Art, dich für etwas zu bestrafen, Sophie, oder hast du einfach Angst davor herauszufinden, ob dich überhaupt jemand richtig lieben kann?«, fragte er.

»Was weißt du schon davon?«, zischte ich. »Was weißt du schon von echter Liebe?«

Er seufzte. »Ich weiß mehr davon, als mir lieb ist, Sophie, glaub mir.«

Wir starrten einander an, seine Augen dunkel und voller Dinge, die ich nicht wissen wollte. Ich atmete schwer und ließ den Blick fallen.

»Wenn ich aufgebe, was ich für Noah empfinde, dann gebe ich den besten Teil von mir auf«, sagte ich leise. »Ich kann das nicht. Ich kann es einfach nicht.«

Langsam, ganz langsam streckte Manuel die Hand nach mir aus, so, als würde er mir die Zeit geben wollen, seiner Berührung auszuweichen. Sanft legten sich seine Fingerkuppen an mein Kinn, und er drehte meinen Kopf ein winziges Stückchen, sodass ich ihm ansehen musste.

»Sophie, es ist nicht deine Liebe zu ihm, die dich zu etwas Besonderem macht. Es ist dein Herz, das nicht aufgibt zu lieben. Diese Liebe gehört zu dir, nicht zu ihm. Ich wünschte nur, du könntest das sehen und sie jemandem schenken, der sie auch erwidert.«

Ich hielt den Atem an. Mein Blick fiel unwillkürlich auf seinen Mund, huschte wieder nach oben.

»Spiel nicht so mit mir, Manuel«, sagte ich leise. »Ich kann mich nicht dagegen wehren.«

»Ich spiele nicht mit dir, Sophie.«

Er war so nah, dass ich glaubte, er müsse meinen rasenden Herzschlag hören. Dann machte ich eine kleine Bewegung mit dem Kopf, um mich ihm zu entziehen, und er ließ seine Hand sinken.

»Es tut mir leid, dass ich dich hierhergerufen habe«, sagte ich abgehackt, mein Spiegelbild in der dunklen Scheibe anstarrend, die Züge hart und fremd. »Mach's gut, Manuel.«

Damit stieß ich dir Autotür auf.

»Sophie …«, hörte ich ihn hinter mir sagen, aber ich achtete nicht darauf.

Der Regen prasselte auf mich ein. Ich warf die Tür zu, und mein Haar klebte nass im Nacken, als ich kurz darauf die Pforte zum Anwesen aufriss. Ich drehte mich nicht noch einmal um. Auf dem Weg zum Haus ging ich langsam, der Regen durchnässte mich, der Wind zerrte am mir wie meine unruhigen Gedanken. Dieser Tag, an dem ich erst mit Emilia und dann mit Manuel gestritten hatte, erschütterte mich in meinen Grundfesten. Alles schien auf den Kopf gestellt, verschoben, ich erkannte das Bild nicht mehr.

Meine kalten, nassen Finger zitterten, als ich die Haustür aufschloss. Ich lehnte mich von innen gegen das schwere Holz. Es war, als wäre in mir ein Damm gebrochen und das Wasser würde alles mit sich reißen, was ich zuvor gekannt hatte, und nur den dunklen Schlamm der Dinge zurücklassen, die im Grunde meines Herzens versteckt gewesen waren.

KAPITEL 16

Falkenlibellen
sind meist metallisch-grün gefärbt

8 Jahre zuvor

Die Kneipe war warm und urig, der Innenraum mit dunklen Tapeten und Holzvertäfelung verkleidet, die Balken des Fachwerkhauses tief über unseren Köpfen hängend. Die Luft roch nach Bier, Schweiß und altem Zigarettenqualm, obwohl man drinnen gar nicht mehr rauchen durfte. Die Atmosphäre war gelöst und aufgeheizt, vor uns auf dem Holztisch standen bereits einige geleerte Biergläser. Das erste Semester hatte gerade begonnen, und alles erschien mir neu und aufregend, auch diese laute Kneipe voller Menschen, obwohl ich normalerweise nicht der Typ dafür war, volle Orte zu mögen. Wir saßen auf einer bequemen Eckbank, die mit abgewetztem Leder überzogen war.

»Und ihr habt euch also für Kunstgeschichte und Jura eingeschrieben?«, fragte Joseph an mich und Noah gewandt, den Arm lässig um seine Freundin Alicia gelegt. Sie griff nach den Salzstangen auf dem Tisch und kicherte, als Joseph die Gelegenheit nutzte, ihr einen Kuss auf den Hals zu drücken. Sebastian folgte ihren Bewegungen mit angewidertem Blick, während Genivière das Geschehen zu amüsieren schien.

»Genau. Während ich das Geld verdiene, wird Sophie später mal mit einer dicken Brille über alten Gemälden hängen«, antwortete Noah.

Joseph lachte, und Genivière verzog den Mund. Ihre goldenen Armreifen klirrten an ihrem dunklen Arm, als sie nach ihrem Bier griff.

»Ich finde, wir haben alle großes Glück, hier studieren zu können«, sagte Alicia, und es war Genivière, die jetzt tatsächlich die Augen verdrehte.

»Glück hat nichts damit zu tun«, sagte Genivière, und insgeheim musste ich ihr zustimmen. Meine guten Noten hatten es mir ermöglicht, hier zu studieren, während Noahs Vater den Dekan der Universität aus seiner früheren Studentenverbindung kannte. Natürlich hatte Noah einen Platz im renommierten juristischen Seminar bekommen. Robert hatte seine Freunde immer sehr vorausschauend gewählt.

»Ich bin gespannt auf den Institutsleiter«, sagte Joseph, der ebenfalls für Jura eingeschrieben war, zu Noah. »Er soll ein echter Bastard sein, der die Studentenschaft ordentlich aussiebt.«

Das Gespräch zwischen den beiden driftete von Gerüchten, die sie über den Professor gehört hatten, zu Überlebensstrategien im Jurastudium, und ich lauschte nur mit halbem Ohr, während Sebastian und Alicia mit Geschichten aus ihren Studienrichtungen konterten.

Hier, in der Kneipe, auf unserer bequemen Eckbank saß ich ganz nah bei Noah. Wohlige Wärme breitete sich in mir aus. Mein Blick wanderte über Noahs im gelben Licht immer noch so weiße Haut. Ich betrachtete den roten Mund, dessen Küsse mich wahnsinnig machten, der sich aber auch zu einer schmalen Linie oder einem süffisanten Grinsen verziehen konnte. Ich wollte die Hände ausstrecken und durch sein weiches Haar fahren, den Kurven seiner Ohrmuschel folgen, die zarte Haut am Halsansatz küssen. Auch wenn ich so nah beim ihm saß, dass unsere Schenkel sich berührten, dass ich seinen Geruch nach Aftershave, frischer Wäsche und den herben Duft seiner Haut riechen konnte; auch wenn ich die Hand ausstrecken, ihn anfassen und küssen konnte, glaubte ich immer noch nicht ganz, auch nicht nach zwei Jahren, die wir nun zusammen waren, dass dieser Mann wirklich zu mir gehörte.

»Eigentlich wollte ich gar nicht unbedingt Jura machen«, sagte Noah gerade, »aber mein Vater war sehr überzeugend.« Bei Noahs ironischem Lächeln zog sich mein Herz für ihn zusammen. Bei Robert konnte ›überzeugend‹ alles mögliche Unangenehme heißen, wie ich aus Erfahrung wusste.

»Was hättest du denn lieber gemacht?«, fragte Sebastian, der, soweit ich mich erinnern konnte, in Wirtschaftspsychologie eingeschrieben war.

»Irgendetwas Sinnloses, so wie Sophie, vielleicht Philosophie, Literatur oder Geschichte«, sagte Noah in einem leichten Tonfall und lehnte sich zurück, den Blick über die Runde schweifend. »Dann hätte ich mir Visitenkarten drucken lassen mit der Berufsbezeichnung: Taxifahrer.«

Alle am Tisch außer mir und Genivière brachen in heftiges Lachen aus, Sebastian klopfte Noah fest auf die Schulter, und Alicia prustete ihr Bier halb über den Tisch. Ich lachte nicht, denn ich kannte Noah besser als alle anderen hier und sah, dass unter der scheinbar so entspannten Linie seiner Schultern eine Anspannung lauerte, die er zu verbergen suchte. Unter seinen so leicht klingenden Worten schlummerte eine Wahrheit, die ich bisher nicht gekannt hatte.

Genivière stieß mich leicht an der Schulter an, ich wandte mich zu ihr um, und ihre dunkelbraunen Augen musterten mich scharf.

»Ich geh eine rauchen«, sagte sie. »Begleitest du mich?«

Das Gespräch war schon weitergelaufen, und Alicia erzählte etwas über eine ihrer Kommilitoninnen, ich nahm ihre Worte kaum wahr. Ich nickte, frische Luft würde mir guttun.

Genivière nahm ihre rote Lederjacke, ich ließ meinen Mantel liegen und folgte ihr aus der Kneipe. Draußen war es kalt geworden, und die eisige Luft, die uns entgegenschlug, nahm mir kurz den Atem. Als die Tür hinter uns zufiel, war es sofort still um uns. Die Kälte auf meinem brennenden Gesicht tat gut, ich atmete tief ein. Wir waren die Einzigen hier draußen, in dieser stillen Gasse einer scheinbar schlafenden Stadt. Das Kopfsteinpflaster glänzte im Licht der Laternen, und die wunderschönen alten Stadt- und Fachwerkhäuser schlummerten in der Dunkelheit. Ich fröstelte ein bisschen und sah zu Genivière, der die Temperatur nichts auszumachen schien, obwohl es eigentlich zu kalt war für ihre Lederjacke. In der schwachen Beleuchtung der Straßenlaternen bildete das Rot der Jacke einen wunderschönen Kontrast zu ihrer dunkelbraunen, matt schimmernden Haut.

Sie nahm einen tiefen Zug von ihrer Zigarette und musterte mich im Gegenzug.

»Ich bin froh, dass du mitgekommen bist«, sagte ich ehrlich zu ihr. »Diese ganzen Juristen, BWLer und Psychologen reden sonst wieder nur die ganze Nacht darüber, wie sie irgendjemanden aufs Kreuz legen können.« Ich zog eine Grimasse, und Genivière lächelte.

»Wie kommst du drauf, dass es darum geht?«, fragte sie, das Funkeln in ihren Augen verschmitzt. »Ich dachte, es ginge vielmehr darum, wie toll sie eigentlich sind und wo Papa die Luxus-Yacht parkt.«

Ich grinste zurück. »Ja, das Thema kommt unmittelbar vor Überlegungen dazu, wie sie die Regeln zu ihren Gunsten ändern, gefolgt von der Frage, wie sie die Weltherrschaft an sich reißen, um endlich in Ruhe so viele Goldbarren horten zu können, wie in den Bunker im Garten neben die Klopapierrollen passen.«

Genivière lachte laut, ihre Braids wippten auf ihren Schultern auf und ab. Als sie wieder atmen konnte, zog sie an ihrer Zigarette und stieß den Rauch in die Nachtluft aus.

»Du bist witzig, Sophie. Lustiger als dein Freund. Du solltest ihm sagen, dass er keine Witze auf deine Kosten machen soll«, sagte sie.

Ich stockte, erstaunt. »Ach, er meint das nicht so«, sagte ich, die Brauen hochgezogen. Noahs Humor war schon immer schneidend und schlagfertig gewesen, aber mir gegenüber waren es meistens nur kleine Sticheleien, die er nicht böse meinte.

Sie musterte mich erneut mit einer seltsamen Ernsthaftigkeit, scharf und unnachgiebig. Dann schien sie zu einer Entscheidung zu gelangen und zuckte mit den Schultern.

»Mh«, machte sie unverbindlich.

Bis sie zu Ende geraucht hatte, redeten wir über den Sinn und Unsinn der längsten Einkaufsstraße Europas und die Frage, ob man die Stadt nicht hätte auch mit mehr Nebenstraßen bauen können, um das repetitive Auf- und Abgehen zu vermeiden. Wir lachten über den verdatterten Anblick des Robert Bunsen, den Erfinder des Bunsenbrenners und des Bunsenelements, dessen Statue vor der Uni schon wieder jemand mit pinker Farbe übergossen hatte, und dichteten Wahlsprüche, die sich auf Bunsen reimten und alle keinen Sinn ergaben. Schließlich gingen wir wieder hinein zu den anderen, um uns aufzuwärmen.

Später drückte Genivière meine Hand zum Abschied und winkte in die Runde, als die Kneipe hinter uns ihre Türen schloss und wir alle angeheitert und fröhlich in den frühen Morgen hinausstolperten.

Auf dem Rückweg zu unserer Wohnung legte Noah seinen Arm um meine Schulter, zog mich zu sich heran und küsste mich auf die Schläfe. Ich lächelte glücklich, so viel Zärtlichkeit für ihn in mir, dass ich überquoll.

Unsere Schritte hallten auf dem Kopfsteinpflaster durch die schlafenden Straßen, der Himmel über uns begann schon zu dämmern, erstes Licht gab den Fachwerkhäusern ein frisch gewaschenes Aussehen, die Farben der bunt gestrichenen Fensterläden und Fensterrahmen traten leuchtend hervor.

Dies hier, unser neues Leben zusammen in einer neuen Stadt, war genau so, wie es sein sollte. Ich sah Noah von der Seite an, seine grade, kontrollierte Haltung aufgebrochen durch eine Nacht voller Alkohol und Lachen, seine Bewegungen locker, frei.

»Warum hast du mir nicht erzählt, dass du über andere Studienfächer nachgedacht hast?«, fragte ich ihn schließlich, als wir auf einer der Brücken den Fluss überquerten. Das Wasser floss schnell und ungehindert unter unseren Füßen hindurch, das erste Licht ließ es tiefblau erscheinen. »Du hast mir gar nicht gesagt, dass es bei den Streits mit deinem Vater darum ging.«

Noah zog mich fester an sich heran, ein seltsam starres Lächeln auf seinen Lippen. Wir gingen ein paar Schritte, die ersten Autos rauschten an uns vorbei, und ich wartete auf seine Antwort, während in der Ferne die Sonne hinter den Bergen hervorkam.

Ich beobachtete sein Gesicht im Licht des anbrechenden Tages, seine Augen waren auf den Boden gerichtet. Sein blondes Haar schien Feuer zu fangen, als die ersten Sonnenstrahlen danach griffen. Man musste Noah Zeit geben, wenn man eine Antwort wollte, also schwieg ich. Der Zug um seine Mundwinkel war plötzlich traurig.

»Aber du kennst mich doch schon so gut, Sophie, dass ich manchmal gar nicht weiß, was ich noch sagen soll«, sagte er leicht, scherzhaft und doch mit einer Ernsthaftigkeit dahinter, die ich nicht verstehen konnte.

Wir blieben auf der Mitte der Brücke stehen, er wandte sich mir zu. Ich konnte seinen plötzlichen Stimmungswechsel nicht ganz nachvollziehen, eben war er noch in einer solchen Hochstimmung gewesen. Das Licht im Rücken strahlten seine Augen tiefgrün, fast schwarz.

Er strich mir mit seinen Daumen sanft über die Wangen, und ich seufzte leise, in meinem Nacken kribbelte es, und ich wollte in seine Arme fallen, aber sein Blick hielt mich davon ab.

»Du siehst mich manchmal so an, als wäre nicht ich gemeint, sondern ein anderer, besserer Mann«, sagte er leise.

Ich lächelte, und in meiner Müdigkeit und zufriedener Erschöpfung ließ ich meinen Kopf einfach an seine Schulter sinken, legte meine Arme fest um seine Mitte.

»Du hast doch selbst gesagt, dass ich dich gut kenne«, murmelte ich in sein Hemd, seinen schnellen Herzschlag an meiner Wange spürend. »Ich weiß genau, wer dieser Mann ist, den ich anschaue, Noah von Gutenbach, und ich möchte niemand anderen in meinem Leben haben.«

TEIL III

The book is aching for the tree
Return, return, return to me
All my friends, all my friends
All are my friends are weeds and rain
All my friends are half-gone birds
Are magnets, all my friends are words
All my friends are funeral singers
Funeral singers
Wailing

Sylvan Esso, Funeral Singer

KAPITEL 17

Die geschicktesten und ausdauerndsten Jäger sind die Großlibellen

Ich erwachte von einem seltsamen Geräusch, das ich nicht sofort zuordnen konnte. Es war ein Knirschen und Knacken wie von frischem Eis unter Druck. Ich schälte mich aus meinen dicken Decken und stand auf. Meine nackten Füße waren lautlos auf Teppich und Parkett, der Boden kalt unter meinen Zehen.

Das Geräusch schwoll an, das Knirschen wurde drängender, und ein anderer Klang gesellte sich dazu, etwas Schnelles, Surrendes, das einen hohen, rauschenden Ton erzeugte.

Durch die Tür trat ich in den dunklen Flur, hier war der Klang eindeutig lauter, schien näher. Ich konnte mir immer noch nicht erklären, was ihn erzeugen mochte, und meine Schritte folgten dem Geräusch wie von selbst den schwarzen Korridor entlang zur Treppe.

Eine Hand auf dem Eichenholzgeländer spähte ich in die Dunkelheit, mein Herzschlag ein schnelles Flattern. Langsam gewöhnten sich meine Augen an die Düsternis, aber ich konnte nichts sehen, was für das Geräusch verantwortlich war. Ein leises Schaben kam hinzu, als würde eine schnelle, sanfte Bewegung an ein Hindernis stoßen.

Plötzlich hörte ich ein lautes Knacken, dann den unverwechselbaren Klang von splitterndem Glas. Mein Blick fuhr hoch, und da sah ich es: Die Libellen, die großen und kleinen, bunten, metallisch leuchtenden und irisierenden, hatten begonnen, hinter ihren Glasscheiben mit den Flügeln zu schlagen.

Mein Atem stockte. Der hohe, surrende Ton kam vom schnellen Flügelschlag unzähliger geäderter Schwingen, die von innen gegen das Glas schlugen. Ein Schaukasten direkt über mir hatte einen Riss. Wie die Wurzeln eines Baumes verästelte sich der Riss in tausend kleinere, die mit einem Knirschen durch das Glas liefen. Dahinter eine große blaue Libelle mit schwarzen Augen, ihr Flügelschlag rasend, wild, triumphierend.

Dann ein zweiter Riss in einem weiteren Kasten, der in Windeseile durch die Scheibe vor einer roten Libelle lief, sich ausbreitete, das Glas in ein Spinnennetz verwandelte. Und ein dritter, und ein vierter Schaukasten bebten unter den Doppelflügeln der Tiere. Risse bildeten sich überall, verbreiteten und verästelten sich mit rasender Geschwindigkeit. Ich erwachte aus der Schockstarre, rannte die Treppe hinunter, so schnell ich konnte, das Rauschen der unzähligen Flügel ein wütendes Summen in meinen Ohren.

Und dann geschah es. Die Scheibe des ersten Glaskastens zerbarst mit einem schallenden Klirren in tausend Stücke, dann der nächste und der nächste und der nächste. Das Splittern und Klirren ohrenbetäubend über mir, riss ich meine Arme nach oben, um mich vor den Scherben zu schützen, die auf die Treppe herabregneten, meinen Rücken bedeckten, meine Arme zerschnitten und sich tief in meine nackten Füße bohrten, während ich floh. Das rieselnde Glas wie ein Wasserfall, das Platzen wie das Zerbersten von Schichten und Schichten von ewigem Eis.

Hinter mir gesellte sich ein weiterer Klang hinzu, das Surren der Libellenschwingen unzähliger Flügelpaare, nun aus ihren Käfigen befreit. Das aggressive Summen über mir wurde so drohend, dass ich instinktiv herumfuhr und im von Glassplittern bedeckten Foyer schlitternd zum Stehen kam.

Ich sah atemlos zurück. Die gesamte Luft über der Treppe einnehmend, glitten die Libellen mit schnellem Flügelschlag dahin. Meine Muskeln krampften, als die Panik in meinen Körper schoss. Die Tiere schwebten wie eine wartende Armada über dem gewundenen Aufgang, während sich noch einzelne von ihnen aus ihren Kästen befreiten. Das Blut in meinen Adern stockte, als ich sah, wie die roten, blauen, gestreiften, gelben und braunen Libellenkörper in der Luft standen, der Schlag ihrer durchsichtigen und schillernden Flügel zu schnell, um ihn mit dem bloßen Auge zu verfolgen.

Wie ein Organismus, ein Schwarm aus glitzernden Einzelkörpern, begannen die Libellen plötzlich, sich langsam nach oben zu schrauben, der hohen Decke des Foyers entgegen. Ihre Bewegungen aufeinander abgestimmt, die Körper mit den schnellen Schwingen eine Handbreit voneinander entfernt, auf jede kleinste Regung des Schwarms synchron reagierend, eine lebende, atmende Masse aus Einzelwesen.

Ich folgte ihnen mit dem Blick, als sie anfingen, über mir unter der Decke der Eingangshalle wie ein Wirbelsturm zu kreisen, schneller und schneller.

Und dann, ganz plötzlich, stürzten sie auf mich herab, das wütende Surren ihrer Flügel im Sturzflug ein lautes Rauschen in meinen Ohren, das mich unter Wasser zog wie eine tödliche Strömung.

Ich riss die Arme hoch und schrie. Und das war der Moment, wo ich wirklich aufwachte und mich schwer atmend und mit rasendem Puls in meinem nassgeschwitzten Bett wiederfand.

~

Nach ein paar Stunden, in denen ich mich in meinen Laken gewälzt hatte und der Schlaf einfach nicht mehr kommen wollte, stand ich auf. Erstes Licht fiel durch den Spalt in der schweren Gardine, den ich immer offen ließ. Mein Nacken war verspannt, und leichte Kopfschmerzen kündigten sich an, was sich auch nach einer ausgiebigen heißen Dusche nicht besserte.

Im Turmzimmer war es kühl. Mit langsamen Bewegungen zog ich mich an, Jeans, T-Shirt und einen dicken Wollpulli, den ich zum Glück mitgenommen hatte. Ich riss das Fenster auf, eisige Windschwaden drängten hinein, und die Luft roch nach Schnee. Es war kalt geworden über Nacht, der Regen der letzten Tage war einem grauen, dräuenden Himmel gewichen. Der plötzliche Kälteeinbruch hatte das Gras und die fast schon kahlen Äste der Bäume mit Raureif bedeckt. Die letzten warmen Tage am Wochenende davor waren wie eine unwirkliche, ferne Erinnerung. Der Winter griff an diesem Oktoberende mit kalten Fingern nach seinem Recht, sich über der Landschaft zu legen und sie mit seinem weißen Totenkleid zu bedecken.

Mein Blick wanderte über den Vorgarten, in dem Manuel wohl trotz gegenteiliger Anweisung die gefallenen Blätter doch noch entfernt hatte. Der Gedanke an ihn versetzte mir einen Stich, und ich schloss das Fenster.

Von Noah war bisher kein weiteres Paket gekommen. Er konnte ja nicht wissen, dass das Fernglas, das auf meinem Nachtisch lag, mir sein Geheimnis noch nicht preisgegeben hatte. Es machte mich wahnsinnig, nicht zu wissen, ob ich noch auf einen weiteren Hinweis von Noah warten sollte oder ob es das gewesen war und ich sein Rätsel einfach nicht lösen konnte.

Ich ging nach unten, im Korridor und auf der Treppe kam ich nicht umhin, die Insekten zu betrachten, die jedoch bewegungslos in ihren Glaskästen ausharrten. Die große blaue Libelle, die sich in meinem Traum als Erste befreit hatte, war so starr wie eh und je. Ich schauderte beim Gedanken an letzte Nacht und hatte das absurde Gefühl, aus den Augenwinkeln eine der Libellen hinter ihrer Scheibe zucken zu sehen. Schnell lief ich weiter. Meine Sinne waren ganz klar überreizt.

In der Küche musste ich feststellen, dass Emilia und ich alle Vorräte aufgegessen hatten, die sie eingekauft hatte, sogar der Kaffee war leer. Ich seufzte und entschied, dass zu diesem unbequemen Morgen auch noch ein Einkauf auf leeren Magen hinzukäme.

Ich hörte Emilia irgendwo zwischen Esszimmer und gelbem Salon rumoren und rief laut, dass ich jetzt zum Supermarkt ginge. Einen Moment später erschien sie in der Küche, das Haar zerzaust, ihre schwarze Hose und die dünne Strickjacke mit Staub bedeckt. Aber ihr Gesicht leuchtete auf, als sie mich sah.

»Kannst du Croissants mitbringen, Sophie? Und frische Orangen. Dann presse ich uns Saft und wir frühstücken zusammen«, sagte sie.

Seit sie vor zwei Tagen ihren Ausbruch gehabt und in meinen Armen geweint hatte, hatte sich etwas zwischen uns verändert, eine fragile, vorsichtige Nähe war entstanden, oder vielleicht zurückgekehrt. Wir hatten nicht mehr darüber geredet. Stattdessen hatte ich ihr geholfen, den Libellenteich im Dschungellabor zu reinigen und weitere Schaukästen aufzuhängen, wir hatten noch zwei Flaschen Wein zusammen geleert, und sie hatte mir von ihrer Zeit in Großbritannien erzählt, während ich versuchte, das Thema meiner Doktorarbeit in Bauforschung irgendwie interessant zu erklären.

Es war nicht wie früher, aber es lag etwas Vertrautes darin, ihren absurden Erzählungen und Ideen zu lauschen, ihr schallendes, kehliges Lachen zu hören, wenn ich einen Witz machte.

»Okay«, sagte ich. »Sonst noch was?«

»Also, falls du beim Baumarkt vorbeifährst …«

»Nein, nein«, unterbrach ich sie grinsend. »Das hier wird ein reiner Lebensmitteleinkauf. Für deine Dr.-Moreau-Experimente mit Libellen kaufe ich ganz sicher nichts ein.«

Sie spitzte ihre Lippen zu einem Schmollmund, das Funkeln in ihren Augen spitzbübisch. »Wie wäre es dann mit etwas Gemüse und frischem Obst? Reis, Nudeln und Tomatensauce könntest du noch mitbringen. Und ach, zwei, drei Flaschen Rotwein wären gut. Ein paar Eier auch, dann mache ich uns morgen eine Gemüsefrittata.«

»War's das?«, fragte ich belustigt.

»Ich kann dir ja schreiben, falls mir noch was einfällt.«

Ich nickte in der Ahnung, dass sie das tatsächlich tun würde. Mit der App machte ich ein Car-Sharing-Auto ganz in der Nähe ausfindig, wickelte mich fest in meinen Schal und den roten Mantel, die Ohren unter dem hochgeschlagenen Kragen verborgen. An eine Mütze hatte ich natürlich nicht gedacht.

Draußen war es so kalt, dass ich meinen Atem in kleinen weißen Wölkchen aufsteigen sah. Ich zog meine Handschuhe über und steckte die Hände zusätzlich in die Manteltaschen. Die Bäume im Vorgarten und an der Straße streckten ihre fast kahlen Zweige bittend gen Himmel. Als ich beim Auto ankam und es gerade entsperren wollte, fiel mir ein, dass ich keine Tüten mitgenommen hatte. Ich zögerte kurz, immerhin ließen sich ja auch welche im Supermarkt kaufen, entschied mich dann aber, ein paar Beutel aus dem unendlichen Lager, das Mathilda in der Küche angelegt hatte, zu holen.

Ich zog den Kopf ein gegen den Wind und stapfte zurück zur Villa. Statt die Eingangstür zu nehmen, lief ich um die Westseite des Gebäudes herum zur hinteren Küchentür, deren Schlüssel ich in einer der Schubladen gefunden hatte. Der Garten schien in den

Winterschlaf gefallen zu sein, es war still um mich herum, nur meine Schritte hinterließen knirschend Abdrücke im Raureif.

Ich sperrte die Tür auf, ließ meine feuchten Schuhe auf dem Ableger stehen. Auf Socken lief ich zu dem Küchenschrank, in dem die gefalteten Stoffbeutel lagen, und nahm ein paar heraus. Aus dem gelben Salon kam ein Rascheln, und mir fiel ein, dass ich Emilia noch fragen könnte, ob es einen neuen Supermarkt hier in der Nähe gab.

Ich trat in den Türrahmen, Emilia stand über den Tisch gebeugt, mit dem Rücken zu mir. Kurz musste ich lächeln, weil ich die konzentrierte Haltung ihrer Schultern so gut kannte, und dieses kurze Zögern, bevor ich sie ansprach, gab mir die Möglichkeit zu registrieren, was sie da eigentlich tat.

Emilia war dabei, ein Paket in braunes Papier einzuschlagen.

Um mich herum kam die Welt von einem Moment auf den anderen zum Stillstand. Es war, als wäre der gesamte Sauerstoff aus dem Raum verschwunden. Mein Blick war wie festgekettet an ihren Händen, registrierte erst langsam die Schere, das restliche Packpapier und die anderen in älteres weißes Papier eingeschlagenen zwei Pakete auf dem Tisch.

Ich hatte den Raum durchquert, bevor ich es bemerkte, packte Emilia am Arm und riss sie zu mir herum. Sie zuckte zusammen und schrie erschrocken auf. Gerade wollte sie instinktiv ihren Arm aus meiner Hand reißen, als sie mich erkannte, den Ausdruck auf meinem Gesicht sah und erstarrte.

Mein Griff um ihren schlanken Oberarm war eisern, genau wie der Griff der eisigen, rasenden Wut um mein Herz.

»*Emilia, was hast du getan?*«

Sie zuckte vor mir zurück, aber ich ließ sie nicht los. In meinem gesamten bisherigen Leben hatte ich noch nie eine solche Wut erlebt, etwas, das mich wie ein gewaltiges Tier überkam und gleichzeitig eine seltsame Ruhe hinterließ, in der meine Gedanken rasten.

Das hier waren Noahs Pakete, daran bestand kein Zweifel, und es war Emilia, die sie verpackt und offensichtlich an mich verschickt haben musste.

»Sophie«, sagte Emilia, die Augen schreckgeweitet. »Ich dachte … Ich dachte, du bist einkaufen.«

Ich griff sie an den Schultern, schüttelte sie wie einen nassen Hund, ihr Körper schlaff in meinen Händen. »Bist du völlig wahnsinnig geworden, Emilia?!«, schrie ich. »Bist du endgültig durchgedreht? Was ist hier los? *Warum machst du das mit mir?*«

Ich atmete schwer. Emilia starrte mich an.

»Ich dachte, es wäre an der Zeit, dass du seine Pakete endlich bekommst«, sagte sie leise.

»*Was?!*«

Emilia hatte etwas Bittendes, Erschrockenes in ihrem Blick, etwas, das ich ausradieren wollte und das meine Raserei ins Unermessliche steigerte.

»Jetzt sag schon!«, schrie ich, meine Finger gruben sich schmerzhaft in ihre Schultern, und sie fuhr zusammen.

»Noahs Pakete. Als er nach Südamerika ging vor fünf Jahren und du Hals über Kopf die Wohnung und den Studienort gewechselt hast, hat er mir die Pakete an dich geschickt, weil er deine Adresse nicht hatte.«

»Er hat *was?!*« Ich hatte nicht erwartet, dass sich meine Brust noch schmerzhafter zusammenziehen konnte, aber sie tat es. Emilia verzog den Mund, und dann registrierte mein Gehirn endlich den zweiten Teil ihrer Aussage.

Das Eis, das meine Brust zusammenzog, nahm eine betäubende Kälte an. »Du hast sie mir nicht weitergeschickt«, sagte ich, auf einmal ruhig. Ich ließ ihre Schultern so plötzlich los, als sei es etwas Widerwärtiges, das ich berührte, der Ekel so klar in meinem Gesicht, dass Emilia einen Schritt vor mir zurückwich.

Sie biss sich auf die Unterlippe. »Es tut mir leid, Sophie«, sagte sie leise.

»Es tut dir *leid*? Es tut *dir* leid?«

Ich warf den Kopf in den Nacken und lachte, nichts an dem Geräusch hatte etwas mit Freude zu tun. Als mein Blick wieder auf Emilia fiel, war nur noch Hass für sie übrig.

»Es stimmt, was ich dir vor ein paar Tagen erzählt habe«, sagte sie und klang so traurig, dass ich die Hände zu Fäusten ballte. »Noah hat kurz von dem Tod unserer Eltern von dir gesprochen. Das war der Moment, in dem ich ihm auch sagte, dass du die Pakete nie von mir bekommen hast. Er war so wütend auf mich, Sophie. Vielleicht ist er deshalb verschwunden.«

Ihr Blick war geradezu flehentlich, und ich starrte diese Frau an, deren Handlungen und Beweggründe ich nicht verstand, die mir in diesem Moment etwa so vertraut erschien wie ein fremdes Wesen von einem anderen Stern.

»Ich dachte, ich könnte es vielleicht wiedergutmachen, wenn ich sie dir jetzt schicke«, sagte sie leise.

»Wiedergutmachen?« Fast hätte ich sie erneut an den Schultern gepackt und geschüttelt. »Du hast mir fünf Jahre meines Lebens gestohlen!«, schrie ich, völlig außer mir.

Emilia erstarrte, dann zeichnete sich etwas anderes in ihrem Blick ab, eine wilde, tierische Verletztheit, die in Zorn umschlug. »Du hast mir meinen Bruder gestohlen, Sophie«, schrie sie zurück, »und meine Schwester! Ihr wart die Einzigen, die ich jemals hatte! Und dann kommst du mit ihm zusammen, und es war völlig klar, dass das Ganze nur im Desaster enden konnte, und jetzt habe ich *niemanden mehr*!« Sie atmete so schwer wie ich, ihre Schultern hoben und senkten sich.

»Du hast mir Noahs Pakete nicht geschickt, weil du eifersüchtig auf mich warst? Weil du nicht ertragen konntest, das wir zusammen waren?«, fragte ich wie benommen.

»Nein, verstehst du es denn immer noch nicht?«, schrie Emilia frustriert. »Ihr beiden wart einfach nicht gut füreinander! Ich dachte, es wäre besser, wenn es ein für alle Mal vorbei wäre.«

»Und das kannst du entscheiden, ja? Du weißt am besten, was für deinen Bruder und mich das Richtige ist?«

»Er ist damals fast *kaputtgegangen*, Sophie«, fauchte sie und trat einen Schritt auf mich zu. »Er kam hierher und hatte einen kompletten Zusammenbruch! Deshalb hat mein Vater ihn nach Buenos Aires zu unseren Bekannten geschickt, weil die Alternative die Klapsmühle war!«

Ich wich vor ihr zurück wie ein angeschossenes Tier. Das konnte nicht wahr sein, das konnte und durfte einfach nicht wahr sein. »Du lügst doch. Du lügst«, sagte ich atemlos. »Wir waren glücklich miteinander. Er hat mir einen Heiratsantrag gemacht!«

Ihre Augen verengten sich zu Schlitzen. »Ach ja? Und warum ist der dann einfach abgehauen, wenn ihr so glücklich wart? Wach auf, Sophie, wach endlich auf!«

»Du hast keine Ahnung, wovon du sprichst«, schrie ich.

»Aber du? Er hat doch nie über seine Gefühle gesprochen, das hast du selbst gesagt! Und du wusstest sehr wohl, dass etwas nicht stimmte in den letzten Monaten, wenn nicht letzten Jahren, die ihr zusammen wart, das weiß ich genau.«

»Wir haben uns geliebt!« Meine Stimme war heiser, als ich diese Worte herausbrüllte.

Emilia sah mich an, erwiderte einen Moment nichts. Wir starrten einander an wie zwei Kriegerinnen im Kampf, schwer atmend, verwundet, beide bereit zu töten. Nur dass ich das Gefühl hatte, den Kampf bereits vor langer Zeit verloren zu haben.

»Manchmal ist das vielleicht einfach nicht genug«, sagte sie leise. Sie wandte sich von mir ab, nahm etwas vom Tisch und drückte mir im nächsten Moment einen Stapel Briefumschläge in die Hand. »Hier, lies das.« Plötzlich strahlte sie eine eigenartige Ruhe aus, die mich fast mehr erschreckte als ihre Wut zuvor. »Das sind die Briefe, die seinen fünf Paketen beilagen. Den Paketen, die er damals an dich geschickt hat. Als ich sie neu verpackt habe, sind die Briefe herausgefallen. Ich habe sie nicht aufgemacht oder gelesen.«

Damit drehte sie sich um und verließ den gelben Salon, während ich auf die Umschläge in meinen Händen starrte und mein Herz zu rasen begann.

~

Ich las die Briefe wieder und wieder und hörte erst auf, als ich registrierte, wie sie unter meinen Fingern nass wurden. Ich hatte gar nicht gemerkt, dass ich weinte. Noah hatte mir diese Zeilen vor langer Zeit geschrieben, und doch hatte ich seine Stimme im Ohr, klar und deutlich und so nah, als säße er neben mir. In seinen Briefen hatte er mir die Gegenstände erklärt, die er mir schickte, hatte mir ihre Geschichten erzählt und hatte sich auf hunderte kleine Weisen von mir verabschiedet. Aus seinen Worten sprach ein Mensch, den ich nicht gekannt hatte, oder den ich zu gut gekannt hatte, um wahrhaben zu wollen, wie traurig er gewesen war, wie traurig und verloren und allein. Nichts davon hatte er mir je gesagt. Mein Blick fiel auf eine Stelle weit unten im letzten Brief, die mein Herz in tausend Stücke zerbrochen hatte, Splitter, die mir beim Atmen die Lunge zerschnitten. Die Briefe fielen mir aus der Hand. Ich rollte mich in der Ecke des Sofas zusammen und schlang die Arme um mich.

»Ich ertrage es nicht, wie du mich anschaust, Sophie, wie ich in deinen Augen zu etwas werde, das ich nicht bin. Das ich nicht sein kann für dich. Als würde ich mich nicht langsam im Verschwinden begreifen hinter diesen ganzen Vorstellungen, die du von mir hast. Den Menschen, den du liebst, gibt es nicht – und du hast es nie gemerkt.«

KAPITEL 18

Die Augen der Smaragdlibellen färben sich erst nach dem Schlüpfen leuchtend grün

Man sagt, Salzwasser und Zeit heilen alle Wunden.

Mein Herz, das seit meiner Kindheit immer nur einen geliebt hatte, war dadurch fragil geworden wie ein Stück Holz, das das Meer nach langer Zeit an Land gespült hatte und das dann in der Sonne ausgebleicht war. Das Salzwasser hatte mich ausgehöhlt und porös gemacht. Ich wusste nicht, ob ich diesen weiteren Verlust verkraften konnte. Wusste nicht, ob ich die Kraft hätte, Noah ein zweites Mal zu verlieren, den Noah zu verlieren, den ich zu kennen und zu verstehen geglaubt hatte. Ich wusste nicht, ob es ein Leben gab nach der Erkenntnis darüber, was Noah und ich einander angetan hatten.

~

Ich fand den Weg ohne Probleme. Das Haus sah älter aus als in meiner Erinnerung, abgekämpfter, als ich den Vorgarten zur Veranda durchquerte, die Stufen hinaufging und vor der Haustür stehen blieb. Mein ganzer Körper war völlig ausgekühlt, ich registrierte die kalte Luft in meinen Lungen jedoch kaum, die in weißen Atemwölkchen aufstieg. Die Finger, die das Lenkrad kaum hatten halten können. Das leichte Zittern. Ich trug meinen Mantel offen, die Außenwelt drang nur gedämpft zu mir durch, ich starrte vor mich hin, Geräusche erreichten mich wie aus weiter Ferne.

Manuel hatte mir geschrieben, dass er gerade auf das Haus seines Vaters aufpasste, während dieser seine Schwester besuchte. So stand ich jetzt vor der Eingangstür, an die ich mich von meinem einzigen Besuch an jenem warmen Sommerabend erinnerte, an dem hier eine Party stattgefunden hatte.

Ich musste mich zusammenreißen. Einen Moment lang starrte ich den Klingelknopf an und drückte ihn schließlich, als ich mich daran erinnerte, dass ich nicht hier draußen in der Kälte stehen bleiben konnte.

Drinnen hörte ich es schellen, dann ging das Licht im Flur an, Schritte kamen näher, und die Tür wurde aufgezogen. Vor mir stand Manuel mit einem Lächeln auf den Lippen, das sofort erstarb, als er mich sah. Ich hatte ihm nicht geschrieben, was los war, nur, dass ich mit ihm reden wollte. Das Licht in seinem Rücken ließ seine dunkelbraunen Haare glänzen und warf Schatten über seine Züge, die einen kurzen Moment wahnsinnig erschrocken aussahen.

Er trat einen Schritt vor, legte beide Hände auf meine Oberarme.

»Mein Gott, Sophie, was ist passiert?«, fragte er leise.

Seine Hände schienen durch meine Kleidung hindurch auf meiner kalten Haut zu brennen, er jetzt spürte ich, wie unterkühlt ich war und schauderte. Sofort ließ Manuel seine Hände sinken.

»Bist du verletzt? Ist etwas passiert?«, fragte er. Aber ich konnte nur den Kopf schütteln. Mein Blick irrte von seinem sorgenvollen Gesichtsausdruck zu seinen Händen, die er zu Fäusten geballt hatte. Es schien ihn einige Überwindung zu kosten, sie zu entspannen.

»Verzeih, Sophie, ich … komm erst mal rein«, sagte er, hörbar um Ruhe bemüht, machte einen Schritt zur Seite und ließ mich an ihm vorbei in den Flur. Hinter mir schloss er die Tür, wies in Richtung Wohnzimmer, in dem flackerndes Licht brannte.

Der Raum sah anders aus als in meiner Erinnerung. Ein Feuer brannte im Kamin vor einer weißen Sofaecke mit hellen Holzfüßen, Fichte vielleicht oder Ahorn. Auf dem Boden davor ein weißer, flauschiger Teppich, die Wände vollgestellt mit Weichholzregalen voller Bücher, in einer Ecke ein Holzschrank mit Vitrine. Pflanzen hingen in schwebenden Terrarien und Blumenampeln von der Decke, bedeckten die Fensterbänke und standen am Fuß der Treppe ins Obergeschoss. Unschlüssig blieb ich stehen. Ich war hergekommen, einem Instinkt folgend, und nun wusste ich nicht weiter. Langsam wandte ich mich zu Manuel um. Er musterte mich, sein Blick huschte über mein Gesicht, meinen Körper und schließlich wieder hoch, als wolle er sich davon überzeugen, dass ich tatsächlich nicht verletzt war.

»Setz dich erst mal, Sophie. Ich mache uns einen Tee, du bist ja ganz unterkühlt. Und dann erzählst du mir, was los ist, okay?«

Er zögerte einen Moment, als wolle er noch etwas sagen, dann nickte ich, und er wandte sich ab und ging Richtung Küche. Manuels Vater hatte eine Wand einreißen lassen, Küche und Wohnzimmer gingen nun ineinander über, ein Sideboard trennte die Küchenseite vom Esstisch. Mein Blick flog über die Einrichtung, meine Wahrnehmung wie losgelöst von mir und meinen Gefühlen. Das Haus war in warmen, hellen Farben gestaltet und heimelig, der größtmögliche Kontrast zur opulenten Villa der von Gutenbachs, in der alles einen doppelten Boden, eine zweite Bedeutung zu haben schien. Ich schüttelte den Kopf und versuchte erneut, meine Emotionen zur Seite zu schieben, bis ich wieder einigermaßen klar denken konnte. Aufs Sofa setzen, hatte Manuel gesagt. Richtig.

Bevor ich auf den weißen Teppich trat, erinnerte ich mich an meine Schuhe, die ich umständlich auszog und in den Flur zurückbrachte, während ich Manuel in der Küche den Wasserkocher anstellen hörte.

Ich ließ mich in eine Ecke des weichen Sitzpolsters gleiten, zog nach einem kurzen Moment der Überlegung die Beine aufs Sofa und die Füße unter meinen Körper, um sie zu wärmen.

Etwas berührte meine Schultern, aber diesmal zuckte ich nicht zusammen, sondern drehte mich um und gab Manuel ein schwaches Lächeln, der eine Decke um mich legte. Ich wickelte mich ein, mein Körper zitterte leicht in der neu gewonnenen Wärme.

Kurz darauf war Manuel mit zwei dampfenden Teebechern zurück, von denen er mir einen in die Hände drückte, den anderen auf den Couchtisch stellte. Er zögerte kurz und setzte sich dann mir gegenüber auf die andere Seite der Sofaecke.

Manuel schwieg und wartete, die Anspannung an den Linien seines Körpers abzulesen. Ich wusste, ich musste ihm erzählen, was los war, warum ich spät am Abend, mit verheultem Gesicht und völlig aufgelöst, im Haus seines Vaters aufgetaucht war. Aber alles in mir sträubte sich dagegen, die Stille, die sich wie ein schützender Kokon um mich gelegt hatte, zu durchbrechen. Mit der Wärme, die in meine Glieder zurückkehrte, verschwand jedoch auch langsam die ohnmächtige Betäubung, die sich in mir ausgebreitet hatte.

Ich starrte in meinen dampfenden Becher.

»Sophie«, sagte Manuel, und ich blickte überrascht auf. Er hatte sich umgesetzt, auf die Sofaseite neben mir, und nahm jetzt ganz langsam eine meiner Hände in seine beiden. Die Wärme seiner großen, rauen Hände war wie ein Anker.

»Du musst nicht mit mir sprechen, wenn du nicht willst, Sophie«, sagte er langsam, als wolle er sichergehen, dass ich verstand.

»Aber ich mache mir Sorgen um dich, dass dir etwas passiert ist … Bitte, sag mir, was los ist oder was ich für dich tun kann …«

Er brach ab, seine Stimme rau bei den letzten Worten.

Ich versuchte ein kleines Lächeln, das mir, seinem Ausdruck nach zu schließen, kläglich misslang.

In diesem Moment kam mir alles so absurd vor, so absolut idiotisch und unfair, dass ich leise zu lachen anfing, ein Geräusch, das wie krampfhaft aus meinem Innersten nach oben drang. Manuels Augen weiteten sich, und mein Lachen ging nahtlos in Weinen über, mein Gesicht verzog sich, und Tränen liefen über meine Wangen, während ich ihn erschrocken anstarrte. Manuel beugte sich wortlos vor, nahm mir die Teetasse aus der Hand und stellte sie auf den Tisch.

Dann zog er mich sanft, aber bestimmt in seine Arme, die er fest um mich legte. Meine Wange fiel an seine Brust, die Stelle gerade unterhalb seiner Schulter. Und während ich in sein Hemd weinte, schniefend und laut schluchzend, hielt er mich fest und flüsterte leise beruhigende Worte in mein Haar.

Irgendwann kam ich wieder so weit zu mir, dass ich merkte, dass die Tränen versiegt waren. Unter meiner Wange war Manuels Hemd nass von Rotz und Wasser. Ich hatte eine Hand in den Stoff gekrallt. Manuels Geruch stieg mir jetzt bewusst in den Sinn, eine Mischung aus Seife, frischem Waschpulver, Salbei und etwas Erdigem, Wunderbarem, das ganz er selbst war.

Gott, was musste er nur von mir denken.

Peinlich berührt löste ich meine Finger aus seinem Hemd und wischte mir mit dem Ärmel über das Gesicht. Er seufzte leise, und ich hob den Blick, um ihn anzusehen.

Er lächelte vorsichtig, und erst jetzt merkte ich, dass eine seiner Hände langsam und ruhig über meinen Rücken strich.

»Jetzt ist dein Hemd ganz nass«, flüsterte ich.

Manuels Brustkorb hob und senkte sich unter mir in einem leisen Lachen.

»Das ist jetzt wirklich das geringste Problem«, sagte er, Wärme und Zärtlichkeit in seinem Blick.

»Aber Sophie, ich würde mich wirklich wohler fühlen, wenn ich wüsste, dass … niemand dir wehgetan hat. Bitte sag mir nur, wenn ich – wenn ich irgendwie helfen kann …« Er schaute mich an, als gäbe es noch mehr, was er hinzufügen wollte, obwohl ich es doch war, die endlich etwas sagen musste.

»Ich habe herausgefunden, dass es Emilia war, die mir die Pakete geschickt hat, von denen ich dachte, sie kämen von Noah«, platzte es aus mir heraus.

Manuels Brauen flogen nach oben. »Was? Emilia?«

Ich schnaubte leise, meine eigene Idiotie verfluchend. »Und nicht nur das. Es waren Pakete …« Kurz musste ich den dicken Kloß in meinem Hals herunterschlucken, bevor ich fortfahren konnte. »Es waren Pakete, die Noah mir vor fünf Jahren aus Südamerika geschickt hat. Oder besser, an Emilia geschickt hat, damit sie sie an mich weitergibt, weil er meine Adresse nach meinem Umzug nicht mehr hatte«, sagte ich.

Eine Falte bildete sich auf Manuels Stirn. »Die Pakete wollte Noah dir vor fünf Jahren aus Südamerika schicken? Aber warum hat er keine Briefe beigelegt?«

»Das ist es ja. Er hat die Gegenstände damals, als er abgehauen und über seine Eltern nach Buenos Aires verschwunden ist, aus der Villa mitgenommen. Und mir Briefe dazu geschrieben, die Emilia herausgenommen hat, bevor sie mir die Pakete jetzt geschickt hat.« Ich stockte. Eine Welle der Übelkeit überkam mich, wenn ich daran dachte.

Unwillkürlich schlossen sich Manuels Arme fester um mich, und er sah mich abwartend an.

»Und diese Briefe hast du jetzt gelesen«, stellte er fest.

Ich nickte und vergrub mich erneut an seiner Schulter.

Ein Schweigen trat ein, als ich Manuels Duft tief in meine Lunge einsog, und mich überkam plötzlich eine seltsame Ruhe. Wenn ich noch länger so in seinen Armen lag, sein Herzschlag an meinem Ohr, sein ruhiger, tiefer Bariton vibrierend unter meiner Wange, dann würde ich mich nie wieder von ihm lösen können.

Also richtete ich mich langsam auf, und Manuels Arme ließen mich los. Ich setzte mich auf dem Sofa ein Stück zurück auf meine Unterschenkel, die Füße unter den Körper gezogen, schaute Manuel an und lächelte nervös, strich mir die Haare aus dem verquollenen Gesicht und fragte mich, was eigentlich mit mir los war. Ich sah über den Couchtisch, die zwei Tassen, den Teppich und das knisternde Feuer zurück in Manuels dunkle Augen, in denen der Feuerschein reflektierte und flackerte.

Ich schuldete ihm eine Erklärung. »Noah hat sich in seinen Briefen von mir verabschiedet und vieles von dem beantwortet, was ich mich immer gefragt habe. Was eigentlich schief gelaufen ist damals. Was los war mit ihm. Aber warum genau er gegangen ist, was schließlich der Auslöser war, das hat er nicht geschrieben.«

»Und das alles hat Emilia fünf Jahre vor dir verborgen gehalten?«, fragte Manuel ungläubig. »Warum?«

Ich zuckte mit den Schultern, die Wut, die in mir hochstieg, war nur noch ein schwacher Nachhall dessen, was ich zuvor empfunden hatte. Die Tränen hatten mich ausgehöhlt und geschwächt, ich hatte keine Kraft mehr übrig für den Zorn, den Emilia vielleicht verdient hatte.

»Weil sie eifersüchtig war? Ich weiß es nicht. Sie sagte, dass ich ihr ihren Bruder weggenommen hätte …«, ich zögerte kurz, »und ihre Schwester. Früher hat sie oft gesagt, wir seien Geschwister.

Ich die Vernünftige, die sie von Unsinn abhalte.« Ich lachte schmerzhaft auf, ein bitterer Klang. »Scheint nicht so, als sei mir das diesmal gelungen.«

Manuel zögerte, er schien etwas sagen zu wollen, ließ es dann aber bleiben.

»Ich habe alles, was Emilia gesagt hat, ja erst mal geglaubt! Im Grunde weiß ich gar nicht, ob Noah … ob er wirklich verschwunden ist oder ob in Wirklichkeit etwas anderes los ist und er einfach Urlaub macht oder ganz entspannt in seiner neuen Wohnung sitzt…« Der Gedanke kam mir gerade erst, als ich ihn aussprach, und raubte mir den Atem, während mein Bewusstsein den dunklen Tunnel von Emilias möglichen weiteren Täuschungen herunterrauschte.

»Es stimmt jedenfalls, dass er sich nach dem Unfall seiner Eltern nicht mehr in der Villa hat blicken lassen, nicht mal zu ihrer Beerdigung ist er gekommen. Aber ob er deswegen tatsächlich verschwunden ist, kann ich dir auch nicht sagen«, hörte ich Manuel wie aus weiter Ferne.

Ich sah wieder zu ihm auf, senkte den Blick aber gleich wieder. Schließlich fuhr ich fort, auf den weißen Stoff des Sofas starrend: »Das, was Noah mir in seinen Briefen schrieb – es ist fürchterlich, Manuel. All die Jahre habe ich gedacht, dass Noah meine große Liebe ist, dass er zwar verschwunden ist und mich verlassen hat, dass wir aber wenigstens für eine Zeit lang füreinander bestimmt waren, was auch immer uns auseinandergerissen hat. Jetzt … ich lese seine Worte und sehe einen völlig anderen Menschen vor mir als den, den ich gekannt habe. War das alles nur eine Illusion?«

Manuels Gesicht war wie eine Sturmwolke.

»Wie soll ich mir das erklären, wie das in Einklang bringen mit dem, was ich empfunden habe? Ich kenne Noah. Ich weiß, was ich für ihn empfinde … empfunden habe – warum sagt er mir dann, dass ich ihn gar nicht richtig gekannt habe?«

Meine Stimme kippte, unwillkürlich streckte Manuel eine Hand nach mir aus, legte sie auf meine Schulter und drückte sie sanft.

»Bist du sicher, dass es ihm darum ging in seinen Briefen? Vielleicht hatte auch einfach nur *er* Schwierigkeiten, deinen Blick auf ihn mit dem in Verbindung zu bringen, wie er sich selbst sah«, sagte Manuel vorsichtig.

»Wie meinst du das?«, fragte ich irritiert.

Manuel seufzte und zog seine Hand zurück, sein Blick schien sich ebenso zurückzuziehen, nach innen zu richten. Er schwieg einen Moment, sammelte sich offenbar, bevor er sprach. »Als ich damals von Katharina erfuhr, dass sie mich betrogen hatte und verlassen wollte, konnte ich es erst gar nicht glauben«, sagte er langsam, auf seine Hände schauend. »Ich konnte es einfach nicht mit dem Menschen in Verbindung bringen, den ich geliebt, gekannt hatte. Aber dann musste ich erkennen, dass sie immer noch dieselbe Mensch war, derselbe Mensch, den ich geliebt und der mich verraten hatte, liebte jetzt einen anderen. Die Erkenntnis hat mich fast wahnsinnig gemacht.«

Er schaute mich an. »Ich sagte ihr damals, dass ich mich in ihr geirrt haben müsse, sie nicht der Mensch sei, für den ich sie gehalten habe. Aber sie lachte nur und sagte, es stimme nicht. Dass ich sie sehr genau kennen würde und wüsste, wie rücksichtslos sie sein könne, um zu überleben. Dass nur sie selbst es lange nicht habe wahrhaben wollen – und es ihr deshalb so schwergefallen sei, mich zu verlassen.«

»Ich verstehe nicht …«, sagte ich langsam.

Manuels Blick bohrte sich in meinen. »Ich glaube nicht, dass du Noah nicht gekannt oder nicht verstanden hast, Sophie. Ich glaube, dass du all diese Dinge über ihn wusstest, tief in deinem Inneren, auch wenn du es nicht wahrhaben wolltest. Dass du wusstest, dass er die Fähigkeit hat, dich zu verletzen, dich eines Tages einfach so zurückzulassen, und du ihn trotzdem geliebt hast. Das konnte er nicht ertragen. Er konnte nicht glauben, dass du ihn so bedingungslos liebst. Dass du ihn so lieben konntest, wie er war. Deshalb glaubte er, du hättest ihn nicht gekannt.«

Ich war wie vom Donner gerührt. Seine Worte trafen etwas in mir, etwas Großes, Schmerzhaftes, das in mir gewachsen war und von dem ich geglaubt hatte, dass es sich nie mehr auflösen würde. Es war, als würde sich in der harten Mauer aus Überzeugungen, aus Schmerz und Wut und Verzweiflung, die unverrückbar in meinem Inneren stand, ein erster Riss bilden, ein bisschen Mörtel aus den Fugen zu Boden bröseln, ein erster Stein den Halt verlieren.

Unwillkürlich streckte ich die Hand aus und legte sie an seine Wange. Manuel wurde ganz still unter meiner Berührung. Ein Prickeln zog durch meine Fingerspitzen wie eine kleine elektrische Ladung. Ich ließ sie seinen Hals entlanggleiten, weiter nach unten. Über seinem Herzen ließ ich meine Hand liegen. Es schlug schnell.

Das dunkle Braun seiner Iris wurde fast verschluckt von seiner geweiteten Pupille. Sein Blick huschte zu meinen Lippen, dann wieder nach oben. Einen Moment lang starrten wir uns an, atemlos.

Dann schob ich ein Bein über ihn, setzte mich auf seinen Schoß, die Knie tief in die Sitzpolster rechts und links von ihm gedrückt, umfasste mit beiden Händen sein Gesicht und küsste ihn.

Als ich meine Lippen auf seine presste, hatte ich keine Ahnung, was geschehen würde. Einen Lidschlag lang blieb er still, dann umfassten seine Hände meine Taille, und er zog mich an sich, ein tiefes Seufzen entrang sich ihm. Seine Lippen drängten sich hungrig an meine, die sich unter seiner Berührung öffneten. Und dann stand die Welt eine Weile still, in mir nur das wilde Rauschen meines Blutes. Hitze breitete sich in meinem Bauch aus und schoss durch meinen gesamten Körper.

Meine Hände wanderten tiefer, um ungeduldig die Knöpfe seines Hemdes aufzureißen, den Stoff zwischen ihm und mir zum Verschwinden zu bringen. Unter mir stöhnte Manuel leise, packte meine Taille fester.

Ich rutschte ein Stück zurück, um seinen Gürtel zu öffnen.

»Sophie«, sagte Manuel schaudernd, aber ich sah nicht zu ihm auf. Stattdessen vergrub ich meine Lippen wieder an seinem Hals und begann, sein Hemd mit zitternden Fingern aus seiner Hose zu ziehen.

»Sophie«, sagte er erneut. Mit hilfloser, wütender Verzweiflung hinterließ ich eine Spur heißer Küsse an seinem Nacken und hinter seinem Ohr.

Meine Hände fanden Knopf und Reißverschluss zwischen seinen Beinen.

»*Sophie*«, sagte er, und seine Finger schlossen sich fest um meine, stoppten ihre Bemühungen.

Keuchend hielt ich inne, den Kopf an seiner Schulter, zitternd, fahrig und nicht in der Lage, ihm in die Augen zu sehen.

»Sophie«, sagte Manuel leise an meinem Ohr. »Ich möchte nicht mit dir schlafen, wenn du mich dabei nicht einmal ansehen kannst. Wenn ich nur der Ersatz für einen anderen bin, den du nicht haben kannst.« Seine Stimme war rau und ernst und müde.

Ich sah auf, seine Worte waren wie ein Schlag in die Magengrube, der mich zu mir zurückbrachte und mir gleichzeitig den Atem raubte.

»Sophie, ich …«

Ich fuhr hoch, kam unsicher und schwankend auf die Füße.

»Es tut mir leid«, stammelte ich, die Zurückweisung und seine Emotion zu viel, zu plötzlich, zu überraschend und überwältigend für mich.

Er stand auf, streckte die Finger aus, wie um mich an der Wange zu berühren, und ich taumelte zurück, stieß gegen den Couchtisch und bewegte mich rückwärts weiter.

»Warte, Sophie, ich …«

Ich hob eine Hand, wie um ihn abzuwehren.

»Es tut mir leid. Das war ein Fehler«, flüsterte ich noch einmal, bevor ich mich umdrehte, hastig in meine Schuhe schlüpfte, meinen Mantel schnappte und aus dem Haus floh.

~

Draußen traf mich die Kälte wie ein Schock. Ich traute mir nicht zu, in diesem Zustand den Car-Sharing-Wagen zu nehmen, und lief zu Fuß die Straße hinunter. Ich hätte nicht gedacht, dass ich noch Tränen übrig hätte.

Die eisige Nacht, die Stille umfingen mich wie ein dunkler Mantel, mein keuchender Atem, der in Wolken aufstieg, mein einziger Begleiter.

Ich schaute auf, als der Schnee zu fallen begann, die großen weißen Flocken langsam aus der Dunkelheit auftauchten, still, kalt, auf meinen heißen Wangen landeten, auf meinen Schultern und meinem Haar schmolzen.

Die Hände unter meinen Achseln vergraben, lief ich durch die nächtliche Stadt, vom Licht einer Straßenlaterne zur nächsten, die Augen auf den Asphalt gerichtet, ziellos und voller Dinge, die mich wie schwarze Strömungen unter Wasser zu reißen drohten.

So, dachte ich, so fühlt es sich also an, wenn man jemandem das Herz aus der Brust reißt.

KAPITEL 19

Libellen sind bis zur Paarungszeit Einzelgänger

6 Jahre zuvor

In den letzten Tagen hatte es in Strömen geregnet, der Himmel war verhangen gewesen, kaum Licht drang durch die dichte Wolkendecke. Seit heute Morgen aber schien Petrus ein Erbarmen mit uns zu haben. Keine einzige Wolke stand mehr am strahlend blauen Firmament, und die Sonne brannte durch die Zweige der Bäume auf uns herab, als sei es bereits Hochsommer und die Unwetter der letzten Tage ein dunkler, fast vergessener Traum. Wir hatten den ersten Teil des Philosophenweges hinter uns gebracht, die Stadt und den Neckar von oben bewundert. Ich schwitzte und keuchte ein bisschen, während Emilias Lachen völlig unbeschwert klang und Noahs Atem sich nicht einmal beschleunigt zu haben schien.

Emilia in ihrem weißen Sommerkleid ging ein paar Schritte vor uns, leicht und federnd, der Picknickkorb in ihrer Armbeuge schwang hin und her. Sie erzählte eine Geschichte über eine Kommilitonin, die ihren Professor so lange gereizt hatte, bis er sich um Kopf und Kragen redete. Noah und ich tauschten einen Blick, ich lachte leise, als er die Augen verdrehte. Noah schien meine Vermutung zu bestätigen, dass es sich bei der Kommilitonin um Emilia selbst handelte.

Er hatte seine Finger mit meinen verschlungen, und das warme, euphorische Gefühl in meinem Bauch pulsierte heftig.

Das helle Hemd steht ihm gut, dachte ich, während ich ihn von der Seite musterte, sein sandfarbenes Haar strahlte in der Sonne, und ein amüsierter Zug lag um seinen Mund. Emilias Nähe schien ihm gutzutun.

Der Wald um uns warf ein Spiel aus Licht und Schatten auf den Weg, die Sonne strahlte durch die grünen Blätter. Ich sog die frische Luft tief ein, hatte das Gefühl, dass meine Lungen sich weiteten.

»… und dann sagte er: ›Junge Frau, so etwas ist mir in meiner gesamten Laufbahn noch nicht untergekommen‹, und sie darauf: ›Ich bin ja auch kein *etwas*.‹« Emilia lachte auf, der Klang tief und heiser, und sie hielt atemlos an, stemmte die Hände in die Hüften.

Noah und ich blieben stehen, er wand seine Hand aus meiner und legte mir locker seinen Arm um die Schultern.

»Das klingt ja ganz so, als hätte unsere Emilia in Frankfurt mal wieder Freundschaft mit denen geschlossen, die am liebsten mit Streichhölzern spielen«, sagte Noah trocken.

Emilia drehte sich zu uns um, ihr Blick wanderte kurz über den Arm um meine Schultern, dann machte sie eine ironische Verbeugung und grinste.

»Du weißt ja, wie es ist, mit Feuer zu spielen, Bruderherz«, sagte sie leichthin, als sie sich aufrichtete.

Noah lächelte sie an, doch das Lächeln erreichte nicht ganz seine Augen. »Ich habe von der Besten gelernt.«

»Emilia, du hast uns noch gar nicht erzählt, was aus deiner Mitbewohnerin Nicole geworden ist, die sich in den Huskytrainer verliebt hat«, sagte ich in das entstandene Schweigen.

Emilia musterte mich einen Moment lang, dann grinste sie.

»Eine Lehre für all jene, die sich in Leute verlieben, die mit Hunden aufgewachsen sind«, sagte sie und begann zu berichten, die Stimme laut und klar unter den grünen Ästen der Buchen und Eschen.

Wir stiegen weiter hinauf, nun nicht mehr ganz so steil, und folgten dem Weg durch den Mischwald. Unser Ziel war die Klosterruine auf dem Heiligenberg. Noah hatte erklärt, dass eine richtige Landpartie auch ein paar Ruinen beinhalten sollte, ganz so, wie die Romantiker es sich vorgestellt hatten. Emilias Gesicht hatten bei dem Wort »Landpartie« zu leuchten begonnen, und es war beschlossene Sache gewesen.

Der Weg durch den Wald war in der Hitze kühl und angenehm, hätte es nicht den Anstieg gegeben, der mich ins Schwitzen brachte. Aber ich hielt Noahs Hand in meiner, es war Wochenende, und wir hatten Emilia zu Besuch, besser konnte die Welt also gerade nicht sein.

Die Sonne stand bereits niedriger, als wir die Ruinen auf dem Heiligenberg erreichten. Ich war schon einmal hier gewesen, aber die alte Klosterruine zog mich sofort wieder in ihren Bann. Auf dem Gipfel des Hügels thronte sie in einer grasigen Fläche, umrandet von Wald. Ein seltsamer, magischer Ort. Die Grundmauern der weitläufigen Anlage, die früher mehrere Gebäude und Innenhöfe umfasste, lagen in den Strahlen der Nachmittagssonne. Mit den zwei halb erhaltenen Türmen, von denen der höhere einen Blick über die sanften Hügel und das Rheintal ermöglichte, war das Kloster auch als Ruine noch imposant.

Emilia zog ihre Sandalen aus und lief barfuß über die aufgewärmten hellen Steine des ersten rechteckigen Innenhofes, ihr kehliges Lachen zog uns hinter sich her. Hand in Hand mit Noah erkundete ich die Ruinen, streifte durch teilweise erhaltene Mauern, den ehemaligen Kreuzgang entlang, über die grasigen Flächen, die früher allein von Mönchsfüßen betreten worden waren. Der Grundriss und die Türme erlaubten eine ziemlich gute Vorstellung davon, wie das Gebäude einmal ausgesehen haben musste, mit beeindruckenden weißen Mauern, einer Basilika, Arbeits-, Ess- und Schlafräumen, zwei großen Innenhöfen mit Kreuzgang. Ich sah es vor mir, die Männer in ihren dunklen Roben, die mit gesenkten Köpfen durch die Gänge liefen, leise und in Gedanken bei den Aufgaben des Tages. Arbeiten, beten, schlafen. Ich hatte gelesen, dass es vor dem Kloster schon viel ältere Heiligtümer auf diesem Berg gegeben hatte, erst von den Kelten, dann von den Römern. Vielleicht hatte ein Ort, auf dem so lange schon Anbetung stattgefunden hatte, eine Bedeutung. Vielleicht hatten die Jahrhunderte an gemurmelten Gebeten ihn zu etwas Besonderem gemacht. Vielleicht waren die unzähligen geraunten heiligen Worte in verschiedenen Sprachen von verschiedenen Menschen über die Zeit hinweg in den Grund eingesickert und hatten sich über die Wälder gelegt, ins Grundwasser und in die Erde. Eine seltsame Stimmung ging von diesem Ort für mich aus, aber nicht, weil ich ihn für heilig hielt. Sondern, weil mir als Kunsthistorikerin jeder alte Ort Respekt einflößte, eine Vorstellung davon, dass alles endlich war. Hier standen die Grundrisse und ein paar Mauern eines Gebäudes aus dem Mittelalter, das jenes davor hatte überdecken sollen. So wie die Römer den heiligen Ort der Kelten nahmen, hatten die Christen den der Römer überschrieben. Zeit und Blut und unzählige Irrtümer später standen wir nun auf diesen Ruinen, den Ruinen nicht nur eines Glaubens, sondern ganzer verschwundener Ideen, Lebensweisen, Kulturen. Das hier, es würde uns auch bevorstehen, auf die eine oder andere Art, unsere menschlichen Leben zu kurz und die Idee der Zeit zu unvorstellbar, um es fassen zu können. Eines Tages würden wir und alles, das wir gekannt hatten, verschwunden sein, und andere würden auf den Ruinen unserer Leben stehen und sich versuchen vorzustellen, wie es wohl gewesen war.

Noah drückte meine Hand. Er lächelte, das Strahlen seiner Augen amüsiert. Er holte mich aus meinen Gedanken in die Welt der Lebenden zurück, seine warme Haut auf meiner, als er mir eine Haarsträhne aus dem Gesicht strich. Ich lächelte zurück.

Im zweiten der Innenhöfe, dem größeren, stand inzwischen ein Baum, direkt in der Mitte war er gewachsen, und seine Zweige nahmen den gesamten Platz ein. Eine wunderschöne grüne Krone inmitten der Steinruinen, Äste, die sich in den Himmel streckten und das einzige Gebet sprachen, das hier noch widerhallte. Der Baum hatte etwas Magisches, wie die riesigen Redferns in den amerikanischen Nationalparks, etwas, das lebendiger war als die Steine um uns herum, etwas, das nach mir rief. Ich konnte den Blick kaum abwenden, erfüllt von einem Gefühl der Ehrfurcht, das ich selten empfand. Was auch immer wir Menschen hinterließen, die Natur würde es sich am Ende zurückholen, und der Gedanke beruhigte mich.

»Lasst uns jetzt langsam mal den Champagner trinken«, rief Emilia zu uns herüber und weckte mich endgültig aus meiner merkwürdigen Stimmung. »Bevor er noch warm wird!«

Neben den Klosterruinen auf dem Rasen breitete Noah die karierte Decke aus, die ich, bevor wir aufgebrochen waren, aus einer unserer Schubladen gezogen hatte. Emilia hatte den Picknickkorb abgestellt, und ich breitete unser Mahl aus: Trauben, Tomaten, Käse und Brot. Sie öffnete währenddessen den Champagner und gab ein sehr befriedigtes Geräusch von sich, als sich der Korken löste. Schnell füllte sie unsere Gläser auf, während wir mit angezogenen Beinen auf der Decke saßen.

»Auf uns!«, sagte Emilia mit funkelnden Augen. »Darauf, dass wir für immer zusammengehören.«

Noah machte ein Geräusch hinten in seiner Kehle, das nach einer Art tiefem Schnauben klang – war er amüsiert, verärgert? Ich beobachtete ihn im Licht der Sonne, als er den Kopf in den Nacken legte und seinen Champagner in einem Zug leer trank. In den letzten Monaten war es manchmal schwierig für mich geworden, seine Stimmungen zu lesen, seine ständige Anspannung entlud sich in unvorhersehbaren Weisen. Er konnte von einem Moment auf den anderen zu lachen beginnen oder aber abrupt die Wohnung oder die Mensa verlassen und erst ein paar Stunden später wieder auftauchen, wenn jemand eine falsche Frage stellte oder auf ein Thema kam, das Noah irritierte. Manchmal passierte es sogar mitten im Gespräch, dass er aufstand und ging. Ich hatte aufgegeben, ihm zu folgen, wenn er in dieser Stimmung war. Er wollte dann niemanden um sich haben, war abweisend und verletzend.

Aber heute war er bester Laune gewesen, dank Emilias Besuch. Der plötzliche Stimmungswechsel erstaunte mich. Ich streckte eine Hand aus, legte sie auf seinen Oberschenkel und drückte ihn sanft. Er wandte sich zu mir um, las die Frage in meinen Augen, zögerte einen Moment. Dann entspannten sich seine Züge, er lächelte, schüttelte ganz leicht den Kopf.

»Emilia«, sagte er und drehte sich zu seiner Schwester. »Sophie quält mich schon seit Wochen mit Fragen zu deinem Studium. Bitte erlöse mich und erkläre ihr endlich, was du da überhaupt machst.«

Der Rest des Nachmittags verging wie im Flug, unser Gelächter erfüllte die Lichtung und die Ruinen mit Leben, Geschichten und Anekdoten wechselten sich ab, und die Worte flogen nur so zwischen uns hin und her. Wir tranken zwei Flaschen Champagner, spielten ein Kartenspiel, und Emilia brachte einen amerikanischen Touristen dazu, ihr seine Packung Zigaretten samt Feuerzeug zu überlassen. Irgendwann war es Abend geworden, die Dämmerung senkte sich langsam über uns herab, und wir waren alleine zwischen den alten Steinen zurückgeblieben. Emilia hatte Teelichter in Gläsern aus dem Picknickkorb gezogen, offensichtlich gut vorbereitet, und ihr Schein flackerte an den Rändern der Decke und vertrieb die Dunkelheit in unserem kleinen Kreis. Um uns herum hörte ich die Geräusche der Nacht, das Zirpen letzter Grillen, die Rufe der Nachtvögel und das Rascheln im Unterholz. Ich lag mit dem Rücken an Noahs Brust, den Kopf auf seine Schulter gelegt und die Beine ausgestreckt, während er im Schneidersitz dasaß und die Arme um mich geschlungen hatte. Emilia saß auf der anderen Seite der Decke, ebenfalls im Schneidersitz, die Beine unter ihr weites Kleid gezogen. Sie beobachtete uns, während wir alle schwiegen, eine vertraute Stille zwischen uns.

Ich legte den Kopf in den Nacken und sah in den Sternenhimmel über uns, ein samtenes schwarzes Tuch voll strahlender Diamanten. Nach den wolkenverhangenen Tagen zuvor schienen die Sterne heller und stolzer zu leuchten als sonst, aber vielleicht nur, weil ich ihren Anblick vermisst hatte. Am Rande der Lichtung begrenzten die sich dunkel gegen den strahlenden Nachthimmel abzeichnenden Äste der Bäume die Sternenbilder, die ich erkennen konnte. Venus, der Abendstern, strahlte am hellsten, über uns Herkules auf seiner Reise über das Firmament.

Noah strich mir über die Arme, ein kleines Frösteln jagte über meinen Körper, das nichts mit dem warmen Sommerabend und der erfrischenden Nachtluft zu tun hatte.

»Noah«, sagte Emilia plötzlich, »was hast du eigentlich vor, wenn du mit dem ersten Staatsexamen fertig bist? Willst du dann mit Papa darüber reden, dass Jura nicht das Richtige für dich ist?«

Ich spürte, wie Noahs Körper sich unter mir versteifte und schaut hoch. Ich wusste, dass das Jurastudium in Heidelberg ein Kompromiss zwischen Robert und Noah gewesen war. Robert hatte darauf beharrt, dass Noah in Hamburg blieb, aber Noah wollte mit mir zusammenziehen und das möglichst weit weg von seinen Eltern. Das war für unser beider geistiger Gesundheit unabdingbar, denn Natalia und Robert waren wenig begeistert davon, dass wir immer noch zusammen waren. Natalia hatte wirklich alles versucht, Noah mit jungen rehbeinigen Erbinnen zu verkuppeln, die sie ihm in einer endlosen Reihe vorstellte. Als all ihre Kuppelversuche misslangen, hatte sie mich ›aus Versehen‹ mit lauwarmem Kaffee übergossen, mit ihren Kochkünsten zu vergiften versucht und meinen Eltern vorgeschlagen, ihr Haus zu kaufen, damit wir wegzogen. Robert hatte seinen Sohn immer öfter in sein Büro zitiert. Um seinen Vater zu besänftigen, hatte Noah schließlich eingewilligt, sich wenigstens beim Studienfach auf Roberts Empfehlung einzulassen. Und Jura sei immerhin eine altehrwürdige Tradition für Söhne aus reichem Hause, hatte Noah mit einem sardonischen Lächeln zu mir gesagt, schließlich würden nur zwei Arten von Leuten über das Gesetz lachen: Jene, die es brechen, und jene, die es machen. Ich hatte bloß den Kopf geschüttelt.

Ich versuchte, mein schlechtes Gewissen, dass er nur meinetwegen in dieser Position war, so gut es ging zu unterdrücken, denn ich wollte ihn um keinen Preis der Welt aufgeben.

»Du weißt so gut wie ich, dass es die richtige Wahl war«, sagte Noah trocken zu ihr.

»Unter den Umständen«, meinte Emilia mit einem Seitenblick zu mir. »Aber du kannst nicht dein Leben danach ausrichten, was unser alter Herr von dir verlangt.«

»Ach nein? Einer von uns muss schließlich ins Familiengeschäft einsteigen, und du hast dich da ja bisher schön rausgehalten.«

Emilia funkelte ihn wütend an. »Es ist nicht gerade so, als würde Papa mich dabeihaben wollen, wo er doch einen Sohn hat, der sein Erbe antreten kann.«

Noah öffnete den Mund, und ich drückte seine Hand, bevor er zu weit ging und Emilia beleidigte. Wir alle wussten, dass in Emilias Worten etwas Wahres lag, und Robert immer nur versucht hatte, Noah in seine Geschäfte einzubinden, nur von Noah verlangte, dass er Jura studierte, um damit in Vertragsfragen weiterhelfen zu können, und nur Noah seine alten Freunde und Geschäftskontakte vorstellte. Noah hatte früher gescherzt, dass sein Vater ihn in sein Mafiaimperium einführen wolle, und er hoffe, dass er nicht später mal abgetrennte Pferdeköpfe in die Betten seiner Kontrahenten legen müsse.

Er erwiderte den Druck meiner Hand. »Sei lieber froh, Em«, sagte er leise, »dass niemand von dir verlangt, dein Leben als Schatten eines anderen zu leben.«

Mein Herz machte einen schmerzhaften Hüpfer. Ich hatte nicht gewusst, dass Noah seine Zukunft so düster sah.

»Hör endlich auf, dir selbst leidzutun«, sagte Emilia harsch. »Es liegt in deiner eigenen Hand, was du tust und was du nicht tust.«

Noah hob eine Augenbraue. »Wenn unser Vater mein Studium finanziert, die Wohnung, mein Leben?«

Schuld machte sich in meinem Magen breit.

»Wenn es wirklich nicht das ist, was du machen willst, dann kannst du dich ruhig umentscheiden«, sagte ich zu Noah. »Selbst wenn Robert seine finanzielle Unterstützung einstellt – wir finden schon einen Weg.«

Noah sagte nichts dazu.

Emilia musterte ihn. »Das ist es nicht allein, oder? Du willst ihn nicht enttäuschen.«

Noah schnaubte, ich strich ihm beruhigend über den Unterarm und wandte mich zu ihm. Die ganze Angelegenheit mit seinem Vater ließ Noah manchmal in die Unsicherheit eines Teenagers zurückfallen, als hätte der alte von Gutenbach die Macht, aus einem erwachsenen jungen Mann einen kleinen Jungen zu machen.

»Dein Vater sollte nicht verlangen, dass du dein ganzes Leben nach ihm ausrichtest«, sagte ich sanft.

Noahs Züge waren unruhig, er schaute hinunter auf unsere verschlungenen Arme.

»Du kennst ihn doch, Sophie«, sagte er. »Er hat nur Anerkennung für das übrig, was ihm nützlich ist und ihn weiterbringt.«

Emilia seufzte frustriert. »Was dich an ihn bindet, sind deine eigenen Wünsche, Noah. Hör auf, ihm gefallen zu wollen, und du bist frei.«

Noah sah auf, sein Blick dunkel. »Das ist nicht so einfach, Em.«

Emilia schnaubte. »Das ist es für mich.«

»Weil du nie diejenige warst, an die er seine Erwartungen gerichtet hat«, sagte ich leise.

Emilia warf ihre Hände in die Luft. »Und das macht es irgendwie besser?«

Noah und Emilia starrten einander an. Ihre beiden leuchtend grünen Augenpaare schienen sich ineinander zu verhaken. Ich sah von einem zum anderen und hatte das Gefühl, dass hier ein Duell ausgetragen wurde, als stünden sich die beiden im Morgengrauen fünfzig Schritt voneinander entfernt gegenüber, beide bereit, jederzeit ihre Pistolen abzufeuern. Dann entspannte sich Noah unvermittelt wieder, er griff nach meiner Hand, verflocht unsere Finger ineinander.

»Nach dem ersten Staatsexamen gehe ich nach Leipzig«, sagte er. »Dort gibt es eine Ausrichtung auf internationales Recht. Das interessiert mich mehr als Vertragsrecht.«

Davon hörte ich zum ersten Mal. Ich löste mich aus seinen Armen und setzte mich auf. Sein Blick war immer noch auf Emilia gerichtet. Mir wurde schlecht.

»Was?«, fragte ich heiser. »Und wann hattest du vor, mir das zu sagen?«

Endlich brach er den Blickkontakt mit Emilia, fast wirkte es, als wäre er erstaunt, dass ich da war. Einen Moment lang sagte er nichts.

Wut senkte sich in meinen Magen und vertrieb die ganze warme Zufriedenheit darin, als hätte es sie nie gegeben.

Ich sprang auf, wandte den beiden den Rücken zu und lief barfuß in die Dunkelheit. Hinter mir hörte ich Noah leise nach mir rufen, aber ich drehte mich nicht um. Meine Füße raschelten im taufeuchten Gras, und meine Augen mussten sich an das Dunkel außerhalb des Lichtkreises der Kerzen gewöhnen.

Meine Füße zogen mich zu den Ruinen, die sich wie Rabenschwingen gegen den Nachthimmel abzeichneten. Mit einer Hand fuhr ich an den rauen Steinen entlang, während Kiesel und trockenes Gras in meine Fußsohlen piekten, aber ich bemerkte es kaum. Wann hatte er vorgehabt, mit mir zu sprechen? Früh genug, dass ich mich nach einem Studienplatz oder einer Arbeit in Leipzig umsehen konnte? Oder wollte er, dass ich mein Studium hier beendete und gar nicht mitkam? Mein Magen drehte sich um.

Meine Schritte brachten mich zu dem Baum, der im Innenhof stand, und ich rieb meine Handflächen über seine raue Rinde, wieder und wieder. Ein Stück Borke scheuerte meine Haut auf und hinterließ einen tiefen Kratzer in meiner linken Hand, ich sog scharf die Luft ein.

Hinter mir hörte ich Schritte und fuhr herum.

Noah trat aus der Dunkelheit und blieb ein wenig entfernt von mir stehen. Im schwachen Licht der Sterne und des Mondes konnte ich nichts aus seinen Zügen lesen.

»Sophie.« Seine Stimme war sanft, und er kam noch einen Schritt näher.

Ich hob die Hand, und er blieb stehen. »Nein«, sagte ich, denn ich wusste, wenn er mich in den Arm nahm, hätte ich nicht die Kraft weiterzusprechen.

»Was soll das, Noah?«, fragte ich. »Wie kannst du so eine Entscheidung einfach für dich alleine treffen? Wir leben doch zusammen! Ist es dir nicht in den Kopf gekommen, mich zu fragen, was ich davon halte?«

»Natürlich«, sagte Noah schnell. »Ich wollte es dir noch sagen.«

Ich schnaubte. »Ach ja? Wenn es zu spät ist, dort einen weiterführenden Studienplatz für mich zu finden? Und was soll das überhaupt heißen, du wolltest es mir sagen? Hattest du denn überhaupt nicht vor, das mit mir zu besprechen, bevor du die Entscheidung getroffen hast?« Meine Stimme schwankte bei den letzten Worten, und ich schluckte.

»Sophie«, sagte er und trat noch einen Schritt näher.

»Nein«, wiederholte ich und kreuzte die Arme vor der Brust, plötzlich war mir kalt in der Nachtluft. »Diesmal lasse ich mich nicht einfach mit einer Umarmung abspeisen. Ich will wissen, wie du dir das Ganze vorgestellt hast.«

Noah schwieg einen Moment lang und musterte mich. Mit einem Mal befiel mich eine lähmende Angst. Noah würde mich verlassen. Er war abweisend und kryptisch gewesen in den letzten Wochen, wenn nicht gar Monaten, hatte sich mir entzogen, und jetzt hatte er ohne mich Pläne geschmiedet, in eine andere Stadt zu ziehen.

Ich begann zu zittern. Ich wollte ihn bitten, nicht ohne mich zu gehen, mich nicht zurückzulassen wie einen der ungeliebten Gegenstände, die er früher gesammelt hatte. Ich biss mir auf die Unterlippe, damit diese erbärmlichen Worte nicht aus meinem Mund fielen.

Noah stand ganz still, als wäre er eines der dunklen Waldwesen aus der Nacht, deren Bewegungen von anderen Dingen als unseren menschlichen Emotionen gelenkt wurden.

Dann trat er langsam einen weiteren Schritt vor, stand so nah, dass ich die Wärme seines Körpers spüren konnte, die mich wie die Gravitationskraft eines Planeten an sich zog. Sein Gesicht war ernst und so schön im schwachen Licht des Mondes, dass es mir das Herz brach. Er breitete die Arme aus, und ich ließ mich hineinfallen. Ob ich wollte oder nicht, wenn er nach mir rief, würde ich immer kommen. Seine Hände strichen mir in warmen Kreisen über den Rücken.

»Natürlich hätte ich es dir gesagt, sobald eine Rückmeldung aus Leipzig gekommen wäre. Es ist ja noch eine Weile hin, ich wollte nicht, dass du dir Gedanken machst, bevor überhaupt klar ist, ob das eine Möglichkeit ist. In jedem Fall genug Zeit, um nach einer Wohnung zu suchen und herauszufinden, ob es dort etwas für dich gibt, das du machen willst. Wir finden schon eine Lösung, Sophie«, echote er meine Worte von zuvor.

Die Angst in meinem Magen legte sich langsam, schmolz wie Eis in der Sonne unter den Berührungen seiner warmen Hände. Ich hielt mich an ihm fest und schämte mich plötzlich, so überreagiert zu haben. Ich wandte den Kopf, um ihn ansehen zu können.

»Versprochen?«, fragte ich.

»Versprochen«, sagte er und legte seine Lippen auf meine.

KAPITEL 20

Die Winterlibelle

Mit eisigen Fingern schob ich das schwere schmiedeeiserne Tor zur Auffahrt der von Gutenbachs auf. Meine Finger waren so unterkühlt, dass ich das beißend kalte Metall kaum spürte. Es hatte lange gedauert, zur Villa zurückzufinden. Ich war durch die Nacht getaumelt, bis ich irgendwann völlig erschöpft so weit wieder zu Verstand gekommen war, dass ich nach einem Nachtbus Ausschau gehalten hatte.

Der Himmel hatte bereits begonnen, sich an den Rändern lila zu färben, die Dämmerung zog auf, erste Wintervögel sangen in den kahlen Zweigen der Einfahrt. Ein paar Krähen umkreisten die leeren Baumwipfel und ließen ihre heiseren Schreie erklingen, als ich durch den frischen knirschenden Schnee zur Eingangstür der Villa schlich, meine Schritte die ersten, die die weiße Decke durchbrachen und Spuren hinterließen. Das Dach war bedeckt vom Schnee, der die ganze Nacht über gefallen war und auch auf den Ästen der Bäume lag. Auf den Fenstersimsen, den Dächern und dem Balkon lag eine dicke Schicht, auf den Erkern und den runden Türmen. Das Weiß strahlte selbst im schwachen ersten Licht des Tages unirdisch. Ich blieb stehen und schaute auf, meine Augen fuhren über die dunkle Silhouette des Gebäudes, das majestätisch und zugleich bedrohlich im winterlichen Garten zu thronen schien.

Die gespreizten Schwingen der Krähen zeichneten sich gegen den langsam heller werdenden Himmel ab, ihr unheimlicher Tanz elegant, ihre Rufe laut in der kalten Luft des Morgens.

Ich hatte nicht wiederkommen wollen, aber auch nach allem, was geschehen war, war dies noch immer der Ort, an den es mich zog, wenn ich mich verstecken wollte – als sei es mein Zuhause und mein Schicksal, mich in diesem Backsteinanwesen zu verkriechen wie eine von Natalias verrückten Vorfahrinnen. Außerdem waren noch alle meine Sachen hier, die ich einsammeln musste, bevor ich endlich den Rückzug antreten konnte. Typisch eigentlich, dass ich Emilias Ruf blind gefolgt war, nur um wieder in die wahnsinnigen Angelegenheiten und Machenschaften der von Gutenbachs verwickelt zu werden, wie eine glücklose, ins Licht taumelnde Motte.

Der Schlüssel fiel mir mehrfach aus den kalten Händen, bis ich ihn ins Schloss bekam. Ich lief durch die Villa wie ein Geist, kalt und weiß wie der Schnee, und vergrub mich in meinem Turmzimmer unter allen Decken, die ich finden konnte.

~

Als ich das nächste Mal aufwachte, spürte ich eine aufkommende Erkältung in meinen Gliedern, ein Drücken in meiner Schläfe und Hitze in meinem Kopf. Ich drehte mich um und verkroch mich wieder unter meinen Decken, ein Gefühl von solcher Leere in mir, dass ich kurz die Augen schließen musste. Mit meiner Gesundheit war auch meine letzte Energie verschwunden. Ich lag da und ließ das Elend über mich rollen. Ich blieb den ganzen Tag im Bett, fiebrig und taub glitt ich zwischen Schlafen und Wachen hin und her und stand nur auf, um mit nackten Füßen ins Bad zu tapsen, wo ich tiefe Schlucke aus dem Wasserhahn trank.

Erst am nächsten Nachmittag wachte ich mit einem halbwegs klaren Kopf und klaren Gedanken auf, mein Körper fühlte sich einigermaßen erholt an und nicht mehr von dieser totalen Erschöpfung übermannt. Fast vierundzwanzig Stunden hatte ich geschlafen. Ich war hungrig, und als ich aus dem Bett aufstand, fröstelte ich im kühlen Zimmer, aber nicht mehr so, wie ich es unter dem Einfluss des Fiebers getan hatte.

Meine Hand wühlte in meiner Handtasche auf dem Nachttisch. Ich zog das Handy hervor, um auf die Uhr zu schauen, doch der Akku war leer. Seufzend warf ich das Gerät zurück in die Tasche, als mir auch noch einfiel, dass ich das Ladekabel zuletzt in der Bibliothek benutzt und nicht ausgesteckt hatte.

Ich zog mich an und ging hinunter. Nachdem ich das Kabel gefunden hatte, betrat ich in Küche. Fröstelnd zog ich meine Strickjacke enger, hier unten war es kaum wärmer. Wo war Emilia? Warum hatte sie weder Heizung noch Kamin angemacht, brauchte ihr kaltes Herz keine äußere Wärme? Ich setzte Kaffee auf, und die gereizten Gedanken zogen wie fliehende Wolken durch meinen Kopf, hinterließen keine Spuren. Ich spürte, dass es mich nicht mehr wirklich interessierte. Es war, als hätte das Fieber noch eine andere nachklingende Krankheit ausgebrannt, eine, die mit den von Gutenbachs zu tun hatte. Die Leere in mir hatte sich zu etwas formiert, das weder Verzweiflung noch Hoffnung zuließ.

Ich starrte auf meine Hände, die die warme Kaffeetasse umschlossen, und versuchte, meine Rückreise zu planen. Nach dem Packen konnte ich ein Taxi zum Bahnhof nehmen, von dort in den Zug steigen, und ich würde schon am Abend zurück in Freiburg in meiner Wohnung sein. Die Vorstellung, meine vertrockneten Zimmerpflanzen in den leeren, hallenden Räumen vorzufinden, legte sich wie eine dunkle Hand über mich.

Nichts war geklärt. Nichts war klarer geworden durch meinen Besuch hier, durch mein Stochern in der Vergangenheit, außer, dass die Vergangenheit vielleicht nicht ganz so gewesen war, wie ich sie gesehen hatte. Ich würde mit leeren Hände nach Freiburg zurückkehren, nein, schlimmer, mit der Erkenntnis, dass meine Hände schon lange leer gewesen waren, bevor es mir überhaupt bewusst wurde. Der Kaffee schmeckte plötzlich sehr bitter.

Mit einem Knallen stellte ich die Tasse auf der Anrichte ab. Ich musste aufhören, mir selbst leidzutun, und endlich die Zügel in die Hand nehmen. Das konnte es nicht gewesen sein. Ein Gefühl von heißer Wut und Entschlossenheit durchfuhr mich und löste die Leere ab. Zielstrebig rauschte ich die Treppe nach oben und riss ohne zu Zögern Emilias Zimmertür auf.

Der Raum war leer. Mein Puls ging schnell, als ich eintrat und das Chaos aus herumliegenden Kleidungsstücken und dem ungemachten Bett mit einem schnellen Blick einfing. Die Wände des Zimmers waren mit Zeichnungen übersät, Bilder wie dunkle Ahnungen, Konturen und Bleitriftstriche wie die Schatten kahler Bäume im Winter bildeten Formen, die ich nicht verstand.

Einen Moment lang starrte ich auf die Bilder, dann fing ich mich wieder. Auch gut, wenn Emilia sich wieder nicht blicken ließ. Dann würde ich diese letzte Gelegenheit nutzen und ihr Zimmer durchsuchen. Danach würde ich in Roberts Arbeitszimmer, den Bibliotheken, Natalias Raum und allen anderen Zimmern weitermachen, bis ich etwas gefunden hatte. Irgendetwas, das mir einen Hinweis auf Noah geben würde oder darauf, was mit Emilia vor sich ging. Die Ruhe in mir war die vor dem Sturm, in der bereits elektrische Spannung in der Luft lag.

Ich durchquerte den Raum mit wenigen Schritten und betrachtete ihren Schminktisch, den verstaubten Spiegel davor, an den Emilia Zeichnungen von Libellen geklebt hatte, filigrane Flügel oder die Detailansicht eines Facettenauges sahen mir entgegen. Ich ballte die Hände zu Fäusten, selbst erstaunt über die Wut, die mich beim harmlosen Anblick ihrer künstlerischen Arbeit überkam. Ihre Bilder waren beeindruckend, beunruhigend wie dunkle Strömungen unter Wasser. Ich wollte nichts mehr davon wissen.

Ich wandte mich ab und ging zum Schreibtisch. Auf der Arbeitsfläche lagen zahlreiche angefangene Skizzen, Papierstapel, verstreute Kohle- und Bleistifte. Zuerst starrte ich nur. Dann begann ich, wie wahnsinnig durch die Papiere zu wühlen, ohne Rücksicht darauf, dass Stifte rollten und Zeichnungen zu Boden flatterten. Mein Atem flatterte selbst in meiner Brust.

Ich riss die Schubladen auf und hob mit beiden Händen ihren Inhalt aus verschiedenen Ordnern, Papieren, Briefen und Umschlägen auf den Schreibtisch. Dann begann ich systematisch alles durchzusehen, wobei ich die Zettel, die mir nichts sagten, achtlos zu Boden fallen ließ.

Erst bei der dritten und letzten Schublade, ein Chaos aus gesammelten Kieseln, Zetteln und Schnellheftern darin, fand ich schließlich einen Brief, an dem mein Blick hängen blieb.

Der Absender war ein Hamburger Krankenhaus.

Im Nachhinein kann ich nicht mehr sagen, warum es dieser Umschlag war, der meine Aufmerksamkeit weckte. Es hätte alles sein können, eine Routineuntersuchung, ein Blutbild, ein Schwangerschaftstest, nichts schien mir bei Emilia zu abwegig.

Nur dass sie nie, wirklich nie krank war, und auch niemals aus freien Stücken ein Krankenhaus betreten hätte.

Mit kalten Fingern zog ich das Schreiben aus dem geöffneten Umschlag. Mein Blick überflog die Zeilen, und mein Herz blieb stehen.

Einen kompletten entsetzlichen Moment lang stand mein Herz still, als meine Augen seinen Namen fanden.

Noah Alexander von Gutenbach.

Dann begann mein Herzmuskel in einem fürchterlichen unregelmäßigen Rhythmus zu pumpen, und ich hatte das Gefühl zu hyperventilieren. Ich beugte mich vor, den Brief zerknitternd in meiner Hand, und stützte mich mit den Händen auf meinen Knien auf, versuchte Luft zu bekommen.

Das hier war entweder ein Herzinfarkt oder die erste echte Panikattacke meines Lebens.

Ich sank auf allen Vieren zu Boden, keuchend, fluchend, hustend, nach Luft schnappend. Mir war übel, von den Rändern meines Blickfeldes drang Dunkelheit auf mich ein, der Raum verschwamm vor meinen Augen. Meine Lungen krampften, schmerzten, als würde eine unsichtbare Hand sich wie ein Schraubstock um meinen Brustkorb schließen und mich unaufhaltsam zerquetschen.

Beruhige dich, beruhige dich, beruhige dich, hörte ich Manuels Stimme zu mir sagen.

In meinem Kopf begann ich zu zählen, von hundert rückwärts, und mit meinem Atem der Reihe von Zahlen zu folgen, fließen zu lassen. Langsam, ganz langsam beruhigte sich mein Puls, und ich ließ mich ganz zu Boden fallen, rollte mich auf den Rücken und sah an die Decke von Emilias Zimmer.

Luft strömte in meine Lungen, Blut rauschte in meinen Kopf zurück.

Lange blieb ich so liegen.

Dann stand ich auf und begann systematisch alle Briefe durchzugehen, die in und um den Schreibtisch verteilt lagen, bis ich all jene darunter aus dem Krankenhaus, von der Versicherung und schließlich auch einen von der Polizei gefunden hatte. Meine Hände waren eiskalt dabei.

Erneut ließ ich mich auf den Boden sinken, den Rücken an den

Schreibtisch gelehnt, und begann zu lesen. Es dauerte nicht lange, bis ich durch den Tränenschleier nichts mehr sehen konnte.

Vor meinem inneren Auge sah ich stattdessen plötzlich ein Auto in der Dunkelheit, auf einer stillen, nassen Landstraße, umgeben von Wäldern. Ich sah einen Fahrer, der die Kontrolle verlor, sah den Wagen, wie er einen Abhang hinabstürzte, sich mehrfach überschlug. Mit einem fürchterlichen Geräusch von metallenem Kreischen und splitterndem Glas mit kaum gebremster Wucht gegen einen Baum prallte. Der Autounfall, der Natalia und Robert das Leben gekostet hatte.

Nur, dass ich jetzt nicht Roberts breite Schultern im Fahrersitz vor mir sitzen sah, sondern Noahs schlanke, seinen anmutigen Nacken, seine sonst so ruhigen Hände um das Lenkrad gekrampft.

Noah war der Unfallfahrer gewesen.

Der Polizeireport und die Versicherungsschreiben waren unmissverständlich. Keine Ahnung, wie Emilia das vor der Presse hatte geheim halten können, die so viel über den Tod ihrer Eltern geschrieben hatte.

Über den Tod ihrer Eltern, aber nicht über das Überleben ihres Bruders.

Über den Bruder, der keine drei Kilometer entfernt in einem Krankenhausbett gelegen und um sein Leben gekämpft hatte. Über Noah, der eine Bluttransfusion nach der anderen gebraucht hatte und dessen Körper keinerlei Chance gegen die physischen Aufprallkräfte eines Autounfalls bei hoher Geschwindigkeit gehabt hatte.

Über den jungen Mann mit dem traurigen Blick, der aus dem künstlichen Koma aufgewacht war und nicht mehr gesprochen hatte.

Seit vier Wochen.

Vor drei Wochen war Noah in die psychiatrische Station des Krankenhauses verlegt worden, weil er nicht reagierte.

Nicht auf seine Ärztinnen und die Pfleger, nicht auf seine Schwester.

Ich atmete tief ein und ließ die Papiere aus meinen Händen gleiten.

Ich hatte Noah gefunden.

~

Es kostete mich eine enorme Anstrengung, mich vom Boden aufzuraffen. Meine protestierenden Muskeln zum Gehorsam zu zwingen, mich am Schreibtisch abzustützen und nach oben zu hieven.

Ruhig, ruhig, mein Herz.

Mehrere Bleistifte polterten zu Boden, eine Lawine aus Papier stürzte hinterher, die durch meine Hand ins Rollen gebracht worden war. Ich starrte auf die weiße Flut, das Chaos zu meinen Füßen.

Der einzige halbwegs klare Gedanke, den ich hatte, war: Ich muss mit Emilia reden. Der Gedanke ergriff mich wie eine Hand unter Wasser und zog mich an die Oberfläche.

Meine Füße trugen mich automatisch durch die Flure und Korridore, die Treppe hinunter, ins Kaminzimmer, den gelben Salon, die Küche. In Roberts altes Arbeitszimmer, aus dem mir ein leerer Schreibtisch und das hässliche Gemälde eines Adeligen über dem Stuhl entgegenstarrte, von dem Robert immer behauptet hatte, es sei sein Urahne. Ich ging durch die blaue Bibliothek, das Foyer, schließlich auch in den Keller, in Emilias Labor.

Die Feuchtigkeit ihres Dschungelgewächshauses schlug mir warm entgegen und raubte mir einen Moment den Atem. Meine Füße versanken in der dunklen Erde, ich ließ den Blick durch die fleischig wirkenden Pflanzen streifen, hörte das Sirren schneller Flügel und zog den Kopf ein. Keine Spur von Emilia. Ich konnte den Raum nicht schnell genug verlassen.

Im Wohnzimmer trat ich an die große Glasscheibe der Terrassentür und starrte in die langsam eintretende Dämmerung, die die strahlende Schneedecke über dem Rasen, den Bäumen und Sträuchern in ein Grauviolett tauchte.

Der Schnee, eine Masse aus gefrorenem Wasser, das vom Himmel fiel, aus Kristallen, von denen jeder einzelne ein Unikat war, und die sich doch wie nahtlos verbanden zu einem hellen Grabtuch.

Der Schnee, der vorgestern wie Puder auf meine Haare und Wimpern gefallen war und meine Wangen gefühllos gemacht hatte.

Der Schnee, der dem Garten eine Unschuld gegeben hatte, die er nie besessen, die Unterschiede verschwinden lassen und alles in die heilige Schönheit des Vergessens getaucht hatte.

Der Schnee, in dem ich plötzlich ganz am Rande des großen Anwesens der von Gutenbachs eine Bewegung wahrnahm, die sich kaum von seinem leuchtenden Weiß abhob.

Ich kniff die Augen zusammen.

Vor mir, durch die Scheibe hindurch, dort, wo der Garten der von Gutenbachs vom Kanal begrenzt war, sah ich Emilia. Sie trug etwas Weißes, Helles und schien durch den Schnee zu tanzen. Nein, nicht zu tanzen, ihre Bewegungen waren zu abgehackt dafür. Oder doch? Und dann hielt sie inne. Schien zu zögern. Im nächsten Moment ließ sie sich die Böschung hinuntergleiten in den halb zugefrorenen Kanal, und bevor ich einen klaren Gedanken fassen konnte, hatte ich die Terrassentür aufgerissen und rannte so schnell, wie mich meine Füße trugen, durch den viel zu langen, weiten Garten, zwischen Bäumen und Büschen hindurch und schrie ihren Namen, wieder und wieder. »Emilia!«

Sie würde ins Wasser gehen, sie würde wirklich und wahrhaftig ins Wasser gehen und nie wieder …

Die kalte Luft brannte in meinen Lungen, und ich keuchte, als ich sie über das Eis des Kanals gleiten sah, ihre Bewegungen wie im Traum, schwebend, tanzend, anmutig.

Ihre Füße schlitterten auf dem Eis, und ich hörte bereits das schreckliche Knacken unter ihr, während ich rannte, so schnell ich konnte, rannte, schlitterte, fiel, aufsprang, weiterrannte.

An der Böschung blieb ich rutschend stehen und starrte mit weit aufgerissenen Augen auf die weiß gekleidete Figur, die vor mir auf dem zugefrorenen Kanal stand, sich Schritt für Schritt auf die Mitte zubewegte.

»Emilia!«

Sie fuhr zu mir herum. Ihr Gesicht ruhig, keine Maske des Schmerzes und der Wut, wie ich es erwartet hatte. Ihre Haare weißgolden im schwindenden Licht des Abends, ihre Augen überirdisch grün. Sie strahlte, nur in ein kurzes Kleid gehüllt, barfuß auf dem dünnen, jungen Eis, in ihren Händen ein Stab. Sie sah aus wie Ophelia, wunderschön und wahnsinnig und dabei, ihren Körper und sich dem Wasser und dem Vergessen auszuliefern.

»Emilia!«, keuchte ich, mein Herz rasend, meine Hände zu hilflosen Fäusten geballt, die Angst eine physische Präsenz in meinem Inneren wie noch nie, niemals zuvor in meinem Leben.

»Emilia, tu das nicht, bitte! Komm zurück ans Ufer!«

Sie legte den Kopf schief, musterte mich.

»Wir können über alles reden. Komm da jetzt runter!«

Ich streckte eine Hand nach ihr aus, als würde ich sie damit über die mehreren Meter hinweg, die uns trennten, erreichen können. Sie zog ihre Brauen zusammen.

»Sophie«, sagte sie langsam. »Ich dachte, du wärest schon abgereist.«

»Bitte, bitte komm da jetzt runter«, flüsterte ich drängend.

Sie rührte sich nicht. Ich ließ mich rutschend auf die Ebene des Kanals hinuntergleiten, vorsichtig platzierte ich einen Fuß auf dem Eis, atmete tief ein. Ich würde Emilia nicht einfach untergehen lassen.

»Emilia, das kannst du mir nicht antun. Das kannst du Noah nicht antun, bitte«, flehte ich, meine Stimme auf den letzten Silben brechend.

Etwas wie Erkenntnis leuchtete in ihren Augen auf. Sie sah sich um, schaute auf ihre nackten Füße und das Eis darunter, die dunklen Stellen, wo das Eis in schwarzes Wasser überging, nur wenige Schritte von ihr entfernt. Ich hielt den Atem an, schob mich ein kleines Stückchen weiter vor, ihr seitlich entgegen, betend, dass die Eisdecke uns halten würde, bis ich sie erreichte, bis ich sie wegziehen konnte.

Ein paar schnelle, leichte Schritte, und ich war bei ihr. Ich packte sie am Arm und riss und schubste sie ans Ufer, sie schrie und wedelte mit den Armen. Ich ignorierte ihre Gegenwehr, zog sie mit einem entschlossenen Ruck vom Eis, und wir beide stürzten in den zerwühlten Schnee der Böschung, keuchend, kämpfend, atemlos.

Ich versuchte sie festzuhalten und zu beruhigen, sie stieß mich von sich, brüllte, schrie und kratzte, bis ich sie schließlich unter meinem Gewicht begraben am Boden hielt, die Arme fest um sie geschlossen. Mein Puls raste abgehackt.

Mein Herz, mein Herz, beruhige dich.

Und dann wurde Emilia plötzlich still und schlaff in meinen Armen. Vorsichtig richtete ich mich ein Stück auf und versuchte ihr ins Gesicht zu sehen. Aber Emilia ließ ihren Kopf in den Nacken und den Schnee zurückfallen und begann zu lachen. Heiser und rau und voller ... Belustigung? Ich erstarrte.

Das Gelächter hielt für den vielleicht längsten Moment an, an den ich mich erinnern kann. Unsere kalten Körper im noch kälteren Schnee aneinandergepresst. Dann blickte sie mich an, das Funkeln ihrer Augen gesättigt mit einer Emotion, die ich nicht zuordnen konnte.

»Sophie«, sagte sie leise. »Was hast du denn gedacht, was ich hier mache?«

Sie deutete mit einer Hand in den Schnee neben uns, wo der Stab lag, den sie vorher gehalten und bei meiner Rettungsaktion und dem darauffolgenden Gerangel im Schnee verloren hatte. Den ich jetzt zum ersten Mal genauer ansah. Es war ein Kescher, so einer, mit dem man Schmetterlinge fing. Oder Libellen.

Meine Augen weiteten sich, ich schaute zurück zu Emilia.

»Ich war dabei, eine entflogene Libelle wieder einzufangen, die aus dem Labor nach draußen entwischt ist«, sagte Emilia. »Hier im Schnee wird sie sterben.«

Ein paar Atemzüge lang konnte ich es nicht fassen.

»Oh«, sagte ich.

»Ja, oh.« Sie strich sich eine Haarsträhne aus dem Gesicht. »Jetzt sind wir beide nass, und die Libelle ist entwischt und muss einem eisigen Tod entgegensehen«, sagte Emilia trocken.

Etwas von meinem Ärger kehrte zurück. »Besser, als wenn du einem eisigen Tod unter Wasser entgegensehen musst! Wie konntest du nur auf das dünne Eis gehen?! Ich dachte … Ich dachte…« Und hier brach meine Stimme erneut, und ich starrte in ihre dunklen Pupillen in dem hellen Grün.

»Du dachtest, ich würde mich umbringen«, beendete Emilia meinen Satz.

Plötzlich musste ich ihre kleine, schlanke, viel zu dünn angezogene Gestalt ganz fest an mich drücken und in meinen Armen halten.

»Tu das nie, nie wieder, versprichst du mir das?«, sagte ich, das Gesicht an ihrer Schulter vergraben. »Ich kann dich nicht auch noch verlieren. Du … du bist meine Schwester, egal, was passiert, Emilia, und wage es ja nicht, mich je so zurückzulassen, verstanden?!«

Den letzten Satz hatte ich geschrien.

Emilia starrte mich an, dann begannen stille Tränen aus ihren Augenwinkeln zu laufen, hell und glänzend auf ihren Wangen.

»Deine Schwester«, flüsterte sie. »Deine Schwester, egal, was passiert?«, wiederholte sie.

Ich schluckte. »Egal, was passiert«, erwiderte ich fest und fügte düster hinzu: »Auch wenn ich dir die Hälfte der Zeit selbst den Hals umdrehen will. Du hast ganz sicher nicht das Recht, mir da zuvorzukommen.«

Emilia sah mich an und begann zu lächeln, das erste ehrliche, verschmitzte, unheilige, richtige Emilia-Lächeln, das ich in meinen zwei Wochen hier zu sehen bekam. Komplizenhaft, als würden wir einen Witz teilen, den der Rest der Welt nicht verstand.

Einen Moment blieben wir im Schnee liegen, gemeinsam weinend, schniefend und fluchend und auch ein bisschen lachend. Schließlich raffte ich mich auf, zitternd in der Kälte, und zog Emilia an einer Hand nach oben.

Wir sahen uns an, und zum ersten Mal seit Langem war da nichts anderes mehr zwischen uns als das Band zweier Menschen, die gemeinsam aufgewachsen waren.

KAPITEL 21

Falkenlibellen können im Flug die Richtung wechseln

Ich hatte Emilia unter die heiße Dusche geschickt und selbst gut eine halbe Stunde unter dem dampfenden Wasserstrahl in dem meinem Zimmer anliegenden Bad gestanden, bis die Taubheit aus meinen Gliedern verschwunden war.

Als ich wieder nach unten kam, sah ich bereits das Flackern im Kaminzimmer. Ich trat ein. Emilia saß auf dem dicken Teppich, ein Bein ausgestreckt, das andere unter sich gezogen. Sie fuhr mit einer Bürste durch ihr noch nasses, im Feuerschein goldenes Haar und starrte in die Flammen. Ich hatte den Fön benutzt und musste ein bisschen über die Szene vor mir lächeln, die aussah wie aus einem Historienfilm. Ob gewollt oder nicht, Emilia wirkte dramatisch. Aber es war meine Emilia, meine verrückte, nervenaufreibende, verletzliche Schwester, lebendig und in einem Stück. Und das war alles, was im Augenblick zählte.

Bis auf die tausend Fragen natürlich, die ich ihr jetzt stellen und auf eine Antwort bestehen würde, selbst wenn ich Daumenschrauben anlegen musste.

Ich ließ mich neben Emilia zu Boden, streckte mich auf der Seite aus und genoss die Wärme, die in meinen Körper sickerte. Emilia bedachte mich mit einem etwas abwesenden Lächeln. Ich stützte den Ellenbogen auf den Teppich und den Kopf in die Hand und betrachtete sie. Sie schien verwundbarer, weicher als noch vor ein paar Tagen, so als hätte das heiße Wasser eine Schutzschicht abgewaschen.

Während sie ihre Haare kämmte, wanderte mein Blick über ihre zu dünne Gestalt in Jeans und Pulli. Jetzt konnte ich es als das sehen, was es war: keine Modeentscheidung, sondern die Nachlässigkeit einer Frau, die trauerte und zu essen vergaß. So wie ich vergessen hatte, wie es gewesen war, eine Schwester zu haben. Es erstaunte mich, wie selbstverständlich sich der Begriff wieder in meine Gedanken geschlichen hatte: Schwester. Zuvor hatte ich mich nur an die negativen Dinge erinnert, die uns auseinandergebracht hatten. Aber das Gefühl in diesem Moment vor dem Kamin, diese wohlige Ruhe in mir, war mir vertraut. Es war das Gefühl von Familie, davon, nicht allein zu sein. Und es hatte nur einen vermeintlichen Selbstmord gebraucht, um mir klarzumachen, dass Emilia dazugehörte. Meine Lippen zogen sich unwillkürlich nach oben.

»Was ist, warum grinst du so?«, fragte Emilia.

»Ach, nichts«, sagte ich und grinste breiter.

Emilia zog die Brauen zusammen und betrachtete mich skeptisch.

Ich gab nach. »Es steckt nur eine gewisse Ironie darin, dass deine entflohene Libelle uns dazu gebracht hat, jetzt hier zu sitzen und zu reden.« Und dass so etwas wie ein fragiler Neuanfang möglich scheint, dachte ich, ohne es auszusprechen.

»Mh«, machte sie, und ihre Brauen zogen sich noch ein Stück zusammen. »Ist das wirklich Ironie? Vielleicht eher Koinzidenz oder schlicht Zufall?«

Ich musste lachen. »Du hast recht, vielleicht ist das keine Ironie. Glück?«, fragte ich.

Emilia nickte und senkte den Blick.

»Sophie … du weißt, dass ich dir niemals wehtun wollte, oder?«, sagte sie leise.

Ich seufzte und schüttelte den Kopf. »Womit? Dass du Noahs Pakete vor fünf Jahren nicht an mich weitergeschickt, sie aber jetzt benutzt hast, um mich hier zu halten? Dass du damals nichts gesagt hast, als er nach Südamerika verschwunden ist? Oder damit, dass du mir verheimlicht hast, dass Noah bei dem Unfall eurer Eltern dabei war und noch im Krankenhaus liegt?«

Ihr Gesicht zuckte hoch, ihre Augen fanden meine und musterten mich ängstlich. Sie machte den Mund auf, und ich hob die Hand.

»Es ist okay … Nein, okay ist nicht das richtige Wort, denn das ist es wirklich nicht. Aber ich bin nicht mehr so wütend auf dich wie noch vor ein paar Tagen, Emilia. Nur … enttäuscht, verwirrt und gekränkt. Wie konntest du das vor mir geheim halten? Ich würde gerne verstehen, was in deinem Kopf vorgeht«, sagte ich ruhig.

Emilia schaute mich an wie ein Reh im Scheinwerferlicht. Sie öffnete den Mund, schloss ihn wieder, blickte auf ihre Hände in ihrem Schoß, dann wieder in mein Gesicht.

»Es tut mir leid«, sagte sie schließlich mit dünner Stimme.

Ich machte eine ungeduldige Handbewegung. »Erklär mir lieber endlich, was los ist. Und warum du mir nichts gesagt hast.«

Sie senkte den Kopf, ließ die Haare über ihr Gesicht fallen, und ein Flackern von Ungeduld breitete sich in mir aus.

»Versuch nicht, mir schon wieder auszuweichen, Emilia. Ich will endlich die ganze Geschichte«, sagte ich streng.

Emilia sah durch den Vorhang ihrer Haare zu mir auf. »Meinst du, du kannst mir jemals verzeihen?«, fragte sie leise.

Ich seufzte, sie war manchmal so kindlich, dass ich sie schwer mit der Frau zusammenbrachte, die Libellen sammelte und aufspießte und alle um sie herum manipulieren konnte, wenn sie es wollte. Ich streckte die Hand aus und klemmte ihr eine ihrer Haarsträhnen hinter das Ohr.

»Es wird ein bisschen brauchen, bis ich dir wieder vertrauen kann. Aber ich versuche es, versprochen«, sagte ich ernst. Sie musterte mich, und was sie sah, schien sie zu beruhigen.

»Und du würdest eine Menge dazu beitragen, wenn du nicht weiter meine Geduld strapazierst und endlich alles erzählst«, fügte ich trocken hinzu. Emilias Mundwinkel bogen sich ein paar Millimeter nach oben, und ihre angespannte Haltung lockerte sich.

»Also gut, was willst du wissen?«, fragte sie.

Ich setzte mich auf, ihr gegenüber und hielt ihren grünen Blick.

»Alles«, sagte ich.

Es dauerte eine Weile, bis ich die ganze Geschichte aus ihr rausbekommen hatte. Das meiste war so, wie ich es mir aus den Briefen zusammengereimt hatte, aber durch Emilias Erzählung wurden die Dinge konkreter, die Daten, die Ereignisse, die Angst und der Schmerz dahinter. Es war herzzerreißend, ihr dabei zuzusehen, wie sie Worte für den Tod ihrer Eltern und den Zustand ihres Bruders suchte. Aber ich ließ nicht locker, ließ sie nicht verstummen. Emilia schuldete mir das hier, nach allem, was geschehen war.

»Ich verstehe immer noch nicht, warum du mir nicht einfach gesagt hast, dass Noah im Krankenhaus liegt«, sagte ich irgendwann. Diesen Punkt hatte ich schon mehrfach angesprochen, und sie hatte ihn bisher übergangen.

Emilia machte eine Pause, sah wieder auf die Hände, die sie in der ganzen Zeit nicht aus ihrem Schoß bewegt hatte.

»Bevor die drei losgefahren sind am Unfalltag … Nun, ich hatte einen Streit mit Noah.« Es kostete sie Kraft, diese Worte zu sagen. »Er sagte, es sei der schlimmste Fehler seines Lebens gewesen, sich von dir zu trennen.«

Ihre Worte trafen mich. Diesmal glaubte ich ihr, als sie es sagte.

»Wir kamen auf die Sache mit den Paketen …« Sie stockte. Dann fuhr sie fort: »Und da rutschte es mir raus, dass ich sie dir nie geschickt habe. Er war so unfassbar wütend.«

Ihre Stimme klang weit weg, heimgesucht. Plötzlich verstand ich.

»Du glaubst, dass er wegen des Streits unvorsichtig gefahren ist«, sagte ich leise.

Emilias Augen waren so dunkel, voll ungesagter Dinge, dass ich den Blick abwenden musste. Ich konnte ihr die Vergebung nicht geben, die sie brauchte. Ich konnte nur die Hand ausstrecken und ihren Arm drücken.

»Damals«, fuhr sie schließlich heiser fort, »als er nach Buenos Aires ging, war es nicht so, wie du denkst, Sophie. Er hatte eine Art … Zusammenbruch. Er tauchte hier auf, völlig aufgelöst. Er sagte, dass er dir einen Heiratsantrag gemacht hätte, dich aber nicht heiraten könne. Er war nicht er selbst. Im Nachhinein denke ich, es hatte sich angekündigt, es ging ihm schon lange nicht mehr gut. Aber das weißt du ja …«

»Nein, ich … wusste es nicht so richtig«, es fiel mir schwer, es zuzugeben. Irgendwo tief innen drin hatte ich es geahnt, aber ich hatte es nicht wahrhaben wollen, hatte mir andere Erklärungen zurechtgelegt. »Er hat in der Zeit kaum mit mir darüber gesprochen, wie es ihm ging. Er schien müde, erschöpft, aber ich dachte, es sei das Jurastudium …« Ich brach ab und schluckte.

»Mein Vater hat damals verhindert, dass wir einen Arzt riefen. Er meinte, Noahs Karriere würde einen Psychiatrieaufenthalt nicht überstehen. Stattdessen hat er ein paar Bekannte in Buenos

Aires angerufen, und am nächsten Tag saß Noah im Flugzeug«, Emilia lächelte bitter. »Ihn auf die andere Seite der Erde abzuschieben sollte Noah helfen, zu sich zu kommen, ohne dabei seinen Ruf zu ruinieren. Problem gelöst, aus der Perspektive meines Vaters.«

Ich starrte sie an. »Darum ist er so plötzlich nach Argentinien verschwunden? Weil Robert seine Reputation retten wollte? Aber warum hat Noah mich dann nicht angerufen und mir alles erklärt? Warum hat er das mit sich machen lassen und mir nicht mal gesagt, was passiert ist?« Meine Stimme war so ungläubig, wie ich mich fühlte. Mein Puls raste, ich senkte den Kopf, um die Schwärze in meinem Blickfeld zu verdrängen. Eine kühle Hand berührte mich sanft am Nacken.

»Ist alles okay, Sophie?«, fragte Emilia leise.

Mein Kopf schnellte nach oben.

»Ob alles in Ordnung ist? Willst du mich verarschen? DAS war der Grund für Noahs Verschwinden damals? Ein Zusammenbruch gefolgt von der hirnrissigen Idee deines Vaters, dass Probleme einfach verschwinden, wenn man sie ein paar Tausend Kilometer weit wegschickt? Aus den Augen, aus dem Sinn?«

Ich merkte erst, wie laut ich geworden war, als Emilia zurückzuckte.

»Robert war sicher froh zu verhindern, dass Noah mich heiratet! In seinen und Natalias Augen war ich nie gut genug für ihn!«, rief ich erstickt.

Emilia schaute mich nur an und schwieg, meine Brust hob und senkte sich schnell und heftig. Ich hatte nicht erwartet, dass hinter der ganzen Aktion ein viktorianisches Familiendrama stecken könnte.

Doch warum hatte Noah nicht mit mir gesprochen? Warum hatte er sich einfach in den Flieger setzen lassen und mich noch nicht einmal angerufen, geschweige denn eine E-Mail geschrieben? Warum hatte mir niemand die Situation erklärt?

Ich hob den Kopf und sah Emilia an. »Aber warum habt ihr mich damals angelogen?«

Emilias Gesicht zuckte, die Schuldgefühle darin klar zu lesen. »Weil du nicht zur Familie gehörtest und Außenstehende nichts über die Angelegenheit erfahren sollten. Das war die Entscheidung meines Vaters.«

»Er hat mein Leben ruiniert«, flüsterte ich ungläubig und schaute Emilia an, ohne sie zu sehen. »Robert hat mein Leben ruiniert.«

Emilias fester Griff an meiner Schulter brachte mich dazu, mich wieder auf sie zu fokussieren.

»Nein«, sagte sie ernst, ihre Augen bittend. »Noah kam damals hier an und war … anders, als ich ihn je erlebt habe. Panisch, verwirrt, völlig außer sich. Das Einzige, was er klar und deutlich wiederholt hat, ist, dass er dich nicht heiraten könne. Es war nicht so, dass Noah kalte Füße bekommen und Robert die Situation ausgenutzt hat. Noah hat dich damals verlassen, ohne ein Wort, er wollte es so, vielleicht konnte er nicht anders. Als Robert die Idee mit Buenos Aires aufbrachte, war Noah erleichtert, Sophie, er war *erleichtert*! Niemand hat ihm die Entscheidung damals aufgezwungen. Es war nur ein einfacher Weg für ihn, aus der Sache wieder rauszukommen, ohne dich sehen zu müssen.«

Ihre Worte waren hart, ehrlich und schonungslos. Die Sätze brannten wie Feuer.

Ich holte tief Luft. »So ehrlich bist du in meinem ganzen Leben noch nicht zu mir gewesen, und es tut unfassbar weh.«

»Ich weiß«, sagte Emilia sanft. »Aber ich glaube, es ist an der Zeit, dass du es endlich weißt. Ich glaube, dass du jetzt bereit bist, es zu hören, und von mir zu hören. Das entschuldigt nichts, nicht die Lügen, nicht Roberts Rücksichtslosigkeit oder Noahs Schweigen. Ich wollte dir nur sagen, dass ich dir nicht wehtun wollte, Sophie. Aber ich wollte dir auch nicht weiter die Lügen auftischen, die uns alle irgendwie ruiniert haben.«

Wie schwiegen eine lange Weile, das Knistern des Kamins das einzige Geräusch, während ich versuchte zu verarbeiten, was ich gerade gehört hatte.

Nichts an dem Gesagten änderte etwas daran, dass Noah mich ohne ein Wort verlassen hatte. Und ich wusste, dass, selbst wenn es ihm wochen- oder monatelang zu schlecht gegangen war, um sich zu melden: Er musste sich dazu entschieden haben, es nicht zu tun. Bis er beschlossen hatte, mir über seine Schwester Pakete zukommen zu lassen, in denen er mir alte Gegenstände schickte und Abschied nahm. Ohne mir in die Augen zu sehen.

»Ich verstehe es einfach nicht«, wiederholte ich.

Emilia begegnete meinem Blick ruhig. »Keine Ahnung, warum er es dir nicht gesagt hat. Wahrscheinlich hatte er Angst. Besonders, wenn es ihm schlecht geht, ließ … lässt er gern andere für sich entscheiden, ohne sich den Dingen zu stellen.«

»Also hast du für Noah und mich entschieden, dass ein klarer Bruch besser für uns ist, als er dir die Pakete geschickt hat und du sie nicht an mich weitergeleitet hast«, sagte ich schließlich bitter.

Sie schüttelte den Kopf. »Du verstehst nicht … Am Anfang war er ein anderer, in Buenos Aires … Er wollte keinen Kontakt zu dir, er sagte, es würde euch beiden nur noch mehr wehtun. Und dann kam die Sache mit den Paketen, und ich dachte, dass er dir das nicht auch noch antun kann, dieses Hin und Her. Du hast nie gesehen, was er aus dir gemacht hat, Sophie. Du bist so eine kluge und witzige und starke Frau, und in seiner Gegenwart warst du immer nur still. Ich wollte nicht, dass er dich zurückreißt in die Stille«, sagte Emilia leise.

»Das hast du mir nie gesagt.«

»Hättest du mir denn geglaubt?«, fragte sie.

Meine Hände verkrampften sich um meine Ärmelsäume. »Vielleicht nicht. Aber du hättest das nicht einfach so für uns entscheiden dürfen.«

»Das weiß ich jetzt, und es tut mir wahnsinnig leid. Ich dachte … ich dachte einfach, wenn ich dir die Pakete schicke, könnte ich mein Versprechen von damals endlich einlösen. Und Noah würde vielleicht wieder mit mir sprechen.« Emilias Gesicht wirkte klein und verloren bei diesen Worten. Ich brauchte einen Moment, um zu verstehen, dass sie die Situation jetzt meinte und Noahs Schweigen nach dem Unfall, das er für niemanden gebrochen hatte.

»Als er … als er im Krankenhaus lag«, sagte Emilia, die Hände nun in den Teppich vergraben, »da war eine Weile nicht klar, ob er überleben würde, weil er so viel Blut verloren hatte. Und dann, nach Stunden, Tagen des Wartens und der Panik, nach der Ungewissheit, ob er er aus dem künstlichen Koma aufwachen würde …« Ihre Stimme brach, und sie musste sich sammeln, bevor sie weitersprach. »Als er dann endlich aufwachte, mit Knochenbrüchen und grün und blau im Gesicht … Als er aufwachte und sich sein Blick trotz der Schmerzen und Medikamente langsam klärte, da hat er den Kopf zu mir gewandt. Ich saß auf dem Stuhl neben seinem Bett und war so erleichtert, dass ich weinte. Und er sah mich an, ganz ruhig, und dann hat er sein Gesicht auf die andere Seite gedreht.«

Ihr Schmerz packte mich, schien sich wie eine weitere Lage über meinen eigenen Schmerz zu legen, und ich schluckte.

»Drei Tage habe ich fast ununterbrochen an seinem Bett gesessen, nachdem er aufgewacht war. Drei Tage, in denen ich ihn angebettelt habe, dass er mich ansehen und mir sagen soll, wie es ihm geht, was los ist, warum er mich hasst. Dass er überhaupt irgendetwas sagen soll. Aber er hat geschwiegen. Und dann fingen die ganzen Tests und Scans an, und die ganze Armada von Ärzten brach über uns herein, um herauszufinden, warum er nicht spricht. Aber ich weiß es, Sophie, ich weiß, warum. Weil er uns aufgegeben hat, weil er mich aufgegeben hat und sich selbst auch.«

Ich schauderte.

»Er hat aufgeben, und ich wusste nicht, wie ich ihn zurückholen sollte. Also bin ich nicht mehr hingegangen, ich konnte es nicht aushalten. Die ganze Zeit schon ist er jetzt in der Klinik, und ich konnte ihn nicht mehr besuchen, weil ich nicht mehr ertragen konnte, dass er ... dass er mich nicht einmal mehr ansieht.«

Ihr Gesicht verzog sich zu einer schrecklichen Grimasse, und sie fing an zu weinen, haltlos und laut schluchzend und so verzweifelt, dass ich nichts anderes tun konnte, als sie an mich zu ziehen. Erst wehrte sie sich, dann ließ sie sich halten, während ihr der Rotz über das Gesicht lief und mir noch etwas anderes klar wurde.

»Du hast der Presse Noahs Beteiligung am Unfall verheimlicht, genau wie Robert damals seinen Zusammenbruch versteckt hat, um seine Karriere zu schützen. Dann hast du mich hierhergeholt, weil du ein schlechtes Gewissen hast und etwas wiedergutmachen wolltest, was Jahre zurückliegt. Und weil du dich schuldig fühlst«, sagte ich schließlich tonlos, als mir die ganze Bandbreite von Emilias Handeln bewusst wurde. Emilia setzte sich langsam auf, wich meinem Blick aber nicht aus.

»Und weil ich dachte ... dass du Noah jetzt vielleicht erreichen kannst, wenn es mir nicht gelingt. Wohin auch immer er sich in seinen Kopf zurückgezogen hat, die Ärzte sagen, es gebe keine physische Ursache dafür. Körperlich hat er sich weitgehend erholt, aber er spricht einfach nicht, auch wenn er versteht, was man zu ihm sagt. Ich dachte, dass … nachdem er kurz vor dem Unfall von dir gesprochen hatte … dass du ihn vielleicht zurückholen kannst. Wenn du nicht mehr so wütend auf uns bist. Wenn du uns nicht auch aufgegeben hast.«

Ich sog scharf die Luft ein.

»Ich wollte, dass du kommst, weil ich so alleine war«, fügte Emilia hinzu und nahm meine Hand in ihre, drückte sie. »Ich weiß, das ist alles nicht zu verzeihen … was ich gemacht habe, was Noah getan hat und meine Eltern, wie wir alle dich behandelt haben. Aber … aber ich habe eine Schwester gebraucht, als ich den Rest meiner Familie verloren habe.«

Sie klang wie das Kind, dass ich vor langer Zeit gekannt hatte, und ich drückte ihre Hand unwillkürlich zurück. »Ich weiß«, sagte ich nur leise. »Ich weiß.«

Wir saßen noch eine ganze Weile im Kaminzimmer, vor den knackenden Scheiten, schweigend, während die Flammen kleiner wurden, das Holz zu Asche und dann zu Staub, als die letzten glühenden Kohlen langsam erloschen.

Unser stilles Zusammensitzen war so etwas wie ein vorsichtiger Waffenstillstand zwischen Emilia und mir. Zu viele Dinge waren heute gesagt worden, um es nach Frieden aussehen zu lassen. Zu viel Schmerz und Wut und Schuld und Vertrauensbrüche waren in alledem gewesen. Aber es war ein bisschen wie das stillschweigende Einverständnis am Weihnachtsmorgen, die Waffen ruhen zu lassen, weil die Leute auf der anderen Seite des Schützengrabens auch Menschen waren.

Das Einzige, was ich hiernach sicher wusste: Ich brauchte dringend Ruhe, um das alles zu verarbeiten, doch meine Gedanken rasten.

Aber immerhin war ich nicht mehr so wütend auf Emilia, wie ich es in den letzten fünf Jahren gewesen war. Nicht, dass ich ihr alles verzeihen konnte, was sie getan hatte, ihren eigenen verschlungenen Gründen folgend. Aber vielleicht würde ich es eines Tages können.

Wie ich zu Noah stand, nach allem, was ich erfahren hatte, konnte ich noch nicht sagen.

Schließlich, als die schwärzesten Stunden der Nacht näher rückten und wir in völliger Dunkelheit saßen, fühlte ich mich so ausgelaugt und leer, als hätte ich lange Zeit geweint. Ich stand mit schmerzenden Gelenken vom Teppich auf, und Emilia sah hoch, ihr Gesicht nicht mehr als ein Schatten.

»Gute Nacht, Em«, sagte ich fest. »Wir sehen uns morgen.« Und ihre Züge entspannten sich etwas, als sie wusste, dass ich am nächsten Morgen nicht einfach verschwunden sein würde.

~

Trotz meiner Erschöpfung lag ich wach, starrte auf den dunklen Stoff des Baldachins über dem Bett. Meine Gedanken kreisten um die viel zu vielen Entdeckungen und Enthüllungen der letzten Tage, dieser Nacht, wie ein unaufhörlicher Strudel. Um Emilias Verzweiflung, ihre Schuldgefühle, ihren kindlichen Versuch, die Dinge wiedergutzumachen. Um Noah und seine letzten Momente vor dem Aufprall, in denen er gewusst haben musste, dass es kein Entkommen gab. Um seine durch die künstliche Ernährung abgemagerte Gestalt im chronisch sterilen Krankenhausbett. Um sein blondes Haar, wie Federn auf seinem Kissen ausgebreitet.

Ich schluckte.

Ich hatte geglaubt, wenn ich endlich erfahren würde, was damals geschehen war, wäre alles anders danach. Dass ich endlich damit abschließen könnte. Aber es fühlte sich nicht anders an. Ich fühlte mich nicht anders, der alte Schmerz war immer noch da.

Ich hatte gehofft, dass sich alles in mir wie ein magischer Knoten mit diesem Wissen lösen würde. Aber stattdessen war ich wütend und verwirrt und kein Stück näher dran, Noah wirklich zu verstehen. Ich hatte gedacht, wenn ich die Umstände, seine Gründe kennen würde, dass ich begreifen und ihm vielleicht sogar verzeihen können würde. Aber alles in mir war ein schwarzer Vogel mit schweren Schwingen.

Ohne, dass ich es wollte, kehrten meine Gedanken von Noah, zu Emilia, wieder zu Noah, zu Manuel zurück.

Manuel, der mir vor zwei Tagen sein Herz offenbart hatte. Ich hatte es deutlich in seinen Augen gesehen. Was er zu mir gesagt hatte, hatte mich verwirrt und aufgewühlt. Aber etwas war mir klar geworden, als wir uns geküsst hatten, als er mich angesehen hatte wie ein Ertrinkender.

Eine seltsame Ruhe kehrte in mir ein, als mir bewusst wurde, dass ich aufhören musste, mich selbst zu betrügen. Ich hatte tief im Inneren bereits eine Entscheidung getroffen, bevor mir bewusst gewesen war, dass es eine zu treffen galt. Es tat weh, doch war die Antwort klar und unausweichlich.

Das hier, das Ganze hier, war das Austreiben eines Gespenstes.

KAPITEL 22

Die Zweigestreifte Quelljungfer gilt als gefährdet

5 Jahre zuvor

Die Sommerwiese vor mir fiel sanft ab, hinunter zum Wasser. Der See lag wie ein großes türkisblaues Auge unter einem strahlenden, wolkenlosen Himmel, schimmernd und glatt. Mein Blick folgte der Biegung des Strandes, lief über den Steg, auf dem ein weißer Pavillon, dessen Stoffbahnen in der leisesten Brise wehten, vor der Sommerhitze schützte.

Hinter mir hörte ich ein wohlbekanntes Lachen wie eine Erinnerung an eine verlorene Zeit und drehte mich wieder zu den mit weißem Stoff ummantelten Stehtischen um. Neben mir stand eine Frau im roten Designerkleid mit einem ausladenden Sommerhut, der auf jeden englischen Poloplatz gepasst hätte. Ihr Mann im Leinenanzug daneben hielt ein Glas Whiskey in der Hand, obwohl der Nachmittag erst begonnen hatte. Die Geräusche und Gespräche der Hochzeitsgäste, die ich für einen Moment ausgeblendet hatte, umfingen mich erneut, die leise Live-Musik ein Hintergrundrauschen neben dem Klingen der Gläser. Eine ganze Gesellschaft von mondänen, prominenten, adeligen Männern und Frauen, in Smokings, Cocktail- und Sommerkleidern, die gekommen waren, um an Kanapees zu knabbern, dazu teuren Champagner zu trinken und die Hochzeit eines Schauspielers mit der jungen Erbin einer Anwaltsfamilie mit altem Geld zu feiern, die niemand gut hieß. Die Heirat, nicht die Anwaltsfamilie, versteht sich.

Die exklusiven Kleider der Frauen, von grün über blau, gelb, golden bis hin zu gemustert oder mit raffinierten Blumendesigns, kurz und lang, mit ausgestellten Röcken oder fließendem Stoff, fügten sich in meinem Kopf zu einem fantastischen Karneval der Farben und Formen. Dazwischen die Anzüge und Smokings der Männer, klassisch schwarz oder in helleren Sommerfarben, wie strenge Tupfer in einem wilden impressionistischen Gemälde.

Das für die Hochzeitsfeier angemietete Anwesen war eine Villa im Kolonialstil, ein strahlendes Gebäude mit hohen Fenstern, mehreren Balkonen, einer großen Terrasse und einem Garten voller Rosen, die bis zum Wasser reichten. Auf dem Anlegesteg gab es eine eigene Bar, an einem weiteren Steg daneben dümpelten mehrere Yachten sachte vor sich hin.

Das Lachen erklang erneut, und ich sah mich suchend um, der Ton war mir so vertraut. Und tatsächlich, in diesem Moment erspähte ich Emilia, die aus den großen Terrassentüren auf die Wiese trat. Sie trug ein fließendes weißes Kleid mit blauem Blumenmuster, fast ein bisschen zu weiß für die Hochzeit einer anderen Frau, das ihren Körper leicht umflatterte und bis zu ihren Füßen fiel, die in schlichten Sandalen steckten. Ihre Haare wie gesponnenes Gold auf ihren Schultern. Neben ihr untergehakt ging eine junge Frau mit dunklen, kurzen Haaren, in einem gelben Cocktailkleid mit Petticoat, die Emilia ansah, als könnte diese ihr die Sterne vom Himmel pflücken. Ich lächelte. Offenbar hatte Emilia ein Date mitgebracht.

Emilia begrüßte alle, an denen sie vorbeikam, mit überschwänglichen Luftküsschen, die sie insgeheim hasste, mit lautem Lachen und Kommentaren, die die anderen erblassen ließen. Sie gestikulierte, und ihre Stimme klang ungezügelt. Zwischen den Männern und Frauen in Designeroutfits, braungebrannt vom Segeln und dem Sonnenbad auf der Yacht, den Schauspielerinnen und Schauspielern mit ihrer graden Haltung und den befehlsgewohnten Businessleuten, war Emilia wie ein Paradiesvogel, ihre Bewegungen ausgelassen, frei und ungezähmt. Sie wirkte, als hätte sie getrunken.

Etwas berührte meinen Ellbogen, und ich drehte mich um. Noah stand neben mir, zwei Gläser Champagner in den Händen, von denen er mir eines reichte. Er lächelte. Sein helles Haar leuchtete fast weiß in der Sonne. Noah trug einen hellgrauen, gerade geschnittenen Anzug, der Stoff seidig und glänzend, leicht und fein. Er sah unfassbar gut darin aus. Etwas in mir schmolz bei seinem Anblick, und ich nahm das Glas mit einem Lächeln entgegen.

Das hier war mein Noah, auch wenn ich in meinem Kleid mit Blumenmuster im Fünfzigerjahre-Stil aus einem Secondhandladen den Damen in ihren Designer-Kreationen mit Perlenketten, Ohrringen und Hüten, die mein Jahresbudget weit überstiegen, nicht das Wasser reichen konnte.

Aber Noah war mit mir hier.

Wir stießen an, der Champagner prickelte kühl und erfrischend in meiner Kehle. Auch wenn weitere weiße Pavillons uns vor der Sommersonne schützten, auf dieser Wiese, wo der Sektempfang nach der Trauung stattfand, war die flirrende Hitze fast mit Händen greifbar.

Noah beugte sich zu mir vor und flüsterte mir ins Ohr: »Ich will gar nicht wissen, wo Tante Odette die Abscheulichkeit ausgegraben hat, die sie auf dem Kopf trägt. Man würde meinen, der Tod ihres Mannes ist jetzt lange genug vorbei, dass sie ihre experimentelle Phase hinter sich haben sollte.«

Ich warf einen Blick auf die kleine, runde Frau, die in eine Art gemusterten Seiden-Sari gehüllt war und auf dem Kopf einen mit Blumen verzierten grünen Hut trug. Lange Ketten aus bunten Steinen lagen um ihren Hals, und sie gestikulierte wild mit den Händen, während sie auf einen gequält aussehenden Robert von Gutenbach einredete.

»Ich glaube, sie trägt den Hut nur, um den Modegeschmack der Anwesenden hier zu beleidigen«, flüsterte ich zurück. Ich mochte Odette, sie war eine Naturgewalt in die Form einer Matrone gepresst, die sich von niemandem etwas sagen ließ und mich so behandelte wie alle anderen.

Noah seufzte, sein Atem geisterte über meinen Hals und die empfindliche Haut hinter meinem Ohr, freigelegt durch die hochgesteckten Haare. Ich schauderte wohlig.

»Und ich glaube, ihre ganze Kleidung ist ein einziger stummer Schrei nach Liebe«, sagte Noah.

Ich lachte und vergrub mein Gesicht kurz an seiner Schulter, sog seinen vertrauten Geruch ein. Der Champagner hatte ein leichtes, schwebendes Gefühl in mir hinterlassen. Das hier war mein zweites Glas in der Hitze des Tages, und ich würde aufpassen müssen, dass ich nicht beim Abendessen zu angetrunken war. Die Gäste um mich herum hingegen schienen teuren Alkohol wie Luft einzuatmen.

Als ich wieder aufsah, folgte ich Noahs Blick, der Emilias langsamen Fortschritt durch die Menge der Anwesenden beobachtete. Emilia hatte die Trauung verpasst, was nicht untypisch für sie war, was ihr aber sicher den Tadel Natalias und die zusammengezogenen Brauen ihres Vaters einbringen würde.

»Hast du sie schon begrüßt?«, fragte ich Noah.

Er schüttelte den Kopf, eine kleine Falte auf der Stirn. Wir hatten Emilia eine Weile nicht gesehen, und von alkoholgeschwängerten Eskapaden, die sie in den Sozialen Medien postete, und ein paar betrunkenen nächtlichen Anrufen einmal abgesehen, hatten wir auch nichts von ihr gehört. Ich konnte nicht sagen, ob sie ihre Studienzeit einfach nur genoss oder in eine Situation schlitterte, die eine Entzugsklinik notwendig machte. Emilia war schon immer in allem extrem gewesen, anders als der stets so kontrollierte Noah. Aber seit wir zum Studium weggegangen waren, schienen die beiden noch mehr in entgegengesetzte Pole zu pendeln – je stiller und zurückhaltender Noah wurde, umso extravaganter und ungezügelter wurde Emilia. Ich biss mir auf die Unterlippe. Eigentlich hatte ich heute Abend nicht darüber nachdenken wollen, aber das war schwierig, wenn Emilia auftauchte und sich verhielt, als hätte sie auf dem Weg hierher bereits eine Flasche Champagner geleert.

Ich schaute wieder zu Noah, der seine Schwester stumm musterte. In den letzten Wochen hatten wir uns kaum außer abends gesehen, und er war immer müde und abgekämpft gewesen, wenn er nach Hause kam. Wenn ich ihn fragte, wie es ihm ging oder ob etwas los sei, lächelte er und schüttelte den Kopf. Oder er lenkte ab und erzählte etwas von seinen Jurakommilitonen. Er hatte sich in sich zurückgezogen, mehr als sonst, wenn ich seine Stimmungen an der Haltung seiner Schultern ablesen konnte, dem Grad der Dunkelheit in seinen Augen.

Wenn ich abends im Bett die Hand nach ihm ausstreckte, drehte er sich meistens weg.

Manchmal brauchte er einfach etwas Zeit. Bisher war er immer zu mir zurückgekommen.

Emilia sah auf, gab einen kleinen Schrei von sich und stürzte dann auf uns zu, um Noah um den Hals zu fallen. Die junge Frau, die sie begleitete, kam etwas verlegen hinterher. Ich lächelte sie aufmunternd an, während Noah und Emilia sich umarmten und Emilia aufgeregt und atemlos zu erzählen begann wie ein Vogel, dessen Flügel seit Langem zum ersten Mal in Freiheit schlugen.

Mitten im Satz fuhr sie herum, richtete ihre stechenden Augen auf mich, strahlte und warf sich in meine Arme. Ich fing sie auf, taumelte einen kleinen Schritt zurück und war froh, nicht aus Versehen den Stehtisch hinter mir mitsamt den Gläsern darauf umzureißen.

»Sophie!«, rief Emilia aufgeregt und drückte mich fest an sich.

Ihre schlanke Form in meinen Armen war vertraut, und ich lachte, von ihrer Freude angesteckt, während ich die indignierten Blicke der Dame in Rot und ihres Mannes im Leinenanzug über das Spektakel, das Emilia veranstaltete, ignorierte.

»Schön, dich zu sehen, Ems«, sagte ich atemlos und schob sie ein Stück von mir, bevor sie alle verbliebene Luft aus meinen Lungen quetschen konnte.

Sie strich mir über das hochgesteckte Haar und ließ ihren Blick über mein Kleid schweifen.

»Du siehst fantastisch aus, Sophie«, sagte sie.

Ich grinste. »Das sagt die Richtige. Du stiehlst doch allen wieder die Show hier. Die Schauspielerinnen werden tagelang hungern müssen, nachdem sie dich gesehen haben.«

Sie warf den Kopf zurück, und ihr Lachen, laut und kehlig, hallte über die Wiese. Neben uns verstummten Gespräche, Köpfe wandten sich zu uns um.

Noah machte eine ungehaltene Bewegung. »Reiß dich zusammen, Ems«, raunte er. »Wir sind hier nicht allein.«

Emilia hörte auf, schaute ihn an. Es war Noah, der zuerst wegsah.

»Anastasia«, sagte Emilia laut und streckte eine Hand nach der Frau aus, die sie begleitet hatte und nun direkt hinter ihr stand.

»Darf ich dir meinen Bruder Noah und unsere Freundin Sophie vorstellen?«

Emilia zog Anastasia in den Kreis zu uns, sie lächelte angespannt und nickte uns zu.

Zwei weitere Gestalten kamen auf uns zu, Robert in einem nachtschwarzen Anzug, der seinen breiten Schultern schmeichelte, und Natalia in einem dreiteiligen roséfarbenen Kostüm mit dem passenden Hut dazu, der einen kleinen Schleier hatte. Die beiden erreichten uns gerade, als Emilia von den Kunstwerken zu erzählen begann, die Anastasia aus Altmetall schweißte.

Natalia legte eine Hand auf die Schulter ihrer Tochter, und Emilia verstummte.

»Emilia«, säuselte Natalia. »Wie schön, dass du es auch endlich hierher geschafft hast. Wir haben uns schon Sorgen gemacht, nachdem du die ganze Trauung verpasst hast. Die Zeremonie war wunderschön, nicht wahr?«

Die Frage richtete sie an Robert, der wahrscheinlich in seinem ganzen Leben noch nicht auf etwas für ihn so Triviales wie die Hochzeiten anderer Leute geachtet hatte. Er brummte etwas Unverständliches, musterte seine Tochter und schüttelte den Kopf. Die Anspannung stand so dick in der Luft, dass die arme Anastasia nicht wusste, wen sie anschauen sollte.

»Ja, Emilia«, sagte Noah trocken, »eine Schande, dass du und deine Freundin die Zeremonie verpasst habt, es war *so* intensiv.«

Der Priester hatte sich gleich mehrfach beim Namen des Bräutigams verhaspelt und offensichtlich keine Ahnung gehabt, von wem er überhaupt sprach. Intensiv konnte man die Trauung wirklich nur nennen, wenn es ums Fremdschämen ging. Natalia warf Noah einen kühlen Blick zu, bevor sie sich wieder ihrer Tochter zuwandte.

Sie musterte Emilia von oben bis unten. »Du siehst so … gewöhnlich aus heute. Hattest du kein Geld mehr, dir ein richtiges Kleid zu kaufen, Schatz?«, fragte sie in einem besorgten Tonfall.

Ich konnte Emilias Wut spüren. Es war mir so unangenehm, dass ich sie am liebsten in meine Arme gezogen hätte, um sie vor Natalias Worten zu schützen. Aber Emilia richtete sich noch gerader auf und lächelte ihr perfektes Lächeln.

»Mutter, darf ich dir meine Freundin Anastasia vorstellen? Sie ist Künstlerin. Wir sind seit einem Monat zusammen.« Emilia griff nach Anastasia Hand, die sie an ihren Mund führte und küsste.

Natalias Gesichtszüge entgleisten. Emilia lächelte genüsslich, und mir tat nun die arme Anastasia leid, die offensichtlich nur mitgebracht worden war, um Natalia zu schockieren. Ich hoffte, dass Emilia sie vorgewarnt hatte, ahnte aber aufgrund ihres Gesichtsausdrucks, dass das nicht der Fall war.

Robert räusperte sich. »Du bist aus dem Alter heraus, so einen Unsinn zu erzählen, nur um deine Mutter zu ärgern, Emilia. Schäm dich«, sagte er.

Noah öffnete den Mund, doch Emilia kam ihm zuvor: »Was weißt du schon von …«

Aber Robert fiel ihr mitten ins Wort, seine Stimme bedrohlich leise und bestimmt: »Es reicht jetzt, Emilia. Wenn du erreichen wolltest, uns alle mit deinem Auftritt zu blamieren, dann ist dir das bereits gelungen. Bitte bring jetzt diese junge Frau nicht weiter in Verlegenheit und ruf ihr ein Taxi, damit sie nach Hause fahren kann.«

Emilia sah aus, als hätte ihr Vater ihr ins Gesicht geschlagen. In meinem Magen machte sich Übelkeit breit. Unwillkürlich suchte ich nach Noahs Hand, der meine nahm und drückte.

»Vater«, sagte Noah, »lass Emilia und Anastasia doch erst mal ankommen. Da vorne gibt es Champagner«, wandte er sich an seine Schwester, die mit einer Miene, als würde sie gleich explodieren, und Anastasia im Schlepptau davonging, ohne ein weiteres Wort zu verlieren. Ihre Schultern hielt sie sehr gerade, ein sicheres Zeichen dafür, wie wütend und verletzt sie war.

Noah und ich blieben mit Natalia und Robert zurück, der resigniert seufzte.

»Ich verstehe einfach nicht, warum sie sich immer so unmöglich verhalten muss«, sagte Natalia.

Du bist es, die sich unmöglich verhält, dachte ich, schwieg aber.

Robert legte eine Hand auf Noahs Rücken, der sich unter der Berührung sofort versteifte. »Immerhin haben wir einen Sohn, der bereit ist, in unsere Fußstapfen zu treten«, sagte er.

Noah nickte unverbindlich und sah mich nicht an.

»Wenn du nächstes Jahr neben dem Studium in der Firma anfängst, kannst du auch erste Verantwortung übernehmen«, fuhr Robert fort.

Noah senkte den Kopf, nickte.

»Ich habe bereits nach einer Wohnung für dich Ausschau gehalten«, fuhr Robert fort. »Es gibt einige erstklassige Immobilien, die auch eine gute Geldanlage sein könnten …«

Robert redete weiter, doch ich verstand kein Wort, so stark rauschte es in meinen Ohren. Hatte ich richtig gehört? Noah würde in der Fimra seines Vaters anfangen? Davon war bisher noch nie die Rede gewesen, selbst seine Pläne mit Leipzig, die mich so überrascht hatten, waren nicht ansatzweise so konkret wie das, wovon Robert jetzt sprach.

Noah sah mich immer noch nicht an.

Ich ließ seine Hand los. War das hier nur wieder einer von Roberts Manipulationsversuchen, oder hatte Noah wirklich zugestimmt, endlich den Plänen seines Vaters nachzukommen?

Übelkeit stieg in meinem Magen sauer nach oben, und plötzlich hatte ich Angst, mich mitten in der Unterhaltung zu übergeben. Ich murmelte eine Entschuldigung und hastete den Pfad hinauf, vorbei an den Gästen in die Villa hinein, über die glatten Parkettfußböden bis hin zum Bad, wo ich die Tür aufriss, in eine der Kabinen stürzte und hinter mir mit zitternden Fingern abschloss.

Wellen der Übelkeit schlugen über mir zusammen, und ich übergab mich in die Toilette, so lange, bis nur noch Magensäure kam. Ich drückte die Spülung und ließ mich auf die kalten Fliesen sinken. Betäubt hockte ich neben der Kloschüssel.

Ich hörte die Schritte anderer Frauen in den Kabinen neben mir, hörte ihr Gelächter und ihre Gespräche. Erst, als es völlig still um mich war, traute ich mich wieder heraus. Ich wusch Hände und Gesicht unter kaltem Wasser. Die Mascara, die ich für heute extra aufgetragen hatte, war verlaufen.

Die Tür ging auf, und mein Blick fand den der Frau, die hereinkam, im Spiegel. Emilia schaute mich an, ohne etwas preiszugeben. Sie schloss die Tür hinter sich und stellte sich direkt hinter mich, ohne ihre Augen im Spiegel von mir zu lösen.

»Hier«, sagte sie, nachdem sie in ihrer Handtasche gekramt hatte. »Damit kannst du das Zeug abwischen.«

Ich nahm das Abschminktuch entgegen und wischte mir fahrig über die Augen, bis die schwarzen Schleier darunter verschwunden waren.

Emilia nahm mich an der Schulter und wendete mich zu ihr um. Ich sagte nichts, während ihr Blick über mein vom Weinen aufgedunsenes Gesicht glitt. Sie schnalzte missbilligend.

Aus ihrer Handtasche zog sie Foundation, Puder und Mascara hervor und machte sich daran, mein ruiniertes Make-up zu richten. Sie musterte mich kritisch. Schließlich summte sie, zufrieden mit ihrem Werk, und ließ mein Kinn los.

»So, alles wieder gut«, sagte sie.

Ich lachte bitter. »Ein bisschen Make-up bringt die Welt auch nicht wieder in Ordnung.«

Emilia schüttelte den Kopf. »Nein, aber es zeigt allen, dass sie dich nicht kleingekriegt haben.«

Vorsichtig nickte ich. Ich wusste, dass sie Kleidung und Schminke wie einen Panzer benutzte, der sie vor den Grausamkeiten der Welt schützte. Nur fühlte sich meine Haut so dünn an, dass ich fürchtete, auch diese zusätzliche Schutzschicht würde mich nicht zusammenhalten können, bevor ich mich auflöste.

»Wo ist Anastasia?«, fragte ich.

»Abgefahren«, sagte Emilia knapp.

Ich wollte mir mit den Fingern durchs Haar fahren und blieb in meiner Hochsteckfrisur hängen. Emilia nahm ungeduldig meine Hand herunter und ordnete ein paar lose Strähnen neu an.

»Robert, er hat gesagt, dass Noah nächstes Jahr in der Firma anfängt«, sprudelte es aus mir heraus. Emilias Hand stockte leicht, ansonsten ließ sie sich nichts anmerken.

»Noah ist nicht gut darin, seine Gefühle zu teilen, Sophie«, sagte Emilia, ohne ihren kritischen Blick von meiner Frisur zu nehmen.

Ich holte tief und zitternd Luft. »Aber was hat das denn damit zu tun? Wir leben seit drei Jahren zusammen, und erst erzählt er mir nichts von seinen Plänen, in Leipzig weiterzustudieren, und plötzlich will er bei Robert anfangen? Was wird dann aus uns?«

Die Verzweiflung in meiner Stimme war so offensichtlich, dass Emilia kurz das Gesicht verzog.

»Hast du dich je gefragt, warum Noah mit dir zusammen ist? Was der Grund ist?«, fragte sie schließlich.

Ich biss mir auf die Innenseite meiner Wangen.

»Das frage ich mich jeden Tag«, sagte ich leise.

Emilia schnalzte ungeduldig mit der Zunge. »Nicht dieser ganze Unsinn, der mit deinem mangelnden Selbstbewusstsein zu tun hat. Sondern der wahre Grund.«

Ratlos schüttelte ich den Kopf. Emilia hob eine Hand an mein Kinn.

»Versuch die Mascara nicht wieder zu verschmieren, ja? Du bist wunderschön, Sophie, du bist eine starke und kluge Frau. Bitte lass dich nicht kleiner machen, als du bist.«

Emilia ließ ihre Hand sinken und verließ das Bad, bevor ich etwas erwidern konnte.

~

Ich fand Noah, wo ich ihn vermutet hatte, am Rande des Wassers. Es war inzwischen dunkel geworden, der Steg und der Weg zum See waren mit Fackeln beleuchtet, genau so wie der obere Teil der Terrasse, auf dem jetzt eine Tanzfläche eröffnet worden war. Ich lief den Weg hinab, das Lachen und fröhliche Rufen der Hochzeitsgäste hinter mir, während die Braut und der Bräutigam den ersten Tanz tanzten. Ich verließ den erleuchteten Pfad und ging am Wasser entlang. Das Geräusch der leise an den Strand schwappenden Wellen begleitete meine Schritte im Gras. Ganz am Rand des Geländes sah ich einen dunklen Schemen. Ich wusste sofort, dass es Noah war. Er bückte sich, hob etwas auf, er ließ den Arm vorschnellen, und ich hörte das Geräusch eines Steines, der über das Wasser sprang. Einmal, zweimal, dreimal, viermal.

Erneut bückte sich Noah, beugte den Oberkörper vor und ließ den Stein über die Wasseroberfläche springen. Ich ging näher heran, blieb ein paar Schritte entfernt von ihm stehen und beobachtete ihn dabei, wie er abermals ausholte. Eins, zwei, drei, vier, fünf, sechs Aufschläge, Kreise, die sich über das dunkle Wasser zogen und das Licht der Fackeln in kleinen Kräuseln zurückwarfen.

Noah wandte sich um, seine Augen dunkel im wenigen Licht, das bis hierher vordrang. Seine Gesichtszüge, seine hohen Wagenknochen, das helle Haar und der markante Kiefer waren mir so vertraut, dass ich kein Licht brauchte, um ihn zu sehen. Eine tiefe Sehnsucht überschwemmte mich und ließ mich kalt zurück. Was würde ich nur machen, wenn ich ihn nicht mehr haben konnte?

Noah musste meine Gedanken auf meinem Gesicht gelesen haben, er wandte sich ab.

»Du findest mich jedes Mal wieder«, sagte er leise. Er schwieg einen Moment, dann: »Sechs Sprünge, das sind die meisten, die ich heute geschafft habe. Du musst mir wohl Glück bringen, Sophie.«

Noah bückte sich, um nach weiteren geeigneten Kieseln zu suchen.

»Weißt du, es hängt vor allem davon ab, wie flach der Stein ist, aber auch in welchem Winkel man ihn wirft«, sagte er und ließ den nächsten Stein fliegen, der schon nach drei Sprüngen im dunklen Wasser versank.

»Hier, willst du es auch mal versuchen?« Er hielt mir einen Stein hin.

Ein Geräusch kam meine Kehle herauf.

»Was soll das, Noah?«, fragte ich. »Warum hast du mir nicht gesagt, dass du bei deinem Vater in der Firma anfangen wirst? Was ist mit deinen Leipzig-Plänen? Ich dachte, wir hätten uns darauf geeinigt, dass du das mit mir besprichst, bevor du dich entscheidest.«

Noah ließ den nächsten Kiesel über die Seeoberfläche hüpfen, Kreise aus Licht und Dunkelheit gingen im Wasser ineinander über.

»Was hätte das geändert, Sophie? Es war von Anfang an klar, dass mein Vater sich irgendwann durchsetzen würde. Solange er mein Studium finanziert, hat er die Oberhand. Was hätte es genützt, darüber zu sprechen?«

Mir blieben die Worte im Hals stecken.

»Das Ganze war unumgänglich. Ich habe mich so lange gegen Roberts Wünsche gewehrt, wie es ging. Aber du musst doch auch gewusst haben, dass das nur ein Spiel auf Zeit war.«

Den nächsten Stein warf er mit so viel Wucht, dass er sofort unterging.

»Nein«, flüsterte ich. »Das habe ich nicht gewusst.«

Noah machte eine Bewegung, als wolle er nach mir greifen, ließ dann aber die Hand sinken. Er musterte mich in der Dunkelheit.

»Es war von Anfang an klar, dass es irgendwann so kommen und du mit mir Schluss machen würdest«, sagte Noah.

»Was?«, fragte ich. »Ich würde dich nie verlassen, Noah.«

Er machte ein Geräusch der Frustration und wandte sich von mir ab, um einen weiteren Stein im Wasser zu versenken.

Ich trat einen Schritt näher an ihn heran, wie an ein verletztes Tier. Und noch einen Schritt. Als ich schließlich ganz nah bei ihm stand, nahm ich ihm den nächsten Stein aus der Hand.

»Noah«, fragte ich, »warum bist du mit mir zusammen?«

Aus seiner Kehle drang etwas, das fast wie ein Knurren klang. Er bückte sich, ein weiterer Stein flitzte über das Wasser, eins, zwei, drei Sprünge, dann ein Platschen und Stille.

Ich legte eine Hand auf seinen Arm, um seinen nächsten Wurf zu stoppen.

»Antworte mir«, sagte ich fest.

Noah entwand sich meinem Griff. »Wie kannst du mich das fragen? Wir kennen uns schon, seit wir Kinder sind. Du bist das, was ich brauche.«

»Und was ist mit mir?«, fragte ich stimmlos. »Wann bist du das, was ich brauche? Wann findest du mich wieder?«

Noah lachte, ein bitteres Geräusch, das wie Schluchzen klang.

»Was ist, wenn ich das nicht kann?«, fragte er.

Der Stein in meiner Hand rutschte fast zu Boden. Ich holte aus, warf ihn ins stille Wasser.

»Dann hättest du es wenigstens versuchen sollen«, sagte ich leise, drehte mich um und ließ ihn stehen, während meine Füße mich wie von selbst zurück zur Villa trugen.

~

Die gesamte Rückfahrt im Zug verschwamm in meiner Wahrnehmung zu einem einzigen unwirklichen Bild von dunklen Landschaften, den schwarzen Schemen von Bäumen, Feldern und glitzernden Städten, die ineinander übergingen. Ich kann mich kaum erinnern, wie ich es mitten in der Nacht zu unserer Wohnung zurückschaffte. Als ich die Tür aufschloss und meine Reisetasche im Flur fallen ließ, immer noch in meinem Kleid und mit den unbequemen Pumps an den Füßen, fühlte ich mich komplett taub.

Ich zog die Schuhe aus, ging ins Wohnzimmer, ohne das Licht anzuschalten. Meine Schritte führten mich auf unser Sofa, ich verkroch mich unter einer Decke, die ich ganz über mich zog.

Mein Kopf war leer. Ich wusste nicht, was zwischen Noah und mir geschehen war.

Ich musste auf dem Sofa eingeschlafen sein, denn das nächste, was ich hörte, war das Geräusch eines Schlüssels im Schloss, und als ich meine verquollenen Augen öffnete, drang bereits Licht durch die Balkontür und die Fenster in der Dachschrägen.

Ich blinzelte, als Noah auf leisen Sohlen ins Zimmer kam, sein Blick fand meinen sofort. In diesem Moment wusste ich nicht, was ich empfinden sollte. Ich war so erschöpft, so unfassbar erschöpft. Ich hatte um ihn gekämpft, ich hatte alles gegeben, was ich zu geben hatte. Ich hatte ihn wieder und wieder gebeten, mich Teil seines Lebens sein zu lassen. Nun wusste ich einen Augenblick lang nicht mehr, ob es das wert war. Ob ich das noch konnte, wenn er mich wieder und wieder von sich stieß, wie er es am Vorabend getan hatte.

Jetzt, im frühen Licht des Morgens, erschien er mir so fremd und weit weg wie ein Wesen aus einer anderen, magischeren Zeit. So fremd, dass ich einen Moment lang nicht mehr wusste, ob er noch das war, was ich brauchte.

Noah schlich barfuß herein und direkt auf mich zu. Vor dem Sofa ließ er sich auf die Knie fallen, griff nach meiner Hand unter der Decke und zog sie hervor.

»Sophie, bitte verzeih mir.« Sein Daumen strich zärtlich über meinen Handrücken. »Ich weiß nicht, ob ich das schaffe, was du von mir verlangst. Aber ich weiß, dass ich nicht ohne dich sein kann. Dass du das einzig Gute in meinem Leben bist, wenn alles zu viel ist. Dass ich dich brauche, Sophie.«

Er holte tief Luft, während mein Herz in meiner Brust flatterte, hunderte schimmernde Libellenflügel, die gegen mein Inneres schlugen.

»Sophie, willst du mich heiraten?«, fragte er plötzlich.

Alles um mich herum blieb stehen, meine Welt reduzierte sich auf die Tiefe der grünen Seen vor mir, die mich verschlangen.

»Ja«, flüsterte ich atemlos, »natürlich will ich.«

KAPITEL 23

Die Verbreitung der Blauflügel-Prachtlibellen reicht bis ans arktische Eismeer

Als ich mein Ladekabel endlich anschloss und nach einer Weile mein Handy anschalten konnte, blinkten auf dem Display unzählige verpasste Anrufe und Nachrichten auf, die meisten von Manuel, zwei von meiner Mutter, eine von meiner Chefin. Ich hörte die Mailbox ab und musste schlucken. Um alles andere würde ich mich später kümmern. Jetzt hatte ich erst mal einen Plan, der mir in den frühen Morgenstunden beim Herumwälzen im Bett gekommen war.

Ein Plan, der so wahnwitzig war, dass ich lieber nicht zu genau darüber nachdachte.

Ich war todmüde, fühlte mich ausgelaugt, wie nach zu langem Weinen, und doch auch von einer nervösen Aufregung durchzogen. Eigentlich sollte ich mir mehr Zeit nehmen, alles zu verdauen, was Emilia mir gesagt hatte, aber meine Hände kribbelten, und ich wollte endlich etwas *tun*. Die Dinge selbst in die Hand nehmen.

Mein Plan hatte allerdings einen fatalen Fehler: Er beinhaltete Manuel.

Und so stand ich an der Glasfront und ließ meinen Blick über die Schneedecke auf dem Rasen, die Bäume und Sträucher wandern und suchte wider Erwarten die Konturen einer vertrauten Gestalt in all dem Weiß. Als ich mich zusammenriss und Manuels Nummer wählte, spürte ich Hitze im Nacken.

Er nahm beim dritten Klingeln ab.

»Manuel, ich bin's«, sagte ich.

»Sophie! Mein Gott, wie geht's dir? Es ist gut, deine Stimme zu hören, ich hatte Angst, dass dir etwas passiert ist, als du zu Fuß von mir weg bist. Ich hätte dich nicht nachts allein gehen lassen sollen … Ich hab dich mit dem Auto gesucht, bin sogar zur Villa gefahren, aber ich konnte dich nicht entdecken auf dem Weg. Am nächsten Tag war ich noch mal da, aber das Haus war dunkel, niemand hat auf mein Klingeln reagiert. Bist du abgereist? Warum bist du denn nicht an dein Handy gegangen? Ich wollte nur sichergehen, dass du okay bist.« Die Worte sprudelten nur so aus ihm heraus, seine Stimme unsicher.

»Sophie? Sag doch bitte etwas«, sagte er schließlich etwas verloren nach einer Pause.

»Mein Handy ist ausgegangen«, sagte ich heiser.

»Ist denn alles in Ordnung mit dir? Du klingst seltsam.«

»Ja und nein. Ich erzähle dir alles, wenn wir uns sehen. Wenn du willst, meine ich.« Ich stotterte und verstummte schließlich.

»Du bist noch hier? Natürlich will ich dich sehen. Und mich bei dir entschuldigen, Sophie, dafür, wie alles gelaufen ist.« Ein warmer Schauer lief mir über den Rücken.

»Wir könnten uns im Park treffen und eine Runde spazieren gehen. Dann sprechen wir über alles.«

~

Die Bäume im Park waren dunkelgrau und kahl, aber der Schnee, der sie bedeckte, strahlte. Die Wege waren bereits ausgetreten von vielen Fußstapfen, und ich war froh um die Stiefel, die ich mir von Emilia geliehen hatte. Ich stampfte auf, blies warme Luft in meine Handschuhe und wickelte mich enger in meinen roten Lieblingsmantel, der mir heute nicht warm genug vorkam, während ich nervös auf Manuel wartete. Die schweren Zweige der Fichte, unter der ich stand, schützten mich vor dem leicht rieselnden Neuschnee.

Bald darauf parkte Manuel seinen roten Fiat ganz in der Nähe, stieg aus und kam auf mich zu, sein Gesichtsausdruck unlesbar.

Als er mich erreichte, flog sein Blick über mein Gesicht, suchend, dann über meine ganze Gestalt.

»Hallo«, sagte ich rau.

»Hallo«, gab er zurück.

Wie auf Kommando drehten wir uns um und begannen unseren Spaziergang durch den Park, eine aufgeladene Stille zwischen uns. Über uns war der Himmel grau und voller Schnee.

»Sophie, ich … ich muss mich bei dir entschuldigen.« Ich sah überrascht zu ihm auf und wollte ihn unterbrechen, aber er hob die Hand, um mich zu stoppen.

»Ich habe mich dir gegenüber nicht ganz richtig verhalten, als du mich im Haus meines Vaters besucht hast«, sagte er schließlich. »Als du … als du mich geküsst hast und ich zu dir gesagt habe …« Er stockte, warf mir einen Seitenblick zu. »Es tut mir leid, Sophie.«

Ich starrte ihn jetzt offen an, hob die Brauen.

»Das war nicht ganz die Wahrheit«, sagte er. »Ich habe einfach Angst bekommen. Angst, dass du nur meine Nähe gesucht hast, weil es dir schlecht ging, und dass es du es hinterher bereuen würdest. Ich wollte nicht, dass du denkst, ich nutze deine Situation aus, und mich später dafür hasst.«

Die Ernsthaftigkeit in seinen Augen war echt. Niemand, den ich kannte, hatte sich jemals in einer solchen Situation noch Gedanken um meine Gefühle gemacht und ob ich das wirklich wollte, dachte ich.

»Aber das war auch ein Fehler. Es war bevormundend. Ich hätte dich fragen sollen, was du willst, bevor ich dich irgendwie vertrieben habe. Bevor du in die Nacht geflohen bist, weil ich …«, sagte er jetzt stockend, Wut auf sich selbst in seiner Stimme, »… ich hätte nicht einfach annehmen sollen, dass du jemanden brauchst, der dich beschützt. Vor dir selbst beschützt. Du triffst deine eigenen Entscheidungen, und du kannst gut selber auf dich aufpassen, Sophie.«

Das Lächeln auf seinen Zügen war schwer und zugleich voller Zuneigung.

»Außerdem …«, jetzt grinste er selbstironisch, »hätte ich mir vielleicht nicht die einzige Chance verbauen sollen, in der du mich auch wolltest, wenn auch nur für den Augenblick.«

Ein Lächeln schlich sich unwillkürlich auch auf mein Gesicht, und ich schaute zu Boden, um meine Gedanken zu ordnen.

»Du hast zum Teil recht«, sagte ich. »Es stimmt, dass ich niemanden brauche, der auf mich aufpasst. Aber es stimmt auch, dass ich durcheinander war und dass es vielleicht nicht der beste Zeitpunkt war, um solche Entscheidungen zu treffen, die einen Nachhall haben und nicht nur mich selbst betreffen. Du hast auf mich Acht geben wollen in dem Moment.«

Ich sah ihn an, versuchte, seine Züge zu lesen, holte tief Luft.

»Aber es stimmt nicht, dass es nicht um dich ging«, sagte ich. Seine Augen weiteten sich. »Vielleicht hätte ich es nie gemerkt, wenn du mich nicht abgewiesen hättest. Vielleicht hätte ich wirklich danach gedacht, dass ich nur Nähe in dem Moment gesucht hätte, und mich dann geschämt und dich nie wieder sehen wollen.

Aber was du gesagt hast … Ich habe lange darüber nachgedacht, und es stimmt nicht. Ich wollte dich in dem Moment, weil du ehrlich bist und warmherzig und wunderbar, clever und selbstlos und stark und weil alles in mir zu ziehen anfängt, wenn ich in deiner Nähe bin.«

Ich hielt den Atem an.

Manuel stand still, und mein Herz trommelte gegen meinen Brustkorb, als wolle es aus meinen Rippen hervorbrechen.

Bevor er etwas sagen konnte, sprach ich schnell weiter: »Und es tut mir leid, dass ich dir das Gefühl gegeben habe, du wärest nur der Ersatz für jemand anderen. Du hattest das Recht, mich deswegen abzuweisen, und weil du dir Sorgen um mich gemacht hast. Und auch wenn ich niemanden brauche, der mich beschützt, brauche ich wohl manchmal jemanden, der mich zu mir selbst zurückbringt. Der meine Entscheidungen teilt, nicht abnimmt. Der bereit ist, mit mir darüber zu reden, ob ich einen Fehler machen könnte oder nicht, selbst wenn es auf seine Kosten geht«, sagte ich.

Manuels Augen, die meine keinen Moment verlassen hatten, begannen seltsam zu leuchten. Ich wollte mit den Händen über seine Wangen fahren, hielt aber inne.

»Sag etwas, bitte«, flüsterte ich.

Aber Manuel sagte nichts. Stattdessen breitete er still die Arme aus, und ich zögerte nur eine halbe Sekunde lang. Dann legte ich die Wange an seine Schulter, schloss die Lider, sog seinen Duft tief ein.

Er hielt mich fest und ich ihn, und wir beide atmeten unregelmäßig, schwer. Er beugte sich vor und bedeckte mein Gesicht mit Küssen, sanft und federzart.

Irgendwann löste sich Manuel von mir, und er trat einen Schritt zurück, um mich anzusehen, ich ließ ihn nur widerwillig los. Er musterte mich.

»Ich weiß nicht, was ich sagen soll, Sophie.« Seine Stimme klang heiser und rau. »Ich bin so froh, dass du mir das gesagt hast. Ich dachte, ich würde als einsamer alter Katzenmann sterben.«

Wir starrten uns einen Moment an, dann lachte ich auf.

Er hob die Hand und zeichnete mit einem Finger die Linien meines Mundes nach, und ich fuhr mit beiden Händen in seine Haare, dann in seinen Nacken und zog ihn zu mir, bis unsere Lippen sich berührten. Unsere Münder verschlangen einander, voller Erwartung und ungesagter Dinge in unserem vermischten Atem. Wir hörten erst auf, uns zu küssen, als wir beide atemlos Luft holen mussten.

Ich zog die Brauen zusammen. »Bist du nicht allergisch gegen Katzen?«

»Details, Details.«

Wir grinsten uns an.

Ich leckte mir über dir Lippen. »Da ist noch etwas«, begann ich. »Ich will, dass du weißt, was ich vorhabe, bevor du dich entscheidest, ob … was du möchtest.«

»Ich glaube nicht, dass du etwas sagen kannst, was mich mehr schockiert als das, was du mir eben gesagt hast«, meinte Manuel mit einem halben trockenen Lächeln.

»Warte erst mal ab, was es ist«, sagte ich.

Während wir durch den winterlichen Park liefen, unsere Schritte knirschend Spuren im Schnee hinterließen und Manuel neben mir ging, seine Nähe wie ein aufregendes und doch vertrautes Flüstern in meinem Hinterkopf, erzählte ich ihm alles. Ich berichtete von dem, was ich herausgefunden hatte über Noah, davon, was mit Emilia geschehen war, und von dem wahnwitzigen Plan, der in mir gereift war.

Schließlich blieb er stehen, griff nach meiner Hand und drehte mich mit einem leichten Zug daran zu ihm um.

Er schüttelte den Kopf, und meine Mundwinkel rutschten nach unten, was ihn nur dazu brachte, noch heftiger den Kopf zu schütteln.

»Sophie«, sagte er, und er klang ernst und ein bisschen traurig. »Ich weiß nicht, ob das eine gute Idee ist. Aber ich werde dir helfen, so gut ich kann.«

KAPITEL 24

Die Augen der Kleinlibellen sind knopfförmig und berühren einander nie

Das Gebäude vor mir war eines der wenigen historischen hier. Der rote Backstein formte hohe Bögen über den Fenstern, die weißen Fensterrahmen und -streben standen im Kontrast dazu. Die Fassade war imposant, verziert mit Ornamenten und einem Balustradengeländer zum Dach hin. Das Rot leuchtete in dem matschig weißen Schnee, die einzige Farbe, die sich gegen den dunklen Himmel über uns und die kahlen grauen Baumsilhouetten abhob. Die übrigen Gebäude waren moderne Neubauten, typische Klinikarchitektur, funktional und kubisch mit rechteckigen Fenstern. Das Backsteinhaus sah am wenigsten nach modernem Krankenhaus aus und am meisten wie eine Nervenheilanstalt aus dem 19. Jahrhundert.

Ich war ganz froh, dass die psychiatrische Klinik in einem anderen Gebäude untergebracht war.

Neben mir trat Manuel von einem Fuß auf den anderen. Er trug eine Jeans und braune Stiefel, einen dunkelblauen Mantel und darunter ein hellblaues Hemd. Die Kleidung stand ihm, aber ich mochte den Holzfäller-Look an ihm lieber, der ihm mehr zu unterlaufen schien, als eine bewusste Entscheidung zu sein, wenn er in der Natur war. Dann wirkte er zufriedener, ruhiger in seiner Haut.

Ich warf ihm einen Blick zu, den er auffing und mit einem schnellen Lächeln erwiderte. Er war nervös, das spürte ich. Kein Wunder, schließlich hatte ich ihn dazu überredet, mir bei einer Entführung zu helfen.

Ich legte eine Hand auf den Ärmel seines Mantels, und er sah mich an.

»Du musst nicht mitmachen, wenn du nicht willst«, sagte ich sanft, aber bestimmt. »Ich bin dir nicht böse, wenn du dich jetzt noch mal umentscheidest. Immerhin ist das Ganze viel verlangt. Ehrlich, ich kann verstehen, wenn du das hier für wahnsinnig hältst und mich nicht bei einer Straftat unterstützen willst.«

Ich versuchte ein zaghaftes Lächeln. Er musterte mich einen Moment, dann seufzte er.

»Daran liegt es nicht. Ich meine, es ist nicht das erste Mal, dass ich etwas Illegales mache ... Verdammt, das hörte sich jetzt falsch an.« Er fuhr sich mit einer Hand durch die Haare, eine Geste, die ich inzwischen gut kannte. Ich schien sie wirklich bei ihm zu provozieren, dachte ich reumütig.

»Ich erinnere mich. All das Gras in der Schule, das Rauchen auf dem Pausenhof, deine Band ...«, sagte ich.

»Hey, an der Band war nichts illegal außer vielleicht der schlechte Sound«, sagte er grinsend. »Und du vergisst die Zeit im Zirkus – nicht, dass irgendjemand da etwas geklaut hätte, aber es gab durchaus den ein oder anderen Regelverstoß ...«

»Ich merke schon, eine richtige kriminelle Karriere ist das. Bestimmt gibt es noch ein Knöllchen, von dem du mir bisher nichts erzählt hast«, erwiderte ich mit gesenkter Stimme, als würde ich über ein dunkles Geheimnis sprechen.

Er sah mich einen Moment an, dann lachte er laut. Der Klang ließ mein Herz ein kleines bisschen leichter werden. Seine Hand fand meine Schulter.

»Es ist in Ordnung, Sophie. Was immer hiernach passiert, ich lasse dich jetzt nicht allein. Komm, lass uns reingehen.«

Ich stieß die Luft aus, von der ich mich nicht erinnern konnte, sie angehalten zu haben, und nickte.

An der Rezeption begannen meine Hände zu schwitzen, als ich sie auf den Tresen vor der Empfangsdame legte. Sie war jung, trug ihr blondes Haar in einem strengen Zopf, eine rote Brille und den weißen Krankenhauskittel, den ich erwartet hatte.

Ich schluckte und zwang ein Lächeln in mein Gesicht. »Hallo, ich bin Emilia von Gutenbach. Ich möchte meinen Bruder besuchen«, sagte ich.

Die Frau sah nicht von den Papieren auf, die sie gerade ausfüllte, nur die sich vertiefende Falte auf ihrer Stirn verriet, dass sie mich gehört hatte. Ich unterdrückte den nervösen Impuls, mich zu entschuldigen. Was würde Emilia an meiner Stelle tun?

»Hören Sie, ich hab nicht den ganzen Tag Zeit«, sagte ich.

Endlich schaute sie auf. Sie musterte mich und Manuel und sagte: »Einen Moment bitte.«

Ihre Stimme hatte diesen einschmeichelnden falschen Klang, den Leute in Behörden oder Institutionen manchmal haben, die im Servicebereich arbeiten.

Ich tauschte einen Blick mit Manuel. Er zog eine Augenbraue hoch. Nicht sicher, was er mir damit sagen wollte, begann ich, mit den Fingernägeln auf den Tresen zu klopfen – mir war klar: Emilia würde sich nicht einfach so abspeisen lassen. Sie würde der Frau die Hölle heißmachen. Noblesse oblige.

»Wissen Sie, wahrscheinlich füllen sich die Papiere nicht von alleine aus, aber ich würde mich wirklich ungern bei Ihrem Chef beschweren müssen, das ist sicher noch mal mehr Papierkram für alle«, säuselte ich und präsentierte ihr mein bestes Haifischlächeln.

Die Frau hob erneut den Kopf und starrte mich an.

»Emilia von Gutenbach«, sagte ich fest, während mein Herz hämmerte. »Ich will meinen Bruder besuchen, Noah Alexander von Gutenbach. Können Sie mir sagen, ob er verlegt wurde?«

Sie blinzelte, tippte etwas in ihren Computer ein. »Nein, er ist immer noch in Zimmer 203. Sie sind die Schwester, sagten Sie?«

»Mein Mann und ich würden gerne eine Runde mit Noah im Garten drehen, wenn Sie uns in die richtige Richtung weisen könnten?«, sagte ich, ohne auf ihre Frage einzugehen.

Die Falte zwischen ihren Brauen wurde steiler, und sie sah erneut auf den Computerbildschirm. Kalter Schweiß bildete sich unter meinen Achseln. Manuel legte eine warme Hand auf meinen Rücken.

»Ich bin mir nicht sicher, ob Ihr Bruder in der medizinischen Verfassung für einen Gang durch den Garten ist, außerdem endet die Besuchszeit in einer halben Stunde«, sagte sie.

Nicht in der medizinischen Verfassung? Was bedeutete das? Schreckliche Bilder zogen in mir auf.

Manuel trat neben mich an den Tresen. »Dann sagen Sie besser den Pflegern Bescheid, dass wir einen Rollstuhl brauchen«, sagte er ruhig. »Wir sind nicht den ganzen Weg hergefahren, um hier herumzustehen. Die Ärztin meinte, frische Luft und vertraute Gesichter würden Noah guttun, also sollten Sie das ermöglichen, was er braucht, nicht wahr?«

Ich starrte ihn ungläubig an. Wer hätte gedacht, dass wir beide unsere Rollen so gut spielen konnten?

Die Rezeptionistin zog die Augenbrauen hoch und griff zum Telefonhörer. Jetzt kam der Moment der Wahrheit – würde sie das Sicherheitspersonal rufen und uns rausschmeißen lassen? Mein Puls beschleunigte sich weiter.

Im nächsten Moment gab sie jemandem am anderen Ende der Leitung den knappen Befehl, uns mit einem Rollstuhl vor Zimmer

203 zu treffen. Ich atmete erst aus, als sie den Hörer auflegte und gelangweilt zu uns sagte: »Den dritten Gang rechts, zweite Etage, linker Flügel. Stellen Sie sicher, dass Sie um 11:30 Uhr zurück sind.«

Damit wandte sie sich ab, und ein ungläubiges Gefühl des Triumphes erfüllte mich. Manuel und ich gingen rasch in die angegebene Richtung und wagten erst uns anzusehen, als sich die Fahrstuhltüren hinter uns geschlossen hatten. Das breite Grinsen in meinem Gesicht erwiderte er mit einem knappen Nicken.

»Ich hätte nicht gedacht, dass ich meine innere Emilia so gut channeln kann«, sagte ich atemlos.

»Stimmt, das klang ganz und gar nicht nach dir«, erwiderte Manuel, wobei sein Tonfall nicht verriet, wie er das fand.

»Was soll ich sagen, ich stecke eben voller Überraschungen«, sagte ich daher leichthin.

Der Blick seiner braunen Augen war ernst. »Das habe ich nie bezweifelt.«

»Aber deine Idee mit dem Rollstuhl war genial. Wie bist du darauf gekommen? Ich hoffe nur, ihm geht es nicht so schlecht, dass …«

Ich verstummte. War es richtig, was ich vorhatte?

»Meine Tante war letztes Jahr für eine Weile im Krankenhaus mit einem gebrochenen Bein. Mein Vater und ich haben sie dann ab und zu im Park spazieren geschoben, damit sie nicht die Wände hochging. Metaphorisch, versteht sich, mit dem gebrochenen Bein wäre das sonst wohl etwas schwierig gewesen.«

Manuel lächelte aufmunternd. Das flaue Gefühl in meinem Magen legte sich etwas.

Die Fahrstuhltüren öffneten sich mit einem Ping. Der sterile Krankenhausgeruch, der uns entgegenströmte, war in dieser Etage noch stärker als bei der Rezeption. Ich holte trotzdem tief Luft, bevor ich den Fahrstuhl verließ und den Gang hinunterlief.

Vor der Tür von Zimmer 203 blieb ich stehen. Ich starrte die weiße Farbe an. Wie würde es sein, Noah nach all der Zeit wiederzusehen? Wie würde es sich anfühlen, ihn in einem Krankenhausbett zu sehen, stumm und mit kaum verheilten Wunden? Würde er mich überhaupt erkennen, geschweige denn sehen wollen?

Plötzlich war ich fest davon überzeugt, dass das hier ein Riesenfehler war. Was hatte ich mir bloß dabei gedacht? Ich konnte die Tür nicht öffnen, ich konnte Noah nicht ansehen, verletzt und schwach, und ich konnte nicht die Verantwortung für ihn übernehmen. Das stand mir gar nicht zu.

Was tat ich hier nur?

Eine Berührung an meinem Arm brachte mich zurück ins Hier und Jetzt.

»Es ist okay«, sagte Manuel. »Du musst nicht reingehen, wenn du nicht willst.« Seine Augen waren voller Verständnis. »Es wird hart sein, ihn so zu sehen«, sprach er weiter. »Und du kannst auch dann noch entscheiden, deinen Plan abzubrechen. Aber ich kann mir vorstellen, dass er sich so oder so über deinen Besuch freuen würde.«

Manuel schluckte, und ich konnte einen kurzen Moment lang nicht glauben, wie selbstlos er war. Also schluckte auch ich meine Ängste hinunter und konzentrierte mich auf das, was wirklich wichtig war. Das hier tat ich für Noah, egal, wie sehr ich mich davor fürchtete.

Ich nickte langsam, klopfte leise und öffnete die Tür.

Noahs Zimmer war weiß gestrichen, der Boden teures Parkett. Es gab ein anliegendes Bad und einen schicken Schrank, ein Fenster ohne Griff, das in den Garten blicken ließ. Ein Bett stand an der Wand, darüber ein obligatorischer Sonnenblumen-Kunstdruck. Unter der Bettdecke lag eine schmale Gestalt.

Alles um mich herum setzte aus. Ich weiß nicht mehr, wie ich die paar Schritte zum Bett überbrückte, bis ich daneben stand.

Ein blonder Schopf lag auf dem Kissen, die Gestalt hatte mir den Rücken zugewandt, aber ich hätte ihn überall wiedererkannt.

»Noah«, sagte ich leise.

Er wandte sich zu mir um, das vertraute Gesicht noch fast genauso, wie ich es in Erinnerung hatte. Die feinen Züge etwas hagerer, die Lippen blutleer. Die stechenden grünen Augen, die sich in meine bohrten.

Als sich unsere Blicke trafen, durchfuhr mich ein elektrischer Schlag, und ich vergaß alles um mich herum, vergaß, wo ich war, wer ich war und was alles geschehen war. Meine Welt reduzierte sich auf Noah.

Seine Augen weiteten sich.

Einen Lidschlag später hielt ich seine Hand in meiner, seine raue, kühle Haut wie Pergament unter meinen Fingern.

»Noah«, wiederholte ich.

Er öffnete den Mund, sagte leise: »Sophie.« Seine Stimme krächzend, aber unverkennbar seine.

~

Ich schaffte es erst, meinen Klammergriff von Noahs Hand zu lösen, als der Pfleger mit dem Rollstuhl sich zum dritten Mal hinter mir räusperte. Mit tränennassem Gesicht saß ich auf Noahs Bettkante. Wir hatten uns angestarrt, uns nicht voneinander lösen können.

Noah hatte nichts mehr gesagt, bloß dieses eine Wort, meinen Namen.

Nur mit großer Überwindung konnte ich mich von Noah abwenden zu den zwei anderen Männern im Raum. Manuel wirkte getroffen, als mein Blick ihn streifte. Der Pfleger hingegen verzog keine Miene. »Was ist nun?«, fragte er, »wollen Sie jetzt den Rollstuhl oder nicht?«

Ich schaute zurück zu Noah, der mich ansah, aber kein Zeichen gab. Wie auch, er wusste ja nicht, was ich vorhatte.

»Ja, bitte«, sagte ich und fuhr mir mit dem Handrücken übers Gesicht. »Helfen Sie uns, ihn in den Stuhl zu setzen?«

»Aber klar, das ist mein Job«, sagte der Mann mit einem hochgezogenen Mundwinkel.

Ich stand vom Bett auf, unschlüssig, was ich jetzt machen sollte. Der Pfleger rollte den Stuhl daneben, stellte die Bremsen ein. Noah setzte sich auf, schob seine Beine über den Bettrand, der Pfleger half ihm in einen dicken Pulli, eine Jogginghose und in seine Schuhe. Der junge Mann griff Noah mit starken Händen unter den Ellenbogen des rechten Arms, und Noah stand auf, ließ sich zum Rollstuhl führen und setzte sich hinein. Seine Bewegungen waren langsam, die linke Seite schien steif, und er entlastete sein linkes Bein.

Etwas in mir zerbrast und setzte sich neu zusammen wie die Scherben eines Spiegels, der die Welt anders zurückwarf. Ich wusste nicht, was ich erwartet hatte, es war gleichzeitig wunderbar und fürchterlich, ihn so zu sehen: wunderbar, weil er lebte und atmete, sein Körper das Trauma überlebt hatte und dabei war, zu heilen. Fürchterlich, weil es schlimm war mitanzusehen, was der Unfall mit ihm gemacht hatte, wie kraftlos und müde und stumm er war, wie langsam er sich bewegte, wie steif seine einst so grazilen Bewegungen waren.

Ich wollte den Blick abwenden und schämte mich, so etwas überhaupt zu denken.

Noah hing schlaff im Stuhl, der Rücken krumm, die Schultern gebeugt. Aber er hob den Kopf, ich lächelte ihm aufmunternd zu, während sich in meinen Magen ein schwerer Stein senkte.

»Wir machen einen kleinen Spaziergang«, sagte ich zu ihm. »Du wirst sehen, das wird dir gefallen.«

Ich drückte seine knochige Schulter, sah Manuel an, als die Tränen mich wieder zu überrollen drohten.

»Lass mich schieben. Dann kannst du neben ihm gehen und besser mit ihm reden«, sagte Manuel. Noah hob den Kopf, die beiden musterten sich, bevor Noah wieder nach unten schaute. Manuel zögerte, nickte dann dem Pfleger zu, die beiden wechselten ein paar Worte, während ich Noah betrachtete.

Sein Körper war viel zu dünn, aber ohne offensichtliche Verletzungen oder Narben. In den Krankenhausberichten hatte ich gelesen, dass seine Wunden und Knochenbrüche gut verheilt waren, die Schwellungen abgeklungen und er eigentlich keine bleibenden Schäden zurückbehalten sollte. Er hatte zwar viel Blut verloren, aber nach der OP war es bergauf gegangen, wenigstens körperlich. Eigentlich hätte er schon vor Wochen in die Reha gesollt. Nun fand seine Physiotherapie hier statt, weil er zwar reagierte, aber nicht sprach.

Und jetzt hatte er meinen Namen gesagt.

Ich biss mir auf die Innenseite meiner Wangen und nickte Manuel zu, als er den Rollstuhl an den Griffen nahm und aus dem Zimmer Richtung Fahrstuhl schob. Ich lief neben Noah her, die Hand weiter auf seiner schlaffen Schulter, und sprach auf ihn ein, meine Worte ein stetiger Schwall an Nichtigkeiten, um die Stille und das schwarze Loch in meinem Inneren zu füllen.

Wir fuhren ins Erdgeschoss, liefen Flure hinunter, ich folgte Manuel blind.

»Du willst das immer noch machen?«, fragte er mich leise, als wir durch die Glasschiebetüren nach draußen in den Hof kamen.

Ich holte tief Luft, sah ihn kurz an. »Ja«, sagte ich.

Manuel nickte, zog seinen Mantel aus und hängte ihn Noah

von vorne wie eine Decke über die Schultern. Dann navigierte Manuel uns sicher über die Asphaltwege im Außenbereich der Klinik, wo ein paar Bäume und rauchende Pfleger herumstanden. Als Manuel seine Schritte nicht verlangsamte, sondern noch beschleunigte, zielstrebig das Gelände verließ und auf den Parkplatz zusteuerte, rechnete ich jeden Moment mit empörten Rufen, mit Schritten, die uns verfolgen und einholen würden.

Aber nichts dergleichen geschah.

Wir erreichten den Parkplatz, ohne dass uns jemand aufhielt. Manuel und ich tauschten einen Blick über Noahs Kopf hinweg.

Manuel öffnete die Tür des Fiat und half Noah auf den Beifahrersitz. Mir fiel ein, dass die beiden sich nie gemocht hatten, und dann legte Manuel vorsichtig den Anschnallgurt um Noah, und meine Augen füllten sich erneut mit Tränen. Ich nahm Manuels Mantel auf, legte eine Decke über Noah, die ich mitgebracht hatte, und half Manuel, den Rollstuhl zu falten und im Kofferraum zu verstauen.

Manuel fuhr, und ich saß auf der Rückbank und redete beruhigend auf Noah ein, eine Hand sachte auf ihm ruhend. Er ließ alles über sich ergehen mit einem stoischen Gesichtsausdruck, der mir das Herz brach.

Aber manchmal streifte sein Blick meinen im Spiegel, und ich wusste, dass er mich erkannte. Ich wusste, dass er es war, mein Noah, auch wenn er in sich zurückgezogen wirkte, als würde er Winterschlaf halten.

Der Weg erschien mir gleichzeitig unglaublich lang und unglaublich kurz. Ich rechnete immer noch jeden Moment damit, Sirenen hinter uns zu hören. Und gleichzeitig war es nicht genug Zeit, Noahs Anblick in mich aufzunehmen.

Sein hellblondes Haar stand in alle Richtungen ab vom langen Liegen, es sah genau so aus, wie ich es am liebsten mochte. Er war abgemagert, aber die Form seines Körpers kam mir immer noch so vertraut vor. Die Linien seines Gesichts, die ich unzählige Male mit dem Finger nachgefahren war.

Meine Hand lag auf seinem Nacken, und ich konnte sie nicht von ihm lösen.

Schließlich parkte Manuel den Fiat. Ein paar Sekunden lang rührte sich keiner von uns, Manuels Hände waren fest um das Lenkrad geschlossen.

Ich starrte durch die Frontschutzscheibe auf das Tor vor uns. »Okay«, sagte ich schließlich. »Okay, lass es uns versuchen.«

Manuel nickte nur und stieg aus.

Gemeinsam zogen wir Noah einen Mantel an, den ich aus seinem Schrank in der Villa geholt hatte, setzten ihn in den Rollstuhl und bedeckten seine Beine mit der Decke. Es war nicht so, dass Noah sich nicht bewegen konnte, bereitwillig streckte er seine Arme in die Ärmel, auch wenn die linke Seite noch steif wirkte. Es war mehr so, als sei er wie willenlos. Er fragte nichts, er schien sich nicht einmal zu wundern, wo wir waren, sondern ließ einfach alles geschehen.

Manuel packte die Griffe des Rollstuhls, und langsam gingen wir durch das schmiedeeiserne Tor auf den Friedhof.

Die Wege waren geräumt worden, aber der Schnee türmte sich hoch auf den Grabsteinen. Weinende Engel, die ihre Hände ausstreckten, waren mit einer Puderzuckerschicht überzogen, die Bäume, die Pflanzen und Büsche dicht mit Weiß bedeckt. Eine geradezu unheimliche heilige Ruhe herrschte zwischen den Gräbern, der Schnee dämpfte alle Geräusche. Nur das Knirschen der Rollstuhlräder und unsere Schritte auf den Kieswegen waren zu hören.

Wir passierten eine Reihe von Mausoleen auf unserer rechten Seite, Häuser für die Toten, die größten Bauten wie Kirchen in

Miniaturform. Aus manchen leuchtete der Schein von Grablichtern hervor, das rote Flackern wie Blut im weißen Schnee.

Unser Atem stieg in Wölkchen in den grauen Himmel, ich wickelte Noah meinen Schal fest um den Hals.

Der Friedhof war fast wie ein Park, voller Bäume, Buchen, Eschen. Trauerweiden und Rhododendren und andere immergrüne Pflanzen säumten die Wege und Gräber, ihre Blätter und Äste unter der Schwere des Schnees gebogen. Wir erreichten den Teil des Friedhofs, den ich gesucht hatte. Hier waren neuere Gräber zu finden, große schwarze Granitgedenksteine und Natursteine mit eingravierten Namen, Daten, die in unsere Lebenszeit fielen. Efeu bedeckte die Baumstämme, nicht die Grabmäler.

Ein Engel stand mahnend Wache über uns, die Hand ausgestreckt, das steinerne Gesicht in einem Ausdruck ewiger Trauer.

Unter einer Buche hielten wir inne, ich sah mich suchend um, ging ein paar Schritte zwischen den Grabsteinen hindurch und wischte Schnee von den Inschriften, um sie besser lesen zu können.

Es war ein großer schwarzer Marmorstein, auf dem ich schließlich ihre Namen entdeckte.

Robert Alexander von Gutenbach und
Natalia von Gutenbach, geb. von Senftenberg

Darunter ihre Geburtstage und ihr gleichzeitiges Todesdatum.

Meine Finger fuhren die Gravuren entlang. Ich versuchte, wütend auf Robert zu sein, wegen allem, was er Emilia, Noah und mir angetan hatte, und auf Natalia, für die ich nie gut genug gewesen war. Aber jetzt, angesichts des schwarzen Steins, empfand ich nichts als eine diffuse Trauer für die Eltern, die sie hätten sein können, und die, die sie gewesen waren, weil sie es nicht besser wussten.

Ich wandte mich zu Manuel und Noah um, stand auf und führte die beiden ein Stück den Weg zurück unter die Zweige einer alten Hängebuche, die uns ein wenig vor Kälte und Wind schützte.

Manuel schaute mich an. »Und jetzt?«

»Jetzt warten wir«, sagte ich, die Hand wieder auf Noahs Schulter.

»Bist du sicher, dass sie kommt?«, fragte Manuel.

Auf Roberts und Natalias Grab lagen keine Blumen, keine Lichter, nichts.

»Sicher genug«, erwiderte ich.

Manuels Blick schien zurückhaltend, sein Gesicht verschlossen.

Wir vertraten uns die Beine, und ich rieb Noahs Arme und Schultern, um sicherzugehen, dass er nicht fror, und wickelte die Decke fester um ihn.

Ich verspürte eine merkwürdige Ruhe. Vielleicht lag es an dem verschneiten Friedhof, der so still dalag, vielleicht auch daran, dass ich endlich wusste, was zu tun war.

Und dann sah ich sie.

KAPITEL 25

Die meisten Libellenarten sterben im Winter

5 Jahre zuvor

Ich starrte die Schranktür an, meine Hand lag auf dem Griff. Alles in mir wehrte sich dagegen, sie aufzuziehen. Der vertraute Schrank aus hellem Holz wie ein Ungeheuer in meiner eigenen Wohnung, das neben dem Bett lauerte.

Alles, was ich zu kennen glaubte, war mir fremd geworden.

Das helle Wohnzimmer mit dem Balkon, auf dem wir abends so oft ein Glas Wein mit Freunden getrunken hatten. Das bequeme graue Sofa, auf dem ich mich in Noahs Arme gekuschelt und Filme geschaut hatte. Der alte orientalische Teppich, den wir zusammen die vier Stockwerke hochgetragen hatten und dabei fast die Treppe wieder heruntergefallen waren. Die Bilder und Poster an den Wänden, die wir in den ersten Wochen gemeinsam aufgehängt hatten. Das bunte Geschirr in der Küche, das wir auf Flohmärkten zusammengesammelt hatten. Die Zimmerpflanzen, die ich aus der Gärtnerei nebenan besorgt hatte und die Noah sporadisch mit den Resten seines Morgenkaffees wässerte. Das Badezimmer, in dem zwei Zahnbürsten im Becher standen und aus dessen Spiegel mir eine Frau mit roten Augen und dunklen Ringen darunter entgegensah, die Haare wirr, die sonst braune Haut bleich, die Gesichtszüge über die Knochen gespannt wie ein zu dünnes Tuch.

Ich konnte mich nicht dazu entscheiden, die Schranktür aufzumachen und den Geruch nach frischer Wäsche und Noah einzuatmen. Ich konnte mich nicht dazu durchringen, mit den Händen über die Stoffe zu fahren, die ich so oft an Noah gesehen und berührt hatte.

Ich konnte mich nicht dazu bringen, die Schranktür zu öffnen und Noahs Kleidung in den Sack zu räumen, der neben meinen Füßen lag.

Noah war fort, und was er mir hinterlassen hatte, waren Scherben von Erinnerungen, die uns ausgemacht hatten. Alles war noch hier, alles war noch genau so wie zuvor, und ich erwartete jeden Moment, Noahs vertraute Schritte im Flur zu hören. Es hatte alles zurückgelassen, ein Buch hier, eine Zeitung da, sein Laptop auf dem Nachttisch. Ein Hemd über einen Stuhl gehängt. Alles war so, wie es immer gewesen war. Nur, dass Noah fort war. Und alles um mich herum mich heimsuchte mit Erinnerungen an ihn, als sei er ein Geist, dessen Form die Dinge um mich herum bildeten.

Ich starrte auf die Schranktür und konnte sie nicht öffnen. Genauso wenig, wie ich in den letzten Wochen der Semesterferien hatte aus dem Bett aufstehen können, genauso wenig, wie ich hatte duschen und Frühstück machen und nach draußen gehen können. Genauso wenig, wie ich hatte aufräumen oder E-Mails beantworten oder mich auf das erste Mastersemester vorbereiten können. So wenig, wie ich mich entscheiden konnte, dass ich mit der Anwesenheit Noahs, die ich in jeder Faser unserer gemeinsamen Wohnung spüren konnte, leben konnte, ohne dass er selbst da war.

Langsam ließ ich die Hand sinken. Meine Beine gaben nach, und ich fand mich auf dem Boden wieder. Ich rollte mich zusammen, den Rücken an den Schrank gelehnt, die Arme um die Knie geschlungen, und starrte auf den Parkettboden des Schlafzimmers. Meine Augen brannten, aber Tränen wollten schon lange keine mehr kommen.

»Sophie«, rief irgendwann später eine Stimme aus der Küche. »Hast du die Schere gesehen?«

Ich schreckte auf, mein Kopf leer und heiß, aber ich blieb, wo ich war.

Wenige Sekunden später stand Emilia in der Tür zum Schlafzimmer, in enger Jeans und einem schwarzen Top, die hellen Haare zu einem Pferdeschwanz gebunden. Ihr Blick fand mich, und ihre Brauen zogen sich zusammen. Ich schaute weg, ich wollte kein Mitleid.

Wortlos kam sie näher und ließ sich ein Stückchen entfernt von mir zu Boden sinken.

»Den Schrank hast du wohl noch nicht ausgeräumt, mh?«, fragte sie. »Seinen Laptop und seine Unterlagen habe ich jedenfalls schon in einer Reisetasche verstaut.«

Ich schwieg. Ich wusste beim besten Willen nicht, was ich sagen sollte oder was es gebracht hätte, etwas zu sagen. Was es überhaupt je wieder bringen sollte, den Mund zu öffnen und Worte zu formen, die ich selbst nicht verstehen konnte, so wie ich nichts mehr verstand und nichts mehr wissen wollte.

Noah war fort, und das war eine Realität, die mir so unmöglich erschien wie ein Leben in der Abwesenheit von Atemluft.

Emilia legte mir ihre Hand auf die Schulter, leicht, warm und unruhig wie ein flatternder Vogel. »Er ist weg, Sophie«, sagte sie. »Es bringt nichts, sich an seinen Sachen festzuhalten.«

Mich durchzuckte zum ersten Mal seit dem Moment, als Noah verschwunden war, ein anderes Gefühl als dumpfe Leere.

»Du hast es mir nicht gesagt«, flüsterte ich. »Du hast es die ganze Zeit gewusst und mir nichts gesagt.«

Ihre Züge veränderten sich, wurden weich, Mitleid, Trauer und Angst zogen wie schnelle Wolken über ihr Gesicht.

»Es hätte nichts geändert, es dir zu sagen, Sophie. Noah wäre trotzdem gegangen und du wärest hier allein. Das mit euch … es hatte schon ein Ablaufdatum, als es begonnen hat«, sagte sie.

Heiße Wellen von Scham und Wut stiegen in mir hoch, drehten mir den Magen um.

»Raus«, zischte ich, meine Stimme leise und kalt. »Nimm die Tasche mit Noahs Sachen und verschwinde. Ich will dich hier nicht wiedersehen.«

Emilias Augen weiteten sich. »Sophie, ich …«

Mit einer heftigen Bewegung schüttelte ich ihre Hand von meiner Schulter ab, mein Kopf bewölkt.

»Verschwinde«, sagte ich. »Ich will dich nicht mehr sehen.«

KAPITEL 26

Libellen können ihre Flügelpaare getrennt bewegen

Eine dunkel gekleidete Gestalt kam langsam den Weg aus der Gegenrichtung hinauf, in einen schwarzen Mantel und weite Hosen gehüllt, Stiefel und Handschuhe tragend und sogar einen passenden Hut mit einem von diesen Halbschleiern, der nur einen kleinen Teil ihres Gesichts verdeckte.

In ihren Armen hielt sie einen großen Strauß roter Rosen, und ich musste lächeln, weil es so eine dramatische und doch auch rebellische Geste war, wie sie am besten zu Emilia passte.

Emilia ging auf das Grab ihrer Eltern zu, ohne uns unter der Buche zu entdecken, und blieb vor dem Stein stehen. Einen Moment lang musterte ich sie von der Seite, ihren durchgedrückten Rücken, die roten Rosen in ihren Armen, ihre schwarze Silhouette im Schnee und ihr fahles Gesicht im Halbprofil.

Sie war gekommen, um Natalia und Robert Rosen zu ihrem Hochzeitstag zu bringen, einem Tag, den Emilia ihr Leben lang gehasst hatte.

Sie schien auf den Grabstein zu starren. Ich wollte ihr einen Moment allein geben, aber dann bückte sie sich, ließ den Strauß Rosen mit einer fast achtlosen Geste auf das schneebedeckte Grab fallen. Kurz hielt sie eine Hand darüber, dann kippte sie sie, und ein weiterer glänzender Gegenstand kullerte in den Schnee. Der Ring, den ich ihr zurückgebracht hatte. Sie stand auf, machte auf dem Absatz kehrt. Ihre Schritte entfernten sich rasch von uns in die Richtung, aus der sie gekommen war.

Manuel und ich sahen uns an, und ohne etwas zu sagen, traten wir unter den schützenden Zweigen des Baumes hervor. Manuel schob den Rollstuhl mit Noah, und wir gingen auf dem Weg in Emilias Richtung.

»Emilia!«, rief ich schließlich. Wir standen vor dem Grab von Natalia und Robert und ihre Gestalt schien sich zu schnell zu entfernen, als dass wir sie hätten einholen können.

Mein Ruf hallte viel zu laut durch die Stille.

Die schwarze Silhouette vor uns blieb stehen. Ich hielt den Atem an. Dann drehte sie sich zu uns um, und ihr Blick, der Manuel und mich nur streifte, blieb schließlich liegen auf Noah in seinem Rollstuhl. Er starrte zurück.

Sie hatten sich nicht mehr gesehen, seitdem er aufgewacht war. Ich wusste, dass sie ihn nicht wieder besucht hatte und dass er seither schwieg.

Etwas in Emilias Gesicht zerbrach.

Dann stürzte sie uns entgegen, und einen Lidschlag später stand sie vor Noahs Rollstuhl, ihr Gesicht zu einer Maske verzogen. Noah hatte den Kopf gehoben, seine steinernen Züge ließen keine Regung erkennen.

Dann, ganz langsam, stützte er die Hände auf den Armlehnen des Rollstuhls auf und erhob sich, bis er vor Emilia stand. Ihre Muskeln zuckten, und plötzlich rannen Tränen über ihr Gesicht.

Noah hob die rechte Hand und wischte Emilia mit dem Daumen über die Wange.

Es war, als hätte er einen Bann gebrochen.

Im nächsten Moment hatte sie die Arme um ihn geworfen und weinte hemmungslos, ihre Schultern bebten, und ihr Hut fiel kraftlos in den Schnee.

»Noah, oh Noah«, flüsterte sie wieder und wieder.

Er begann, ihr über den Rücken zu reiben mit langsamen Kreisbewegungen seiner rechten, unversehrten Hand.

»Es ist okay, Ems. Ist okay«, sagte er heiser, und Emilias Körper zuckte und schüttelte sich in seinen Armen.

»Es tut mir so leid«, flüsterte sie und vergrub ihr Gesicht an seiner Schulter, »so schrecklich leid …«

Noah streichelte ihr über das Haar, sein Gesicht auf einmal friedlich, während stumme Tränen über seine Wangen rannen, und mein Herz war schwer und zog an mir.

»Ist okay, Ems«, wiederholte er sanft. »Mir tut es auch leid.«

Die beiden hielten einander fest. Ihre schlanken Gestalten waren einander so ähnlich, wie Zwillinge, mit denen sie oft verwechselt wurden, ihre Eleganz und ätherische Schönheit selbst in der absoluten Trauer unverkennbar.

Vor mir sah ich die Liebe zweier Geschwister zueinander, die einander damit am Leben gehalten hatten, seit sie Kinder waren, während ihre stets abwesenden Eltern sie nun tatsächlich für immer verlassen hatten. Sie waren symbiotisch, sie brauchten einander, wenn sie den Tod ihrer Eltern überstehen wollten.

Es tat weh, aber es war gleichzeitig ein gutes Gefühl, wie der erste Sonnenstrahl auf dem Gesicht nach einem langen Winter, wie der erste gute Tag nach langer Krankheit. Es fühlte sich an wie der Beginn von Heilung.

Wie alles in Verbindung mit den von Gutenbachs war es ein kleines bisschen magisch.

Ich wandte mich zu Manuel um, der die beiden mit einem seltsamen Gesichtsausdruck anstarrte, einer Mischung aus Faszination und Verwunderung. Er spürte meinen Blick und wandte sich zu mir, sein Gesicht traurig, aber ruhig. Ohne zu zögern streckte ich die Hand aus und verflocht seine Finger in meine. Ich drückte einmal fest zu, und Manuel erwiderte den Druck.

~

Das Krankenhaus sah viel weniger düster aus, als wir mit Noah im Rollstuhl am Nachmittag dorthin zurückkehrten. Der Himmel war aufgebrochen, und warmes Nachmittagslicht fiel auf die Gebäude, den roten Backstein und die modernen Fassaden. Mehrere Pfleger liefen uns entgegen, als wir auf die Schiebetüren zukamen, nahmen Manuel den Rollstuhl ab und schoben Noah augenblicklich davon, die Fahrstuhltüren schlossen sich hinter ihm.

Manuel und ich erhielten eine gesalzene Standpauke im Büro der Oberärztin. Manuel schwieg, während ich reumütige Entschuldigungen murmelte, so oft ich dazwischenkam. Emilia in ihrer Trauerkleidung und mit durchgedrücktem Rücken verteidigte uns und bestand darauf, Noah in den nächsten Tagen von diesem unsäglichen Ort abzuholen, der sich nicht gut genug um ihn gekümmert habe.

Die Ärztin kommentierte das mit einem ironischen Gesichtsausdruck.

Emilia ignoriert dies, und ich musste lächeln, da es so gut zu ihr passte, den Spieß einfach umzudrehen. Ihr Feuer war zurückgekehrt.

Emilia hatte Noah wiederholt auf dem Weg hierher versprochen, ihn endlich zu sich zu holen, und dass dann alles gut werden würde. Sie schien voller Schuldgefühle, es nicht schon viel früher getan zu haben, und entschuldigte sich wieder und wieder bei ihrem Bruder: dafür, dass sie ihn nicht besucht hatte, dafür, dass sie

Angst gehabt hatte, ihn zu sich zu holen und zu pflegen, und dafür, dass sie sich vor dem Unfall mit ihm gestritten hatte. Noah sagte kaum etwas dazu, außer dem Wort »okay«. Und dann sagte er, dass es ihm leidtäte, dass der Unfall passiert war, so schrecklich leid, und Emilia hielt ihn fest, als er weinte.

Es war herzzerreißend gewesen.

Wir waren alle vier in Manuels Fiat vom Friedhof zum Krankenhaus zurückgekommen, und nachdem die Oberärztin uns endlich genug gescholten hatte, bestand Manuel darauf, Emilia und mich nach Hause zu bringen.

Ich saß auf dem Beifahrersitz, Emilia hinten. Die verschneiten Vorgärten und Häuser auf der kurzen Fahrt zur Villa der von Gutenbachs zogen an mir vorbei. Ich fragte mich, was der wahre Grund gewesen war für Noahs Schweigen, das ganz offensichtlich nicht an einem Unvermögen zu sprechen lag. Vielleicht war es seine Wut auf Emilia gewesen, eine stumme Bestrafung, die seine Schwester treffen sollte. Vielleicht war es eine Art Selbstbestrafung gewesen. Als Folge seiner Schuldgefühle für das, was geschehen war – der Unfall, der seine Eltern das Leben gekostet hatte. Er hatte so elend ausgesehen, und er würde seine Schwester brauchen nach allem, was passiert war. Denn sie hatten nur noch einander. Und mich, aber das war etwas anderes.

Manuel parkte vor der Villa am Straßenrand. Er schien gefasst, aber unnahbar. Wir blieben alle einen Moment lang im Auto sitzen.

Emilia seufzte und fand meinen Blick im Rückspiegel.

»Ich danke dir, Sophie«, sagte sie. Das waren die ersten Worte, die sie seit der Begegnung auf dem Friedhof direkt an mich richtete. Ihre Augen waren ernst und verletzlich in ihrem blassen Gesicht. »Ich weiß nicht, was wir ohne dich machen würden, Noah und ich.«

Ich lachte leicht, ein merkwürdiger Klang selbst in meinen eigenen Ohren. Es tat noch ein bisschen weh, mein Herz, aber es wurde besser.

»Manuel hat auch geholfen«, sagte ich schließlich. »Ohne ihn hätte ich das nie durchgezogen.«

Sie wandte sich im Spiegel zu Manuel. Es sah ein wenig so aus, als würde ihr jetzt erst bewusst, dass es ihn auch noch gab. Dann glättete sich die irritierte Falte auf ihrer Stirn, und sie lächelte zaghaft.

»Danke, Manuel«, sagte sie. Es klang fast kindlich, aber Manuel nickte, eine Geste, die alles zwischen den beiden zu klären schien.

»Manchmal ist mir gar nicht klar, wie gut du Noah und mich eigentlich kennst. Besser als wir uns kennen, kommt es mir vor«, sagte sie zu mir.

Ich schnaubte. »Niemand kennt einander besser als ihr zwei. Ich bin nur die einzig Vernünftige hier in diesem Haus der Verrückten, voller Libellen und Erinnerungen und Schatten und Geister, die ihr beiden dringend austreiben solltet«, sagte ich, gegen den Kloß in meinem Hals ankämpfend.

Emilia nickte. »Du warst schon immer die vernünftige Schwester. Bis auf diese Beziehung mit Noah, das war eine unvernünftige Idee … ihr macht einander einfach zu traurig. Aber sonst bist du in jedem Fall die Einzige von uns dreien mit einem klaren Blick für die Welt«, sagte sie.

Ihr Mund war in eine ungrade Linie gekräuselt, fast ein Lächeln, und ich erwiderte nichts darauf. Es würde noch eine Weile dauern, bis ich ihre Worte verdauen konnte, aber sie fühlten sich nicht mehr so falsch und schmerzhaft an wie zuvor.

Sie schaute aus dem Fenster auf das schmiedeeiserne Tor und die Villa dahinter.

»Weißt du«, sagte sie gedankenverloren, »Robert hat Noah und mir kurz vor dem Umfall gestanden, dass er Natalias ganzes Geld mit seinen Finanzspekulationen verloren hat. Wir sind also streng genommen pleite und werden die Villa wohl verkaufen müssen.« Ich sog scharf die Luft ein, das war mir neu. »Immerhin zahlt seine Lebensversicherung einige der Schulden ab. Aber vielleicht ist das tatsächlich besser, von hier fortzugehen, wie du gesagt hast, zu viele Schatten, und wir brauchen einen Neuanfang«, fügte sie hinzu.

Ihr Blick fand meinen im Spiegel. »So wie du auch.«

Damit schnallte sie sich ab, nickte Manuel zu und stieg aus.

Ich blieb sitzen.

Einen Moment betrachtete ich die beginnende Dunkelheit, den sich langsam violett färbenden Schnee, die Bäume in der Einfahrt der von Gutenbachs und Emilias schwarz gekleidete Gestalt, die hinter dem Tor Richtung Villa verschwand, über ihr die Silhouetten der Krähen mit ihren heiseren Rufen.

Im Sitz wandte ich mich zu Manuel um, der still dasaß und geradeaus blickte. Ich wollte die Hand ausstrecken und über seine Züge fahren, die kleinen Falten auf seiner Stirn glätten, die der heutige Tag darauf hinterlassen hatte, mit den Fingerspitzen über seine Lippen streichen, die Lachfältchen an seine Augen küssen, die so strahlen konnten, wenn er mich ansah.

Aber jetzt saß er sehr gerade, die Hände weiter ums Lenkrad geschlungen, schaute mich nicht an und wirkte auf eine Weise unerreichbar, die ich von ihm nicht kannte.

Ich streckte die Hand tatsächlich aus und berührte ihn zaghaft an der Wange. Er zuckte fast zusammen und fuhr mit einem Ruck zu mir herum, sodass ich schnell die Finger wegzog. Da war eine Wut, die ich nicht erwartet hatte.

»Was willst du, Sophie?«, fragte er kühl. »Ist es für dich nicht genug, das Herz einer Person zu besitzen, musst du es auch noch herausreißen? Musst du so mit mir spielen?«

Seine Stimme schwankte. Seine Worte erinnerten mich an meine eigenen, die ich vor wenigen Tagen hier im Fiat an genau dieser Stelle zu ihm gesagt hatte. Fühlte es sich so für ihn an, was ich gerade tat?

»Es tut mir leid, Manuel, dass du das alles mitansehen musstest, und ich weiß, wie verwirrend das für dich sein muss. Das ist es für mich auch.« Ich hielt seinen Blick nicht mehr aus und sah wieder durch die Scheibe auf die langsam in der Dämmerung versinkende Villa.

»Es war nicht einfach für mich, Noah nach so langer Zeit wiederzusehen, und natürlich kommen auch alte Gefühle wieder auf.« Ich seufzte. Manuels Knöchel waren weiß, so fest, wie er das Lenkrad umklammerte.

»Das verstehe ich, und ich verstehe auch, dass du einen guten Freund gebrauchen kannst, um dir bei so einer Sache wie heute zur Seite zu stehen«, sagte er. »Aber warum musst du die Grenze dann so verwischen und mir Hoffnung auf mehr machen, wenn du ganz klar … wenn ich ganz klar sehen konnte, was du noch für ihn empfindest.« Seine Stimme sackte ab.

Meine Brust weitete sich schmerzhaft, und ich konnte nicht anders, als meine Hand auf seine Schulter zu legen, bis er sich wieder zu mir umdrehte.

»Du verstehst nicht«, sagte ich heiser und verstärkte meinen Griff, um meinen Worten Nachdruck zu verleihen. »Als ich Noah heute gesehen habe … natürlich tat das weh, und gleichzeitig war es so vertraut. Und natürlich habe ich immer noch Gefühle für ihn, irgendwie.«

Ich ließ meine Hand sinken. Manuel schaute weg, und ich schluckte. »Aber mir sind in den letzten Wochen ein paar Dinge klar geworden. Dinge, die mir schon lange hätten klar werden können, wenn ich den Mut gehabt hätte, mich ihnen zu stellen.

»Und was hat das mit mir zu tun?«, fragte er.

Ich schluckte. *Alles*, wollte ich sagen und traute mich doch nicht. »Eine der Sachen, die mir klar geworden sind, ist, dass ich nicht in der Zeit zurückreisen kann«, sagte ich langsam.

Er runzelte die Stirn.

Ich versuchte die Worte zu finden, die ich brauchte, die wir beide brauchten. »Was ich meine, ist, dass ich mich zu lange an einer Idee festgehalten habe, an der Idee von Noah und mir als Paar. Dabei war unsere Beziehung schon lange, bevor er ging, nicht mehr so, wie ich es mir gewünscht hätte. Wir haben ziemlich viel falsch gemacht … mein Gott, wir waren so jung!«

Ich lachte heiser und riskierte einen Blick zu Manuel, holte erneut tief Luft. »Ich habe ihn bewundert und in eine Rolle gedrängt, weil ich nicht wahrhaben wollte, dass er nicht perfekt ist. Und er hat sich verschlossen, mich ausgesperrt und geschwiegen, als es ihm schlecht ging. Wir haben einander nicht richtig gesehen und die Sache kaputt gemacht. Aber er war es, der mich einfach so verlassen hat, ohne mit mir zu sprechen.«

Mein Blick verfing sich in Manuels Augen, als ich die nächsten Sätze sagte. »Ich dachte irgendwie in einem kleinen, törichten Winkel meines Selbst, es gäbe ein Zurück zu der Zeit davor, als alles gut war. Und jetzt ist mir klar geworden, in den letzten Wochen, dass es kein Zurück gibt, weil es eine Fantasie war. Und dass ich kein Zurück mehr will. Weil ich jemand anderer geworden bin. Weil ich erwachsen geworden bin in der Zwischenzeit.«

Ich atmete schwer, als ich alles gesagt hatte.

»Und was ist es, was du jetzt willst, Sophie?«, fragte Manuel leise.

Ich hielt seinem Blick stand, mein Herz ein zitternder Vogel in meiner weit offenen Brust.

»Manchmal denke ich, dass ich überquelle, Manuel. Dass ich so voll bin mit Dingen, die ich teilen möchte, so voller Neugier und Abenteuerlust, voller Zuneigung und Liebe, die nirgendwo hinkann. Ich dachte, wenn ich all meine Liebe und Zuneigung Noah gebe …« ich zwang mich weiterzusprechen. »Ich dachte, dann würde er mich irgendwann so zurücklieben, wie ich ihn liebe.«

Ich sah auf die Hände in meinem Schoß. Der angespannte Zug um Manuels Unterkiefer hielt mich auf Distanz.

»Doch das ist nie geschehen«, sagte er.

Ich nickte. »Was ich jetzt will, ist jemand, der mich so zurücklieben kann, wie ich ihn liebe. Jemand, der mich nicht ständig auf Abstand hält, sondern mit mir teilen will, die guten wie die schlechten Tage. Jemand, der jede Faser meines Körpers zum Schwingen bringt. Jemand, der mich fragt, was ich eigentlich wirklich will, und auf mich Acht gibt, weil ich ihm wichtig bin. Und für den ich all das auch tun kann.«

Es fühlte sich an, als hätte ich mein Herz herausgerissen, es in seine Hände gelegt und würde darauf warten, dass er es zerquetsche.

Einen langen Moment geschah nichts, dann beugte er sich vor und zog mich endlich in seine Arme. Sein Geruch umhüllte mich wie ein warmer Schutzmantel, und meine Arme schlossen sich automatisch um seinen Oberkörper. Eine Hand, die durch mein Haar und über meinen Rücken strich, sein Atem in meinem Ohr.

Irgendwann löste ich mich aus seinen Armen, er schien mich nur widerwillig gehen zu lassen, aber ich nahm sein Gesicht vorsichtig in meine Hände und sah ihn an.

»Also ist es jetzt an mir, dir die Frage zu stellen«, sagte ich mit einem wackeligen Lächeln, sein Gesicht nach einem Anzeichen absuchend, was er dachte. Er hob seine Augenbrauen.

»Was ist es, was *du* willst, Manuel?«, fragte ich.

Er musterte mich einen Moment, hob dann ebenfalls seine Hände um mein Gesicht.

»Ich will jemanden, für den ich nicht die zweite Wahl bin.«

Die Worte waren wie ein Schlag ins Gesicht. Er musste meinen Schock an meinem Ausdruck abgelesen haben. »Gott, ich erkläre das nicht besonders gut.«

Meine Hände glitten von seinen Wangen.

»Vorhin hatte ich das Gefühl, dass du Noah nicht gehen lassen kannst, dass du ihn selbst nach allem, was geschehen ist, immer noch liebst. Dass alle anderen neben ihm verblassen. Das ist nicht, was ich mir von einer Partnerin wünsche. Auch nicht, dass sie mich nur will, weil sie jemand anderen nicht haben kann.«

Ich zog meinen Kopf aus seinen Händen zurück. Manuel hielt mich nicht fest, er ließ mich gehen.

Das hier war eine Abfuhr. Mir wurde schlecht.

»Das bist du nicht. Die zweite Wahl. Aber wenn du das so empfindest, dann gehe ich jetzt besser«, sagte ich heiser.

»Nein, warte, Sophie, bitte. Hör mich an.« Etwas Raues, Dringendes in seiner Stimme, das mich zögern ließ.

Eine Hand legte sich unter mein Kinn und hob meinen Kopf. Sein Daumen streichelte über meine Wange, so sanft, und er sah mich mit einer solchen Zärtlichkeit an, dass ich die Augen schließen musste.

»Das war Schwarz-Weiß-Denken. Natürlich gibt es etwas, dass dich mit Noah verbindet, das heißt aber nicht, dass du dein Herz nicht für jemand anderen öffnen kannst, wenn du es willst. Wenn es wirklich so ist, wie du sagst.« Er holte tief Luft. »Ich habe mich in den letzten Wochen erneut in dich verliebt, Sophie, vielleicht habe ich auch nie ganz damit aufgehört, dich zu lieben.« Ich riss die Augen auf. Sein Blick war fest. »Du bist klug, ehrlich, stark, witzig, leidenschaftlich und voller Wärme und Loyalität für die Menschen um dich herum. Ich wünschte, du könntest dich sehen, wie ich dich sehe. Du strahlst, Sophie. Und was ich mir wünsche, ist, dass du für mich strahlst.« Ich blinzelte an gegen die Tränen, die nach oben drängten, doch diesmal waren es keine Tränen der Trauer. »Ich will dich, Sophie, auf jede Art und Weise, die du mir geben kannst, wenn du mich auch willst. Wenn du es wirklich mit mir versuchen willst, dann bin ich der glücklichste Mensch auf Erden. Ich will dich kein zweites Mal verlieren.«

Er ließ die Hand von meinem Gesicht sinken und hielt sie mir entgegen. Vorsichtig legte ich meine hinein, und er führte sie langsam an seinen Mund, küsste meine Handinnenfläche, bevor er sie an seine Wange presste.

Die nächsten Worte fielen atemlos aus meinem Mund. »Darin bist du nicht allein. Ich meine … ich glaube, ich denke … ich habe mich möglicherweise auch in dich verliebt, Manuel.«

Manuels Mundwinkel bogen sich nach oben, er presste kleine Küsse auf die Innenseite meines Handgelenks.

»Du glaubst?«, fragte er sanft, seine Augen, eben noch so dunkel, funkelten nun amüsiert, seine Lippen und sein Atem geisterten heiß über meine Haut.

»Äh, ja«, brachte ich hervor. »Ich glaube, ich bin ziemlich sicher.«

Manuel lachte leise, und ich erschauderte unter der Berührung. Er ließ meine Hand wieder zwischen uns zurückfallen, ohne sie loszulassen. Fast hätte ich geseufzt, mein Gesichtsausdruck brachte Manuel erneut zum Lachen. Er drückte meine Finger in seinen. Ich zog eine Grimasse, dann lachte ich ebenfalls.

»Das Ganze hättest du wirklich ein bisschen anders aufziehen sollen«, sagte ich. »Mein Herz ist fast stehengeblieben bei deinen ersten Worten.«

Er grinste entschuldigend. »Du bringst mich eben durcheinander. Und mein Herz auch in Gefahr, Sophie, insofern war das nur fair.«

Ich schnaubte und haute ihm spielerisch mit der freien Hand auf den Arm.

»Und was machen wir jetzt?«, fragte er, seine Stimme rau.

Manuel und ich starrten uns an, die Luft aufgeladen und knisternd zwischen uns. Seine Pupillen waren inzwischen so geweitet, dass sie fast das warme Braun verdrängten.

»Bring mich nach Hause, Manuel«, flüsterte ich.

Er lächelte mich an, ein Leuchten, das auf mich übersprang.

Manuel startete den Motor und fuhr los. Es klopfte wild in meiner Brust wie tausend Flügelschläge Glück.

Wir kamen bis ans Ende der Straße. Dann hielt Manuel an der Kreuzung an, wandte sich zu mir um, ein etwas verlegenes, leicht betretenes Lächeln auf den Lippen.

»Ähm, wenn du Zuhause sagst ... was genau meinst du dann, Sophie?«, fragte er.

KAPITEL 27

Die ausgewachsene Libelle
schlüpft in der Nähe von Gewässern

Der Himmel war klar, aber es würde bald wieder schneien, die Sterne strahlten im samtigen Schwarz der Nacht. Ich saß auf der Veranda, in meinen Mantel und eine Decke gehüllt, und starrte hinauf. Die Luft war kristallklar und eiskalt, das warme Licht der Straßenlaterne auf dem Bürgersteig hinter dem Vorgarten warf gelbe Kreise in den Schnee. In meinen Händen dampfte ein Becher Tee.

Ich erinnerte mich an einen anderen Abend, den ich hier verbracht hatte, vor einer gefühlten Ewigkeit, in einem heißen Sommer, als hier die letzte große Party des Schuljahres stattfand. Manuel hatte neben mir gesessen und mich angesehen mit Sternen in den Augen. Doch dann war alles anders gekommen, und jetzt, mehr als zehn Jahre später, saß ich auf den gleichen Stufen und wartete auf ihn mit denselben Sternen im Blick.

Manuel hatte mich an dem Abend vor zwei Tagen, nachdem wir Noah in die Klinik zurückgebracht hatten, nicht zu seinem Wohnwagen mitgenommen, wie ich es gedacht hatte. Stattdessen waren wir hierhergefahren. Eigentlich hätte Manuels Vater noch nicht zurück sein sollen, aber als wir in der Straße vor seinem Haus ankamen, waren die Fenster hell erleuchtet. Erst war ich enttäuscht gewesen. Manuel und ich waren im dunklen Wagen sitzen geblieben, die Luft zwischen uns elektrisch aufgeladen. Wir wären wohl auch im Auto übereinander hergefallen, wäre nicht in dem Moment die Haustür aufgegangen und Manuels Vater herausgekommen, um uns überschwänglich zu begrüßen.

Der Abend hatte sich zu einer Art improvisiertes Familiendinner entwickelt. Manuels Vater Francesco hatte seine neue Freundin Berta zu Besuch, und so verbrachten wir den Rest des Abends zu viert. Francesco und Berta waren beide lebhaft, der grau melierte Neapolitaner und die rustikale, kurvige Kielerin ein Paar, das sich sehr gut ergänzte. Manuel und ich warfen uns über den Tisch hinweg Blicke zu, die niemandem verborgen blieben. Es war ein schöner Abend, aber nach den Ereignissen des Tages war ich nach einem Glas Wein völlig erschöpft. Francesco bot mir sein Gästezimmer an, das ich dankend annahm. Manuel verabschiedete sich von mir auf der Veranda, er hatte einen Gartenbauauftrag am nächsten Morgen, der ihn aus der Stadt führte. Mit einem entschuldigenden Lächeln sagte er, dass er sich den Abend etwas anders vorgestellt habe, dass er mich aber nicht gleich mit zu sich in den Wohnwagen hatte mitnehmen wollen, weil es nur ein Bett dort gab. Ich lächelte und sagte, das wäre ja ein bisschen der Punkt gewesen. Seine Augen begannen geradezu zu glühen, und dann lachte er und wir küssten uns wie verliebte Teenager, atemlos und drängend, bis Francesco rief, ob mir nicht kalt sei, und Manuel und ich in Kichern ausbrachen. Kurz danach fiel ich ins Bett und schlief sofort ein.

Die letzten zwei Tage hatte ich hier verbracht. Ich hatte meine Sachen aus der Gutenbach'schen Villa geholt, denn ich brauchte Abstand von Emilia, um mir über all das, was geschehen war, klarer zu werden. Manuels Vater war einer der herzlichsten Menschen, die ich je kennengelernt habe, und ich war in Francescos Gästezimmer gezogen, der mir versicherte, dass er sich darüber freue. Wenn ich auf dem Sofa unter einer Decke lag und ins Leere starrte, brachte er mir Tee und Kekse und lächelte über meinen Dank. Heute sollte Manuel zum Abendessen vorbeikommen, Francesco stand in der Küche, aus der er mich vertrieben hatte mit den Worten, ich sei sein Gast und solle mich einfach entspannen. Er schien ein Profi am Herd, die letzten zwei Tage hatte er mich bekocht und verwöhnt und dabei verhindert, dass ich ein zu schlechtes Gewissen bekam, indem er mich immerhin den Abwasch machen ließ. Wir unterhielten uns beim Essen über seine frühere Arbeit als Mechaniker, wie es gewesen war, mit gerade mal siebzehn nach Deutschland zu kommen, und über Italien, das er nicht mehr oft besuchte, seit seine Ex-Frau, Manuels Mutter, vor zwanzig Jahren dorthin zurückgekehrt war. Manuel hatte er danach alleine großgezogen. Ich erinnerte mich an den rebellischen Jungen mit den traurigen Augen, der Manuel gewesen war, mit dem etwas zu langem Haar und der Art, sich von anderen fernzuhalten. Seine Alles-egal-Attitüde, hinter der die Liebe zur Musik und der Wunsch, andere zu beschützen, hervorblitzten. Ich hatte nie darüber nachgedacht, dass es etwas damit zu tun haben könnte, dass seine Mutter ihn so früh verlassen hatte und es nur noch ihn und seinen Vater gab.

Den Rest des Tages über hing ich meinen Gedanken nach, und Francesco ließ mich, in dieser warmen Blase seines kleinen Hauses mit den Gerüchen nach Basilikum, Knoblauch, Zitrone, Salbei und Kräutertee.

Trotzdem hatte ich täglich mit Emilia telefoniert. Den Papierkram, um Noah nach Hause zu holen, hatte sie bereits am Abend nach dem Treffen auf dem Friedhof erledigt, und seit gestern war er zurück in der Villa. Die letzten zwei Tage waren turbulent gewesen, Noah sprach wieder, wenn auch wenig, und die Ärztinnen und Ärzte hatten, laut Emilia, ihre Köpfe darüber geschüttelt. Ich musste lächeln, kein Arzt konnte von der von Gutenbach'schen Magie wissen, die hier zum Tragen gekommen war. Die Pläne für die Weiterführung von Noahs Physio- und Psychotherapie nach dem Unfall beinhalteten jetzt Hausbesuche. Ich hatte mir alles geduldig angehört und mit ihr zusammen ausgetüftelt, was zu tun war, hatte versprochen, sie bald zu besuchen. Der Gedanke an Noah lag mir jedoch schwer im Magen, ihn wiederzusehen war nicht einfach gewesen und ihn so verletzlich und erschöpft zu sehen die Hölle. Ich hatte ein bisschen Angst vor dem nächsten Treffen. Ich würde trotzdem hingehen. Er brauchte jetzt jede Unterstützung, die er kriegen konnte.

Ich stand von den Stufen der Veranda auf und wollte gerade zurück ins Haus gehen, als zwei Scheinwerfer am Ende der Straße auftauchten. Ich blieb in der geöffneten Tür stehen.

Kurz darauf parkte der rote Fiat in der Einfahrt, und Manuel stieg aus. Er sah so gut aus in seinem blauen Mantel, den Jeans und mit dem wilden braunen Haar, das er kaum bändigen konnte. Er musste nach der Arbeit noch mal heimgefahren sein, um sich umzuziehen. Aber es war sein Blick, der mein Herz zum Taumeln brachte.

Hinter mir wurde plötzlich die Tür weiter aufgerissen, und ich zuckte kurz zusammen.

»Manolo, *caro*, da bist du ja endlich!«, rief Francesco, als hätte er seinen Sohn wochenlang nicht gesehen.

Manuel löste sich aus seiner Starre, und wir lächelten uns an. Er kam die Stufen hinauf, offensichtlich wusste er nicht so recht, wie er mich begrüßen sollte, und stand ein bisschen unbeholfen vor mir. Dann merkte ich, dass ich ihn anstarrte und nicht aus der Tür getreten war und außerdem immer noch eine Decke über den Schultern und einen Becher Tee in der Hand hatte. Ich wurde rot. Hastig machte ich ihm Platz, sodass Manuel seinen Vater umarmen konnte.

Als ich ins Wohnzimmer kam und meine Decke zurück aufs Sofa legte, duftete es herrlich nach Bolognese und geschmolzenem Mozzarella, nach frischem Basilikum und geröstetem Knoblauch. Die Lasagne im Ofen sah fantastisch aus, und mir lief das Wasser im Mund zusammen.

Ich holte Rotwein und drei Gläser, Teller und Besteck und deckte den Tisch, während Manuel mit seinem Vater über die Autofahrt sprach, die durch einen Unfall länger gedauert hatte. Bei dem Wort Unfall zog sich mein Magen kurz zusammen. Ich schaute auf das glänzende Geschirr vor mir, die Kerzen auf dem Holztisch. Ließ meinen Blick über die Regale, das weiße Sofa, die zahllosen Topfpflanzen und den Kamin schweifen, bis meine Augen wieder auf Manuel landeten. Er fing sie ein, und seine Brauen zogen sich ein wenig besorgt zusammen. Ich hob eine Schulter. Er musterte mich und nickte schließlich. Francesco sah mich amüsiert an, offensichtlich hatte er den wortlosen Austausch beobachtet. Er zwinkerte, und ich wurde rot.

»Manuel, mein Lieber«, sagte Francesco mit einem Grinsen, »warum hilfst du Sophie nicht, den Tisch zu decken? Und dann muss sie dir beim Essen erzählen, was alles in den letzten Tagen in diesem Gutenberg-bordello geschehen ist. Die sind völlig verrückt! Apropos verrückt, hast du Sophie eigentlich schon die Geschichte erzählt, wie du einmal fast verhaftet wurdest, weil du mit einem Kamel im Anhänger gefahren bist?«

Er strahlte uns an. Manuel lief rot an, wie ich fasziniert feststellte.

»*Papà*, das ist Jahre her!«, protestierte er.

»Na und?! Sonst erzähle ich Sophie, wie du als Kind mal die Katze der Nachbarin retten wolltest und …«

Schnell hob Manuel die Hand. »Schon gut, schon gut!«

Er warf mir einen fast schüchternen Blick zu und rollte dann mit den Augen, und ich unterdrückte ein Lachen. Francesco war wirklich gut darin, uns uns beide wieder wie Teenager fühlen zu lassen. Aber vielleicht lag es auch an dem Libellenschwarm in meinem Bauch, wenn ich Manuel ansah.

Zu dritt leerten wir ein Flasche Rotwein. Die Lasagne war köstlich, dazu gab es Salat und zum Abschluss Tiramisu. Es war inzwischen spät geworden, unser Lachen hatte das kleine Wohnzimmer erfüllt, und die Kerzen waren heruntergebrannt.

Irgendwann trugen wir beide die Teller in die Küche. Die Anspannung zwischen uns war kaum auszuhalten, sobald wir alleine in einem Raum waren. Mit dem Rücken zu ihm ließ ich Wasser ins Spülbecken, auf einmal fehlten mir die Worte.

Ich gab Spülmittel hinzu und ließ die Teller mit etwas zu viel Schwung ins warme Wasser fallen. Schaumfetzen und Wasserspritzer sprangen mir entgegen, und ich fluchte leise.

Ich drehte mich um, wollte nach dem Küchenhandtuch greifen und erstarrte, als ich merkte, dass Manuel mich beobachtete. Er schaute mich zärtlich an, als könne er nicht fassen, was er vor sich sah. Er streckte die Hand aus, ganz sanft berührte er meine Nasenspitze und wischte den Schaum fort, sein Lächeln warm. Ich fing seine Hand, legte sie an meine Wange, und sein Blick verwandelte sich in geschmolzene Lava.

Francesco rief etwas aus dem Wohnzimmer, aber ich ließ Manuels Hand nicht los. Ich weiß nicht, wie lange wir so dastanden, meine Hand über seiner an meiner Wange, aber etwas in mir beruhigte sich, die Aufregung verschwand und wich einer anderen Form von Spannung, etwas zwischen erwartungsvoll und vorfreudig.

Schließlich lächelte ich, ließ seine Hand los, und er fuhr mit einem Finger mein Kinn entlang. Ich schluckte und wandte mich schnell der Spüle zu, bevor ich etwas Dummes machen und ihn küssen würde. Ich war mir sicher, dass wir dann niemals wieder aufhören konnten.

Ich spülte, Manuel trocknete ab. Wir sprachen kaum, nicht, weil es nichts zu sagen gab, sondern weil die Stille zwischen uns in diesem Moment so vertraut und unkompliziert war, dass keiner von uns sie mit Worten füllen wollte. Wir würden noch genug Zeit zum Reden haben.

Francesco hatte einen Grappa herausgeholt und überredete uns, noch ein Gläschen mit ihm zu trinken. Er leerte seines in einem Zug, dann stand er auf.

»So, ihr Lieben, ich geh gleich zu meiner Berta.« Er klopfte sich auf den Bauch. »Ein kleiner Spaziergang tut gut nach dem ganzen Essen. Dann habt ihr das Haus bis morgen für euch allein. Es sei denn, Sophie, du willst, dass ich Manuel noch rauswerfe, bevor ich gehe?«, fragte er.

Francescos Augen funkelten verschmitzt, aber sie waren warm, und ich war mir sicher, dass er es ernst meinte und seinen eigenen Sohn wegschicken würde, wenn ich lieber allein sein wollte.

»Nein, alles gut, Francesco. Danke für das fantastische Essen und grüß Berta von uns«, sagte ich und bemühte mich, dabei nicht rot zu werden.

Francesco lächelte und verabschiedete sich von seinem Sohn mit einem scharfen Blick und einem Nicken, ich musste mir auf die Unterlippe beißen, um ein Grinsen zu unterdrücken.

Ich schaute zu Manuel, der erneut mit den Augen rollte. Wir schwiegen, bis wir die Haustür ins Schloss fallen hörten. Sofort stieg die elektrische Spannung in der Luft.

»Möchtest du noch ein Glas Wein?«, fragte mich Manuel.

Ich schüttelte den Kopf und stand auf. Wortlos nahm ich seine Hand, blies die Kerzen aus und führte ihn im Dunkeln hinter mir die Treppe hinauf, den kurzen Flur entlang zu meinem Gästezimmer. Mein Herz schlug schnell.

Ich zog Manuel ins Zimmer und schloss die Tür hinter ihm, dann drehte ich mich um und lehnte mich dagegen.

Manuel hielt einen Moment inne, dann wandte er sich mir zu. Er kam die zwei Schritte, die uns voneinander trennten, auf mich zu. Langsam hob er die Hände, und ich hielt die Luft an, starrte in seine dunklen, feurigen Augen im Licht der Straßenlaternen und des Mondes, das durchs Fenster schien.

Sanft legte er seine Hände um mein Gesicht.

»Darf ich dich küssen, Sophie?«, fragte er heiser.

Ich starrte ihn an. Das hatte mich noch nie jemand gefragt. Aber dass er es tat, gab mir ein seltsames Glücksgefühl.

»Du hast mich doch schon geküsst«, gab ich atemlos zurück.

Manuel zog eine Augenbraue hoch. »Streng genommen hast *du* mich geküsst, und ich habe nur zurückgeküsst.«

Ich musste lachen. »Also gut, bitte, küss mich.«

Manuels Augen funkelten, und dann senkte sich sein Mund auf meinen. Ein Stromschlag zuckte durch meinen Körper, als unsere Lippen sich berührten. Erst war der Kuss zart, fast schüchtern, dann immer leidenschaftlicher. Unsere Münder versuchten einander zu verschlingen, unsere Zungen umtanzten einander. Ich wollte Manuel noch näher bei mir spüren und schlang meine Arme um ihn, zog ihn ganz dicht an mich heran. Er seufzte an meinem Mund, als unsere Körper sich berührten, drückte mich gegen die Tür in meinem Rücken, ließ seine Finger durch mein Haar gleiten, meinen Nacken hinunter.

Ich keuchte, als er sich von mir löste, und brauchte einen Moment, um wieder klar zu sehen, meine Hände in sein Hemd vergraben.

Er beugte den Kopf und begann meinen Hals zu küssen. Sein Mund hinterließ eine Feuerspur auf mir, während er mit Zunge und Lippen die sensible Stelle hinter meinem Ohr fand, die Kuhle zwischen Schulter und Brustbein. Meine Finger drückten seinen Kopf an mich.

Ich spürte, wie sich der Mund an meinem Hals zu einem Lächeln verzog. Manuel richtete sich auf, und fast hätte ich gestöhnt vor Frustration.

Er sah mich an, seine Augen glühend und voller Zuneigung. »Was möchtest du, Sophie?«, fragte er leise.

»Dich. Ich will dich«, sagte ich.

Manuel lächelte. Er lehnte sich vor, und ich schauderte, als er mir ins Ohr flüsterte: »Ich möchte wissen, was dir gefällt. Sprich mit mir, zeig es mir. Bitte vertrau mir.«

Ich biss mir auf die Lippen und nickte.

»Ich ... ich will dich in meinem Bett, Manuel. Beziehungsweise im Gästebett deines Vaters, aber an deinen Vater will ich gerade nicht denken.«

Er lachte leise.

Ich sah ihn einen Moment lang an, verschlang ihn mit meinen Augen, und dann warf ich die Arme um seinen Nacken und küsste ihn. Seine Hitze sprang auf mich über oder umgekehrt, jedenfalls musste die Kleidung zwischen uns so schnell wie möglich verschwinden. Ich zerrte ungeduldig an seinem Hemd, ohne meinem Mund von seinem zu lösen, und seine Lippen verzogen sich erneut zu einem Lächeln.

Etwas stieß an meine Kniekehlen. Ohne, dass ich es gemerkt hatte, hatte er uns zum Bett manövriert, und wir fielen lachend und ineinander verschlungen darauf.

Als wir es endlich geschafft hatten, alle Schichten abzustreifen, richtete Manuel sich auf, um mich anzusehen. Sein Blick wanderte über meinen Körper, und ich wäre rot geworden und hätte eine Decke um mich geschlungen, wenn der Hunger darin nicht so offensichtlich gewesen wäre.

»Was ist?«, fragte ich heiser.

»Du bist wunderschön, Sophie«, gab er rau zurück.

Er begann mich zu küssen, jeden Zentimeter meiner Haut, leidenschaftlich und gleichzeitig ehrfurchtsvoll. Meine Hände glitten über seinen Körper, seine feste Brust, seine starken Arme, die schlanken Muskeln seiner Hüfte.

Manuel berührte nicht nur meinen Körper, sondern mich. Immer wieder flüsterte er Fragen und wartete auf meine Antwort, murmelte, wie glücklich er war, mit mir hier zu sein. Er hielt mich in seinen Armen und ich ihn in meinen, als wären wir zwei Teile eines Ganzen.

~

Ich lag auf dem Bett und betrachtete die ersten Sonnenstrahlen durch den grünen Vorhang, ein unbeschreibliches Glücksgefühl in meinem Bauch und ein Lächeln auf meinen Lippen, das ich nicht abstellen konnte. Manuel hatte mich leise geweckt am frühen Morgen und sich mit einem langen Kuss zu seiner Arbeit verabschiedet. Seine Augen glühten, und ich hätte ihn am liebsten sofort zurück zu mir ins Bett gezogen, aber ich ließ ihn schließlich gehen, damit er nicht zu spät kam.

Danach hatte ich noch ein bisschen gedöst. Jetzt lag ich unter der Decke und war so voller Euphorie, dass sie wie Funken eines Kometenschweifs durch meinen ganzen Körper rieselte und mich nicht mehr schlafen ließ.

Ich griff zu meinem Telefon und scrollte durch die Kontakte. Dann drückte ich auf anrufen und wartete.

»Hallo, Sophie, es ist früh. Ist alles in Ordnung bei dir?«, sagte die Stimme meiner Mutter, der besorgte Klang vertraut in meinen Ohren. Ich musste grinsen.

»Hallo Mama. Ja, es ist alles in Ordnung, sogar mehr als in Ordnung.« Ich holte tief Luft. »Ich glaube, ich habe mich verliebt, Mama«, sagte ich.

Schweigen.

Dann: »Oh Sophie, aber nicht wieder in diesen Gutenbach-Jungen? Der dir letztes Mal so das Herz gebrochen hat.« Ihre Stimme zitterte vor Besorgnis.

Ich stockte. Dann breitete sich wieder dieses irrsinnig frohe Lächeln auf meinem Gesicht aus. »Nein. Nein, diesmal ist es jemand anderes.«

Ich hörte, wie sie am anderen Ende der Leitung die Luft ausstieß, die sie angehalten haben musste.

»Ach Kind, das freut mich so für dich. Erzähl mir alles! Wer ist es denn? Und wann kommt ihr mich besuchen?«

Ich lachte, holte tief Luft und begann zu erzählen.

KAPITEL 28

Im Zentrum eines Libellenflügels treffen alle Adern zusammen

Ich wanderte durch die Räume, um mich zu verabschieden.

In der blauen Bibliothek betrachtete ich die Sternbilder an der Decke, strich mit den Fingern über die Buchrücken und die alten Ledersessel. In Roberts Büro ließ ich das hässliche Porträt über dem Schreibtisch ein letztes Mal verurteilend auf mich herabblicken. Ich betrachtete jede Einzelne der Libellen in ihren Kästen an den Wänden der Flure und Treppen, die roten und gelben, blau schillernden mit den metallisch glänzenden Flügeln. Die großen schwarzen und die kleinen gestreiften. Die durchsichtigen und bunten Flügel, die schwarzen und roten Facettenaugen.

Meine Hand auf dem Geländer, das ich unzählige Male berührt hatte. In Emilias Zimmer betrachtete ich das Chaos auf dem Boden und die Bilder an den Wänden, in meinem Turmzimmer tauschte ich einen letzten Blick mit Natalias indignierter Urahnin. Ich öffnete die Türen zu Natalia und Roberts Zimmern, die Betten gemacht, die Räume leer und staubig. Ich sah sogar in Noahs Kinderzimmer, das sich nicht verändert hatte. Schnell schloss ich die Tür wieder. Den Dachboden betrat ich nicht.

Im Keller ließ ich meine Augen über die verhüllten Möbelstücke schweifen in dem Zimmer, in dem Natalia sie gesammelt hatte. Ich warf einen Blick auf den alten Fitnessraum, der Staub auf den Geräten war zentimeterdick.

Emilias Dschungel war der erste und einzige Raum, den sie bereits ausgeräumt hatte mit meiner und gelegentlich Noahs Hilfe sowie ein paar Arbeitern. Die teuren Geräte für das künstliche Klima und die tropischen Pflanzen hatte sie an den hiesigen botanischen Garten verschenkt, und Männer in Overalls waren ein paar Tage lang zwischen dem Keller und den Transportern in der Einfahrt hin und her gelaufen. Der Rest der Einrichtung würde nach und nach ausgeräumt und verkauft werden, aber dafür würden Noah und Emilia schon nicht mehr hier sein.

Meine Schritte führten mich durch den gelben Salon, das Esszimmer, bis hin zum Kaminzimmer. Ich starrte auf das Gemälde von Leda und dem Schwan und die Jagdszenen an den Wänden. Von irgendwoher hörte ich Kinderlachen und sah die drei Kinder vor mir, die Noah, Emilia und ich gewesen waren. Wie wir durch die Zimmer der Villa gerannt waren und Verstecken oder Fangen gespielt hatten. Wie wir das Geländer heruntergerutscht waren, bis Robert die Nerven verlor und uns nach draußen verbannte. Wie wir einmal beim Versuch, den Kamin allein anzuzünden, den Teppich davor in Brand gesteckt hatten, bis Mathilda das Feuer mit einem Eimer Wasser gelöscht hatte. Sie hatte uns dermaßen ausgeschimpft, dass wir alle am Ende fast heulten, aber sie hatte uns nie an Natalia und Robert verpetzt. Bei dem Gedanken daran musste ich lächeln. Ich sah auf den Teppich vor dem Kamin, den es seitdem gab und den Mathilda irgendwo aufgetrieben hatte – weder Natalia noch Robert hatten den Wechsel je bemerkt. Auf diesem Teppich hatten Emilia, Noah und ich gelegen und uns gegenseitig Bücher vorgelesen. Oder wir waren von Möbelstück zu Möbelstück gesprungen, weil wir Piraten waren und der Boden das Meer, das wir nicht berühren durften. Oder wir hatten eine

Seance mit Natalias altem Oujia-Board abgehalten, bis wir uns so sehr gruselten, dass wir in der Nacht kein Auge zubekamen. In den wenigsten der Erinnerungen waren Natalia und Robert anwesend. Aber in fast allen waren wir zu dritt, Noah, Emilia und ich, wie Geschwister.

Erneut hörte ich das Lachen, dann sah ich ein paar kleine Gestalten durch den Flur und die Treppe hinaufrennen. Amüsiert schüttelte ich den Kopf. Ich ging zurück in die Küche, in der Mathilda mit einem Becher Tee in der Hand saß und schrecklich aussah. Sie seufzte, ihr Blick trauervoll, als wäre noch jemand gestorben. Der Verkauf der Villa setzte ihr wirklich zu. Ich drückte ihre Hand fest, und sie lächelte tapfer. Sie würde das Ausräumen und Verpacken der Möbel beaufsichtigen, und ich war mir sicher, dass es ihr bald besser gehen würde, wenn sie erst wieder eine Armada von Leuten befehligen konnte.

Schließlich ging ich ins Wohnzimmer. Das Paar, das zur Besichtigung der Villa mit seinen drei Kindern gekommen war, stand an der großen Terrassentür und schaute hinaus in den verschneiten Garten. Die immergrünen Pflanzen bogen sich unter der Last des Schnees. Der Swimmingpool war abgedeckt und nur als rechteckige Form in all dem Weiß zu erkennen. Der Libellenteich war zugefroren, das Schilf braun und trocken. Ein paar Tage nur noch bis Heiligabend, und es sah aus, als würde es weiße Weihnacht geben.

Ich betrachtete die beiden, wie sie am Fenster standen. Sie war Pianistin, eine berühmte sogar, namens Rahel Weisz. Ihr langes dunkles Haar fiel ihr über die Schultern, und sie hatte die paar silbernen Strähnen an ihren Schläfen nicht gefärbt. Ihre scharfen Züge wurden weicher, wenn sie den Mann ansah, der von hinten die Arme um sie geschlungen hatte, während sie gemeinsam in den weißen Garten schauten. Auch er hatte grau melierte Schläfen,

Flecken von Silber in seinem schwarzen Haar und scharfe blaue Augen in einem markanten Gesicht, das ihr immer zugewandt schien. Mein Herz wurde warm beim Anblick der beiden.

»Was meinst du, Schatz?«, flüsterte er leise in ihr Ohr, und ich hatte plötzlich das Gefühl, einen privaten Moment mitzuerleben.

Sie legte ihre Arme um seine Hände über ihrem Bauch und küsste seine Wange von der Seite.

»Viel Auslauf für die Kinder«, sagte sie. »Und der eine Raum wäre wirklich perfekt für meinen Flügel. Deine Büchersammlung bringen wir hier auch unter.«

»Und Platz genug für Sammys Bar Mitzwa«, erwiderte er.

Sie rollte amüsiert mit den Augen. »Als gäbe es jemals genug Platz, wenn deine Mutter und Tante Judith beide anwesend sind.«

Sie lächelten sich an und schienen die Welt um sich herum zu vergessen.

Leise glitt ich aus dem Zimmer, um sie nicht zu stören, und suchte nach Emilia, die ich eigentlich hier erwartet hatte. Ich fand sie schließlich in der zweiten Bibliothek, der, in der die wirklich lesbaren Bücher standen.

Sie schien ein bisschen nervös, während sie durch einen Ordner auf dem Schreibtisch vor sich blätterte. Ihre Haare hatte sie in einem Zopf zurückgebunden, und sie trug eine blaue, enge Jeans und eine gepunktete Bluse. Sie sah von den Papieren auf, als ich eintrat, und lächelte mich an, ihr Blick offener als sonst.

»Ah, Sophie, wie schön, dass du da bist«, sagte sie, als hätte nicht ich sie im ganzen Haus gesucht, sondern sie mich.

»Was ist los, Ems?«, fragte ich.

»Ich finde und finde dieses eine Dokument mit dem Gebäudeplan einfach nicht«, sagte sie und biss sich auf die Unterlippe, als würde sie gleich anfangen zu weinen.

Ich trat ein paar Schritte näher.

»Ich bin mir sicher, die Weisz sind auch damit einverstanden, dass du ihnen die fehlenden Sachen einscannst und per Mail schickst«, sagte ich.

Emilia seufzte. »Denkst du, es ist die richtige Entscheidung? Die Villa zu verkaufen, meine ich«, fragte sie mich mit einer dünnen Stimme. In den letzten Wochen hatte ich mir diese Frage auch wieder und wieder gestellt.

Jetzt lächelte ich und nickte fest. »Die Familie wirkt sehr nett, Ems, das ist genau das, was das Haus jetzt braucht, und sie scheinen es hier zu mögen. Wenn ich ihre Kinder die Stufen rauf- und runterrennen sehe, dann muss ich an uns denken, als wir jung waren. Sie bringen Leben in ein Haus, das sich in einen traurigen Ort verwandelt hat. Ein Spukhaus mit dir und deinen Libellen. Und für Noah und dich ist es ein Neuanfang«, sagte ich.

Emilia musterte mich, dann stieß sie einen tiefen Seufzer aus. »Du hast recht, Sophie, und eigentlich wusste ich das auch, aber es tut gut, das noch mal zu hören.«

Sie streckte ihre Hand aus, ich nahm sie und drückte sie fest. Emilia lächelte mich dankbar an.

Dann grinste sie. »Wenn sich die Familie nicht von meinen Libellen abschrecken lässt, dann sind es definitiv die Richtigen. Oh! Ich sollte den Kindern die Geschichte erzählen von diesem einen Mal, als wir die Seance abgehalten haben und den Geist meiner verrückten Großtante heraufbeschworen haben! Vielleicht ist sie hier ja noch irgendwo.«

»Wage es ja nicht«, sagte ich lachend, »sonst werden die Kinder, statt Hausaufgaben zu machen, alle Zeit damit verbringen, sie zu suchen. Wer könnte dem Geist einer verrückten alten Lady widerstehen, die angeblich ein paar Einbrecher im Alleingang mit dem Jagdgewehr vertrieben hat? Was sollte ihren Geist noch mal anlocken? Heißer Grog mit einem Tropfen Blut?«

»Ugh.« Emilia machte ein angewidertes Gesicht. »Das hat sich Noah ausgedacht.«

Wir lachten beide.

Ich scheuchte Emilia ins Wohnzimmer, um die Hausführung zu beenden, und ging selbst in Richtung blaue Bibliothek.

»Hilfst du mir nachher beim Einpacken der Libellen?«, rief mir Emilia hinterher. »Man muss ganz vorsichtig mit ihnen sein, sonst merken sie das!«

Die Libellen waren einige der wenigen Sachen, die Emilia von hier mitnehmen würde. Es waren viele Kästen.

Ich rollte mit den Augen, ohne dass sie es sehen könnte, und rief zurück: »Aber klar, Ems, solange sie nicht rauskommen!«

Ihr Lachen schallte durch den Flur. Die lebenden Libellen und ihre Eier und Larven hatte der botanische Garten eingefangen und übernommen. Emilia war an dem Tag, als sie sich von ihren, wie sie sagte, »Babys« verabschieden musste, tatsächlich mehrfach in Tränen ausgebrochen. Ich seufzte und schüttelte den Kopf.

Hoffentlich hinterließ Emilia heute einen guten Eindruck bei den Weisz. Sie waren zum dritten Mal hier und hatten sich bisher vom Papierkram und den Eigenarten des Hauses und seiner Bewohner nicht abschrecken lassen, im Gegenteil, sie schienen fasziniert. Es war ein Glücksfall für Noah und Emilia, dass Rahel Weisz ein Engagement an der Elbphilharmonie erhalten hatte und die Familie nun von Frankfurt hierherziehen wollte. Er arbeitete als Architekt und würde sein Home Office in der Villa einrichten. Ich konnte mir die fünfköpfige Familie gut hier vorstellen, sie würden das Haus mit Wärme und Gelächter füllen, da war ich mir sicher.

In der Bibliothek streifte ich durch die Regale und zog Bücher heraus, die ich mitnehmen würde. Emilia hatte gesagt, ich solle alles einpacken, was ich haben wollte, aber außer ein paar Büchern und einer alten Landkarte wollte ich nichts.

Gerade hatte ich einen alten Folianten mit schön gestalteten Kapitelanfängen aus dem Regal gezogen und aufgeschlagen, als hinter mir die Tür aufging. An den zögernden Schritten erkannte ich, dass es Noah war, noch bevor ich mich umdrehte.

Er blieb kurz im Türrahmen stehen, dann schloss er die Tür hinter sich und kam in den Raum. Er schien nervös. Ich betrachtete ihn, seine immer noch zu schlanke Gestalt, der man aber das Trauma und die Strapazen des Unfalls und der Zeit danach nur noch an den dunklen Ringen unter den Augen ansah. Er trug eine schwarze Hose, ein Hemd und einen leichten beigen Pullover darüber. Inzwischen bewegte er sich fast wieder mit der gewohnten Eleganz.

Ich schloss das Buch und lächelte ihn an. Wir hatten uns in den letzten Wochen oft gesehen, und ich hatte seine Genesung beobachten können. Es war geradezu ein Wunder, wie schnell er in der Villa und in der Nähe seiner Schwester wieder zu Kräften kam. Ein paar Abende hatten wir zu dritt Karten gespielt und gelacht, Emilia und ich hatten Wein getrunken und Noah Minztee, da er nach dem Unfall und den ganzen Schmerzmedikamenten Alkohol mied. Seine Gesichtszüge waren weicher geworden mit gutem Essen und guter Gesellschaft, und manchmal blitzte der alte Noah wieder auf, ironisch, selbstsicher und rätselhaft. Doch die Spur Melancholie um seine Mundwinkel war stärker geworden. Es würde noch lange dauern, bis er diese ganze Sache verarbeitet hatte, psychisch und physisch, das wusste ich, aber ich sah auch die Stärke, die unter seiner angeknacksten Fassade schlummerte. Er würde das schaffen, da war ich mir sicher.

»Emilia meinte, dass du sicher in der Bibliothek bist«, sagte Noah zu mir, seine Stimme dunkel und klar.

Ich nickte. »Ich wollte ein paar Bücher mitnehmen.«

Noah nickte auch und schwieg einen Moment. Die letzten Wochen über war ich zwischen Freiburg und der Villa gependelt, was anstrengend gewesen war, aber ich wollte beim Ausräumen helfen und hatte noch andere Gründe, hier zu sein.

Noah zögerte, also ließ ich ihm Zeit und wartete schweigend.

»Sophie …«

»Ja?«

»Ich habe dir nie gesagt, wie … wie leid es mir tut, was damals zwischen uns passiert ist.«

»Du meinst, als du mich ohne irgendein Wort verlassen hast?«, sagte ich mit einer Spur der alten Bitterkeit in der Stimme. Ich musterte seine Augen, die sich verdunkelten.

»Glaub mir, Sophie, das ist etwas, das ich furchtbar bereue. Es tut mir unfassbar leid, was ich dir angetan habe. Ich wünschte … wenn ich die Zeit zurückdrehen könnte, dann würde ich es tun. Aber so bleibt es einer der schlimmsten Fehler meines Lebens«, sagte er leise.

»Danke, dass du das gesagt hast. Ich glaube, du hast dich nie bei mir dafür entschuldigt.«

Noah verzog den Mund. »Ich wusste nicht, was ich sagen sollte, Sophie.«

Ich seufzte. »Es hätte gereicht, wenn du *irgendwas* gesagt hättest, irgendwas, was mich hätte verstehen lassen, dass du wirklich weg bist. So konnte ich mich nie von dir verabschieden, Noah, das tat weh.«

Er kam einen Schritt auf mich zu.

»Ich weiß, und ich weiß auch, dass du das nicht verzeihen kannst. Damals war ich … Ich war durcheinander und habe nicht nur mein Leben damit völlig auf den Kopf gestellt, sondern auch deins. Ich wünschte, es wäre anders gewesen.«

Ich zog eine Augenbraue hoch. »Du warst nicht nur durcheinander, du warst feige, Noah. Fünf Jahre! Fünf Jahre lang hast du keinen persönlichen Kontakt zu mir gesucht, um mir die Sache zu erklären.«

Noah sah aus, als hätte ich ihm ins Gesicht geschlagen. »Die Pakete …«, sagte er, aber ich unterbrach ihn.

»Das ist kein persönlicher Kontakt, kein echtes Gespräch. Du hast dich nicht getraut, mir ins Gesicht zu sehen und mir zu sagen, dass du nicht mehr kannst, dass du mich verlassen willst. Ein Brief ohne Rücksendeadresse hätte mir auch keine Möglichkeit gegeben, zu antworten oder mit dir zu reden«, sagte ich ruhig.

»Ich konnte es einfach nicht«, sagte er abgehackt, Emotionen wechselten sich schnell auf seinen Gesichtszügen ab.

Früher hätte ich seine Trauer nicht ertragen können und ihn sofort in meine Arme geschlossen. Jetzt blieb ich, wo ich war.

»Du hast dabei keine Sekunde an mich gedacht«, sagte ich sanft. »Und es ist inzwischen okay, ich verstehe, dass es dir nicht gut ging. Aber du hättest ja schon früher mit mir sprechen können. Darüber, was mit dir los war, welche Zweifel du hattest.«

Noah schluckte. »Ich habe mich oft gefragt, warum ich das nicht gemacht habe. Ich glaube, ich wollte einfach nicht, dass du mich ansiehst und jemand Schwaches siehst, so wie jetzt.«

Ich schüttelte den Kopf. »Noah, ich hätte mich geliebt dabei gefühlt, an deinen Emotionen teilhaben zu dürfen, den guten wie den schlechten. Es hätte bedeutet, dass du mir vertraut hättest. Und ich sehe niemand Schwaches, wenn ich dich jetzt anschaue, ich sehe einen Überlebenden. Es hätte mich nie gestört, das an dir zu sehen, was du für schwach hältst. Das Einzige, was ich schwach finde, ist, dass du nie den Mut hattest, mich näher an dich heranzulassen«, sagte ich.

Noahs Gesichtszüge wurden still, aber ich konnte sehen, was sich dahinter verbarg. Er nickte, richtete sich auf und straffte die Schultern.

»Das bedeutet wohl, dass es keine Chance mehr für uns gibt?«, fragte er. Er sah mich mit diesen grünen Augen an, die einst mein Herz besessen hatten.

Langsam schüttelte ich den Kopf. »Manche Dinge lassen sich nicht einfach wiedergutmachen«, flüsterte ich. »Und manchmal ist der Zeitpunkt dafür auch vorbei. Ich habe dich sehr geliebt, Noah. Aber ich habe mich verändert, und du dich auch. Wir sind nicht mehr das, was wie jeweils brauchen.«

Noah nickte. Diese kleine Geste schien ihn unendlich viel Kraft zu kosten.

»Danke, Sophie, dass du trotzdem für uns da bist«, erwiderte er leise und aufrecht, und einen kleinen Moment lang flog mein Herz diesem Mann zu, diesem Jungen, den ich gekannt hatte, und der tief in seinem Innersten immer allein geblieben war.

Ich schluckte, als er sich umdrehte und zur Tür ging. Mit der Hand an der Klinke blieb er stehen, er zögerte, kämpfte mit sich, ob er sich noch einmal zu mir umdrehen sollte. Und ich wusste in diesem Moment ohne den geringsten Zweifel: Wenn ich ihn zurückriefe, dann würde er zu mir kommen und für immer bleiben.

Ich holte tief Luft.

»Mach's gut, Noah«, sagte ich.

Seine Schultern zogen sich zusammen, er nickte noch einmal und verließ den Raum ohne ein weiteres Wort. Er ließ mich zurück mit einer Trauer für den Jungen, den ich geliebt hatte. Trauer, die mir vertraut war, aber es fühlte sich anders an als zuvor. So, als hätten die Wunden in meinem Inneren begonnen zu vernarben – noch empfindlich, aber nicht mehr frisch und blutend. So, als hätten wir endlich Abschied voneinander genommen.

~

Mein Blick wanderte durch den Garten, wieder und wieder, und erst als ich eine dunkle Silhouette sah, wusste ich, wonach ich gesucht hatte.

Ich seufzte, zog Emilias Stiefel und meinen Mantel an und ging hinaus. Es dämmerte inzwischen, das weiße Leuchten war einem matteren Strahlen gewichen. Der Schnee knirschte unter meinen Schritten, als ich mich durch den Vorgarten ums Haus herum auf den Weg nach hinten machte. Mein Atem bildete Wölkchen in der Luft, die Kälte umhüllte mich. Ich bog die Zweige der Rhododendren zurück, und Schnee fiel auf meine Arme, während ich zwischen den Büschen hindurchging, die Schemen der Pflanzen violett im schwindenden Licht des Tages.

Ich suchte nach einer Bewegung und machte schließlich einen Schatten ganz in der Nähe von Emilias Libellenteich aus. Ich folge den Fußstapfen bis unter die Äste einer Linde und beobachtete Manuel dabei, wie er Pflanzen mit Tannenzweigen abdeckte, um sie vor dem nächsten Frost zu schützen.

Er trug weite Jeans, seine braunen Arbeitsstiefel und ein kariertes Hemd, dessen Ärmel hochgekrempelt waren. Ich schüttelte lächelnd den Kopf über ihn. In diesem Moment richtete er sich auf, als würde er meine Anwesenheit spüren, und drehte sich zu mir um. Ein antwortendes Lächeln breitete sich auf seinem Gesicht aus.

Die nächsten Schritte zu ihm überbrückte ich, ohne es bewusst zu merken, lief direkt in seine Arme hinein, die sich um mich schlossen.

Ein vertrauter Geruch nach Manuel umgab mich. Ich vergrub mein Gesicht in seiner Halsbeuge und atmete ihn tief ein, dann seufzte ich erleichtert.

Manuel strich mir über den Rücken, seine großen Hände warm, selbst durch den Stoff meines Mantels hindurch.

Ich brauchte einen Moment, bis ich mich von ihm lösen und ihn wieder ansehen konnte. Eine Besorgnis stand auf seinen Zügen, und ich fuhr mit den Fingerspitzen über die kleine Falte zwischen seinen Augenbrauen.

»Ist alles in Ordnung, Sophie?«, fragte er mich.

Ich nickte, abgelenkt von der Wärme seiner Haselnussaugen und dem Ziehen in meinem Magen. Mein Blick glitt zu seinen Lippen, und das Ziehen wurde stärker. Ich sah wieder hoch.

Manuel hielt mich locker um die Taille und musterte mich prüfend.

Ich fokussierte ihn.

»Was ist?«, fragte ich. »Und solltest du dir nicht heute dieses Gewächshaus in Lüneburg anschauen, anstatt hier im Garten zu sein?«

Manuel verlagerte sein Gewicht und senkte kurz den Blick. Ich hob fragend die Brauen.

»Weißt du, heute ist ja der letzte Abend, an dem du Emilia und Noah siehst«, sagte Manuel schließlich. »Ich war ein bisschen nervös.«

Meine Augenbrauen schossen noch weiter in die Höhe.

»Nicht, weil ich dir nicht vertraue, aber du und Noah, ihr habt so viel Geschichte, und ich wollte einfach in deiner Nähe sein, falls … weil ich dich brauche, Sophie«, fügte er hinzu.

Ich öffnete den Mund, und er blieb offen stehen. Ich klappte ihn zu und versuchte es noch mal. »Du warst dir unsicher, ob ich mich umentscheide und mich im letzten Moment doch Noah an den Hals werfe?«, fragte ich gespielt entrüstet.

Manuel wand sich unter meinem Blick und schüttelte unglücklich den Kopf. »Nein, so meine ich das nicht«, sagte er.

Ich knuffte ihm amüsiert in die Seite. »Ich wusste gar nicht, dass du eifersüchtig sein kannst!« Grinsend führ ich fort: »Ich bin mir noch nicht sicher, ob ich das süß oder fürchterlich finde.«

Er brummte etwas Unverständliches, dann senkten sich seine Lippen auf meine, und sein Kuss nahm mir den Atem und die nächsten Worte.

Wir keuchten beiden ein bisschen, nachdem ich mich losgerissen hatte, weil ich atmen musste. Ich lehnte meine Stirn an seine. Zwischen uns stieg unsere vermischte Atemluft in kleinen weißen Wölkchen in den dunkler werdenden Himmel. Er war fest und warm in meinen Armen, und ich schloss glücklich die Lider.

»Es ist nur, wenn ich all die Dinge sehe, die sie einpacken …«, sagte er leise. »Ich kann dir nicht wirklich viel anbieten, Sophie.«

Ich löste meine Stirn von seiner und öffnete die Augen, um ihn anzusehen.

Er fuhr fort, bevor ich etwas sagen konnte. »Ich bin kein Anwalt und besitze keine Villa, nur ein Gärtner mit einem Wohnwagen. Du hast studiert und möchtest die Welt sehen, und ich bin mir nicht sicher, ob ich dir das bieten kann, was du möchtest«, sagte er.

Ich legte meine Hände um sein Gesicht. »Redest du gerade wirklich von materiellen Gütern, Manuel?«, fragte ich ungläubig. »Du weißt schon, dass ich mich nicht in Noah verliebt habe, weil er reich ist, oder? Das hatte nichts damit zu tun – oder nur insoweit, dass mir seine Welt als Kind und Jugendliche immer unendlich faszinierend vorkam. Aber darum ging es nicht. Er war rätselhaft und schön und traurig, und das hat mich immer über alles andere hinweggeblendet.«

Ich versuchte, in Manuels Gesicht in der Dämmerung die Spuren dessen zu lesen, was ihn beunruhigte.

»Manchmal machen diese Sachen das Leben aber so viel einfacher«, sagte er.

Ich seufzte. »Und wer sagt, dass ich es einfach will? Außerdem war nichts mit den von Gutenbachs jemals einfach, vielleicht war das Teil der Attraktion. Was ich jetzt will, ist, dass wir einen eigenen Weg gehen«, sagte ich.

Manuel musterte mich einen Moment lang.

»Wir haben nie darüber gesprochen, was hiernach passiert. Wenn alles geregelt ist und die Villa verkauft, Sophie. Aber wenn du willst, dann begleite ich dich nach Freiburg zurück. Oder wo auch immer du hingehen möchtest. Ich kann eigentlich überall einen Job finden.« Er sah mich so voller Hoffnung an, dass ich schlucken musste.

»Ich dachte eigentlich … es wird ein Job im Denkmalamt hier frei, und dein Vater lebt hier, und meine Mutter ist auch in der Nähe, vielleicht … vielleicht kann ich ja auch erst mal hierbleiben?« Mein Puls ging schnell.

»Natürlich nicht bei deinem Vater«, fügte ich hastig hinzu. »Zwei Monate immer wieder seine Gastfreundschaft in Anspruch zu nehmen ist wirklich mehr als genug.«

Manuels Mundwinkel verzogen sich zu einem Lächeln. »Und dann das ganze Herumgeschleiche hinter seinem Rücken, um ein paar Küsse von dir zu stehlen«, sagte er grinsend. »Das geht wirklich so nicht weiter. Vielleicht könnten wir ja nach etwas Gemeinsamem schauen. Natürlich nur, wenn du willst«, die letzten Worte fielen schnell aus seinem Mund.

Wärme rauschte durch meine Adern und ließ mich von innen heraus strahlen. Ich nickte, und ein Lächeln wie der Sonnenaufgang zog sich über sein Gesicht.

Seufzend ließ ich mich wieder in seine Arme fallen und legte mein Gesicht in die Kuhle an seinem Hals. Vor meinem geistigen Auge sah ich uns schon Wohnungen oder kleine Häuser besichtigen, hörte, wie wir uns über das Laminat beschwerten oder einen Dielenboden diskutierten. Hörte uns lachen, sah uns, wie wir uns gegenseitig mit Kissen bewarfen oder eine hässlich grüne Wand umstrichen. Mit Manuel konnte ich mir das plötzlich alles vorstellen. Ich konnte mir die Zukunft mit ihm vorstellen, und die Idee machte mich glücklich und aufgeregt vor Vorfreude. Dann wurde mir klar, wie viel Arbeit es mit Wohnungsauflösung, Umzug und Jobwechsel noch sein würde, bevor wir uns auf ein gemeinsames Sofa kuscheln konnten. Morgen würde ich wieder nach Freiburg fahren und mit meiner Chefin über ein paar Dinge sprechen müssen, vielleicht konnte ich dann gleich einen Jobwechsel ansprechen. Um ehrlich zu sein, konnte ich Freiburg nicht schnell genug verlassen. Nichts hielt mich mehr dort.

»Lass mich nicht gehen«, flüsterte ich seufzend und wusste selbst nicht genau, was ich meinte, Manuels Umarmung, meine Fahrt nach Freiburg morgen oder etwas ganz anderes.

»Ich würde dich niemals gehen lassen, solange du mich willst, Sophie«, erwiderte Manuel ernst und leise, und ich wusste, mein Herz hatte ein Zuhause gefunden.

Danksagung

Danke an die großartigste Agentur aller Zeiten, ihr seid das tollste Team, das ich kenne und ein echtes Zuhause.

Danke an die wunderbaren MitarbeiterInnen vom DuMont Verlag und vor allem meine Lektorin Leonora Tomaschoff für genaue Blicke und offene Ohren.

Danke an jene frühen Leserinnen, die mir mit ihren Ermutigungen, scharfen Augen und klugen Anmerkungen den Mut gaben, mich und den Text richtigerweise mal hier und da zu hinterfragen – ihr habt mein absolutes Vertrauen, und ihr seid die Besten, denen ich es geben konnte.

Danke an jene Menschen, die mich seit Jahren auch dann begleitet haben, wenn ich eine kleine nihilistische Phase hatte oder in einem Motivationsloch verschwunden bin, die mir ihre Freundschaft und ihren Glauben an mich geschenkt haben – ihr wisst hoffentlich, wie wichtig ihr für mich seid!

Erste Auflage 2021
© 2021 DuMont Buchverlag, Köln
Alle Rechte vorbehalten
Umschlaggestaltung: Lübbeke Naumann Thoben, Köln
Satz: Fagott, Ffm
Gesetzt aus der Adobe Caslon und der Novecento
Druck und Verarbeitung: CPI books GmbH, Leck
Gedruckt auf säurefreiem und chlorfrei gebleichtem Papier
Printed in Germany
ISBN 978-3-8321-6543-7

www.dumont-buchverlag.de